Von Alexandra Cordes

Wenn die Drachen steigen

Alexandra Cordes

Sag mir Auf Wieder sehen

Die ganze Fülle eines Lebens

Roman

Schneekluth

1. Auflage Mai 1975
2. Auflage Juni 1975
3. Auflage Juni 1975

ISBN 3-7951-0302-9

Gesamtherstellung Mohndruck Reinhard Mohn OHG, Gütersloh
Printed in Germany 1975

Für Friederike Welsch
meine Großmutter
und Michael Horbach.
Ohne sie wäre dieses Buch
nie geschrieben worden.

1

Schnee trieb über die leeren Felder, Krähen stolzierten umher, krächzten den Abend ein, im Westen versank blaß, kaum mehr so rot wie untertags die Sonne.
Rauch stieg dünn von den Kaminen der Häuser auf, die sich umeinanderduckten zu einem kleinen Dorf, um einen flinken Bach, Ingweiler genannt.
Stumm standen die Frauen vor dem letzten Haus in der Rottengasse. Stumm zogen sie die dicken Umschlagtücher um sich, grau, braun und schwarz, aus selbstgesponnener Wolle selbst gestrickt.
Reglos schauten sie zu den Fenstern zur Rechten, wo sie die Schlafkammer wußten; durch die Leinenvorhänge mit der roten Kreuzstichborde fiel mattes Licht.
Eine seufzte, und sie alle erinnerten sich noch daran, wie Anna Welsch, die nun dort drin lag, die Vorhänge aufgesteckt, singend und scherzend den Boden gewachst, die Möbel an ihren Platz gerückt hatte. Schöne blanke Möbel aus Kirsch- und Nußbaumholz waren es, wie sonst niemand sie im Ort besaß. Kupferne Tiegel hatte Anna an die Wand der Küche gehängt, neben den Rauchabzug über dem gußeisernen Herd. Und Lampen hatte sie aufgestellt aus massivem Messing und eine sogar aus Silber, um deren Fuß sich eine Girlande aus Efeu schwang.

Das Licht in der Schlafstube wurde noch schwächer, als sei denen dort drinnen das Öl ausgegangen. Verwundert hätte es die Frauen nicht, denn seit zweiundsechzig Stunden lag Anna Welsch nun schon im Kindbett.
»Wenn der M'sieur Welsch bloß da wär'«, sagte eine der Frauen.
»In Straßburg ist er doch, wohin er als Diakon soll gehen«, sagte eine andere. »Und von dort hierher sind es acht Stunden mit der Postkutsche, wenn sie überhaupt fährt.«
Die Frauen wandten die Köpfe vom Haus zum Schneetreiben über den brachen Äckern. Ein, zwei machten zögernde Schritte, gingen langsam davon.

In der Küche im Haus setzte Madame Schnepp die Kaffeetasse ab. Sie zog die Bänder ihrer schneeweißen Schürze straff, strich sich über das auf dem Hinterkopf in eine feste Flechte gedrehte Haar.
»Es ist fast, als möcht' das Kind nicht auf die Welt kommen. Dabei kann das Leben so schön sein –«, sie schüttelte den Kopf, sah Lisette an, das Hausmädchen. »Wasser bringst rüber, sobald ich dich ruf, gell?«
Lisette nickte nur.
Dann trat die Beistehfrau wieder in die Schlafkammer.
Anna Welsch schaute ihr mit blanken Augen entgegen.
Zu blank waren die Augen, viel zu blank.
In Bergen von Kissen lag sie, Schweiß auf der hohen runden Stirn, die trotz der 38 Jahre, die sie zählte, noch keine Falte aufwies.
»Es zerreißt mich fast«, sagte Anna.
»Isch weiß, isch weiß«, beschwichtigte Madame Schnepp. »Bald wird es vorbei sein.«

»Wo sind die Kinder?«
»Brav sind sie, Ihre Kinder. In der Wohnstube. Ganz brav.«
»Wenn bloß der Jean da wäre.«
»Mir werde es scho' allein schaffe'.«
Aber der Puls der Kreißenden schlug viel zu schnell und hart. Und als Anna Welsch schrie, klang es wie von einem Tier.

In der Küche lauschte Lisette, sie war gerade achtzehn; das also ist eine Geburt? So ist es, wenn man ein Kind bekommt?
Niemals! Ich werd' mich nie, nie mit einem Mann einlassen. Nie einen heiraten!
Die Zähne schlugen ihr aufeinander.
Nie, nie, nie!
Bei den Kindern in der guten Stube suchte sie Zuflucht. Die lasen in der Bibel, wie ihr Vater es sie gelehrt hatte; die dreizehnjährige Rachel, der fünfzehnjährige Robert.
»Wo ist denn die Christine?«
»Lisette!« rief da die Schnepp aus der Schlafstube.
Sie zuckte zusammen.
»Was –«, aber da wußte sie es wieder: das heiße Wasser! Sie lief in die Küche, zog den Kupferkessel von dem gußeisernen Herd, sprang zum Schrank, nahm die blaue Steingutschüssel heraus, goß das dampfende Wasser ein, raffte die Lein- und Nesseltücher auf, von der Schnepp bereitgelegt; tappte endlich zur Tür der Schlafkammer. Die Schnepp riß sie auf, mit rotem Gesicht, halb zornig, halb froh.
»Was –«, die Frage blieb Lisette in der Kehle stecken.

»A Bübele!« lachte die Schnepp.
Lisette trat zögernd ins Zimmer.
Auf der Kommode lag das Kind. Die Schnepp hatte die Nabelschnur durchtrennt, schon alles erledigt, was die Beistehfrau zu erledigen hat.
Lisette wurde übel, als sie das Blut sah, die Schüssel – mit der Nachgeburt. Sie lief in die Küche zurück, stieß die Tür zum Hof auf. Der Schnee trieb ihr ins Gesicht.
Nie, niemals werd' ich mit einem Mann liegen, dachte Lisette.

Und die Frauen von Ingweiler standen vor dem Haus. Sie hörten den ersten Schrei.
»So kräht nur ein Bübele«, sagte eine, die anderen lachten. Sie schlugen ihre Wolltücher auf, vertraten sich die Füße. Jetzt konnten sie endlich nach Hause gehen.
Ein Schritt ließ sie aufhorchen.
»Das ischt der Herr Pfarrer«, murmelte eine.
Wer hatte ihn gerufen, den großen, schweren Mann, der tiefe und breite Fußabdrücke schwarz im Weiß des Schnees hinterließ? Hinter seinem Rücken versteckte sich die Christine Welsch, mit den großen grauen Augen sah sie die Frauen wie blind an.
»N-ovend, Herr Pastor«, sagte eine.
»Der Herr sei mit euch«, murmelte er.
Die Haustür öffnete sich, und die Magda Schnepp stand da, die Beistehfrau. Sie beachtete die Frauen nicht. Ihr flaches Gesicht hob sich dem Pfarrer entgegen.
»Was wollen Sie hier?«
»Wo ist unsere Tochter?« murmelte er.
Die Schnepp ließ ihn ohne Erwiderung eintreten, schloß die Tür hinter ihm.

Sie sah ihn mit feindseligen Augen an, wischte sich die vom heißen Wasser roten Hände an ihrer weißen Schürze ab, die sie über das Kleid aus deftigem grauem Tuch gebunden trug, das bis auf die Schnürstiefel reichte.

»Von mir aus hätten Sie nicht zu kommen brauchen, Herr Pfarrer!«

»Die Christine hat mich geholt. Und nun bin ich einmal hier.«

»Die Christine! Willst du, daß deine Mutter stirbt?« fuhr die Schnepp das magere Mädchen mit den großen grauen Augen an.

Wild schüttelte das Kind den Kopf, daß die braunen Zöpfe flogen.

»Marsch, in die Küche mit dir!« befahl die Schnepp. Und zum Pfarrer sagte sie noch einmal: »Von mir aus hätten Sie nicht zu kommen brauchen!«

»Aber nun bin ich halt hier.« Er lächelte milde. »Ich weiß, wie du zum Herrn stehst.«

»Seit wann sind Sie ein Alleswisser?«

»Du bringst die Menschen ins Leben, Magda, ich taufe sie zum Anfang und beerdige sie zum Ende.«

»Als täten Sie es gern, so reden Sie.«

»Das Taufen tu ich gern.« Er senkte seinen Kopf, um aus der Diele in die Kammer zu treten, in der Anna Welsch im Alkoven lag. Schmal war es, das Bett ihrer Jungmädchenzeit. Aus rotem Holz, Mahagoni war es wohl, und Federbetten darauf, vom nahen Gutshof des Onkels, mit den besten Daunen gefüllt. Zu einem neuen breiten Ehebett hatte es bei den Welschs nie gereicht. In der guten Stube nebenan murmelten die Kinder.

Oh, er erinnerte sich noch gut an die Hochzeit der Mademoiselle Anna, geborene Balazard.

Der Bräutigam trug die Uniform der Zuaven, weiße Gamaschen, die roten Pluderhosen und den roten Fez.
»Und so lege ich eure Hände ineinander und bitte euch zu geloben, daß ihr vor dem Herrn eine gute Ehe führen werdet. In Achtung und Liebe, in Freud und Leid, in guten und schlechten Zeiten. Sein Wille geschehe, in Ewigkeit Amen.«
»Muß ich sterben, Herr Pastor?«
Anna sah ihn mit ihren großen grauen Augen an, Augen die nie zufrieden waren, stets fragend. Ihn, wenn sie in die Bibelstunde kam, ihren Mann, wenn er über seinen medizinischen Büchern saß; ihre Kinder, Robert, Rachel und Christine, was denkt ihr, was fühlt ihr, wohin wollt ihr?
»Hab keine Angst, meine Tochter«, sagte er und nahm Annas Hand, heiß, kindbettfieberheiß.
»Ich habe keine Angst. Wirklich, ich habe keine Angst –«, die grauen Augen sahen ihn an. »Aber es war schön, zu leben.«
Nie hatte er eine Frau begehrt, nie daran gedacht, heiraten zu sollen.
Was habe ich versäumt, dachte der Pfarrer.
»Ihr seid noch jung. Ihr seid gesund und stark«, sagte Anna Welsch. »Ihr werdet Zeit genug finden, den kleinen Gottlieb zu unterweisen, nicht wahr? Im wahren Glauben?«
»Im wahren Glauben«, wiederholte er zustimmend.
Sie wandte ihr Gesicht zur Wand, die Hand in seiner Hand.
»Willst du ihn Gottlieb nennen, deinen Sohn, den du heute geboren hast?«
»Ja, er soll Gottlieb heißen.«

»Der Friede sei mit dir und deinen Kindern, mit dir und deinem Mann. Und das Antlitz des Herrn soll leuchten über euch.«
»Ich habe keine Angst«, sagte Anna Welsch. »Warum sollte ich mich fürchten?«

Anna Frieda Welsch – so trug der Gehilfe des Schulzen im Gemeindehaus ihren Namen ein in das Familienbuch, gestorben in Ingweiler am 4. Februar 1890 – Frieda, denn das ließ sich leichter schreiben, obwohl sie eigentlich Anna Friede hieß. Aber das war ungewöhnlich, ein einziger Buchstabe machte da einen kolossalen Unterschied, kerbte Falten in die sonst beamtenglatte Stirn des Mannes aus Leipzig, Anno 1870 verwundet auf den Spicherer Höhen, nie wieder nach Preußen zurückgekehrt.
»Und der Sohn, der soll Gottlieb heißen? Euer viertes Kind ist es? Ich gratuliere.«
»Und das letzte«, sagte Jean Welsch.
Er drehte sich um, verließ die Amtsstube. Draußen fiel Schnee. Wie am Tag zuvor, wie in der Nacht von Annas Tod, als wolle es nie wieder aufhören zu schneien. Als wolle der Schnee die lieblichen Hügel und Täler des Elsaß für immer begraben.

Vor seinem Haus wartete schon die schwarze hochrädrige Kutsche. Durch die silbernen Fransen an den Seiten konnte er den Sarg sehen.
Der Kutscher zog seinen Zweimaster mit dem Trauerflor tiefer in seine Stirn, die schwarzgezäumten Pferde scharrten den Schnee.

Hinter der Kutsche wartete der Schlitten, in dem die Kinder saßen, und dahinter die Frauen in ihren dunklen wollenen Umschlagtüchern.
Robert und Rachel freuten sich am Schellengeläut, obwohl sie es zu verbergen trachteten. Sie hatten rote Káltebacken.
Nur Christine war ganz blaß und hielt des Vaters Hand ganz fest.
Am Grab, als Rachel und Robert sangen, »je voudrais être un ange, un ange du bon Dieu«, zupfte sie an seiner Hand: »Papa, Tante Schnepp und Rachel sagen, ich hab' unsere liebe Mama getötet. Wie hab' ich das gemacht, Papa?«
»Du hast es nicht getan, der Herrgott hat Mama zu sich genommen.«
»Aber warum, Papa?«
»Gottes Wege sind unerforschlich.«
»Rachel sagt, wenn ich den Herrn Pfarrer nicht geholt hätte, wäre Mama auch nicht gestorben. Sie hätte nicht gewußt, daß ihre letzte Stunde geschlagen hatte.«
Jean Welsch schüttelte nur den Kopf, drückte die kleine kalte Hand.
Da schwieg Christine.
Frische Blumen gab es nicht.
Tannenkränze nur mit Gestecken aus violetten und weißen und rosaroten Perlen. Glas war's, doch sah es aus, als habe der Konditor Zumpfstein sie aus buntem Zukker gerollt. Fast meinte man das Veilchenparfum zu riechen, das so vielen seiner geschätzten Kuchen anhaftete.
Auch Anna hatte die Kuchen gekauft. Zu den Geburtstagen der Kinder, zu Neujahr und Ostern. »Schau doch nur, Jean – sind sie nicht ein Kunstwerk?«

Nasse braune Erde fiel auf den Sarg.
»Tochter im Herrn . . .«
»Vergib uns unsere Schuld, wie wir vergeben unseren Schuldigern.«
Wann hatte sie gesündigt?
In seinem Bett?
»Wir sind Mann und Frau. Du brauchst dich nicht zu schämen. Ich möchte dich sehen, bitte.«
Es war ungeheuerlich. Er wußte es. Aber das Verlangen war stärker als die Scham.
Sie ließ das Nachthemd heruntergleiten.
Nein – sie zog es über den Kopf.
Stand da. So schön, so jung.
Lachte, sagte, »du bist mein Mann«.
Hell und schmal die Gestalt, das Haar wie Kastanien, die man am Ärmel poliert, nachdem man sie aus ihrer stachligen grünen Schale befreit hat.
So stand Anna in der Schlafkammer, unter deren Tür selbst sie ihren Kopf beugen mußte, stand mit nackten Füßen auf dem kalten roten Kachelboden, sagte leise, noch einmal, ein bißchen rauher, »ja, du bist mein Mann«.
Und die nasse braune Erde fiel auf den Sarg.
»In Ewigkeit Amen.«
»Was werden Sie jetzt tun?« fragte der Herr Pastor, der große schwere Mann, dessen Füße tiefe, breite schwarze Abdrücke im weißen Schnee hinterließen.
»Hier kann ich nicht bleiben. Hier nicht«, sagte Jean Welsch.
»Das verstehe ich. Aber was werden Sie tun?«
»Nach Straßburg gehen. Wie Anna es gewollt hat.«

Jean Welsch fuhr schon am nächsten Tag mit der Postkutsche nach Straßburg, um die Übersiedlung vorzubereiten. Es war das erste Mal in seinem vierzigjährigen ruhelosen Leben, daß man ihm eine feste Stellung angeboten hatte, als Diakon am Internationalen Diakonissenhaus auf dem Neuhof.

Ein gutes Gehalt war ihm in Aussicht gestellt worden, ein eigenes Haus in der Elisabethstraße.

Endlich, endlich, so hatte er während der letzten Wochen gedacht, soll Anna bekommen, was sie verdient: Bequemlichkeit, nicht nur ein Mädchen für die grobe Arbeit, vielleicht sogar eine Gouvernante für die Kinder.

Schöne Kleider werde ich ihr kaufen und elegante Hüte, für die Straßburg berühmt ist.

In die Oper werde ich mit ihr gehen und ins Ballett.

Durch die Orangerie werde ich sie führen – nein, im Einspänner werde ich sie ausfahren.

Jean Welsch sah alles so deutlich vor sich, in den klaren, tiefen glühenden Farben eines Sommers.

All das, was Anna versäumte, seit sie ihn, den mittellosen Traktat- und Bibelverkäufer der englischen Missionsgesellschaft gewählt hatte, hatte er ihr hundertfach vergelten wollen. Doch nun war alles zu spät.

Er schloß die Augen.

Die Postkutsche rollte durch den grauen Februartag.

In dem kleinen, von Wein umrankten Haus in der Rottengasse vermißten die Kinder den Vater weniger als die Mutter; in der Obhut von Lisette und Madame Schnepp hatte er sie zurückgelassen; letztere versprach, jeden Tag nach dem Gottliebchen zu sehen. Eine Amme für das

neugeborene Kind hatte man nicht gefunden, Großonkel Jeremias schickte täglich frische Milch vom Gutshof herüber. Madame Schnepp badete Gottlieb nur in Rotwein, weil er so schwach war.
So still war nun das kleine Haus ohne Mama, die so gern gesungen hatte.
Am liebsten ›So nimm denn meine Hände und führe mich‹ oder ›Der Hans im Schnokeloch het alles, was er will‹ oder auch das Lied ›Sur le Pont d'Avignon‹.
Wenn sie ›Sur le Pont d'Avignon‹ sang, tanzte sie oft dazu. Dann hob sie die Röcke ein wenig, und man konnte ihre flinken kleinen Füße sehen und die weißen Strümpfe.
Die anderen Frauen im Dorf trugen nie weiße Strümpfe, denn wenn sie unten am Bach im Waschhaus standen und sich über die hölzernen Riffelbretter beugten, konnte man das ganz genau beobachten.
»Warum hat Mama immer weiße Strümpfe getragen?« fragte Christine.
»Stör mich nicht«, sagte Rachel. Sie saßen am blanken Mahagonitisch in der guten Stube.
»Was machst du da?«
»Das siehst du doch, ich male.«
»Was malst du?«
»Unser neues Haus in Straßburg.«
»Aber das hast du doch noch nie gesehen?« Neugierig beugte Christine sich vor, über den Tisch, und stieß dabei das Wasserglas um, in dem Rachel ihre Farben mischte.
»Du –«, Rachel hob die Hand, schnell duckte Christine sich, huschte zwei Schritte weg.
»Marsch in die Küche, du böses Kind!«
»Es tut mir doch leid, Rachel.«

»Immer machst du alles kaputt.«
»Es tut mir wirklich ganz, ganz leid.«
»Verschwinde endlich!«
»Nicht, bevor du mir sagst, warum Mama immer weiße Strümpfe trug.«
»Weil sie etwas Besseres war.«
»Als wer?«
»Ach, hör endlich mit deiner dummen Fragerei auf!«
»Mama hat mir immer alles erklärt, was ich wissen wollte«, sagte Christine.
»Mama, Mama, red nicht immerfort von ihr!« Rachel begann zu weinen. Ihre blauen Augen standen ein bißchen vor, daher sah es eher komisch aus.
»Ich wollt' dich nicht kränken, Rachele«, sagte Christine schuldbewußt, weil ihr eigentlich nach Lachen zumute war.
»Dann laß mich in Frieden!«
Auch Robert wollte nie von Mama sprechen, obwohl er jeden Tag zum Friedhof an ihr Grab ging.
Er hatte auch die Schneeglöckchen im Wald gesammelt und Mamas braunes Haar damit geschmückt, als sie im Sarg lag, und es hatte ausgesehen, als lachte Mama, ja, geradeso fröhlich wie früher bei manchem Picknick.
Lisette fing immer gleich an zu heulen, wenn man von Mama reden wollte, und schneuzte in ihre Schürze.
Und das Gottliebchen konnte überhaupt noch nicht sprechen. Dazu war er viel zu klein und konnte außerdem überhaupt nichts von Mama wissen, bloß wie es in ihrem Bauch aussah. Denn das hatte der Vater ihnen erklärt: nicht der Storch, der im Sommer auf dem Dach des Pfarrhauses nistete, brachte die Kinder, sondern der liebe Gott ließ sie unter dem Herzen der Mutter wachsen.

Das war auch viel verständlicher, denn im Herbst flogen die Störche stets in das warme Ägypten oder Arabien und kehrten erst im Frühling zurück; wenn die Störche nicht da waren, konnten sie also auch keine Kinder bringen. Dennoch war Gottlieb im Februar geboren worden.

Christine wanderte ziellos aus der guten Stube in die Küche.

Da saßen Lisette und Madame Schnepp und tranken Milchkaffee aus den großen Tassen mit den bunten Bildern von der Haute Königsburg darauf, die Mama immer nur am Sonntag aus der Vitrine genommen hatte.

Die Herdtür war geöffnet, und heraus fiel flackernder Feuerschein auf den roten Kachelboden.

Zu ihrer Rechten hatte Madame Schnepp die Wiege stehen. Ihr Fuß im schwarzen Schnürstiefel schaukelte das Ei, wie Mama die Wiege genannt hatte, stetig hin und her.

»Heiraten müßte er halt wieder«, sagte die Madame Schnepp gerade. »Wie soll er allein vier Kinder großziehen, der M'sieur Welsch?«

»Ich bin ja auch noch da«, sagte Lisette.

»Du Grünschnabel! Mit deinen siebzehn Jahr'?«

»Ich bin achtzehn«, sagte Lisette empört. »Und was ich vom Leben wissen muß, das weiß ich schon.«

»Nie bist du aus Ingweiler weggewesen, was kennst du da schon von der Welt?« Tante Schnepp wechselte ins Französische über, geradeso, als könnte Christine dann nichts mehr verstehen.

Die Elfjährige setzte sich still auf den Schemel am Fenster; früher hatte Mama ihn einmal in der Woche zwischen ihre Schenkel genommen, das Butterfäßchen daraufgestellt und die süße Milch so lange geschlagen, bis sie durchsichtig blau wurde und goldgelbe Punkte darin zu schwimmen anfingen, daß es aussah wie Sterne in einem klaren Mittagshimmel.

»Der M'sieur Welsch wird schon bald eine neue Frau finden«, sagte die Schnepp. »Vierzig ist er grad, und heißblütig, denn sonst hätte er das Bübele doch nimmer gezeugt.«

»Heißblütig?« murmelte Lisette.

»Das waren die jungen Kerle alle, die zu den Zuaven gingen«, sagte Madame Schnepp bestimmt. »Das Abenteuer lockte sie, die große weite Welt. Madame Anna hat es mir einmal erzählt, wie sie ihren M'sieur Welsch kennenlernte. Das war auf einen Missionsfest in Basel. Da war er, der junge Leutnant, gerade aus Mexiko heimgekehrt, wo er dem unseligen Kaiser Maximilian gedient hatte, der dort erschossen worden war. M'sieur Welschs Haar war zigeunerschwarz, und seine Augen glühten, als hätte er alle Goldschätze der alten Mayas geschaut. Genau so hat die arme Madame Anna es mir erzählt. Und war es da ein Wunder, daß sie ihn geheiratet hat? Sie, das reichste Mädchen aus ihrem Bischwiller, der vorher keiner gut genug war, ihn, der da nur Bibeln zu verkaufen wußte? Ihre Eltern waren gegen die Heirat, denn nicht nur, daß er bloß französisch sprach, nein evangelisch war er auch noch dazu, ein Hugenott'. Enterbt haben die Eltern die Anna. Aber glücklich sind die zwei gewesen, trotz allem! Das kann ich bezeugen!«

»Ein Zuave . . .«, murmelte Lisette.

Christine sah, daß ihre Wangen sich gerötet hatten und ihre Augen leuchteten.

»Heute mußt dich an die Preußen halten, Kind. An die gelben Ulanen«, lachte Madame Schnepp. »Denn die

Zuaven, das war vor dem siebzig-einundsiebziger Krieg.«
»Aber meine Mutter sagt immer, ich soll mich vor dem bunten Tuch in acht nehmen?«
»Recht hat sie«, bestätigte Madame Schnepp. »Denn was ein Soldat ist, für den gibt es zu viele andere Städtchen und andere Mädchen.«
»Warum haben Sie nie geheiratet, Madame Schnepp?«
»Ja, meinst du, da stände einem die Lust nach, wenn man so oft wie ich aus dem Bauch rausholt, was die Kerle zuvor reingetan haben?«
»Psst«, machte Lisette und warf einen warnenden Blick zu Christine hin.
Die blickte rasch wieder aus dem Fenster.
»Ach, davon versteht das Kind noch nichts. Du mit deinen siebzehn bist ja kaum trocken hinter den Ohren«, neckte Madame Schnepp.
»Achtzehn«, sagte Lisette pikiert.
Die Schnepp lachte: »Als ob ich vergessen hätte, daß ich dich am 2. Jänner Anno dreiundsiebzig geholt hab'! – Aber jetzt muß ich gehen.« Sie stand auf.
Lisette brachte ihr eilfertig, vom Haken an der Tür, die Pelerine aus dem gleichen schweren grauen Tuch wie ihr Kleid.
»Kommen Sie morgen wieder, Madame Schnepp?«
»Sicher tu' ich das.«
»Dann mach' ich uns Zitronenmeringen.«
Die Schnepp spitzte die Lippen, daß es aussah, als sei ihr Mund eine Backpflaume.
»Das läßt sich hören!« Sie küßte Lisette schmatzend auf beide Wangen. »Au revoir, ma petite. Auf Wiedersehen, Christine.«

Es war so kalt in dieser Nacht, daß selbst die Backsteine, die Lisette im gußeisernen Herd erhitzt und unter das Federbett im Alkoven geschoben hatte, sich bald nur noch rauh und hart und kein bißchen mehr warm anfühlten.
Es war so kalt in dieser Nacht, daß sogar Robert, der es nicht einmal zu Weihnachten leiden mochte, daß man ihm einen Kuß gab, zu seinen Schwestern in das Bett der Eltern kroch und den weißen Leinenvorhang mit der roten Kreuzstichborde des Alkovens fest zuzog.
Nun wurde ihnen bald warm, den beiden Mädchen und dem Jungen.
Christine mußte an das Wort denken, das Madame Schnepp am Nachmittag benutzt hatte – heißblütig.
Aber so heiß, wie nun Rachels und Roberts Glieder, waren die glattrasierten Wangen über dem schwarzen Vollbart von Papa nie.
Im Scherz hatte Mama manchmal gesagt: »Jean, du hast eine richtig vornehme marmorne Blässe!«
Und Marmor war wiederum kalt.
Komisch, wie viele Worte es gab, und daß ein Wort das gleiche bedeuten wie ein anderes und auch wiederum ein Wort zwei verschiedene Bedeutungen haben konnte.
Und aus wieviel Worten eine Sprache überhaupt bestand. Und noch viel mehr hatten gar drei, die man hier in Ingweiler sprach; Französisch, Deutsch und das geliebte Elsässer Dütsch.
So viele Worte, und manche so schwer zu verstehen.
»Wenn ich groß bin, will ich Lehrerin werden«, sagte Christine.
»Hör auf, mit den Füßen zu stoßen, und schlaf endlich«, murrte Rachel.

»Sollen wir nicht lieber das Gottliebchen auch in unser Bett holen?«
»Der ist doch bei Lisette.«
»Aber wenn sie ihn in der Wiege läßt und er sich bloßstrampelt?«
»Könnt ihr nicht endlich mal aufhören zu gackern?« fragte Robert.
Da war Christine still; sie wußte nicht zu erklären, woher es kam, aber vor Robert hatte sie sehr großen Respekt.

Am Morgen wurden sie vom Gejammer der Lisette geweckt.
Da lag der kleine Gottlieb in seiner Wiege, ganz bloß und blau, und sein Atem hörte sich an wie die Luft aus einem Blasebalg, wenn auch aus einem ganz kleinen nur.
Der Herr Doktor kam, der Herr Pastor. Und wieder fuhr die schwarze Kutsche des Leichenbestatters vor, Gottlieb wurde in einen kleinen Sarg gelegt, aber einen weißen, weil er noch unschuldig war.
Papa, aus Straßburg herbeigerufen, sah aus, als sei sein Gesicht nun wirklich aus Marmor, und seine Hände fühlten sich auch genauso an.
»Es wird Zeit, daß der M'sieur Welsch mit seinen Kindern fortzieht. Es ist, als liege ein Fluch über seinem Haus«, wisperten die Frauen in den dunklen wollenen Umschlagtüchern, die dem Trauerzug folgten.
Und da hatte Christine zum erstenmal in ihrem Leben Angst. »Papa?« Sie zupfte an seiner Hand, während Rachel und Robert mit ihren klaren Stimmen sangen: »Je voudrais être un ange . . .«

»Papa, nimm uns mit nach Straßburg. Sonst muß vielleicht auch ich noch sterben?«
Er nickte stumm und drückte ihre Hand. Dann ließ er sie los, nahm von der Erde neben dem Grab auf und warf drei Hände voll hinein.

Das Haus in Straßburg-Neuhof hatte einen Vorgarten hinter einem Gitter aus hohen gedrechselten Eisenstäben. Darin wuchsen Oleanderbüsche, deren Blätter im März noch ledrig aussahen. Aber in den ovalen Beeten zwischen dem schwarzweißen Kies blühten Krokusse und Hyazinthen.
Hinter der Haustür aus Milchglas führten drei Stufen, weißgescheuert, der Sand knirschte bei jedem Schritt, zur Küche, den beiden Kammern für die Kinder und der Schlafstube für den Vater ins Halbparterre hinauf.
Über eine zweite Treppe, die wieder hinabführte, erreichte man den Salon und ein Studierzimmer, von dem sich Türen auf die Veranda und in den Garten öffneten.
Im ersten Stock gab es drei kleine Gästezimmer.
In den ersten Tagen war ein Kommen und Gehen im Haus, daß einem grad schwindelig werden mochte.
Da kamen Männer, flache gelackte schwarze Kappen auf dem Kopf, in grauweiß gestreiften Hemden, deren Ärmel bis über die Ellbogen gekrempelt waren, und trugen Möbel und Kisten und Kasten herein.
»Ein Klavier!« rief Rachel. »Jetzt haben wir ein Klavier!« Sie hüpfte auf und nieder wie ein Ball, und so rundlich war sie ja auch.
Zu Christine sagte sie: »Das ist das Zeichen! Papa hat es zu etwas gebracht! Nun besitzen wir ein Klavier!«
Lisette brachte den Männern schäumendes Bier und sah

geradeso aus, mit geröteten Wangen und blanken Augen, wie an dem Nachmittag, als Madame Schnepp von den Zuaven und den gelben Ulanen erzählt hatte.
Robert hing in seinem Zimmer den Säbel des Vaters aus Mexiko an die Wand und den Panzer des Schuppentiers, das Papas Zuavenzug, in Lehm gebacken, verspeist hatte – als einmal vor Guavara der Nachschub stockte –, geradeso als seien sie selbst wilde Indianer.
Der Vater kam aus dem Diakonissenhaus herüber, zum erstenmal sah Christine ihn in seinem weißen Kittel als Diakon. Er strich sich mit der schmalen hellen Hand den schwarzen Bart, und als sie ganz genau hinschaute, konnte sie sogar seine Lippen lächeln sehen, auch wenn seine dunklen Augen ernst schauten.
Christine schlang die Arme um seine Taille. »Papa, hast du mich lieb?«
Die Männer in den gestreiften Hemden lachten: »Na, wenn die mal ein paar Jahre älter ist, M'sieur, wen wird sie dann umarmen?«
»Na lauf, Christine, schau dir die Gartenlaube an!« sagte der Vater.
Sie gehorchte sofort, war einmal froh, daß Papa sie wegschickte, denn vor den Männern in den gestreiften Hemden schämte sie sich sehr.
Die Gartenlaube war aus grüngestrichenen Latten errichtet, und das weißgrüne Gewächs, von dem sie überwuchert war, raschelte im Wind.
Christine setzte sich ganz still darin auf die Bank.
Hier hätte Mama oft gesessen, dachte sie.
Mama, die so gern dem Rauschen des Windes lauschte.
Und da erst wußte Christine, daß ihre Mutter niemals wiederkehren würde.

2

Sie hieß Stella Briggs und trug einen kleinen schwarzen Strohhut, der mit Möwenflügeln geschmückt war. Sie trug ein schwarzes Kleid mit enger Taille, das in der Mitte herab, bis zum Saum, weiße Perlmuttknöpfe zierten.

»Robert, Rachel, Christine, wo seid ihr?« rief Jean Welsch.

Sie kletterten aus dem Kirschbaum im Garten, der voll mit purpurnen Schattenmorellen hing. Es war mitten im Juli.

Ihre Hände waren blau vom Saft, die Münder verschmiert. Die graublaugestreiften Leinenschürzen der Mädchen fleckig.

»Ich hätte Ihnen die Kinder gern in einem ordentlicheren Zustand präsentiert, Miß Briggs«, lachte Jean Welsch. »Aber vielleicht ist es sogar besser so. Da wissen Sie gleich, mit welchen Rangen Sie es zu tun haben.« – Und zu den Kindern gewandt, fügte er hinzu: »Das ist Stella Briggs.«

Die Mädchen knicksten, murmelten: »Bonjour M'selle.«

Robert mit dem schmalen Gesicht, dem dünnen schwarzen Flaum auf der Oberlippe, verneigte sich stumm.

»Ich habe euch von Miß Briggs erzählt«, sagte Jean

Welsch. »Sie möchte Französisch und Deutsch lernen, ihr sollt euer Englisch verbessern. Miß Briggs kommt aus der Weltstadt London, und sie will sich eine Weile in unserem gemütlichen Straßburg umschauen. Außerdem muß sie sich noch von einem schweren Bronchialkatarrh erholen . . .« Sie war deswegen im Diakonissenhaus behandelt worden. »Nun – ich hoffe, daß wir alle miteinander gut auskommen werden.«
»Das glaube ich bestimmt«, sagte die Engländerin. Ihre Stimme klang kühl und doch weich.
»Rachel, zeig Miß Briggs ihr Zimmer, und dann, ihr drei, macht ihr euch präsentabel.« Jean Welsch zog die goldene Taschenuhr, ließ den Deckel aufspringen. »In einer Viertelstunde treffen wir uns zum Abendbrot auf der Veranda. Ist das recht, Miß Briggs?«
»Gern. Ich habe nur eine Bitte, da ich doch eine Weile hierbleiben soll – alle nennen mich Stella . . .«
»Kommen Sie, Miß Briggs, ich zeige Ihnen Ihr Zimmer«, unterbrach Rachel sie. Die Engländerin errötete, folgte Rachel rasch.
Christine sah, wie eine Ader in der Schläfe ihres Vaters plötzlich dunkelblau hervorsprang, aber er drehte sich nur um und ging in sein Studierzimmer.
»Wie findest du Stella, Robert?«
Er schaute auf Christine herunter. Dann bogen sich seine Mundwinkel herab, und auch er drehte sich wortlos um, ging in sein Zimmer.
»Aber ich finde Stella nett!« rief Christine laut. Der Name gefiel ihr.
»Dreimal darfst du raten, was dein Vater mit ihr vorhat«, sagte Lisette von der Küchentür her.
»Ach, sei still! Was du wieder denkst! Ihr seid alle dumm!«

»Dumm, dumm? Nur du bist schlau, was, du kleine Kröte?«
»Ich bin keine Kröte!«
»Dann schau dich mal im Spiegel an!«
Christine ging in das kleine Badezimmer, das ihr Vater in der leeren Vorratskammer hatte herrichten lassen. Da stand eine mit weißem und schwarzem Emaille überzogene Badewanne auf einem stets weiß gescheuerten Holzrost. Auf dem Waschbecken stand eine geblümte Seifenschale aus Limoges.
Über einem Messinghalter hingen große, weiße, flauschige Badetücher aus einem Stoff, den Christine bisher nicht gekannt hatte, den man Frottee nannte.
Hier hing auch der einzige Spiegel des Hauses.
Christine stieg auf den Schemel, um sich genauer betrachten zu können. Ihre Arme und Beine waren spindeldürr, das dreieckige Gesicht unter dem kaum in Zöpfe zu bändigenden braunen Haar spitz und dünn. Nur die Augen, die großen grauen Augen, die fand sie selbst schön, weil's Mamas Augen waren.
Vielleicht konnte man sie mit einer Spinne vergleichen? Aber bestimmt nicht mit einer Kröte. Das konnte man eher von der dicken Rachel sagen.
»Eitelkeit ist eine Sünde«, sagte Rachel da. Vor lauter Schreck stolperte Christine vom Schemel, setzte sich auf ihr Hinterteil.
Von unten her besehen wirkte die vierzehnjährige Rachel größer und schlanker als sonst. Auch ihre Pausbäckchen schienen halb so rund, und die blauen Augen viel weniger vorstehend. Das rotblonde Haar fiel offen um ihre Schultern, und sie zog die Bürste durch, daß es knisterte.
»Willst du da unten anwachsen?«

Christine stand schnell auf.
»Sag, Rachele, warum redest du immer in dem Ton mit mir? So viel älter bist du nicht. Nur zwei Jahre. Aber du kommandierst mich herum . . .«
»Ich hab' einen Grund dafür.«
»Was für einen Grund?«
»Du bist zügellos . . .«
»Was ist das?«
Rachel zuckte die Schultern. Sie trat zum Spiegel, hob ihr Gesicht nah an das Glas heran. Sie zog die Unterlippe herunter, die Oberlippe hoch, betrachtete ihre Zähne, die sie jeden Abend und jeden Morgen mit Schlemmkreide bürstete.
»Rachel, antworte mir doch ein einziges Mal richtig.«
»Du bist wie die Mama.«
»War unsere Mama zügellos?«
»Sonst wäre sie nicht so früh gestorben. Sie war schon bald vierzig, als sie noch den Gottlieb bekam. Und dafür kriegen wir jetzt eine Stiefmutter.«
»Rachel!«
»Was glaubst du, warum Vater die Engländerin ins Haus gebracht hat?«
»Stella? Aber –«
»Stella, Stella, da hast du es wieder. Kaum ist sie da, tust du schon so, als kenntest du sie ein Leben lang. Überall mußt du dich gleich einschmeicheln!«
»Hat unsere Mama das auch getan?«
Rachel verkniff die Lippen. Sie goß Wasser aus dem Krug in die Waschschüssel.
»Vielleicht haßt du unsere Mama und unseren Vater gar, weil du keinem von ihnen ähnlich siehst? Sondern der Großmutter Balazard, von der alle sagen, daß sie eine böse Frau war?«

Rachel fuhr herum und griff mit beiden Händen in Christines Haar, schlug ihren Kopf wieder und wieder gegen die Wand des Badekabinetts.
Christine gab keinen Laut von sich.

So hielt Stella Briggs ihren Einzug in das Haus des Diakons Jean Welsch. Ein Jahr später konnte kaum einer sich vorstellen, sie sei niemals dort gewesen.
Sie war fröhlich und energisch und niemals ungerecht. Sie nannte das »fair play«. Ihre helle Stimme drang bis in den hintersten Winkel des Gartens, wo man sich beispielsweise verstecken wollte, um sich vor der verhaßten Petit-Point-Stunde zu drücken oder der Strickstunde für die Armen.
»Wie soll uns Gutes geschehen, wenn wir nicht Gutes tun?« fragte Stella dann, und da mußte man ihr wieder recht geben. Sogar die Lehrerinnen des Lyzeums Bon Pasteur, das Rachel und Christine nun besuchten, bewunderten Miß Briggs und sagten, sie sei eine Lady.
Stella lehrte die Mädchen so gute Manieren, daß sie beim Besuch der Kaiserin weiße Nelken im Diakonissenhaus überreichen und ein Gedicht vortragen durften.
Der Großherzog von Baden ließ sich die Namen der Mädchen nennen und meinte, Rachel bedeute das Schaf und Christine die Gesalbte. »Affe«, murmelte Robert, aber das hörte niemand.
Die Kaiserin lächelte freundlich und murmelte: »Charming, charming«, und Christine sah, wie die Augen ihres Vaters lange auf Stella ruhten, als sie in einem graziösen Hofknicks versank.
Bei Stella gab's nachmittags keinen schwarzen süßen Kaffee mehr, sondern Tee und Schokolade und dazu

kleine Sandwiches mit Kräuterweißkäse, Wasserkresse oder einer Paste aus Sauerampfer belegt.

»Was ihr vor allem braucht, ist frische Luft und Greeneries. Das erhält gesunde Zähne, glänzendes Haar und einen reinen Teint«, hatte Stella gleich zu Anfang verkündet. All dies wollten die Mädchen natürlich haben, und so gab es von nun an zu jedem Mittagsmahl gedünstete Gemüse, die ihre Würze erst durch eine Sauce namens Worcester erhielten; die bisher so geliebten hellen Mehlschwitzen, Sahne-, Wein- oder gar Nußbuttersaucen verbannte Stella auf ewig vom alltäglichen Speisezettel.

An jedem dritten Nachmittag wanderte sie mit den Mädchen vom Neuhof hinunter bis in die Rheinauen, sommers und winters, ob es schneite, regnete oder die Hitze den Himmel über dem roten Münster gläsern machte.

Frühmorgens schon gab es Säfte zu trinken, aus Karotten und Rotkohl gepreßt, aus Sauerkraut und roten Beten, dazu auch von Orangen, die Stella auf dem Markt gleich zu drei Dutzend kaufte.

Im Hause roch es nun immer nach Orangen. Und abends im Zimmer der Mädchen nach Milch und Honig.

Es war wieder im Juli, und die Schwalben schnitten schwarz durch das Abendblau.

Stella Briggs saß auf der Veranda, schaute in den Garten hinab, ein Buch, elsässische Gedichte, lag in ihrem Schoß.

Jean Welsch stand eine Weile hinter ihr, sie schien es nicht zu bemerken, regte sich nicht. In seinen Finger-

spitzen zuckte es, das weiche, blasse, blonde Haar zu berühren. Langsam schob er seine Hand über die Lehne des Rohrstuhls auf Stellas Schultern.
»Wie friedlich es ist«, sagte sie leise.
»Ohne Sie wäre es längst nicht so.«
»Sie beschämen mich, M'sieur Welsch.«
»Nein, Stella. Die Kinder verehren Sie, und ich –«
»Ja, Jean?« fragte sie nach einer Weile.
»Ich auch, Stella.«
Er spürte, wie sie tief ausatmete.
»Wollen Sie meine Frau werden?«
Stella wandte den Kopf.
»Ja, Jean«, sagte sie einfach.
Und er wußte, er würde es nie bereuen.

Die Augusthitze flimmerte wie Glaspapier über dem Land, am Haus von Jean Welsch blieben den ganzen Tag über die Läden geschlossen, und Miß Briggs versprühte Lavendelwasser, damit es in den Zimmern kühler werden sollte.
Aus Indien wurde Onkel Sebastian erwartet, Jean Welschs älterer Bruder, der nach fünfzehnjähriger Missionstätigkeit zum erstenmal ins Elsaß zurückkehrte.
Selbst Miß Briggs ließ sich von der Aufregung anstekken, daß da ein Mann aus Indien kam, aus dem Land der Seiden und Perlen und Juwelen, wo es Maharadschas gab und Tiger und Kriegselefanten, und die Türme des Schweigens, auf die eine bestimmte Sekte ihre Toten brachte, um sie den Geiern zum Fraß vorzuwerfen. Auch einen heiligen Fluß, der Ganges hieß, dazu heilige Kühe und heilige Ratten, welche wichtiger waren als Menschen. All das hatte Onkel Sebastian geschrieben,

und man hatte stets atemlos gelauscht, wenn der Vater die Briefe vorlas. Da war auch von der schrecklichen Krankheit Lepra die Rede, und von Parias, den Unberührbaren. Dazu von einem Gottesglauben, wonach es höchster Lohn war, als Affe wiedergeboren zu werden. Keines der Kinder hatte den Onkel bisher gesehen.
Endlich kam der ersehnte Ankunftstag.
Miß Briggs kontrollierte mit Lisette gegen Abend noch einmal die Fremdenzimmer im ersten Stock, die erstmals alle drei geöffnet worden waren, denn, so hatte Onkel Sebastian geschrieben, ›ich bringe Begleitung mit . . .‹
Die Kannen der Waschständer waren mit kühlem Wasser gefüllt, die Betten mit dem feinsten Leinen überzogen, welches Miß Briggs irisch nannte und das Babette, die Näherin des Diakonissenhauses, zugeschnitten und mit Hohlsäumen verziert hatte.
Auf den Nachttischen standen Blumen, rosa Wicken und Schwertlilien, die Miß Briggs im Garten zog.
Auf den Tischchen neben den bequemen Lehnstühlen war je eine Schale mit Obst, Blutbirnen und purpurne Pflaumen, gefüllt.
Das Rollen der Kutschenräder auf dem Kopfsteinpflaster unterbrach die Inspektion.
Miß Briggs eilte mit Lisette die Treppe hinunter.
In der dämmrigen Diele warteten Robert, Rachel und Christine in ihren Sonntagskleidern.
Jean Welsch öffnete mit Schwung die Haustür.
Miß Briggs gab den Einsatz – und sie alle sangen, »wellcome home . . .«
Als erstes stieg aus der Kutsche ein Junge, ganz in Weiß gekleidet, mit einer Haut wie brauner Seidensamt, dann der Onkel im schwarzen Gehrock, in feingestreifter grauer Hose und schmalen Stiefeletten.

Der Kinnbart, den er wie Jean Welsch trug, war eisengrau, um so gebräunter wirkten seine Wangen, um so heller die blauen Augen.
Und schließlich sprang noch ein Junge in brauner Schuluniform herab, mit Kastanienaugen unter einem Schock rotbraunen Haars.
Die Brüder Welsch umarmten sich, dann nahm der Onkel Miß Briggs Hand und sagte mit einer wohltönenden Stimme: »Ich freue mich, Sie kennenzulernen, denn Jean hat mir geschrieben, welch eine Stütze Sie ihm im letzten Jahr gewesen sind.«
Er küßte Rachel und Christine auf die Wangen, Robert bekam einen festen Händedruck.
Den beiden Jungen in seiner Begleitung legte er sodann den Arm um die Schultern.
»Das ist Sudi –«, der Weißgekleidete verneigte sich tief.
»Und das ist Georg –«, der braunhaarige Junge nickte kurz, seine Augen, von diesem glänzenden und doch seltsam durchsichtigen Braun, glitten über Robert, Rachel, dann sah er Christine an und lächelte.
Und Christine spürte, wie ihr Herz plötzlich ganz schnell schlug, so, als wolle es ihr in die Kehle hüpfen.
Auf dem Weg zur Veranda, wo ein kalter Imbiß die Gäste erwartete, war Georg plötzlich an ihrer Seite.
»Du bist Christine?«
Sie mußte den Kopf in den Nacken legen, um zu ihm aufzuschauen; dabei konnte er nicht älter als sechzehn sein. Sie nickte.
»Bist du stumm?« Er lachte leise.
Sie schüttelte den Kopf, daß ihre Zöpfe flogen. Ach, wenn Miß Briggs doch bloß erlaubt hätte, daß sie ihr Haar offen trüge.
Auf der Veranda setzte Georg sich neben Christine.

Kein einziges Wort bekam sie mit von dem, was der Onkel aus Indien erzählte, an kein einziges Wort konnte sie sich später erinnern.
Sie sah nur Georgs Hände, kräftig waren sie und doch zart, würde sie später sagen.
So wie seine Augen, ganz direkt in ihrem Blick und doch sanft.
Erst der Stille wurde sie gewahr, die mit einemmal um den Tisch lastete. Die Stille schreckte Christine auf.
Sie sah, daß Stella den Kopf gesenkt hielt und ihre Ohren und die Schläfen unter dem blonden Haar gerötet waren.
Vater und Onkel Sebastian maßen sich mit einem ernsten Blick, der eine Ewigkeit zu dauern schien.
»Ich gratuliere«, rief Rachel da mit heller, schriller Stimme. »Jetzt haben Sie's ja geschafft!« Aufschluchzend sprang sie auf, lief ins Haus.
Robert folgte ihr wortlos.
Der Vater wandte seinen Blick Christine zu.
»Und was sagst du?«
»Ich – ich weiß gar nicht, worum es geht. Ich – ich war unaufmerksam. Je m'excuse –«
»Dein Vater will Miß Briggs heiraten«, murmelte Georg neben ihr.
»Oh – du willst Stella heiraten? Wie schön, Papa! Du bist doch noch ein junger Mann! Und für Miß Briggs – da wird es langsam Zeit!«
Georg lachte als erster, dann der Onkel und der Vater, und schließlich Stella. Sudi ließ ein Glucksen hören, das wie Taubengurren klang.
»Wirst du uns trauen, Sebastian?« fragte Jean Welsch.
»Natürlich werde ich euch trauen, mon vieux!«
Lisette kam aus dem Haus, ein kleines, gefaltetes Papier

auf dem Messingtablett, auf dem sonst die Besuchskarten abgelegt wurden.

»Das Billett soll ich Ihnen von Rachel geben, Mam'selle Briggs.«

»Ich hoffe, sie wird sich darin entschuldigen«, sagte der Vater, »und mit Robert werde ich auch noch ein Wörtchen reden . . .«

»Bitte nicht, Jean«, Stella nannte ihn vor den anderen zum erstenmal beim Vornamen. »Es mußte ein Schock für beide Kinder sein. Vielleicht hätten wir sie behutsamer darauf vorbereiten sollen.«

Warum war es kein Schock für mich? fragte sich Christine.

Wenn sie genau hinhörte, meinte Christine, von oben aus den Gästezimmern noch die Stimmen der Jungen zu hören. Die weiche, die wie von einem Mädchen klang, von Sudi, und dann die von Georg, die mal hell und mal dunkel kam. Er war, scheint's, im Stimmbruch.

Worüber er wohl mit Sudi sprach?

Sie waren beide als Mündel in die Obhut des Onkels gegeben: Georg als Sohn von Netta und Paul Bonet, welche, wie der Onkel, als Missionare in Indien gewirkt hatten, bis sie durch eine Typhus-Epidemie hinweggerafft wurden; Sudi als Sohn eines zum Christentum übergetretenen hohen indischen Staatsbeamten, der wünschte, daß sein Sohn eine europäische Erziehung genoß.

Vorerst sollten sie hier auf dem Neuhof bleiben, bis der Onkel ein Haus in der Stadt gefunden hatte, denn ein Leberleiden würde ihm wohl die Rückkehr nach Indien verbieten.

Ob Georg auch dem Mond zusah, wie er über das Dach des Diakonissenhauses wanderte? Die Schindeln schimmerten samtschwarz, nur an den Rändern leuchteten sie silbern. Ob er, wie sie, den Vögeln lauschte, dem verschlafenen Gurren der Tauben und dem jähen Schrei des Eichelhähers im nahen Gehölz?

Es hielt Christine nicht in ihrem Bett. Auf nackten Füßen, in ihrem langen Nesselnachthemd, huschte sie aus dem Zimmer, das sie mit Rachel teilte, den Flur entlang zum ehemaligen Salon, der Stellas Reich war.

»Stella, schlafen Sie schon?«

Die junge Frau lag mit den Händen unter dem glatten blonden Haar verschränkt. Christine zögerte, hockte sich dann auf den Bettrand. »Der Mond macht einen nervös, nicht? Ich kann nie schlafen, wenn Vollmond ist. Wissen Sie, daß Robert früher, als wir noch in Ingweiler wohnten, mondgewandelt ist? Einmal bis zum Bach hinunter. Da hat er nasse Füße gekriegt, und das hat ihn aufgeweckt.«

»Er ist noch nicht nach Hause gekommen«, sagte Stella.

»Ich weiß –«

»Ich mache mir Sorgen. Es ist meine Schuld.«

»Er wird schon wiederkommen. Er ist doch schon siebzehn. Vielleicht sucht unser Vater ihn auch?«

»Nein, dein Vater ist drüben im Krankenhaus. Professor Kussmaul operiert eine Darmverschlingung.«

Ein Poltern ließ sie beide hochfahren. Christine rutschte erschreckt vom Bett.

Ein Klirren folgte.

Stella warf nur einen Schal über, dann liefen sie hinaus.

Zuerst konnten sie kaum erkennen, wer da lag. Wie ein Bündel Kleider sah es nur aus.

Aber dann hob er den Kopf. Und es war Robert.

Sein Gesicht hatte häßliche dunkle Flecken. Stella flüsterte: »Mein Gott, das ist ja Blut ...«
»Fasch misch nisch an –«
»Er ist krank, Stella, er ist ganz schlimm krank!« rief Christine.
»Isch bin nisch krank ...«
Robert lachte, und es klang schrecklich.
Aber dann war Onkel Sebastian plötzlich da, hob den Jungen auf, sagte zu Stella und Christine: »Geht wieder schlafen. Ich kümmere mich um ihn.«
Robert konnte nicht stehen, beim ersten Schritt knickten die Beine unter ihm weg, und da nahm der Onkel ihn huckepack, als sei das Ganze ein Spaß.

Im Oktober, zur Zeit der Weinlese, heirateten Jean Welsch und Stella Briggs.
Onkel Sebastian traute sie im kleinen gelben Salon, der ehemals Stellas Zimmer gewesen war. Stella trug ein einfaches weißes Kaschmirkleid mit einer kurzen blaupaspelierten Pelerine und einen kleinen blauen Seidenhut dazu. Die Mädchen trugen hellblaue Kleider mit dunkelblauen Schärpen. Rachel hatte erstmals ihr Haar nicht mehr in Zöpfen geflochten, sondern zu einem Knoten im Nacken gesteckt; sie würde noch im gleichen Herbst in das Kaiserliche Evangelische Lehrerinnenseminar am Heuplatz vor der Zitadelle eintreten.
Robert hatte Straßburg bald nach seiner nächtlichen trunkenen Eskapade verlassen.
Ein langes Gespräch mit seinem Vater war dem vorausgegangen, von dem Christine vergeblich auch nur ein einziges Wort am Schlüsselloch des Studierzimmers zu erhaschen versucht hatte.

»Dein Bruder braucht Abwechslung«, sagte Georg dazu. »Er sieht aus wie ein Mensch, der sich im Kreise dreht.«
Christine beobachtete Robert daraufhin in den verbleibenden Tagen ganz genau, doch sie konnte nichts Ungewöhnliches in seinem schmalen, blassen Gesicht entdekken. Nur sein Schnurrbart war dichter geworden, Kinn und Wangen mußte er regelmäßig rasieren.
Robert studierte bald in Bonn Rechtswissenschaft – und außer den kurzen Dankeszeilen nach Erhalt der Monatswechsel sollten sie lange Zeit nichts von ihm hören.
Aber vorerst fand nun die Trauung statt, vollzogen von Onkel Sebastian; Lisette hatte den gelben Salon mit feurigen und sonnengelben Dahlien geschmückt.
Das war frühmorgens um zehn.
Anschließend fuhren sie zum Gutshof des Großonkels Jeremias hinaus, der Himmel war vom tiefen, schwärzlichen Blau des Herbstes. Unterwegs sahen sie die Burschen und Mädchen auf den Weinfeldern mit den Holzkiepen auf dem Rücken, sahen, wie sie in großen Bottichen die Trauben mit nackten Füßen stampften.
Sie kosteten bei einer Rast um die Mittagszeit den frischen Traubenmost, aßen Brezeln dazu und weiße, feingeschnittene Rettiche.
Gegen fünf Uhr langten sie auf dem Gutshof des Großonkels an.
Es war ein großes, weißgeschlemmtes Haus, vor dem eine Linde stand.
Unter der Linde waren zwei lange Tische zur Festlichkeit hergerichtet, und bunte Papierlampions schwangen sich von Ast zu Ast des weitausladenden Baumes.
Der Großonkel begrüßte sie alle mit festem Handschlag.

Er hieß nicht nur Jeremias, er sah aus wie einer der Propheten auf den bunten Bildchen, welche die christliche Mission so oft in der Sonntagsschule verteilte.
Nur Stella drückte Onkel Jeremias an seine breite Brust und küßte sie auf die Stirn.
»Willkommen in der Familie«, rief er. – »Und nun setzt euch, eßt und trinkt und laßt uns fröhlich sein!«
»Ist er ein Riese?« flüsterte Sudi, der zu Christines Rechten zu sitzen kam.
»Ach was. Die gibt es nur im Märchen.«
»Nein, es gibt Riesen im Elsaß! Ich habe eine Geschichte gelesen. Sie sind so groß, daß sie mit Siebenmeilenstiefeln reisen.«
Georgs Bein berührte unter dem Tisch ihr Knie, da vergaß Christine jede mögliche Erwiderung.
Zwei Mägde gingen herum in elsässischer Tracht, schenkten Wein ein vom Vorjahr in die grünlich schimmernden Gläser.
Zwei Knechte trugen das Essen auf.
Einen Schinken, hausgeräuchert, gab es, rosiggekochten Speck, der noch zischte und dampfte, dann einen großen Laib Brot, über dem der Onkel das Kreuz machte, ehe er ihn anschnitt und verteilte.
Auch gesalzene Rettiche gab es wieder, sauersüß eingelegte Gurken und Zwiebeln und Butter auf Weinlaub gebettet mit Wasserperlen darauf.
Für den weißen, flockigen Käse hielt sich Onkel Jeremias extra Ziegen.
»Allerdings«, so sagte er, »weit weg«, und lachte dröhnend, während er sich die Nase zuhielt. »Denn der Gestank der Böcke ist mehr als ich ertragen kann!«
Vielleicht geschah es, weil sie zum erstenmal Wein trank, denn plötzlich wurde Christine sehr traurig, und weder

die Lampions noch der Fiedler, den der Onkel aus dem Dorfgasthaus von Ingweiler gebeten hatte, konnten sie erfreuen.

»Was hast du?« fragte Georg.

»Weiß nicht.« Sie sah ihn hilflos an.

»Willst du ein Glas Milch wie ein Baby? Mußt du ins Bett?«

»Es ist ja noch nicht mal dunkel.«

»Jetzt fang bloß noch an zu heulen. Dabei sind alle so lustig hier. Komm, tanz doch mit mir!«

Aber ihr war nach Weinen, und deswegen stahl sie sich fort. Das brauchte niemand zu sehen. Gewiß nicht Georg.

Da waren zuerst die Weiden, wo die Kühe grasten, und weiter hinten, durch Zäune getrennt, die Pferde. Dann kamen Äcker mit braunen Schollen, umgeworfen für die Wintersaat. Schließlich der Hügel, auf dem der Apfelbaum stand, von dem die Geschichte erzählt wurde, daß er einst im Dreißigjährigen Krieg, als die Schweden das Land mordend und brandschatzend überzogen, plötzlich mitten im Winter Früchte getragen habe. Süße, rote Äpfel, die ein ganzes, seither längst verschwundenes Dorf ernährten.

Und dahinter lag plötzlich Ingweiler.

Christine konnte das alte Haus in der Rottengasse sehen und am anderen Ende das hohe, schwarze Kreuz des Friedhofs.

Großonkel Jeremias teilte Fackeln unter die Knechte aus, Stella löschte die Lampions unter der Linde.

»Es war meine Schuld, Monsieur Welsch«, sagte Georg. »Ich habe Christine geneckt.«

»Wir werden sie schon finden«, antwortete Jean Welsch, aber in seinen Augen war Furcht zu lesen.
Hatte er nicht schon ein Kind verloren, den Sohn Robert? Auch wenn man nie darüber sprach?
Sie schwärmten über die Felder und Weiden aus.
Die Fackeln wetteiferten mit den Blitzen des Gewitters, das die stille Nacht zerbrach.
Georg und Stella fanden Christine am Grab ihrer Mutter; von Rosen überwuchert war es, weiß und rot; hitzemüde Blüten, halb verwelkt.
Christine erwachte vom Fackelschein. Sie hob sich auf die Knie, rieb sich die Augen, sagte: »Ich habe so wunderschön geträumt.«
Sie konnten nicht mit ihr schimpfen. Nur stumm sie ansehen, warten, lauschen.
»Ich habe Mama gefragt, wie ich dich nennen soll, und sie hat mir geantwortet.«
Christine hob die gebräunten schlanken Arme, schlang sie um Stellas Hals.
»Mama Stella«, flüsterte sie, und alle sahen Stella ganz unenglisch weinen.

3

Er hockte im Schatten der Truhe aus Eichenholz. Seit er die Schuluniform trug, gelang ihm das Verstecken noch besser als zuvor, da sie ebenso dunkelbraun war wie sein Gesicht. Dennoch spürte er das Klopfen seines Herzens bis in die Fingerspitzen.

Unten im Hause musizierten sie, wie an jedem Sonntagnachmittag, ein junger Mann, der Albert Schweitzer hieß, und ein junges Mädchen, das Elly Knapp hieß, waren zum Hauskonzert gekommen.

Er haßte diese europäische Musik, so schwer, so erdig war sie, keinen Raum für Träume ließ sie.

Er sehnte sich zurück nach den Tamburinen und den silbernen Glocken, sehnte sich nach dem Anblick der Samthaut, die beim Tanz durch Seide schimmerte, die wie aus Fäden der Regenbogen nach dem Monsun gesponnen war.

Ihn begann vor Erregung zu frieren, wenn er daran dachte, und sogar seine Kopfhaut bedeckte sich mit einer Gänsehaut.

In der Schule durfte er nicht sagen, daß er Heimweh hatte, man hätte ihn als Schwächling ausgelacht, cher oncle Sebastian konnte er sich nicht anvertrauen, denn das wäre undankbar gewesen.

Und mit Georg war schon überhaupt nichts mehr anzu-

fangen, seit er das Mädchen mit den grauen Augen kennengelernt hatte.
Nun begannen sie unten im Salon zu singen, da wußte er, daß nun niemand so bald heraufkommen würde, denn die Choräle hatten stets viele Strophen.
Er glitt langsam aus der Hocke an der Wand hoch, verharrte noch einen Moment, legte dann die Hand auf die Klinke der Tür zu seiner Rechten, drückte sie vorsichtig nieder.
Es war das Zimmer der Mädchen.
Da saßen Puppen mit hochmütigen Porzellangesichtern auf dem Bett von Christine.
Im Nachtkasten daneben fand er eine dünne goldene Kette, an der ein tropfenförmiger, kleiner Rubin hing.
Sein Vater besaß Rubine und Smaragde, so groß wie eine Faust.
Verächtlich schloß er seine Hand um das Schmuckstück, steckte es rasch ein.
Drüben schlief wohl die andere, diese Rachel mit den vorstehenden blauen Augen. Sie mochte er ganz besonders nicht, weil sie ihn immer so herablassend ansah, weil sie ihn behandelte wie einen dummen Jungen.
Dabei war er ein Mann. Es gab Mädchen im Petite France, die dies bezeugen konnten.
Früher hatte Georg darüber gelacht.
Seit er die Grauäugige kannte, lachte er nicht mehr, sondern nannte ihn einen Schmutzfinken, weil er in das alte Viertel zu den Weibern ging.
»Ich hasse euch alle«, flüsterte er.
In Rachels Nachtkasten fand er nichts, das wert gewesen wäre, es einzustecken.
In ihrem Schrank dagegen entdeckte er eine mit Taft überzogene Schachtel.

Als er den Deckel hob, bauschte es sich ihm hellgrün entgegen. Ein Hemdchen war es, mit Spitzen an Saum und Ausschnitt verziert; viel zu kurz war es, um es unter einem langen Kleid zu tragen.
Wer hatte es Rachel geschenkt?
Ein Mann. Wer sonst?
Sie würde ihn nicht verraten, sie nicht, und Christine auch nicht, denn auch der Rubin war ein heimliches Geschenk.
Er lachte, daß es wie Taubenglucksen klang.
»Was machen Sie denn hier, M'sieur Sudi?« fragte jemand leise und verwundert hinter ihm.
Er drehte sich langsam um.
Das Mädchen der Welschs stand in der Tür.
Er sah sie an, lächelte. Da trat sie einen Schritt vor, schloß, ohne sich umzusehen, die Tür.
»Komm zu mir«, sagte er, »oder hast du Angst vor mir?«
Sie schüttelte stumm den Kopf.
Er steckte das Seidenhemdchen ein, schob die Schachtel in den Schrank zurück, als sei es das Natürlichste von der Welt.
»Du heißt Lisette, nicht wahr?« fragte er, als ob er das nicht ganz genau wüßte. »Aber ich werde dich Lisa nennen. Weißt du, daß es im Louvre in Paris, das ist ein riesiges Museum, ein Bild von einer Lisa gibt, die ein ganz geheimnisvolles Lächeln um ihre Rosenlippen trägt? Alle Forscher dieser Welt haben es bisher nicht zu ergründen vermocht. Und genauso siehst du aus.«
»Ich . . . aber Herr Sudi . . .«
»Ja, du.« Er ließ seine Hände über die Schultern des Mädchens hoch zu ihrem Hals gleiten, zu ihren Wangen, umschloß sie, als halte er eine Blume.

»Schöne Lisa . . .«
Ihre Lippen öffneten sich ein wenig, und er konnte ihre zu kurzen Zähne sehen.
»Schöne Lisa«, murmelte er, tat mit ihr, was ihn die Dienerinnen seines Vaters gelehrt, was selbst die Mädchen vom Petite France überrascht hatte.
Zum Abschied schenkte er Lisette das grüne Seidenhemd und den Rubintropfen.
Als sich unten im Salon die Gäste zum Aufbruch rüsteten, trat er ein und entschuldigte sein Fernbleiben mit Kopfschmerzen.
Cher oncle Sebastian sah ihn zweifelnd an, bemerkte jedoch nur: »Lauf hinüber ins Diakonissenhaus, laß dir von meinem Bruder ein Pulver geben.«
Sudi neigte lächelnd, gehorchend den schmalen eleganten Kopf.

Madame Schnepp hatte Lisette von den Zuaven erzählt und von den gelben Ulanen, aber da war nun einer, der war noch mehr, viel mehr. Er war ein indischer Prinz.
Die Küche verwandelte sich in Lisettes Tagträumen in einen Palast. Da standen Palmen in alabasternen Vasen, da schwammen Seerosen auf einem smaragdgrünen Teich. Da wandelte ein Diener hinter ihr, sanft einen Fächer aus Pfauenfedern über ihrem Kopf schwingend.
Und Sudi saß auf einem Thron, dessen Armstützen die Rücken elfenbeinerner Elefanten waren.
›Schöne Lisa‹, sagte er, und sie lächelte zu ihm auf.
»Autsch!«
Sie warf das Messer hin, mit dem sie die Möhren fürs Mittagsgemüse geraspelt hatte. Blut lief aus einem tiefen Schnitt im linken Daumen.

Und natürlich kam genau in diesem Moment Madame Welsch herein.
»Aber Lisette, was ist denn nur in den letzten Tagen mit dir los? Gestern erst hast du dir den Arm verbrüht, vorgestern die rechte Hand am Bügeleisen verbrannt.«
»Aber es ist doch nur, weil ich – weil ich so glücklich bin!« Lisette brach in Tränen aus.
»Und dann weinst du?« fragte Stella Welsch.
»Ja doch. Es ist einfach zuviel. Zuviel! All das Glück!«
»Was für ein Glück, Kind? Komm, nun setz dich, laß dir den Daumen verbinden.«
Stella füllte eine Schüssel mit kaltem Wasser, tauchte die verletzte Hand hinein.
Sie holte eine Gazebinde aus ihrem Schlafzimmer, legte rasch und geschickt, wie sie alles tat, einen festen Verband um den verletzten Daumen.
»Wer ist denn der Glückliche?« fragte sie praktisch.
»Ich bin die Glückliche, Madame Stella, mich hat er ausgewählt. Mich! Schöne Lisa hat er mich genannt. Und seine Lotosblüte, Madame Stella!«
»Sudi?«
»Ja doch! Mein indischer Prinz. In einem Palast werde ich wohnen. Diener werde ich haben. Und er wird auf einem Thron aus Elfenbein sitzen . . .«
»Wer hat dir denn diese Dummheiten in den Kopf gesetzt?«
»Oh, träumen tu ich das, bei Tag und bei Nacht. Und wenn man was immer wieder träumt, dann geht es auch in Erfüllung, hat Madame Schnepp immer gesagt.«
»Und wer ist Madame Schnepp?«
»Unsere Beistehfrau in Ingweiler.«
»Na, gebe Gott, daß sie dir nicht bald beistehen muß«, sagte Stella.

»Sind Sie böse mit mir?« Lisette hörte auf zu weinen und zu lachen.
»Böse nicht, nein. Aber ich mache mir Sorgen um dich. Und mit Sudi wird Onkel Sebastian ein ernstes Wort zu reden haben. Dir so den Kopf zu verdrehen!«
»Aber Sudi meint es ernst, Madame Stella, obwohl ich nur ein Mädchen aus einem einfachen Dorf bin. Er hat mir schon Geschenke gemacht.«
»Geschenke?«
»Ja, Madame Stella«, und da biß Lisette sich auf die Lippen. Hatte sie nicht gesehen, mit eigenen Augen gesehen, woher Sudi die Geschenke genommen hatte? Doch von Madame Stellas Töchtern, ihren Stieftöchtern.
»Sind sie denn hübsch, die Geschenke? Dann zeig sie mir doch.«
»Gern, Madame Stella«, murmelte Lisette. Aber jetzt konnte sie nicht mehr in die blauen, klaren Augen schauen.
Sie ging in ihre Kammer hinter der Küche.
Aus der buntbemalten Kiste, in welche die Welschs zu jedem Geburtstag und zu jedem Neujahrstag ein Stück für ihre Aussteuer legten, holte Lisette das Seidenhemd und das Schmuckstück hervor.
Auf dem weißgescheuerten Küchentisch nahm sich die grüne Seide grell aus; nur das kleine Schmuckstück schimmerte warm.
Madame Stella hob ihren linken Arm, stützte den Ellenbogen auf den Tisch, biß sich kräftig in den linken Daumen.
Das sah so seltsam aus, daß Lisette schon wieder lachen mußte.
»Nicht wahr? Die Geschenke gefallen Ihnen auch, Madame Stella?«

»Ja, doch, Lisette. Obwohl das Kleidungsstück – ein bißchen gewagt ist.«
»Sudi sagt, in seiner Heimat kleiden die Damen sich immer nur in solche Seiden.«
»Gewiß verwenden die Damen dann aber ein wenig mehr Stoff dazu.«
»Oh, sicher. Das da, das ist ja auch nur ein Hemd. Man trägt es unter dem Kleid. Aber ich habe es noch nie angezogen. Ich will es aufbewahren. Für meine Hochzeit.«
»Und wann soll die sein?«
»Ich denke, ja – also ich denke mir . . .«
»Lisette, du denkst nicht. Du träumst.« Die klaren blauen Augen sahen sie fest an. »Du bist zum erstenmal verliebt. In Sudi. Aber du gaukelst dir ein Märchen vor. Sudi wird noch viele Jahre studieren müssen. Erst dann geht er in seine Heimat zurück. Und hoffentlich wird er dort nicht in einem Palast faulenzen, sondern arbeiten. Als Arzt arbeiten. Dann braucht er eine praktische Frau und nicht eine, die in Seidengewändern umherstolziert.«
»Aber ich bin doch praktisch. Ich kann doch arbeiten.«
»Ja, das kannst du, Lisette. Aber er braucht auch eine Frau seiner eigenen Rasse, die seine eigene Sprache spricht und die seinen eigenen Glauben hat.«
»Aber Sudi geht doch in unsere Kirche. Er ist doch kein Heide mehr.«
»Lisette, versprich mir, Sudi nicht allein wiederzusehen.«
»Das kann ich nicht, Madame Welsch.«
»Doch, Lisette, denn sonst muß ich dich zu deinen Eltern nach Ingweiler schicken.«
Wieder ins Dorf zurück? Wieder in die geduckte Kate, zu den hageren Frauen am Waschhaus, die nie lachten?

Zu ihren Eltern, die kaum mehr als die Tageszeit zu sich und anderen sprachen? Zu den Burschen mit den rauhen Händen und den rauhen Scherzen?
»Aber ich hab' Sudi doch so lieb, Madame Welsch.«
»Lisette, er wird dich unglücklich machen. Lisette, für ihn bist du nur eine hübsche Abwechslung.«
»Aber Madame Welsch, wenn ich alt bin, ist es wenigstens was, an das ich mit Freude zurückdenken kann. Ich will nicht werden wie meine Mutter. Wie die Frauen im Dorf. Sie sind alle – wie Krähen. Ich will – ich will glücklich sein.«
»Kind, sei vernünftig. Schlag dir Sudi aus dem Kopf. Eine Weile wird's weh tun. Aber bestimmt wirst du hier einen anderen braven jungen Mann finden, der es ernst mit dir meint. Und du sollst sehen, dann richten wir dir eine fröhliche Hochzeit aus.«
»Ich will nur Sudi«, sagte Lisette. »Er ist mein erster und einziger Mann.«

In der Nacht sprach Stella mit Jean darüber. Es war eine der wenigen Nächte, die er nicht drüben im Diakonissenhaus zubrachte; daran hatte sie sich gewöhnen müssen, daß es nur selten Nächte gab, die ihnen beiden gehörten.
Stella hatte die schweren Federbetten des Elsaß durch leichte Wolldecken, gesponnen und gewebt in ihrer englischen Heimat, ersetzt. Während sie nebeneinanderlagen, ihr Kopf auf Jeans Arm, konnte sie die Umrisse ihrer Gestalten darunter erkennen.
Wie seltsam es war, daß Körper sich so aneinander gewöhnen konnten, daß selbst die leichteste Berührung sie wie zwei Teile aneinanderfügte.

Wie seltsam es war, daß sie einen Mann liebte, der so anders war als alle Männer ihrer Heimat.
Verschlossener – er sprach kaum über seine Arbeit im Diakonissenhaus –, aber auch offener in persönlichen Dingen, sobald er mit ihr allein war. Wenn er lachte, wußte sie, daß es aus dem Herzen kam.
Und als Jean einmal weinte, um einen Patienten weinte, der elendig erstickt war, weil man einen Luftröhrenschnitt nicht wagte, hatte er wie um einen Bruder getrauert.
Deswegen konnte sie Lisette verstehen.
Das Fremde zog Lisette an, wie es sie selbst unwiderstehlich angezogen hatte, die doch gar nicht aus London gekommen war, um hier, auf dem Kontinent, einen Mann zu finden, sondern wirklich nur, um ihre Sprachkenntnisse zu vervollkommnen.
»Du sagtest, Sudi hat ihr Geschenke gemacht?« fragte Jean Welsch.
»Ja, ein grünes Seidenhemd. Und ein Schmuckstück. Einen Rubintropfen.«
»Sebastian hält Sudi sehr knapp. Wie kann er da solche Geschenke machen?«
»Sprich mit Sebastian. Du mußt mit ihm schon Lisettes wegen reden. Sie will nicht von Sudi lassen.«
»Und Sudi nutzt das natürlich aus. Aber wo haben sie sich allein getroffen? Und unter welchen Umständen?«
»Lisette hat ihre freien Tage. Da fährt sie meist in die Stadt. Bisher ging sie immer nur in die Konditoreien. Aber wenn zwei junge Leute sich treffen wollen, finden sie stets einen Weg.«
»Entschuldige, Stella«, Jean zog seinen Arm unter ihrem Kopf fort.
»Was tust du?«

»Ich hole mir ein Glas Wasser in der Küche.«
»Aber das kann ich doch tun.«
»Nein, laß nur.«
Er zog den Morgenmantel aus feingeripptem Samt über, band die Kordel fest.
»Möchtest du auch etwas?«
»Mir wäre nach einem kühlen Glas von eurem frischen Wein.«
»Wirklich?« Er lachte leise. »Demnächst trinken wir noch in der Nacht Champagner.«
»Wäre das so schlimm, Jean?«
Er beugte sich über sie, stützte die Hände rechts und links von ihr auf.
»Nein, Stella, mit dir ist nichts schlimm«, sagte er.
»Mit dir auch nicht.«
Er küßte sie auf den Mund.
»Du wolltest dir ein Glas Wasser holen . . .«
»Ich hole für uns beide Wein.«
Er ging hinaus, sie schaute zum Fenster, vor dem seltsam hell die Nacht stand.
Im Anfang hatte Jean sie oft noch Anna genannt, seit einer Weile war das nicht mehr so.

Die Nacht war hell genug, Jean brauchte kein künstliches Licht. In der Küche unter dem Fenster vor dem kleinen Luftgrill stand das Fäßchen mit dem jungen Wein, den Onkel Jeremias erst vor wenigen Tagen nach Straßburg geschickt hatte.
Jean Welsch nahm zwei Gläser vom Bord über der Anrichte an der gegenüberliegenden Wand, dazu, nach kurzem Zögern, einen Krug.
Er füllte den Krug bis an den Rand mit Wein.

Während er hin und her ging, konnte er einen Blick in Lisettes Kammer werfen. Das Mädchen schlief, das Gesicht in etwas gepreßt, das dunkler war als das weiße Kissen. Wahrscheinlich das grüne Seidenhemdchen, Jean schmunzelte vor sich hin.

Als er zu Stella zurückging, sah er, daß die Tür zu dem Zimmer der Mädchen, das Christine – seit Rachel im Lehrerinnenseminar war – allein bewohnte, nur angelehnt war.

Gewiß war nur das, was Stella ihm von Lisette erzählt hatte, der Grund dafür, daß er einen Blick in das Zimmer seiner Töchter warf; er betrat es sonst nie.

Die beiden Betten rechts und links vom Fenster waren unbenutzt.

Er stand eine Weile lang einfach da, ließ seinen Blick durch das Zimmer schweifen.

Bemerkte dann die Schuhe, die vor Christines Bett standen. Es waren ihre Alltagssommerschuhe, die sie gewiß den ganzen Tag über getragen hatte.

Aber nur die Schuhe standen da, nirgendwo sah er ein abgelegtes Kleidungsstück.

Er kehrte zu Stella zurück.

Er rückte das Tischchen heran, auf dem sonst Handarbeiten abgelegt wurden und Bücher, in denen man gerade las.

Er goß für sie beide ein Glas Wein ein, wunderte sich einen Moment lang, daß er dies so ruhig tun konnte.

Es war elf Uhr in der Nacht, und seine jüngste Tochter nicht im Hause.

Er sagte es Stella. Sie stand sofort auf.

»Man muß sie suchen!«

»Wo?« fragte er ratlos.

Sie fanden Christine in der Gartenlaube. Georg saß auf der Bank, Christines Kopf lag in seinem Schoß. Ihre Füße waren nackt. Ihr hell- und dunkelgrau kariertes Leinenkleid bis zum Hals zugeknöpft.
Sie schliefen beide.
Stella hielt Jean zurück.
»Laß sie. Laß sie, bitte.« Stella spürte, wie sich sein Arm unter ihrer Hand entkrampfte. Er wandte sich um, sah sie an.
»Aber nur, weil du mich darum bittest.«
Wie sie gekommen waren, kehrten sie ins Haus zurück. Sie entkleideten sich nicht wieder, saßen, tranken ein wenig Wein.
Nach einer Stunde hörten sie ein Rascheln, dann kaum vernehmbare Schritte, schließlich das Klappen zweier Türen.
Christine war ins Haus zurückgekehrt.

Seit Tagen wußte Christine, daß jemand den Rubintropfen aus ihrem Nachttisch genommen hatte. Seit Tagen trug sie es als Geheimnis mit sich herum, das immer schwerer wog, je mehr Zeit verstrich.
Nicht einmal Georg hatte sie gewagt, es zu erzählen, denn er hatte ihr das kleine Schmuckstück geschenkt, das ehemals seiner Mutter gehört hatte.
Mußte er nicht denken, sie sei achtlos damit umgegangen?
In der Schule gab es an diesem Morgen nach einer schweren Mathematikarbeit, die kleine Baronin du Roi war natürlich wieder in Ohnmacht gefallen und hatte von der Arbeit befreit werden müssen, um elf Uhr hitzefrei.

Es herrschte eine so schwüle Temperatur, daß den Mädchen sogar erlaubt wurde, den obersten Knopf ihrer blauen Schulbluse zu öffnen.
Christine hatte heimlich am Morgen schon die Strümpfe und alles, was man sonst noch unter einem Kleid trug, fortgelassen. Es sah ja doch niemand, denn die naturbraunen Knopfledernen reichten bis zur halben Wade. Und keines der Mädchen hätte je gewagt, die Beine übereinanderzuschlagen und damit mehr als die Fesseln irgendeinem Blick freizugeben.
Ich wünschte, ich wäre in Ingweiler, dachte Christine, während sie die Bücher, zusammengehalten von einem festen Lederriemen, schlenkerte. Oder noch besser beim Großonkel auf dem Gutshof. Er hatte eine Badehütte am Rand seines Weihers errichtet und sogar ihren Vater dazu überreden können, selbst die Mädchen das Schwimmen zu lehren; unterstützt von Stella, die, wie Großonkel Jeremias, allem Natürlichen aufgeschlossen war.
Und ich wünschte, dachte Christine, ich könnte einmal ohne alles baden, das kühle Wasser am ganzen Körper spüren, nur Wasser auf meiner Haut.
Sie blieb im Schatten des Schulportals stehen, schaute zu jenem Teil des Diakonissenhauses hinüber, in dem auch der Arbeits- und Schlafraum ihres Vaters lag.
Sollte sie nicht mit ihm über den verschwundenen Rubintropfen sprechen? War nicht er es, der als erster darüber unterrichtet sein sollte? Schließlich war ein Diebstahl im Hause geschehen.
Kurz entschlossen überquerte Christine den Hof.
Papa sei im Operationssaal, sagte ihr Schwester Helene, die leuchtende Iris in eine Vase auf Papas Schreibtisch ordnete.

Sie schaute auf eine kleine silberne Uhr, die sie an einem silbernen Kettchen um den Hals trug. »Aber es kann nicht mehr lange dauern. Ein Armbruch war bloß zu richten. Wenn Sie hier auf Ihren Vater warten wollen, Mam'selle Christine, so hat Monsieur Welsch gewiß nichts dagegen.«

Christine wartete eine Weile im Arbeitszimmer ihres Vaters, vertrieb sich die Zeit damit, eine Zeitschrift zu studieren, die medizinische Wunderheilmittel versprach.

Gegen Haarausfall und Verstopfung, chronischen Husten, Zahnfäule und Gicht.

Sollte man den Anzeigen glauben, hätte es auf der ganzen Welt längst keinen einzigen Kranken mehr geben dürfen.

Schließlich trat Christine auf den Flur, ging hinab bis zum Operationssaal. Über der Doppeltür brannte eine rote Gasleuchte, die den Eintritt verbot.

Einmal hatte ihr Vater sie mit in den Operationssaal genommen, das war nun knapp ein Jahr her.

Er hatte ihr die Emailbassins gezeigt, in denen die ausgekochten Instrumente aufbewahrt wurden. An einem weißlackierten Holzbrett hingen die weißen Operationsschürzen, die hinten zugebunden wurden und welche die Schwestern über ihren blauweiß gestreiften Kleidern trugen.

Papa hatte Christine ein wenig am Äther schnuppern lassen, mit dem die Kranken vor einer Operation betäubt wurden, damit sie keine Schmerzen verspürten. Christine hatte einen ordentlichen Schnupfer genommen, und gleich hatte sich alles in ihrem Kopf zu drehen angefangen, und ein süßlicher Geschmack hatte ihre Mundhöhle erfüllt.

Papa hatte gelacht: »Das kommt davon, wenn man zuviel haben will!«
Er hatte sie auch am Lysol riechen lassen, in dem er, die Ärzte und die Schwestern ihre Hände wuschen, damit ihnen keine Keime mehr anhafteten.
»Was sind Keime, Papa?«
»Unsichtbare Krankheitserreger.«
»Aber woher weiß man denn überhaupt, daß sie da sind?«
Da hatte er sie zu einem Mikroskop geführt und ihr auf einem kleinen Glasplättchen die Bazillen der Tuberkulose gezeigt.
»Robert Koch hat entdeckt, daß es Bazillen gibt, und Louis Pasteur, nach dem eure Schule benannt ist, entdeckte sogar, daß man durch Impfung mit einer geschwächten Bazillenkultur einen Menschen oder ein Tier gegen die Krankheit immun machen kann.«
Papa wußte so viel, daß Christine manchmal meinte, ihre Ohren müßten beim Lauschen wachsen.
»Christine, was tust du denn hier?«
Da stand er plötzlich vor ihr. Und sie hatte nicht einmal bemerkt, daß er den Operationssaal verlassen hatte. Er trug noch seinen weißen Kittel, und aus dem Operationssaal konnte sie gedämpftes Sprechen hören.
»Wir haben hitzefrei bekommen in der Schule, Papa, und da dachte ich –«
»Ja, was dachtest du?«
»Ich möchte dich gern einmal allein sprechen.«
»Weißt du was, wir fahren zum Onkel hinaus.«
»Zu Großonkel Jeremias? Nur du und ich?«
Er nickte. Aber warum lächelte er nicht?
»Ich laufe schnell rüber und sage Mama Stella Bescheid. Und Papa, fahren wir mit der Pferdebahn?«

»Natürlich fahren wir mit der Pferdebahn. Sag Stella, daß wir morgen erst zurückkommen.«
»Morgen erst?«
»Pack dir dein Nachtzeug ein und ein leichteres Kleid.«
»Oh, ja, Papa!«

Noch Jahre später würde sie sich an diesen Tag erinnern. Noch Jahrzehnte später würde sie meinen, das Klapp-Klapp der Hufe des Schimmels zu hören, der die offene Trambahn quer durch die Stadt zog; den Schaffner mit der klingelnden Geldtasche und den Kondukteur mit der Peitsche in der Hand in ihren blauen Uniformen zu sehen.
Den Sommer zu riechen – roch er nicht nach Obst und Blumen, roch er nicht nach den bemoosten Schindeln der Häuserdächer, nach dem roten heißen Sandstein des Münsters, von dessen vier Schnecken die Fahnen wehten, da der Kaiser wieder einmal Straßburg besuchen wollte?
Jener Sommer, das waren die wippenden Sonnenschirme der Damen, die Hüte der Herren aus gelbem Stroh. Kinder, die barfuß liefen, mit schmutzigen Zehen und schneeweißen Zähnen zwischen blauen Brombeerlippen.
Zehn Pfennige kostete die Fahrt quer durch die Stadt, zum Weißenburgertor.
Und die Ill war so grün.
Papa kaufte Christine eine Limonade an einem Stand gleich neben dem Stadttor, das bis vor kurzem stets noch nachts um zehn Uhr geschlossen wurde, wie alle anderen Tore Straßburgs auch.
Eine Limonade, die nach Pfefferminz schmeckte.

»Darf ich die Schuhe ausziehen?« fragte sie auf dem Feldweg, der schließlich zum Gut des Großonkels führte.
Sie trug den kleinen Strohkoffer, den ein Bambusrohr, durch feste, handgenähte Lederschlaufen gesteckt, zusammenhielt, als sei er ein Spielball.
»Wie schnell die Zeit vergeht«, sagte Jean Welsch. »Nächstes Jahr wirst du schon konfirmiert, Christine.«
»Ja, und Georg auch.«
»Und bald willst du, wie deine Schwester, ins Lehrerinnenseminar eintreten. Falls du die Matura bestehst.«
»Da mach dir keine Sorgen, Papa. Nur in Mathematik und in Biologie, da muß Georg mir helfen. Aber sonst helfe ich ihm, in Französisch und Latein. – Papa«, sie blieb stehen, »ich muß dir etwas sagen.«
»Ja, Christine?« Er blieb auch stehen, nahm seinen Strohhut ab, tupfte sich mit dem weißen, zu einem exakten Quadrat gefalteten Taschentuch die Stirn. Sein Haar und sein Bart waren schon mit grauen Fäden vermischt, aber seine Stirn über den dunklen Augen war weiß und glatt wie eh und je.
»Du wolltest mir etwas sagen, Christine.«
»Ich habe Georg sehr lieb.« Nun war es endlich heraus. Nun hatte sie es zum allerersten Mal gesagt.
»Das weiß ich, Christine. Man soll seine Mitmenschen lieben.«
»Alle kann ich nicht gern haben, Papa, aber den Georg, den hab' ich vom ersten Moment an liebgehabt. Schon als er mit Onkel Sebastian aus der Kutsche stieg. Und, Papa, er hat mir etwas geschenkt, zum Zeichen, wie lieb er mich hat. Einen Rubin, den man einen Taubenblutstropfen nennt. Es war die einzige Erinnerung an seine Mutter.«

»Dir hat Georg einen Rubintropfen geschenkt? An einem goldenen Kettchen?«
»Ja, du weißt, manchmal bin ich noch ziemlich wild. Ich meine, ich klettere immer noch gern auf alle Bäume. Und manchmal bin ich auch unachtsam. Aber mit dem Kettchen bin ich ganz vorsichtig umgegangen. Ich habe es in Watte und eine kleine Schachtel gesteckt und in meinen Nachtkasten gelegt. Und von da ist es seit ein paar Tagen verschwunden.«
»Laß uns weitergehen, Christine, die Sonne brennt.«
»Bist du böse, Papa, daß ich ein Geschenk angenommen habe, ohne dich oder Mama Stella vorher zu fragen?«
»Nein, ich bin nicht böse. Aber wo siehst du den Georg denn, allein, daß er dir solches schenken kann?«
»In der Gartenlaube, Papa. Er kommt über die Gartenmauer. Er kann gut klettern, das weißt du ja. Abends, wenn Onkel Sebastian Bibelstunde für die Diakonissinnen hält. Leider ist das ja nur einmal in der Woche. Sonst sehe ich Georg nur beim Sonntagmittagessen. Und dann noch einmal in der Woche im Chor, Professor Hund läßt uns Duette singen. Und für Weihnachten will Pastor Hacher ein Krippenspiel mit uns einstudieren. Georg wird den Josef spielen und ich die Maria. Aber sonst treffe ich mich nicht mit ihm. Ich weiß doch, daß es sich nicht schickt.« Sie griff nach seiner Hand, wie sie es als Kind so oft getan hatte. Die Hand war kühl wie immer.
»Papa, was soll ich nun Georg sagen wegen des Rubins? Daß ich ihn verloren habe? Aber wird er dann nicht denken, daß ich ihn nicht gern habe? Wie reagiert ein Mann?«
Ihr Vater lachte plötzlich. »Ich sag's ihm. Doch denke inzwischen eines: Georg ist noch kein Mann, und du bist noch keine Frau.«

»Aber ich werde seine Frau!«
Und als ihr klar wurde, was sie gesagt hatte, riß Christine sich los und lief ihrem Vater voraus.
Ihr Gesicht glühte, und sie warf den kleinen Strohkoffer in die Luft wie einen Ball.
Sie hielt erst inne, als sie merkte, wie hoch ihre Röcke flogen, und daran dachte, daß sie ja nichts darunter trug.

In seinem Haus in der Rue Imbert, das er kürzlich bezogen hatte, ließ Sebastian Welsch sein Mündel Sudi warten. Er tat es nicht mit Absicht.
Zu tief hatte ihn getroffen, was er von seinem Bruder Jean erfahren hatte.
Sudi war ein Dieb.
Dazu hatte er die unschuldige Lisette verführt.
Wie einen eigenen Sohn hatte er den Jungen in sein Herz geschlossen. Wie einen Sohn sich an seinen anfänglichen Erfolgen in der Schule erfreut, an seinen guten Manieren, seiner Höflichkeit und dem Respekt, den er ihm entgegenbrachte.
Und nun sollte das alles nur Verstellung gewesen sein? Vorgabe und Vorspiel?
Würde ihm auch das gleiche mit Georg geschehen?
Mußte er auch dort fürchten, in seiner Menschenkenntnis versagt zu haben?
Sebastian wanderte in seiner Bibliothek auf und ab. Das leise Zischen der Gaslampen drang an sein Ohr, ließ ihn an die Moskitos denken, die jene schwülen Nächte des Monsuns in Indien vergiftet hatten.
Sollte wahr sein, wogegen er sich zeit seines Lebens gesträubt hatte, daß selbst ein Mensch, den man zu kennen glaubte, einen zu belügen und betrügen vermochte?

Er stützte seine Hände auf den einfachen Eichentisch, der ihm zur Arbeit diente.
Dort lag der allmonatliche Brief an Sudis Vater, in dem er diesen von den Fortschritten des Sohnes in der Schule unterrichtete, Rechenschaft gab über seine Gesundheit und seinen Lebenswandel.
Dort stand nur Gutes.
Konnte er dem hinzufügen: ›Ihr Sohn, mein bester Freund, ist ein Dieb. Er hat die Unschuld eines einfältigen Mädchens ausgenützt und damit Schande über dessen Familie gebracht. Denn zu einer Heirat aus diesem Grunde ist Sudi noch zu jung. Und niemand könnte solches ehrlichen Herzens gutheißen, denn zu sehr verschieden sind die Charaktere der beiden jungen Menschen, zu sehr unterscheidet sich ihr bisheriger Lebensweg‹?
Sebastian öffnete die Lade des Schreibtisches, schob die Blätter hinein; obwohl er Unpünktlichkeit verabscheute, mußte das Absenden des Briefes warten, bis er mit Sudi gesprochen hatte.
Er trat zur Tür des Salons, wo Sudi wartete.
Wie immer, wenn er aus der Schule kam, trug er im Haus seinen weißen indischen Anzug.
Höflich stand er von der Ottomane auf, beugte seinen schmalen Kopf.
»Sie haben mich rufen lassen, mon oncle.«
»Ja, Sudi, ich habe mit dir zu reden. Bitte, tritt ein, setz dich.« Sebastian blieb neben seinem Arbeitstisch stehen.
»Sudi, fühlst du dich wohl in Straßburg?«
»Ja, mon oncle.«
»Hast du nicht manchmal Heimweh nach deinen Eltern, nach Indien?«

»Indien ist weit fort, mon oncle.«
»Gewiß ist es das. Aber du weichst mir aus.«
»Ist nicht Heimweh eine Schwäche?«
»Aber eine Schwäche des Herzens, die sehr verständlich ist. Nun?«
»Manchmal denke ich an Singapur.«
»Kann es deswegen sein, daß du Dinge tust, die eigentlich einen Ausschluß aus deiner Schule – und unserer Familie – zur Folge hätten?«
»Ich weiß nicht, wovon Sie sprechen, mon oncle.«
»Muß ich wirklich deutlicher werden?«
»Ich bemühe mich, ein guter Schüler zu sein. Ich hoffe, daß ich es keinem Mitglied Ihrer geschätzten Familie gegenüber bisher an Respekt und Achtung habe fehlen lassen.«
»Das alles ist wahr, Sudi, und doch hat man dich in einem bestimmten Viertel der Stadt gesehen, in dem ein junger Mensch deines Alters eigentlich nichts zu suchen hat. Im Petite France.«
»Georg hat mich verraten!«
»Nein, nicht Georg.«
»Wer dann?«
»Einer deiner Lehrer, du wirst nicht erwarten, daß ich dir seinen Namen sage, hat dich dort gesehen.«
»Was hatte *er* denn in jenem bestimmten Viertel der Stadt zu suchen, mon oncle, wie Sie es zu nennen belieben?«
»Dein Lehrer bemerkte, daß du dich dorthin wandtest, und folgte dir.«
Ein häßliches Lächeln kräuselte die vollen dunklen Lippen. »Und das glauben Sie ihm, mon oncle? Wenn ich Ihnen sagen würde, wen alles ich dort schon gesehen habe. Auch diesen Lehrer. Und er hatte seinen Spaß.«

»Bist du mit Georg dort gewesen?«
»Nein, der ist ja zu feige.«
»Ich möchte es anders nennen«, sagte Sebastian Welsch, »aber du weißt auch gewiß so, daß du dich in deiner Wortwahl irrst.«
Sudi hob die schmalen Schultern.
»Und da sind noch zwei andere Dinge«, fuhr Sebastian Welsch fort, ohne den Blick vom Gesicht des Jungen zu wenden. »Vor einigen Wochen wurde im Hause meines Bruders ein Schmuckstück entwendet. Es war nicht sehr wertvoll, aber leider spielt in einem solchen Fall Wert oder Unwert einer Sache keine Rolle. Du nahmst es, schenktest es dem Mädchen Lisette. Was hast du dir dabei gedacht?«
»Nichts!«
»Nichts? Gar nichts?«
»Nein, mon oncle. Manchmal kommt das so über mich.«
»Willst du mir sagen – daß du an Kleptomanie leidest und es weißt?«
»So ist es, mon oncle.«
»Und warum hast du mir das bisher verschwiegen? Hast du auch von anderen Leuten Dinge genommen?« fragte Sebastian Welsch entsetzt.
»Mal hier und da, mon oncle.«
»Sudi, woher nimmst du die Impertinenz ...«, Sebastian Welsch brach ab, räusperte sich. »Sudi, und daß Lisette ein Kind von dir erwartet, welche Erklärung gibst du mir dafür?«
»Von mir? Bestimmt nicht!«
»Sie war ein unschuldiges, einfältiges Mädchen, dem du Luftschlösser gebaut hast. Kannst du dir wenigstens vorstellen, was du da angerichtet hast?«

»Ich weiß nur, mon oncle, daß Sie mich jetzt nach Hause senden müssen.« Sudi hob die Hände, legte die Fingerspitzen gegeneinander und neigte den Kopf, bis sie seine Stirn berührten.

Dann ging er, als sei nicht das geringste geschehen, hinaus.

4

Langsam verglühte der Sommer im Herbst. Die Nächte in der Gartenlaube, stillschweigend von ihrem Vater und Mama Stella geduldet, wurden kalt.
Christine spürte den ersten Frost auf ihrem Gesicht und ihren Händen, sah ihn die Glyzinien und das Geißblatt, die letzten Dahlien und Astern mit Reif überziehen.
Aber inwendig war ihr heiß vor Erwartung, wenn Georg kam. Und manchmal spürte sie ein seltsames, schmerzhaftes Ziehen in ihren Brüsten, deren Wachstum sie heimlich vor dem Spiegel im Badekabinett überwachte.
Auch das andere, das Unaussprechliche, wie Mama Stella es nannte, hatte sie schon zur Frau gemacht.
Ahnte Georg es? Wußte er es gar? Hatte er sie nicht in der letzten Nacht in der vergangenen Woche ganz anders geküßt als in allen zuvor?
Weiche volle Lippen hatte er, und sie hatten sich an den ihren festgesaugt. Sonderbar war nur, daß sie dennoch nicht zu atmen vergaß.
Zum nächsten Ostern werden wir konfirmiert.
Und dann geht er fort. Dann geht er nach Potsdam.
Und dann nach Berlin.
»Ich will nicht, daß du fortgehst«, sagte sie an diesem Abend, als er endlich kam. Neun war es schon. Onkel

Sebastian hatte heute seine Bibelstunde abgesagt. Er fühlte sich nicht wohl, die Leber machte ihm zu schaffen. Und dann hatte er Georg noch in eine politische Diskussion verwickelt.
Der Kaiser hatte eine Flottenparade in England besucht. Obwohl, wie der Onkel es ausdrückte, die Queen überraschendes Verständnis zeigte, hatte sich der Prince of Wales von der Arroganz des deutschen Monarchen brüskiert gefühlt. Und selbst Bismarck hatte sich veranlaßt gesehen, den Kaiser zu rügen.
»Georg, müssen wir über Politik sprechen?« fragte Christine.
»Nein, mein Herz.«
»Bin ich wirklich dein Herz?«
»Ja, das bist du«, sagte er ernst.
Sie zog die Beine auf die Bank, die Röcke darüber. Sie lehnte sich an ihn, so, daß sie sein Kinn auf ihrem Haar spürte.
Er öffnete seinen pelzgefütterten Paletot, und nun konnte sie gegen ihren Rücken sein Herz schlagen spüren.
»Georg, erzähl mir, wie es sein wird, wenn wir verheiratet sind.«
»Als erstes werden wir eine große Reise machen.«
»Wohin, Georg?«
»Wohin du willst!«
»Am liebsten zum Mond.«
»Warum zum Mond?«
»Weiß nicht. Vielleicht, weil er so weit weg ist? Vielleicht, weil ich wissen will, wie er auf der anderen Seite aussieht?«
»Du hast Ideen!«
»Bin ich etwa dumm?«

»Du bist nicht dumm. Nur furchtbar neugierig.«
»Das ist wahr.«
»Aber wenn ich weg bin, darfst du nicht zu neugierig sein, Christine.«
»Ich werde dir alles schreiben, Georg, alles!«
»Du sollst nichts erleben, Christine. Du sollst lernen. Es ist gut für eine Frau, später einen Beruf zu haben. Man weiß nie, was kommt.«
»Ich bin nicht faul.«
»Das weiß ich doch.« Er drückte seinen Mund auf ihr Haar.
»Georg, vielleicht könnten wir auf unserer großen Reise um die Welt segeln? Oder vielleicht in einer Karawane durch die Sahara ziehen?«
»Willst du verdursten?«
»Du besorgst mir schon Wasser. – Vielleicht könnten wir auch nach Venedig reisen? Oder nach Amerika?«
»Ich denke, wir sollten eine Reise durch Deutschland und Frankreich machen, um unsere Heimat kennenzulernen.«
»Aber ein kleines bißchen weiter weg wäre auch schön«, sagte Christine. »Und dann, nach unserer Reise, was machen wir dann?«
»Dann suchen wir uns ein Haus in den Vogesen. Dann mache ich meine Praxis auf, und du bringst kleinen Rotznasen bei, daß sie ein Taschentuch statt der Schürze benützen sollen.«
»Und einmal im Jahr fahren wir nach Paris oder Berlin. Und dann trinken wir Champagner und gehen ins Theater, und du kaufst mir ein weißes Seidenkleid mit einem ganz tiefen Ausschnitt.«
»Warum mit einem tiefen Ausschnitt?«
»Mama Stella sagt, meine Schultern sind sehr passabel.

Und ich glaube, alles andere auch. Ich gleiche ein bißchen meiner Mutter, weißt du, obwohl sie viel schöner war als ich. Vor allem hatte sie nicht so große Ohren.«
Georg biß sie ins linke Ohrläppchen.
»Oh«, sagte Christine erstaunt, »das gibt aber ein komisches Gefühl. Mach das nochmal.«
»Lieber nicht«, Georg schob sie ein bißchen von sich.
»Warum nicht?«
»Christine, sei nicht so ein Kind.«
»Ich bin kein Kind mehr. Seit drei Monaten nicht mehr.«
Georg packte ihre Schultern.
Er drehte sie zu sich herum, daß sie fast von der Bank gefallen wäre.
»Christine, versprichst du mir, daß du mit niemand anderem in diese Laube kommst? Und versprichst du mir auch, daß du mit niemand anderem über solche Sachen redest?«
»Aber es sind doch ganz natürliche Sachen, oder?«
»Christine, ich mache keinen Spaß. Mir ist es ernst.«
»Ja, Georg, ja. Ich verspreche es dir. Ich werde mit niemand anderem in die Laube kommen. Mit niemand anderem über solche Sachen reden.«
»Begreifst du, warum?«
»Ja – ich –«
»Ein anderer könnte es ausnützen.«
»Du meinst, ein anderer Mann? Aber ich will doch nur dich.«
Georg packte sie fest und preßte ihren Kopf an seine Brust.
»Lauf jetzt ins Haus. Und schlaf gut, mein Herz.«

Sie konnte nicht schlafen. Natürlich nicht.
Ihre Unterlippe war ganz geschwollen und auch ein bißchen wund.
So hatte Georg sie noch nie geküßt.
Aber er hatte sie auch noch nie zuvor so rasch zurück ins Haus geschickt.
Sie wußte, daß ihr Vater mit Georg gesprochen und nachher zu Mama Stella bemerkt hatte, Georg wird einmal ein Ehrenmann.
Gewiß hing es damit zusammen, daß Georg sie so früh ins Haus geschickt hatte.
»M'selle Christine, schlofe Sie scho?«
Das war ja Lisette, die da vor ihrem Bett kauerte, die weiße Schlafhaube über dem dicken, gekrausten blonden Haar.
»Aber Lisette, was ist denn? Du weinst ja? Und du zitterst? Komm rauf. Unter die Decke, schnell!«
»Aber das geht doch nicht. Nein, M'selle Christine. Aber wenn Sie mir bloß helfen wollten . . .«
»Wie soll ich dir helfen, Lisette?« Christine rieb die ins Laken verkrampften eiskalten Hände des Mädchens. »Sag schon, was ist denn passiert?«
»Sie werden es ja nicht verstehen, wie das so ist – oder vielleicht doch, weil Ihr Vater ja ein halber Arzt ist. Und weil Sie und der Georg, ich meine, Sie haben ihn doch auch lieb. Also, der Sudi und ich, das war so – Ihr Kettchen mit dem roten Stein, das hat er für mich gestohlen, und dann hat er mir ein Kind gemacht. Und das grüne Seidenhemd vom Fräulein Rachel hat er mir auch noch geschenkt.«
Die dicke Rachel im grünen Seidenhemd! Christine lachte hellauf, hielt sich aber rasch die Hand vor den Mund.

»Also der Sudi war das. Aber dann ist der Sudi doch ein Dieb!«
»Ja, aber nur meinetwegen. Weil ich seine Herzensdame bin, M'selle Welsch.«
»Wo hast du denn das her?«
»Gesagt hat er es. Oh, er hat so vieles gesagt. Und jetzt hat Ihr Onkel ihn zurück nach Indien geschickt. Und Madame Stella will mich zurück nach Ingweiler schikken. Weil ich doch das Kindchen krieg. Aber eher geh ich in die Ill.«
»Lisette, war das schön mit dem Sudi? Ich meine – du weiß schon, was ich meine?«
»Ja, schön war es, M'selle Christine, so schön. Aber jetzt krieg ich doch ein Kind. Und das gleich vom ersten Mal!«
»Willst du denn bei uns bleiben? Hier in Straßburg?«
»Ja doch, M'selle Welsch. Ja, bitte, das will ich doch!«
»Ich werde es Mama Stella sagen.«
»Und Ihrem Vater auch?«
Lisette wollte ihr die Hand küssen, aber Christine beugte sich schnell vor und küßte das Mädchen auf beide Wangen.
»M'selle Christine, das werd' ich Ihnen nie vergessen.«
»Ach was! Ich werde Mama Stella und Papa einfach sagen, daß ich Patin von deinem Kind sein möchte.«

Beim Frühstück am nächsten Morgen, man nahm es, obwohl es schon Oktober war, noch einmal wegen des wärmenden Sonnenscheins auf der Veranda ein, wartete Christine, bis ihr Vater die Zeitung zusammenfaltete.
»Noch einen Tee, Jean?« fragte Stella.

»Ja, bitte, Liebste. Wir sollten am Sonntag wieder einmal zu Jeremias fahren, meinst du nicht?«
»Es ist euer Hochzeitstag, nicht wahr?« fragte Christine.
»Ja.« Stella und ihr Vater lächelten einander zu.
»Bei dieser Gelegenheit können wir auch Lisette zu ihren Eltern bringen«, sagte ihr Vater.
»Mama Stella, Papa, ich habe einen Aufsatz über Karl Marx gelesen. Darin steht, daß er mit dem Hausmädchen seiner Familie ein Kind zeugte, es jedoch nie als das seine anerkannte. Onkel Sebastian hat Sudi nach Indien zurückgeschickt. Deswegen kann er Lisettes Kind nicht als das seine anerkennen. Es hat also keinen Vater. Und deswegen möchte ich wenigstens seine Patin werden.«
Stella und ihr Vater schauten sie an. Stellas Augen waren geweitet und blickten ein bißchen starr. Der Vater hob die Hand, strich sich zuerst rechts und links über den Schnurrbart, dann über den Kinnbart.
»Und als Patin des kleinen Kindes möchte ich auch nicht, daß es bei Lisettes Eltern aufwächst. Ihr habt selbst immer gesagt, was für schreckliche Leute das sind. So engstirnig und solche Hinterwäldler.«
»Mir scheint, du lauschst an Schlüssellöchern«, sagte ihr Vater.
Christine spürte, wie ihr die Röte ins Gesicht schoß. Aber lügen half hier ganz und gar nichts.
»Manchmal«, gab sie zu.
»Na, wenigstens ehrlich bist du. Aber für eine Patin bist du noch zu unreif. Du bist noch ein halbes Kind.«
»Mama Stella weiß das besser, Papa.«
»Was soll das heißen?« Er stand langsam auf, stützte beide Hände auf den Tisch.

»Jean – Christine meint gewiß nur, daß sie, nun, daß sie alle Attribute einer jungen Frau hat. Bekommen hat . . .«
»Ja, Mama Stella, das meine ich. Danke schön. – Darf ich nun Patin werden oder nicht? Und darf Lisette hierbleiben oder nicht?«
Der Vater setzte sich wieder hin. Er tastete über die Brusttasche seines dunkelgrauen Jacketts, dann über beide äußere Jackentaschen.
»Ich hole dir deine Zigarren, mon cher.« Stella eilte ins Haus.
»Gieß mir noch eine Tasse Tee ein, falls er noch warm ist«, sagte Jean Welsch zu seiner Tochter.
Christine gehorchte.
»Wann hast du das alles ausgeheckt? Mit Lisette?«
»Lisette hat mich um meine Hilfe gebeten. Das ist alles.«
»Warum ist sie nicht zu mir gekommen?«
»Vor dir, Papa, hat sie zuviel Respekt. Aber sie geht in die Ill, wenn ihr sie nicht hierbehaltet. Und denk doch nur, dann wären wir schuld an ihrem Tod. Und am Tode ihres ungeborenen Kindes.«
»Lisette kann ihr Kind nicht hier gebären. Das würde nur eine Belastung für Stella sein. Sie ist nicht ganz gesund.«
»Mama Stella?« fragte Christine erschrocken.
»Ihre alte Bronchitis. Sie wird noch in diesem Winter nach Davos reisen. Deswegen sollte Lisette nach Ingweiler zurück und ihre jüngere Schwester zu uns ins Haus kommen.«
»Mama Stella, du bist krank?« Christine lief zu ihr, als sie wieder die Veranda betrat.
»Aber nein«, Stella lächelte abwehrend, »Jean über-

treibt. Ein bißchen Höhenluft wird mich wieder in Ordnung bringen. – Jean, deine Zigarren.« Sie hielt ihm die Dose aus Sandelholz hin, reichte ihm dann mit einem der langen Wachshölzer Feuer.

»Und wie wäre es, wenn wir Lisettes jüngere Schwester zu uns kommen ließen und Lisette trotzdem hierbehielten? Was ist denn mit dem Droschkenkutscher François? Er sucht doch schon seit langem eine Frau! Und die Lisette sieht er gern. Sie hat es mir selbst erzählt – bevor das mit Sudi war. Wenn Fançois eine leere Droschke hatte, nahm er Lisette immer mit vom Markt nach Hause.«

»Ob er sie jetzt noch so gern mitnehmen würde, ist eine zweite Frage«, sagte Jean Welsch.

»Ich rede gern mit François«, sagte Christine. »Auf mein Urteil gibt er was.«

Ihr Vater lachte; zuerst hörte es sich nur wie ein Räuspern an, aber dann wurde ein richtiges schallendes Lachen daraus, in das auch Stella einstimmte.

»Gewonnen!« rief Christine, »ich hab' gewonnen!« Sie sprang auf und umarmte erst ihren Vater, dann Mama Stella.

Den Kutscher François bekam Christine noch am gleichen Nachmittag an der Fontaine vor der Kirche zu fassen.

Sein Brauner fraß aus dem Hafersack, er selbst rauchte eine von seinen stinkenden selbstgedrehten Zigaretten, auf die er braunes Papier zum Einwickeln verwandte.

Er war kein ganz junger Mann mehr und auch nicht besonders hübsch; eher lustig konnte man sagen, mit der etwas knolligen Nase und den kleinen Augen, die von

Fältchen wie einem Spinnennetz umgeben waren. Aber er lachte halt zu gern.

Und was tat's, daß die Lisette ihn während ihrer Eskapade mit Sudi einen ollen Schrumpelkopf genannt hatte? Ein Mann mit einem runden lustigen Gesicht war bestimmt besser als einer, der immer mit griesgrämig herabgezogenem Mund herumlief wie der Pedell im Bon Pasteur.

»Bonjour, François«, sagte Christine. »Sieh mal, schmecken dir die nicht besser?« Sie hielt ihm drei von ihres Vaters besten Zigarren hin, die von kleinen rohen Kartoffelscheiben in der Sandelholzdose feucht gehalten wurden.

»Das will ich meinen!« François zertrat seine stinkende Zigarette mit dem Absatz seines braunen Stiefels, über dem sich die blaue Hose bauschte.

»Schöne Stiefel hast du an«, sagte Christine, »aber geputzt müßten sie mal werden.«

»Dafür gehört eine Frau ins Haus«, sagte Fançois prompt.

»Und dein Hemd bräuchte einen neuen Kragen«, wagte sich Christine entschlossen vor. »Unsere Lisette, die kann nähen, das solltest du mal sehen!«

»Ja, die Lisette!« Sein Mund schien sich spitzen zu wollen, wurde aber dann schmal. »Ach, geh mir doch weg, wenn die Mädchen mal eine Weile in der Stadt sind, dann haben sie nichts wie Flausen im Kopf!«

»Die Lisette ist ganz anders. Und sie mag dich gern.«

»Mich? Mich hat sie gern, wenn ich sie vom Markt mit zurücknehm' und sie ihre schweren Körbe nicht selbst zu schleppen braucht.«

»François, du bist zu bescheiden. Dabei bist du ein stattlicher Mann. Großes Ehrenwort.«

»Bin ich das?« Seine Augen schienen mit einemmal zu tanzen. Er schob den Daumen in den Hemdkragen, rückte ihn hin und her, als sei er plötzlich zu eng geworden.

»Ja, das bist du wirklich. Ein stattlicher Mann. Und ich weiß, daß die Lisette auch so denkt. Warum holst du sie nicht einmal ab, an ihrem freien Tag, und fährst mit ihr spazieren?«

»Und wenn ich einen Korb krieg'?«

»Den kriegst du ganz bestimmt nicht. Wetten?«

»Einverstanden. Um was wetten wir denn?«

»Ich wette, daß du binnen drei Monaten die Lisette heiraten wirst. Und dann krieg' ich von dir dein bestes Huhn.«

»Mein bestes Huhn? Aber was willst du denn damit?«

»Das erzähl' ich dir später, François.« Christine dachte, das nehm' ich Lisettes Mutter mit, die sich mit dem Federvieh hat wie eine Glucke mit ihren Küken.

»Einverstanden!« sagte Fançois, packte Christines Rechte mit beiden Händen und schüttelte sie fest.

Zuerst weinte Lisette und sträubte sich und wollte und wollte einfach ihren Sudi nicht vergessen.

»Aber denk doch nur«, hielt Christine ihr vor, während Lisettes Tränen in den Rodonteig wie Rosinen tropften. »Du wirst Frau Droschkenkutscher. Der François hat sogar ein eigenes Haus.«

»Mit zwei Zimmer'.«

»Na ja, ein Palast ist es gerade nicht. Aber ihr könnt ja noch ein Zimmer anbauen. Platz im Garten ist genug.«

»Er hat so grobe Hände.«

»Aber er stiehlt wenigstens nicht damit.«
»Ach, M'selle Christele, der Sudi hat es doch nur für mich getan.«
»Der Sudi ist weit weg«, sagte Christine, »und du wirst ihn nie wiedersehen. Halt dich an den François.«
»Wenn er mich überhaupt haben will mit dem Kind.«
»Er will dich haben. Verlaß dich drauf. Er hält dich für was ganz Feines.«
»Und wann soll ich's ihm sagen? Mit dem Kind?«
Ja, das wußte Christine auch nicht.
»Ich kann's ihm doch nicht erst nach der Hochzeit sagen?«
»Nein, das kannst du nicht, Lisette.«
»Ja, wann denn dann?«
»Das mußt du dir selbst einfallen lassen.«

Lisette fiel partout nichts ein. François holte sie zum Tanzen ab, an ihrem freien Tag.
Unter den Platanen der Gastwirtschaft zum Goldenen Hahn drehte sie sich mit ihm im Walzer. Zuerst hielt er sie so vorsichtig, daß sie sich wunderte, wegen seiner groben Hände natürlich. Aber dann wirbelte er sie herum, daß ihr der Atem ausging und ihr dann ganz schrecklich schwindelig wurde. In ihrem Magen hüpften der Wein und die Wurst und die Brezeln um die Wette.
Lisette flüchtete nach draußen, hinter die Hecken.
Da kam der François und hielt ihr die Stirn und hielt ihr die Mitte, bis es vorüber war.
»Sie müssen mir schon Pardon erteilen, Fräulein Lisette, daß ich so heftig mit Ihnen herumgesprungen bin«, sagte er, »aber ich bin das Tanzen gar nicht gewohnt. Und ... und ...«, er geriet ins Stottern.

»Nein, François, Ihre Schuld war das nicht«, sagte Lisette da und sah ihn fest an. »Ich bekomme ein Kind, François.«
»Ein Kind?«
»Von einem Mann, der weit weggegangen ist. Und die Christine Welsch meinte, Sie – weil Sie doch so allein sind, und ich doch auch so allein bin und nicht zu meinen Eltern zurück will – ach, am besten geh' ich in die Ill –«
»Nicht in die Ill!« rief François und schüttelte den Kopf, wie er zuvor nur genickt hatte. »Ich hab' mal eine Lebensmüde rausgezogen. Gelebt hat sie noch. Aber auf dem Weg ins Hospital ist sie mir dann gestorben. Nein! Nicht in die Ill. Dann lieber, also dann lieber, Fräulein Lisette, dann heirate ich Sie eben!«

Zu Weihnachten heiratete Lisette ihren François.
Sie schnürte sich so stark, daß sie zweimal in Ohnmacht fiel, ehe Stella Welsch einschritt und energisch entschied: »Laß das Korsett aus. Unter deinen vollen Röcken sieht man den Bauch ohnehin nicht.«
Lisette trug die Tracht der Elsässerinnen; den weiten gefältelten Rock, die kostbare Schürze, in der schon ihre Mutter geheiratet hatte, und die steife, große, schwere Schleife wie einen Fächer hinter ihrem blonden Haar.
Eine schöne Braut war sie, und François konnte die Augen nicht von ihr wenden.
Er, als Bräutigam, trug stolz eine Kokarde in den Farben des Elsaß an seinem Kutscherzylinder.
Schmunzeln und Kichern wisperte durch die Kirche, als François vor dem Altar nicht wußte, wohin mit dem steifen Hut, und ihn kurz entschlossen einem kerzentragenden Engel über den Kopf stülpte.

Das Schmunzeln und Kichern schien allen Anwesenden als gutes Omen für diese Heirat.
Und es erschien sogar eine Notiz über den Vorfall, verfaßt vom Organisten, im Neuhofer Tageblatt.
Draußen lag hoher Schnee, und Möwen hatten sich vom Rhein her bis auf den Vorplatz der kleinen backsteinernen Kirche verirrt.
Sie pickten die Reiskörner auf, die man über das Paar warf, und eine flog mit einer Luftschlange davon.
Stella Welsch hatte im eigenen Hause das Hochzeitsmahl aùsgerichtet.
Der gelbe Salon war ausgeräumt worden, so daß eine Tafel für zwölf Personen darin Platz fand.
Eine zweite Tafel, an die Wand gerückt, bog sich unter den winterlichen Leckerbissen des Elsaß.
Da gab es schmalzglänzendes Sauerkraut mit frischen Schweinswürsten und Speck, der aussah, als sei er in Wahrheit aus Marzipan.
Da gab es die kräftige Zwiebelsuppe und als Nachtisch Framboise Flambé.
Später wurde dann der mit unzähligen Zuckerperlen verzierte Hochzeitskuchen angeschnitten, den der Patissier Zumpfstein den Eltern der Braut aus Ingweiler mitgegeben hatte.
Ausnahmsweise erlaubte Stella Mokka, und selbst sie nippte an einer der winzigen Tassen.
Sie hatte den November in Davos verbracht und war zum erstenmal, seit man sie kannte, rundlich geworden.
Nächtens konnte man ihren Husten nicht mehr hören, die Flasche mit dem dunkelbraunen Sirup, aus dem Saft von schwarzen Rettichen und Melasse, verschwand von ihrem Nachttisch.
Traurig war man, daß Robert nicht aus Bonn zur Feier-

lichkeit gekommen war, obwohl Jean Welsch ihm einen Extrascheck sandte, für die Bahnfahrt.
Robert schrieb: ›Lieber Vater, erlaube mir, das Geld besser zu verwenden. Mir ist nicht nach Feierlichkeiten zumute in einer Zeit, in der es Aufruhr auf der ganzen Welt gibt. Solange die Verhältnisse sich nicht ändern, sollte man jedes Fest verbieten. Da Du mich in einer solchen Stimmung findest, würde ich nur als Störenfried bei der Hochzeit auftreten. Grüße Lisette von mir. Sie war immer ein gutes und liebes Mädchen. Grüße auch François, ich wünsche beiden Glück. Dein getreuer Sohn Robert.‹
Stella Welschs Augen verdunkelten sich, während ihr Mann den Brief am Vorabend der Hochzeit vorlas.
Jean legte seine Hand für eine Sekunde auf ihre Hand. Unausgesprochen ließ er, was er dachte. Sie verstand ihn auch so.
»Ich finde, Begräbnisse sollte man nicht feiern«, sagte Christine, »wohl aber Hochzeiten. – Man heiratet doch nur einmal im Leben!«
Während der Feierlichkeit in der Kirche und später beim Hochzeitsmahl dachte sie: Wann wird meine Hochzeit sein? Lieber Gott, laß Georg ganz, ganz schnell studieren und ganz, ganz schnell fertig werden, damit es nicht noch eine Ewigkeit dauert.
Beim Essen saß Georg neben ihr, aber sie hatte nicht den Mut, auch nur ein einziges Mal nach seiner Hand zu fassen, denn Rachel, die nur noch zu Sonn- und Feiertagen aus dem Lehrerinnenseminar nach Hause kam, ließ sie nicht aus ihren wachsamen Augen.
Sie hat Augen wie eine Schlange, dachte Christine, obwohl Schlangen gewiß keine blauen Augen haben.
Aber sie sieht mich so an. Mich und besonders Georg.

Später wurde getanzt. Da vergaß Christine ihre Schwester, vergaß alles, alles um sich her, sobald Georg sie im Arm hielt.
Und noch später stahlen sie sich davon.
Liefen quer durch die Stadt, zum Christkindlmarkt auf dem Proki-Platz.
Da reihte sich ein Stand an den anderen, erhellt von Petroleumlampen, deren gelbes Licht das dunkle Tuch des Abends herabzuziehen schien.
Christine hatte die Mütze aus Maulwurffellen tief in die Stirn gezogen, und nicht wegen der Kälte hob sie ihren Muff aus dem gleichen Pelz so, daß er halb ihr Gesicht verbarg.
Denn Georg hielt fest ihren Ellbogen; bei jedem Schritt berührten sich ihre Hüften und Schenkel, und darauf wollte sie um nichts in der Welt verzichten.
Was aber, wenn ihnen Bekannte der Eltern begegneten und dieses zu Hause berichteten? Es schickte sich wahrhaftig nicht.
»Schau doch nur: so eine Uniform hab' ich mir als kleiner Junge immer gewünscht!«
Vor einer Spielzeugbude blieb Georg stehen.
Aus Pappmaché, mit Goldbronze bemalt, hingen da Helm und Brustschild eines Ulanen; gleich daneben die Pluderhosen und das Bolero und der Fez eines Zuaven.
»Mit den Zuaven war mein Vater in Mexiko«, sagte Christine.
Ein paar Schritte weiter rief sie überrascht und erschrokken: »Sieh doch nur, da ist ja Babtiste!«
Hinter einem großen Kupferkessel, in dem es brodelte und zischte, stand ein blasser junger Mann in einem persianerverbrämten schwarzen Paletot, den grauen runden Hut aus der hohen Stirn geschoben, und drehte Zucker-

watte um Holzstäbe für Kinder, die hopsten und johlten, weil er sie natürlich freihielt.
Neben ihm, in ein dickes wollenes Umschlagtuch gewikkelt, gestrickte Ohrenschützer rechts und links vom zotteligen grauen Haar, hockte auf einem Schemel eine Frau mit unglücklichem Gesicht, das sich nur aufhellte, wenn Babtiste wieder eine Münze in den hölzernen Kasten neben der Zuckertrommel warf.
»Er ist schon wieder betrunken«, sagte Georg.
»Woran siehst du das?«
»Schau dir seine Augen an.«
Das Weiße von Babtistes Augen war deutlich bräunlich verfärbt; Christine wußte, daß Babtiste Praet mit einer schweren Leberentzündung lange im Diakonissenhaus gelegen hatte, denn seither kannte die Familie Welsch ihn.
Damals, es war etwa zwei Jahre her, hatte er die Diakonissinnen durcheinandergewirbelt wie einen Schwarm junger Hühner. Blumen und Geschenke hatte er verteilt wie ein orientalischer Nabob, Champagner hatte er sie trinken lassen, bis Jean Welsch es kategorisch verbot.
»Warum trinkt Babtiste so viel?« fragte Christine.
»Weil er nicht weiß, was er mit sich anfangen soll.«
»Aber wenn ich so viel Geld hätte wie er – ich wüßte schon, was ich täte.«
»Was tätest du?«
»Ich würde mir einen falschen Paß kaufen, der mich fünf Jahre älter macht, nämlich einundzwanzig, und mit dir durchbrennen.«
Georg lachte, und seine Augen sahen so aus, als hätte er sie am liebsten auf der Stelle geküßt. Aber natürlich konnte er das in der Öffentlichkeit nicht tun.

Am nächsten Stand kaufte er Christine eine Tüte mit heißen gerösteten Kastanien.
Er zog die knusprige Schale ab und blies auf das süße, mehlige Kernfleisch, und es war fast so gut wie ein Kuß.
Gegen acht Uhr kehrten sie auf den Neuhof zurück.
Das Hochzeitspaar war schon abgereist; im nahen Colmar wollte es eine Woche verbringen.
Die Herren hatten sich in Papas Studierzimmer zu einem Cognac und einer Zigarre zurückgezogen, die Damen halfen Mama Stella beim Abräumen der Hochzeitstafel und tranken in der geräumigen Küche noch eine Tasse Kaffee, gesüßt mit einem Schuß Pflaumenlikör.
Georg gesellte sich zu den Herren, Christine richtete im Waschkabinett ihr von der Pelzmütze zerdrücktes Haar.
Mama Stella hatte ihr erlaubt, es erstmals am Hinterkopf aufzustecken, daß es fast wie ein Knoten wirkte.
»Du benimmst dich unmöglich«, zischte Rachel draußen, im halbdunklen Flur. »Dich mit Georg in der Stadt rumzutreiben!«
Rachels Mund glühte dunkelrot in ihrem blassen Gesicht, das in den letzten Wochen durchscheinend mager geworden war. Sie hatte ihren Babyspeck abgehungert.
»Und du hast dir die Lippen gefärbt, obwohl sich das auch nicht schickt!«
»Ist überhaupt nicht wahr. Meine Lippen sind von Natur aus so!«
»Und wozu hast du das Stückchen roten Flanell in deinem Nachtkasten liegen?«
»Schnüfflerin, gemeine!«

»Selber eine!«
»Zankt ihr euch schon wieder?« rief Mama Stella aus der Küche.
»Ja, Mama«, antwortete Christine wahrheitsgemäß. »Und dabei möchte ich Rachel wirklich liebhaben. Aber sie läßt mich ja nicht.«
Die anderen Damen lachten. Nur Lisettes Mutter nicht. Aber wer hatte je diese alte Frau lachen sehen, außer wenn sie morgens ihre Hühner aus dem Stall scheuchte und ihnen die Weizen- und Maiskörner streute?
Was für seltsame Menschen es gibt, dachte Christine – Babtiste, der sich aus Langeweile betrinkt! Lisettes Mutter, die nur ihre Hühner liebt, Rachel, die so voller Bosheit ist!
Und ich selbst? Wer bin ich? Wie bin ich?
Bin ich so, wie Georg mich sieht?

Zu Silvester bestaunten sie noch die Raketen über dem Münster, die zu Gold- und Silberregen explodierten. Im Januar und Februar liefen sie noch an den Sonntagen auf dem zugefrorenen Weiher von Großonkel Jeremias Schlittschuh.
Und einmal streichelte Georg ihre Fesseln, die mit einemmal sehr schmal geworden waren, so daß die Waden voller, aber keineswegs dick wirkten. Und Georg sah sie dabei an, und sie dachte, eines Tages wird er meinen ganzen Körper streicheln.
Im März und April sahen sie den Frühling erblühen, wie noch in keinem Jahr zuvor; noch einmal wurden die Nächte so lau, daß sie und Georg sich in der kleinen Laube treffen konnten.
Aber es war seltsam, je näher die Konfirmation rückte

und damit Georgs Abschied von Straßburg, um so weniger wußten sie miteinander zu reden.
Sie saßen so oft stumm, sahen sich an und versuchten, einer in des anderen Augen das Versprechen für die Zukunft zu ergründen.
Mama Stella erlaubte nicht, daß Christine mit Georg zum Bahnhof fuhr.
»Du würdest doch nur weinen und gäbst ein öffentliches Spektakel ab. Er kommt ja wieder.«
Georg verabschiedete sich in seinem grauen Reiseanzug, dessen Revers und Taschen mit einer dunkelgrauen Seidenlitze paspeliert waren.
Deutlich sah man, daß er sich längst regelmäßig rasierte, deutlich sah man, daß er ein Mann geworden war. Nur der Schock braunen Haares, das Christine früher, als sie noch miteinander balgten und Fangen spielten, so gern gezaust hatte, war noch derselbe.
Georg küßte Mama Stella die Hand und dankte ihr für alles Gute, das sie ihm getan hatte. Mit Christines Vater trank er einen kleinen Framboise zum Abschied und dankte auch ihm für sein Vertrauen.
Und schließlich stand Christine mit ihm in der Diele, die ewig halbdunkel war, seit das Milchglas durch eine schöne Bleiglasscheibe ersetzt worden war, in der sich zartrosa Lilien auf seegrünem Grund rankten.
Georg hielt ihre Hände, küßte sie auf die Stirn, die Augen und ganz sanft auf den Mund.
»Auf Wiedersehen, mein Herz«, sagte er leise.
»Auf Wiedersehen, mon amour«, antwortete sie ebenso leise.
Dann ließ er ihre Hände los, wandte sich um.
Für einen Moment fiel blitzender Sonnenschein auf den weißgescheuerten Dielenboden.

Dann war Georg gegangen.
Christine weinte in ihrem Zimmer, bis Mama Stella kam und ihr eine Tasse heißen süßen Tee brachte und ihr mit Toilettwasser, das nach Lavendel roch, die Schläfen bestrich.
»Mama Stella, tut Abschiednehmen immer so weh? Es ist, als hätte ich ein Loch in der Brust. Es ist, als hätte Georg wirklich mein Herz mit sich genommen.«

5

In jenes erste Jahr von Georgs Abwesenheit fiel ein politisches Ereignis, das in der europäischen Welt zum erstenmal seit dem Jahre 1870 die Furcht vor einem neuen großen Krieg beschwor.
An sich ging es Deutschland nichts an, denn es begab sich im fernen Südafrika. Dort kam es zu dem Handstreich des Ingenieurs Jameson und einer Schar englischer Siedler gegen das burische Johannesburg, mit dem Ziel, ein südafrikanisches Großreich zu verwirklichen und dem britischen Weltreich anzugliedern.
Diese Revolte ging als Jameson Raid in die Geschichte ein und endete für die Beteiligten in den Gefängnissen von Pretoria.
Wilhelm II., seines Zeichens deutscher Kaiser, sandte eilfertig dem Burenpräsidenten Paul Krüger ein Telegramm, in dem es unter anderem hieß:
»Ich spreche Ihnen meinen aufrichtigen Glückwunsch aus, daß es Ihnen gelungen ist, den Frieden wiederherzustellen und die Unabhängigkeit des Landes gegen Angriffe von außen zu bewahren.«
Des Kaisers impulsives Temperament ließ ihn diesen Glückwunsch ehrlich meinen, ganz und gar unabhängig davon, daß er als boshafter Seitenhieb auf das mächtige England auslegbar war.

Doch die ausländische Presse fragte prompt empört: »Will der Kaiser Krieg mit England?«
Man diskutierte dies im Hause Welsch, und Jean Welsch meinte: »Hoffentlich trifft hier das Sprichwort zu ›bellende Hunde beißen nicht‹. Dem Kaiser fehlt Bismarck; er allein könnte ordnen, vermitteln und mäßigen.«
Aus Berlin schrieb Georg: ›Es vergeht kaum eine Woche, in der nicht die Straße Unter den Linden im Fahnenschmuck prangt. Seine Majestät liebt nichts so sehr wie Seine Soldaten . . .‹
Georg schrieb auch, daß er sich einsam fühle, Potsdam zu militärisch streng, Berlin zu grandios sei. ›Wie sehne ich mich nach unserem gemütlichen Straßburg, wie sehne ich mich nach Dir, meine kleine Christine. Aber ich arbeite, arbeite – und das hilft mir auszuhalten . . .‹
Zu einer heftigen Auseinandersetzung im nächsten Jahr geriet, als der Vater Christine erklärte, daß Georg sein Medizinstudium beginnen wollte und nicht in den Semesterferien nach Hause kommen würde.
»Eine Zeit der Prüfung ist für euch beide vonnöten. Ihr müßt beide lernen, eure Gefühle zu beherrschen. Und was noch wichtiger ist, der Schritt in ein gemeinsames Leben ist kein einfaches Ding. Dazu gehören offene Augen und ein wacher, abwägender Verstand.«
»Hast du unsere liebe Mama aus Verstandesgründen geheiratet? Und Stella? Hast du sie etwa nur geheiratet, damit dir wieder jemand den Haushalt führt? Wo bleibt denn da das Herz?«
Christine stand hoch aufgerichtet vor ihres Vaters Schreibtisch; und sie wich dem Zorn in seinen dunklen Augen nicht aus.
»Wir haben dich großzügig gewähren lassen, wenn andere Eltern ihre Tochter ins Internat gesteckt hätten.

Dankst du unser Vertrauen so? Durch Auflehnung und Unverständnis?«
»Nein, Vater. Aber ich ertrage es nicht, Georg so lange nicht zu sehen.«
»Du wirst noch vieles in deinem Leben ertragen müssen, weitaus Schwereres als eine zeitweilige Trennung. Und jetzt rufe mir Rachel herein, ich möchte ihr Briefe diktieren.«
Die Gicht hatte ihren Vater wie ein schleichendes Gift befallen. Tageweise waren die Schmerzen so schlimm, daß er die Hände nicht zu öffnen und zu schließen vermochte.
An diesen Tagen mußte das Diakonissenhaus auf ihn verzichten, blieb er zu Hause, und Mama Stella brachte ihm die Mahlzeiten in sein Studierzimmer, wo sie ihn wohl füttern mußte wie ein Kind.
Seither erledigte Rachel, die eine moderne Schnell- und Kurzschrift auf dem Lehrerinnenseminar erlernte, welche man Stolze-Schrey nannte, seine umfangreiche Korrespondenz.
Die Familie Welsch im weiteren Sinne war eine sehr große; Abenteuerlust und Neugier hatten sie in alle Winde verstreut.
So gab es einen Onkel als Missionar an der Goldküste Afrikas, einen anderen, der als Ingenieur in einer Goldmine in Südafrika arbeitete. Einen dritten, der sich aufs Diamantenschürfen verstand. Und einen vierten, der als Anwalt für Bürgerrechte im fernen Amerika tätig war.
Mit ihnen allen, den dazugehörigen Frauen, Neffen und Nichten, pflegte Jean Welsch einen regen Briefwechsel, um ihnen, wie er sagte, das Gefühl für die Heimat zu erhalten.
Denn so, wie Onkel Sebastian aus Indien heimgekehrt

war, so würden auch sie eines Tages ins Elsaß zurückkehren, sich in Straßburg niederlassen, wieder die alte Mundart sprechen, sich in den Theatern ergötzen, die jene lebendig erhielten, im Münster ihre Enkel taufen, im Restaurant der Orangerie das Hochzeitsmahl für ihre letzte Tochter ausrichten lassen, im Sommer auf der Ill Kahn fahren und im Winter mit dem Schlitten in die Vogesen.

Oder sie würden sich ein Weinfeld kaufen, in einem der kleinen Dörfer, deren Fachwerkhäuser sich umeinanderduckten wie alte Weiblein bei Gugelhupf und Kaffeeklatsch.

Christine rief Rachel, die bei Mama Stella saß und feinen Hohlsaum lernte, welcher ihre Aussteuer zieren sollte.

»Papa möchte, daß du zu ihm kommst«, sagte Christine.

»Und, Rachele, war denn heute kein Brief für mich auf der Post?«

»Wenn einer dagewesen wäre, hätte ich ihn dir schon gegeben!« Rachel raffte ihren braunen Rock und rauschte an Christine vorbei.

»Willst du nicht auch lernen, wie man Fäden für den Hohlsaum zieht?« fragte Mama Stella.

»Ach, du weißt doch, daß ich sowas nicht fertigbringe, ich bin einfach zu zappelig dafür.«

Christine setzte sich in den Schaukelstuhl neben Mama Stella, die stets für sich selbst gradlehnige Stühle bevorzugte.

Christine begann heftig zu schaukeln, als könnte die Bewegung sie aus der Spannung erlösen, in der sie sich befand.

»Georg schreibt immer unregelmäßiger.«

»Das Studium wird ihn in Atem halten.«

»Und jetzt kommt er nicht mal in den Ferien her.«

»Hättest du nicht Lust, die Ferien in St. Die zu verbringen?«
»Mama Stella, versteh doch, wenn Georg nicht da ist, habe ich zu nichts Lust.«
Stella ließ ihre Stickerei sinken.
»Darling, du hast zuviel Gefühl. Du zeigst zuviel Gefühl.«
»Aber Mama Stella, was kann ich denn dagegen tun?«
»Dich beherrschen lernen. Denk doch, eine Kerze brennt lange, wenn man ihre Flamme vor dem Wind schützt. Zündet man sie jedoch an beiden Enden an, dann ist bald nichts mehr davon übrig.«

Nachts lag Christine und dachte, ja, ich bin wie eine Kerze, die an beiden Enden brennt.
Ein ganzes Jahr lang träumte sie jede Nacht von Georg. Lieblich begannen diese Träume, doch stets ging er von ihr fort.
Manchmal erwachte sie und hatte geweint, und wieder an anderen Morgen glühten ihre Hände und ihr Kopf wie im Fieber.
Sie mochte nur wenig essen und wurde immer dünner. Mama Stella fuhr deswegen an jedem Sonntag in François' Droschke mit ihr zum Gutshof des Großonkels hinaus. Man hoffte, die frische Landluft würde Christine Appetit machen, die Abwechslung auf dem Gut sie ablenken.
Der Onkel ließ sie reiten, gab ihr den Apfelschimmel Sonja. Sie flog über die Weiden und Wiesen, durch den Wald, und manchmal dachte sie, es war wie in einem Fiebertraum, warum reite ich nicht geradewegs weiter, nach Osten, dahin, wo Berlin liegt?

Von Georg kam ein Brief, in dem er schrieb: ›Du arbeitest wohl sehr viel? Denke daran, es kann nichts schaden, wenn eine junge Frau in unserer Zeit, die so viele Neuerungen und Veränderungen mit sich bringt, einen guten Beruf hat.‹
Sie arbeitete überhaupt nicht mehr. Hatte nur mit Mühe das Abitur und die Aufnahmeprüfung ins Lehrerinnenseminar bestanden.
Und dann kam der Sonntag, nach dem für eine Weile ihr Leben stillstehen sollte.
Es war kurz vor dem Mittag; Mama Stella und sie waren in den Gemüsegarten des Großonkels gegangen, um Gurken für das beliebte Gurkenragout in weißer Soße zu ernten.
Der runde Bastkorb war halb gefüllt, als Christine plötzlich etwas durch die Luft fliegen sah.
›Platsch‹, machte es im Bach, der den Gemüsegarten vom Blumengarten trennte.
›Platsch!‹
»Was war denn das?« fragte Mama Stella.
Christine lief zu dem hölzernen Steg, der den Bach überspannte.
Im Bach schwammen zwei winzige Katzen.
Die eine gelb und rot, die andere schwarz und weiß gescheckt.
›Platsch‹, machte es wieder und wieder, und Christine stand erstarrt und sah, wie sie weiter oben am Bach aus dem Scheunenfenster flogen, die Pfoten gespreizt, als könnten sie sich noch an der Luft festhalten.
Später, drei Wochen später, ein schwüler Juli war angebrochen, erklärte Mama Stella ihr, daß sie sehr krank gewesen, nachdem sie auf dem Bachsteg zusammengebrochen war.

Der Onkel hatte damals nur Notwendiges getan, denn in der Scheune, in der er Katzen gegen die Mäuse hielt, hatte er an jenem Sonntag acht Katzennester gefunden, in denen insgesamt mehr als drei Dutzend junger Kätzchen lagen. Und hätte nicht er sie ertränkt, so hätten die Katzen ihre eigenen Jungen verspeist.
Von Georg war in der Zwischenzeit kein einziger Brief mehr gekommen.
Nun wehrte Christine sich nicht mehr, zu Onkel und Tante nach St. Die zu fahren, um dort zu genesen.

Onkel Philipp, von Beruf Notar, holte Christine vom Bahnhof ab.
Er war ein großer, eher dunkelhäutiger Mann, der seinen Gehrock mit geschmeidiger Eleganz zu tragen verstand.
»Ma chère Christine, du bist ja eine reizende junge Dame geworden, très charmante«, sagte er und küßte ihr galant die Hand.
Tante Helene musterte Christine von oben bis unten mit schmalen, ein wenig ängstlich wirkenden Augen.
»Es ist recht, daß deine Eltern dich endlich nach Frankreich senden, denn du sprichst das Französische mit einem scheußlichen Akzent«, meinte sie.
»David, Anne!« rief sie, und aus dem oberen Stockwerk kamen ihre Cousine und ihr Cousin herab, beide schlank und elegant wie der Onkel.
»Chère Christine, bonjour.« Sie küßten sie auf die Wangen.
»Weißt du, daß morgen unser Vetter Martin zum Leutnant befördert wird?« plapperte Anne aufgeregt. »Oh, wie ich mich freue, das wird ein großes Fest.«

»Ich hoffe, du hast weiße Handschuhe dabei?« fragte Tante Helene. »Natürlich bis zum Ellenbogen? – Nun, erfrisch dich erst einmal, dann werde ich deine Garderobe begutachten.«

Die Tante bat die Familie in den Salon, wo auf einem runden Tischchen mit geschweiften Füßen ein leichter Wein in einer Kristallkaraffe bereitstand sowie geschliffene Gläser, die ein Monogramm trugen.

»Du sollst dich bei uns wohlfühlen«, sagte Onkel Philipp einfach.

Und Christine mochte ihn gleich am liebsten.

Tante Helene und Anne brachten Christine dann in ihr Zimmer. Es hatte einen Blick auf den Garten, in dem ein großer Ahornbaum einen dichten Rasen beschattete, der von genau abgezirkelten Rosenbeeten eingerahmt war.

Nur Christines Batistwäsche, die Mama Stella für sie zum Eintritt ins Lehrerinnenseminar bei der Weißnäherin Babette des Diakonissenhauses hatte fertigen lassen, fand Tante Helenes Beifall.

Über die Kleider, so einfach in Schnitt, Stoff und Farbe, verlor sie nicht ein Wort, befahl nur Anne, ihr altes Weißes herbeizuholen; mit ein wenig Spitzen und einer hellblauen Schärpe garniert, würde es Christine gewiß für den morgigen Tag seine Dienste tun.

Als Tante Helene und Christine allein waren, sagte sie: »Höre nicht auf das, was dein Onkel sagt. Und nimm keine Geschenke von ihm an.«

»Geschenke?« fragte Christine verwirrt.

Der Tante traten rote Flecken auf die hohen, ein wenig vorstehenden Wangenknochen. »Stell dich nicht so dumm, du bist schließlich alt genug, um zu wissen, wie Männer sind.«

»Aber ma tante, ich kenne nur meinen Vater und meine Brüder und –«

»Na, sag schon, wen noch? Da steckt doch ein Mann dahinter? Man hat dich gewiß nicht umsonst zu uns geschickt. Man macht die größten Fehler, wenn man jung ist.« Sie wandte sich halb ab, fügte noch hinzu: »Wie ich auch . . .«

»Aber Tante Helene, du hast ein so schönes Haus, einen so guten Mann, und deine Kinder sind so elegant und hübsch.«

»Fassade«, murmelte Tante Helene, »alles nur Fassade.« Ganz unnötigerweise zupfte sie die Rüschen der Bettdecke zurecht. Stäubte mit den Fingerspitzen Unsichtbares von der Lehne des mit grünem Samt überzogenen Sessels, von dem runden Mahagonitisch, in dessen Mitte eine Schale mit Wachsfrüchten stand.

»Ich lasse dich jetzt allein, Christine. Du kannst dich bis gegen halb sieben ausruhen. Wenn du den Gong hörst, komm zum Diner herunter. Und vergiß nicht, dich umzukleiden.«

Zum Abendbrot umkleiden? Zu Hause wusch man sich die Hände und das Gesicht und kämmte sich das Haar. Aber umkleiden?

Vielleicht sollte sie ihr Sonntagskleid aus braunem Taft anziehen, mit dem Kragen aus gelber Spitze?

Christine zuckte die Schultern. Sie war nicht sicher, daß sie sich hier wohl fühlen würde; Tante Helene war zu seltsam. Eine unglückliche Frau, die doch alles besaß. Christine dachte an das Liedchen, das ihre Mutter vor so langen Jahren so gerne gesungen hatte:

›Der Hans vom Schnokeloch hat alles, was er will, und was er hat, das will er nicht, und was er will, das hat er nicht. Der Hans vom Schnokeloch . . .‹

Sie summte es leise vor sich hin, setzte sich mit dem Schreibblock ans Fenster und begann an Georg zu schreiben.

›. . . so lange hast Du mir nun nicht mehr geantwortet. Man sagte mir, daß ich inzwischen sehr krank war. Ich erinnere mich an nichts. Höchstens an Mama Stella, die soviel Geduld mit mir aufbrachte. Nun bin ich in St. Die. Onkel Philipp ist sehr nett, er hat einige Ähnlichkeit mit meinem Vater, Tante Helene scheint ein wenig nervös zu sein und auch unzufrieden. Mein Vetter David ist ein eleganter junger Mann, der Berufsoffizier werden soll, meine Cousine Anne ist eine echte Schönheit. Ich sitze an einem Fenster, das einen beruhigenden Ausblick auf einen gepflegten Garten hat. Ich soll einige Wochen hierbleiben, um dann im Oktober in das Kaiserliche Evangelische Lehrerinnenseminar einzutreten wie meine Schwester Rachel. Mein Vater sagte mir, daß Du Dich damit einverstanden erklärt hättest, Deine Ferien nicht mehr in Straßburg zu verleben. Ich verstehe es nicht und bin sehr traurig. Vielleicht wirst Du es mir später einmal erklären?

Au revoir sagt Dir für heute
Deine getreue Christine.‹

Um halb sieben läutete der Gong.

Die Flügeltür zur Rechten der Halle war weit geöffnet, und man konnte die lange Abendtafel sehen.

Kerzen in silbernen Leuchtern erhellten den Raum.

Auf Spitzendeckchen, die man Jahrzehnte später Sets nennen würde und die Christine ein halbes Jahrhundert später selbst anfertigen sollte, um sie in alle Welt an ehemalige Schülerinnen als Weihnachtsgeschenke zu verschicken, stand zart bemaltes Porzellan aus Limoges.

Silberne Muscheln enthielten runde Butterkugeln, ein silberner Korb knuspriges weißes Zopfbrot.
Vor jedem Gedeck standen zwei silberne Türmchen, die Pfeffer und Salz enthielten.
Tante Helene trug ein schwarzes Seidenkleid, das eng in der Mitte gerafft war, um sich unterhalb ihres schlanken Rückens weit und rund zu bauschen.
Unter dem Kinn trug sie ein weißes Spitzenfichu und auf dem schwarzen Haar ein Spitzentüchlein, das kreisrund war und wie die Papierdeckchen wirkte, die der Konditor Zumpfstein stets unter seine besten Torten legte, damit sie besonders zur Geltung kamen.
Onkel Philipp schenkte in winzige Gläser einen etwas bitter schmeckenden Wein aus, den er Aperitif nannte.
»Du hast hübsches Haar, mein Kind«, sagte er zu Christine, »du solltest es nicht in Zöpfen, sondern offen tragen. Ich wette, es würde dich wie ein Mantel einhüllen.«
»Verdreh dem Mädchen nicht den Kopf«, sagte Helene scharf.
Er lachte unbekümmert, reichte seinem Sohn und seiner Tochter, die gerade eingetreten waren, ihre Aperitifs.
Tante Helene schaute mit ihren schmalen Augen unaufhörlich von einem zum anderen, sagte bald: »Ich bitte zu Tisch.«
Sie begab sich an das untere Ende der Tafel, Onkel Philipp nahm am oberen Ende Platz.
Seine Kinder kamen zu seiner Linken zu sitzen, Christine zu seiner Rechten.
Tante Helene ließ eine silberne Glocke läuten.
Ein junger Mann in gestreifter Weste und schmalen schwarzen Beinkleidern über Lackstiefeletten trug lautlos den ersten Gang auf.

Es gab eine cremige grüne Erbsensuppe, mit Basilikum gewürzt.
Es folgten Seezungenröllchen, gefüllt mit winzigen rosa Krabben.
Danach gab es eine Lammschulter, umkränzt von grünen Bohnen, die nicht dicker als ein Wollfaden waren.
Während des Essens unterhielten sich nur die Tante und der Onkel. Es war offensichtlich, daß die Kinder zu schweigen hatten.
Haargenau wollte Christine Georg all dies berichten, weil es neu, fremd und bedrückend war.
Wie anders ging es da zu Hause im Neuhof zu. Gerade bei den Mahlzeiten unterhielt man sich, und wie oft hatten lustige oder heitere Erlebnisse dazu geführt, daß Gelächter wie von Vogelstimmen über den Tisch flog.
»Gehst du heute abend noch aus, Philipp?« fragte Tante Helene, als man beim Kaffee angelangt war.
»Mit deiner Erlaubnis, meine Liebe, gewiß.«
»Ich hoffe, du denkst daran, daß wir morgen um neun schon auf dem Champ du Mars erwartet werden?«
»Aber gewiß doch, meine Liebe.«
»Und ihr«, wandte Tante Helene sich an David und Anne, »werdet heute abend sofort das Licht löschen. Ich wünsche, daß ihr morgen ausgeschlafen seid.«
»Oui, Maman«, murmelten sie mit niedergeschlagenen Augen.
»Das gleiche gilt für dich, Christine.«
»Oui, ma tante.«
Tante Helene ließ sich zur guten Nacht auf die Wange küssen, dann durften sie das Speisezimmer verlassen.
Kaum hatten sie die Tür hinter sich geschlossen, hoben sich drinnen die Stimmen der Tante und des Onkels.
»Da fangen sie schon wieder an«, sagte Anne und ver-

drehte die Augen. »Die zanken sich nur einmal, und das ist immer. Na komm, Christine, ich will dir zeigen, was ich morgen anziehen werde.«
Annes Zimmer lag neben dem ihren und war bis auf die Vorhänge und Tapeten ebenso eingerichtet.
Auf eine Kleiderpuppe drapiert war ein weißes Kleid aus durchbrochenem Batist. Den Rock bedeckten in ovalen Bogen eine Rüsche nach der anderen. Die Ärmel waren kurz und gerafft, aber Anne würde ja ellenbogenlange weiße Seidenhandschuhe dazu tragen.
»Ich lasse mir mein Haar in Schillerlocken drehen. Und du?« fragte Anne.
»Ach, ich weiß nicht.«
»Laß Pauline nur machen. Sie wird dir schon eine Frisur hinzaubern! Formidable!« Anne küßte ihre Fingerspitzen. »Hat man dich wegen einer unglücklichen Liebe zu uns geschickt? Mama meint, deine Eltern wollten gewiß einen Fehltritt verhindern. Ich werde Maurice heiraten. Er hat eine blendende Karriere vor sich. Vetter Martin meint, er wird gewiß einmal General. Willst du gezukkerte Veilchen? Ich hab' auch noch ein paar kandierte Früchte. Aber verrate es nicht Mama, sie duldet es nicht, daß wir zwischen den Mahlzeiten naschen.«
Unten im Haus schlug eine Tür heftig ins Schloß, dann kamen hastige Schritte die Treppe herauf, unterdrücktes Weinen war zu hören, dann klappte eine zweite Tür, und es war still.
»Mach dir nichts daraus«, sagte Anne, sie ließ sich auf ihr Bett fallen, gähnte gelangweilt. »Wir sind schon längst daran gewöhnt. Es ist ja doch jeden Abend dasselbe.«
»Warum geht dein Vater aus, wenn deine Mutter es nicht möchte?«

»Weil sie immer so mürrisch ist. Und Vater ist ein fröhlicher Mensch. Genau wie ich. Möchtest du wissen, wohin er geht? Ich bin ihm einmal gefolgt.« Anne flüsterte nun. »Da gibt es ein verbotenes Ballhaus. Aber davor brennen große sechsarmige Kandelaber. Und fortwährend fahren geschlossene Kutschen vor, und elegante Herren und Damen steigen aus. Damen, sage ich dir, mit bloßen Schultern und bloßem Rücken. Und Pelze tragen sie, selbst im Sommer. Capes aus Hermelin. Und Schmuck. Sogar im Haar tragen sie funkelnde Steine. Wenn Mama ihre Anfälle hat, führ' ich dich mal hin.«

»Was für Anfälle?«

»Migräne natürlich. Da kommt sie drei oder auch manchmal vier und fünf Tage nicht aus ihrem Zimmer.«

»Und dein Vater? Warum nimmt er deine Mutter nicht mit dorthin, in dieses Ballhaus?«

»Kannst du dir meine Mutter an einem Roulette vorstellen? Oder wo man nur Champagner trinkt und Tänze tanzt, die sonst verboten sind?«

»Nein.« Unwillkürlich mußte Christine lachen.

»Na siehst du. Und deswegen geht mein Vater allein. Aber ich, ich werde mit meinem Maurice überall hingehen. Wenn wir erst verheiratet sind. Auch in ein Ballhaus. – Aber jetzt gehst du besser in dein Zimmer. Mutter kommt nämlich meistens noch einmal herein, um zu schauen, ob wir auch gehorchen und schlafen.«

Anne sprang auf, schlang ihre Arme um Christines Hals.

»Wart's nur ab. Du wirst dich bei uns wohlfühlen. David ist auch kein Sauertopf. Wir werden bestimmt noch viel Spaß kriegen.«

Am nächsten Morgen um sechs wachte das Haus schon auf.
Da wurde heißes Wasser aus der Küche in die beiden Bäder geschleppt.
Onkel Philipp erschien mit seifeumschäumtem Gesicht im Treppenhaus und verlangte ärgerlich nach seiner Tasse Morgentee, der aus Verveine aufgebrüht wurde, dem Eisenkraut, und einer regelmäßigen Verdauung nützlich sein sollte.
Cousin David suchte verzweifelt seinen goldenen Kragenknopf.
Und Cousine Anne jammerte und kicherte abwechselnd unter der heißen Brennschere, die ihr blauschwarzes Haar in lange Schillerlocken drechselte.
Christine empfand das Ganze als ein sinnloses aber amüsantes Chaos, das noch gesteigert wurde, als Tante Helene nach ihrem Riechsalz verlangte, sich am Frühstückstisch einer halben Ohnmacht hingab, nämlich im gleichen Moment, da die ersten weittragenden Klänge der Clairons hörbar wurden. Der Tante Ohnmacht galt der Rührung, die Clairons dem Quatorze Juillet.
Onkel Philipp, nun auf das beste rasiert und sehr imposant in seinem schwarzen Frack mit der Rosette der Legion d'honeur im Knopfloch anzusehen, dem goldenen Kneifer auf der schmalrückigen Nase, erhob sich und stimmte mit klarem Bariton an:
»Allons enfants de la patrie
le jour de gloire est arrivé . . .«
Und obwohl es früher Morgen, gerade erst acht war, reichte der Diener Ponton im schwarzseidenen kurzen Jackett Champagner.
Die Straßen von St. Die waren mit Fahnen und Blumen und bunten Papiergirlanden geschmückt.

Die Menschen tanzten und lachten und sangen im frischen Sonnenschein, und Christine hätte es nicht gewundert, wäre auch aus den Fontänen Champagner gesprudelt.

Das Haus des Onkels lag nur wenige Gehminuten von dem Champ du Mars entfernt, und so begab man sich gegen neun Uhr zu Fuß dorthin.

Ein Podium, zu dem ein roter Teppich führte, war dort vor dem Musikpavillon aufgebaut und in gebührender Entfernung hiervon eine Reihe Stühle, auf denen die Familie des zum Leutnant zu befördernden jungen Herrn als Ehrengäste Platz nehmen sollte.

Tante Helene hatte wieder kreisrunde rote Flecke auf den vorspringenden Wangenknochen, und zu ihrem taubengrauen Seidenkleid, das mit schwarzer Spitze garniert war, benutzte sie ein schwarzes Spitzentaschentuch, um sich immer wieder die trockenen Augen zu tupfen.

Onkel Philipp ließ seine goldene Taschenuhr aufschnappen und sagte, nun müßte jeden Augenblick die Festlichkeit beginnen.

Der Champ du Mars füllte sich mit Neugierigen und Feiernden, und obwohl es noch eine solch frühe Morgenstunde war, sah man schon viele Gesichter mit weinseligen Augen, und immer wieder sangen die Menschen: »Allons enfants de la patriee ...«

Dann hörte man wieder die Clairons, und nun näherte sich über die Ulmenallee das Musikkorps.

Die Instrumente blitzten messinggelb und silbern in der Sonne, und die nachfolgenden hohen Offiziere trugen elegante dunkelblaue Uniformen, die ihren Rängen entsprechend mit Gold und Silber gepaspelt waren.

Mitten unter ihnen schritt, weder rechts noch links

schauend, das Kinn mit dem rötlichschwarzen Spitzbart waagerecht vorgestreckt, Vetter Martin, der nun zùm Leutnant geschlagen werden sollte.
»Vive la France«, murmelte Tante Helene, und Onkel Philipp ergänzte: »Vive la République Française!«
Man erhob sich von den Stühlen.
Tante Helene, Cousine und Cousin hielten plötzlich wie alle anderen Gäste kleine Trikoloren in den Händen und schwenkten sie.
Nur Christine hatte kein solches Fähnchen und fühlte sich seltsam ausgeschlossen.
Des Vetters Regiment trug alle Fahnen, die es jemals in einem Krieg erbeutet hatte; auf der Krim, in Sewastopol und sogar im amerikanischen Unabhängigkeitskrieg.
Die untergeschnallten Degen der Herren Offiziere klirrten, während sie sich um das Rednerpult gruppierten, das mit einer fächerförmig aufgefalteten Trikolore geschmückt war.
Hinter das Rednerpult begab sich der General und Kommandeur des Regiments.
Seine Stimme rollte über den Platz, als er die Gloire Frankreichs beschwor; man konnte sich beinahe vorstellen, daß er auch imstande war, Geschützdonner zu übertönen.
»Und nie wieder darf Frankreich eine Niederlage wie Anno einundsiebzig beschieden werden. Nie wieder werden wir es geschehen lassen, daß feindliche Nachbarn unsere Grenzen überschreiten. So wahr mir Gott helfe!«
»Du bist aber eine niedliche feindliche Nachbarin«, flüsterte Cousin David nahe an Christines Ohr, und sie zuckte zurück, als habe eine Wespe sie gestochen.

Der Beifall für den General mischte sich in die Marseillaise.
Christine sah, daß die Menschen inbrünstig und kämpferisch sangen, und mit einemmal begriff sie, welche Gefühle im Paris der Revolution geherrscht haben mußten, als dieses Lied zum erstenmal angestimmt wurde.
Und da sang sie mit und dachte, auch ich werde kämpfen. Auch ich werde um Georg kämpfen.
Die Marseillaise verklang, und nun wurde der Name des Vetters gerufen, daß es über den ganzen Platz schallte.
Er trat vor, der General verließ das Rednerpult. Seine Worte galten nun der Tapferkeit des Martin Welsch.
Der Vetter beugte das rechte Knie, der General zog seinen Degen.
Sekundenlang wurde es so still, daß man das Summen einer Fliege ganz gewiß hätte hören können.
»Ich befördere Sie, Martin Welsch, zum Leutnant der vierten Kompanie des zehnten Chasseur Regiments in St. Die!«
Und mit der flachen Seite des blanken Säbels schlug er Vetter Martin dreimal leicht auf die linke Schulter.
Der Säbel glitt in die Scheide zurück.
Der General reichte dem Vetter die Hand, dieser erhob sich, und es gab wohl niemanden, der in diesen feierlichen Minuten nicht Tränen in den Augen gehabt hätte, selbst Tante Helene.
Die dreimalige Schießkanonade des Zuges des frischgebackenen Leutnants rollte über den Platz. Seine Kameraden standen, mit der Rechten an der Baskenmütze, grüßend stramm.
Der General küßte Vetter Martin auf beide Wangen.
Dann erscholl sein: »Rührt euch!«
Christine sah noch, wie man dem Vetter einen Degen

und eine Schirmmütze überreichte, dann wirbelte es auf dem Platz durcheinander, sie fand sich plötzlich ohne Tante, ohne Onkel, ein Bursche faßte sie um die Taille, rief: »Nur einen Kuß, ma jolie petite!«
Sie wich seinem Weinatem aus, entwand sich ihm, wurde hierhin geschoben, dorthin, kam sich vor wie die kleinen weißen Mäuse, die man zur Kirmeszeit auf dem Pollignon in kreisenden Drahttrommeln bestaunen konnte.
Jemand zauste sie an den langen Schillerlocken, gehalten durch ein violettes Band, das war David.
»Ach David!« rief sie erleichtert.
»Komm, wir müssen heim! Da beginnt doch die Réception für Vetter Martin!«
Von jedem Haus flatterte nun die blauweißrote Trikolore, unübersehbar wogten die Menschen durch die breiten und engen Straßen.
Es dauerte fast eine halbe Stunde, bis sie das Haus des Onkels erreichten.
Dort öffnete ein Lohndiener die Türen von Kutschen, aus denen die Damen der Herren Offiziere stiegen, daß es wie ein Blumenmeer aus Spitzen und Seiden schien.
Der Onkel hatte einen dunkelgrünen Grasläufer im Vorgarten ausrollen lassen, die Damen trugen Stiefeletten aus hellem feinstem Leder.
Die Fenstertüren im Parterre mit den kleinen Karreescheiben in ihren weißgelackten Rahmen standen weit auf, und eine staunende Menge, die gerade nur Platz für die heranrollenden Kutschen und Droschken ließ, verfolgte jede Bewegung der Herren in den maßgeschneiderten Uniformen mit den schmalen Taillen.
»Die meisten von ihnen tragen Korsetts«, lachte David respektlos, »denn einem Offizier ist alles erlaubt, bloß kein Embonpoint!«

Champagner wurde gereicht und auf silbernen Tabletts winzige Canapés, von denen keines größer war als eine Briefmarke.
»Ah, jetzt lerne ich endlich unsere kleine Verwandte von drüben kennen.« Vetter Martin küßte Christines Hand, ließ sie dann nicht los, sondern streichelte sanft die Innenfläche. Seine Augen waren groß und dunkel, und obwohl sie wußte, daß es sich nicht schickte, konnte sie ihren Blick nicht aus ihnen lösen.
»Helene, du mußt diesem entzückenden Kind erlauben, heute abend am Ball im Casino teilzunehmen.«
Tante Helene spitzte ihre Lippen. »Martin, sie ist, wie du sagst, noch ein Kind.«
»Ich kann gar nicht tanzen«, sagte Christine schnell.
»Dann lernst du es halt.« Martin umfaßte ihre Taille, drehte sie drei-, viermal um sich selbst.
»Siehst du?« Er hielt sie ganz nah. »Mit mir kannst du tanzen.«
»Martin, da kommt Monsieur le Maire!« sagte Tante Helene scharf. »Begrüße ihn!«
»Sehr wohl, meine Liebe!« Er ließ Christine lachend los. Ihre Wangen brannten.
»Und du, geh und richte dein Haar!« befahl Tante Helene.
»Oui, ma tante«, Christine knickste folgsam, lief aus der Eingangshalle die breite Treppe hinauf.
In ihrem Zimmer bürstete sie ihr Haar bis zum Ansatz der festgedrehten Schillerlocken, die vom Zuckerwasser ganz steif waren.
Sie sah ihre grauen Augen im Spiegel leuchten.
Sie trug zwar das alte weiße Kleid von ihrer Cousine Anne, aber Onkel Philipp hatte darauf bestanden, daß Tante Helene ihr eine violette Schärpe um die Taille

band – und keine hellblaue. »Da könntest du Christine gleich in ein Steckkissen tun, wie ein Baby . . .«
Wenn Georg mich so sehen könnte, ach, wenn doch bloß Georg da wäre, dachte sie sehnsüchtig.
Anne kam weinend hereingestürzt, warf sich der Länge nach auf Christines Bett.
Sie schlug mit den Fäusten auf die Chenilledecke, trommelte mit den Füßen gegen den Bettkasten.
»Anne!« Christine packte sie, drehte sie um, setzte sie aufrecht hin. »Was ist denn passiert?«
»Da, lies!« Aus ihrem perlenverzierten Ausschnitt zog Anne ein zerknülltes, aufgeweichtes Stück Papier.
»Da, lies nur! Dieser Schuft. Dieser gemeine böse Mensch! Mir das anzutun! Ewige Liebe hat er mir geschworen, auf den Händen wollte er mich tragen. Du bist die Morgenröte meines Lebens, hat er gesagt. Und jetzt –«, mit einem Stöhnen beugte Anne sich vornüber, preßte ihre Arme gegen ihren Leib. »Ich sterbe. Ich will nicht mehr leben. Ich sterbe, ich sterbe. Ich will sterben!«
Christine gab ihr zwei feste Schläge rechts und links auf die Wangen. Da war Anne still, starrte sie mit weit aufgerissenen Augen an.
»Von wem ist der Brief?«
»Von Maurice.« Wieder krümmte sich Anne vornüber, preßte die Arme gegen ihren Bauch.
»Hast du Schmerzen?«
»Ja doch.«
»Hast du – etwas eingenommen?«
»Ja doch.«
»Gift?«
»Mäuseweizen.«
»Was?«

»Ja doch. Er war sogar ganz süß.«
»Aber – warte hier. Ich komme sofort zurück. Rühr dich nicht aus dem Zimmer!«
Einmal, vor langen Jahren, noch in Ingweiler war es passiert, da hatte Robert vom flüssigen Soda getrunken. Ihr Vater hatte ihm Milch gegeben und Rizinusöl, damit er das Soda erbrach.
In der Küche ging es zu wie in einem Bienenstock, da wirtschaftete die gemietete Kaltmamsell mit Hummern, brach die Zangen auf, löste das weiße Fleisch aus den purpurgesottenen Schalen, eine Gehilfin schlug schaumige Sauce Crevette zum rosigen Salm. Die Köchin des Hauses jammerte über Beignets, die zu braun geraten waren. Ein Champagnerkorken flog mit einem Knall bis an die hohe Decke. Die drei Lohndiener pendelten hin und her wie Uhrzeiger.
Niemand achtete auf Christine. Sie holte Milch aus der Speisekammer, fand Rizinusöl im Badezimmer des Onkels und der Tante in einem Medikamentenschrank.
Als Christine in ihr Zimmer zurückkam, lag Anne auf dem Boden. Ihr Kleid war vorne aufgerissen, ihre Hände, auf denen blau die Adern standen, hatte sie in den Teppich gekrallt.
Christine flößte ihr abwechselnd Milch und Rizinusöl ein.
Nach einigen Minuten endlich erbrach Anne sich.
Christine hielt die Zitternde, bis sie schließlich erschöpft in sich zusammensank, hob sie aufs Bett.
Christine rollte den Teppich zusammen, wischte den Boden auf.
Holte frisches Wasser aus der Küche. Wusch Anne Gesicht und Hände.
Im Medikamentenschrank fand sie auch ein Fläschchen

mit der Aufschrift »bon someil«. Es mußte ein Schlafmittel sein. Sie gab Anne davon, der Anweisung entsprechend, zehn Tropfen.

Und bald beruhigten sich Atem und Puls des jungen Mädchens.

Jetzt säuberte Christine auch sich selbst, zog sich um und las den Brief, der all dies verursacht hatte.

›Mon Amour, ich bedaure zutiefst, Ihnen mitteilen zu müssen, daß Gründe mich zwingen, von dem Ihnen gegebenen Versprechen zurückzutreten. Gründe, denen ich gehorchen muß, da sie der Wunsch meiner verehrten Eltern sind.

Sie werden den Anblick des Unwürdigen, der Ihnen diesen Schmerz zufügt, nicht mehr ertragen müssen, denn ich reise noch heute nach Paris.

Adieu, mon amour, und vergeben Sie dem Ihnen auf ewig zutiefst dankbaren Maurice.‹

Es klopfte an die Tür, und Christine ließ den Brief schnell in ihrer Rocktasche verschwinden.

»Ja, bitte?«

Vetter Martin trat ein.

»Ma jolie petite, dachte ich's mir doch, dich hier zu finden.«

Er kam rasch näher, zog sie an den Händen hoch aus dem Fauteuil.

»Ich mußte dich noch einmal sehen, denn Tante Helene hat kategorisch erklärt, du seiest zu jung für den Ball.«

Christine wollte ihre Hände aus seinen lösen, aber er ließ es nicht zu.

Er zog sie nah an sich.

»Ich werde dich morgen abholen zu einer Ausfahrt. Dich und Anne. Anne deponieren wir dann bei Maurice, und wir beide – ich kenne ein reizendes Lokal, wo wir

ganz ungestört sind. Warst du schon einmal in einem Chambre Séparée? Nein, natürlich nicht, du kleine Unschuld von drüben.«
»Lassen Sie mich los, mon cousin.«
»Aber was ist denn? Du magst mich doch, ich sehe es doch in deinen Augen!«
Christine zog mit einem Ruck ihre Hände aus seinen, trat zwei Schritte zurück.
»Maurice ist Ihr Freund?« fragte sie.
»Aber sicher. Doch was hat das mit uns zu tun?«
»Und Sie haben Anne auch schon öfter bei ihm deponiert?«
»Warum dieser tadelnde Ton, ma petite?«
Christine ging schnell zum Bett, zog die Portiere zurück.
»Da, sehen Sie selbst.«
»Unsere kleine Anne? Ist sie krank?«
»Sie war sehr krank. Sie hat versucht, sich mit Mäuseweizen das Leben zu nehmen. Wegen Ihres Freundes Maurice. Aber wenn Sie einen Ton darüber den Eltern sagen, werde ich den Eltern erzählen, welch ein verdorbener Mensch Sie sind!«
»Warum so melodramatisch, ma petite?« Martin lachte.
»Und nun gehen Sie hinaus, mon cousin!«

6

Jahre später sollte Christine die »galante« Episode einem Mann erzählen, den sie liebte, und sie würden beide herzlich darüber lachen.
Aber zuerst einmal behandelte sie Martin von nun an mit gebührender kalter Höflichkeit oder ließ ihn ganz links liegen.
Annes »Krankheit« ließ sich damit vertuschen, daß sie in der Küche zuviel von der Hummermayonnaise genascht hatte, was, wie jeder in der Familie wußte, eine Manie von ihr war.
Nur Onkel Philipp nahm Christine einmal bei einem Spaziergang durch den Bois zur Seite und sagte: »Da war doch was Besonderes am letzten Quatorze Juillet; mit Anne, meine ich.«
Er schaute Christine ziemlich durchdringend an, aber sie lächelte nur und sagte: »So etwas kommt doch häufiger vor, mon oncle.«
»Du wirst noch vielen Männern den Kopf verdrehen mit deinen komischen Augen, von denen man nie weiß, welche Farbe sie nun wirklich haben. Im Moment sind sie grün, und die Russen behaupten, das sei ein Zeichen von Leidenschaft.«
»Waren Sie jemals in Rußland, mon oncle?«
Oh ja, in Petersburg.«

»Ist Petersburg so geheimnisvoll und so schön, wie man darüber schreibt?«
»Ich erinnere mich nur an eine Natascha, und sie hatte so grüne Augen wie du.«
»Sie machen mich verlegen, mon oncle.«
»Nein, mein Kind, dazu bist du zu klug. Aber es ist brav, daß du zu Anne hältst.«
Der Herbst in St. Die und ihre Ferien endeten mit einem heftigen Schneefall am dreißigsten Oktober.
Während sie mit dem Onkel zum Bahnhof fuhr, um nunmehr nach Straßburg zurückzukehren, sah sie Kolonnen von Männern mit hageren, blassen Gesichtern in abgerissener Kleidung, die mit Holzspaten den Schnee von den Fahrbahnen auf Karren schaufelten.
Der Onkel sagte, es seien Sträflinge, und man sah auch mehr Polizei als sonst.
Es war ein deprimierender Anblick, und seltsamerweise sollte Christine in späteren Jahren, dachte sie an St. Die, sich dieses Anblicks als erstes erinnern.

Auch in Berlin schneite es an diesem Tag. Der Himmel verdunkelte sich früh zur Nacht, gegen die sich die Stadt mit unzähligen Ampeln und Laternen wehrte.
Georg Bonet erschienen die Straßen wie Gänge eines Felslabyrinths, in dem vergeblich Feuer entzündet wurden, um es zu erhellen, zu erwärmen. Wie ganz anders waren da die Nächte in Straßburg gewesen; da zog der Himmel weit sich über die Stadt bis aufs Land, während er Berlin eng zu umschließen schien.
Georg Bonet rieb sich die Augen. Sie waren seit längerem enzündet, und die Kompressen mit Borwasser halfen wenig.

Er las zuviel, studierte, repetierte, bis die Buchstaben des Gedruckten, die Zeichnungen, die Lehrsätze vor seinen Augen verschwammen, oder aber, was nun auch häufiger geschah, sich zu bewegen anfingen wie Ameisen, die über die Blätter hier- und dorthin kreisten.

Er arbeitete zuviel. Selbst Professor Reichenhall, sein Mentor, sagte es: »Georg, Sie machen sich kaputt. Wenn Sie so weiterschuften, sehen Sie bald vor lauter Bäumen den Wald nicht mehr.«

Eine Präparation in der Anatomie mißlang ihm auf das grauslichste; mit einem unachtsamen Schnitt trennte er die Mittelhandsehnen durch, die er sorgfältig hätte freilegen sollen.

»Mann, sind Sie des Teufels!« brüllte Reichenhall. »Machen Sie, daß Sie nach Hause kommen! Schalten Sie ab! Saufen Sie sich einen an! Schwängern Sie ein Mädchen! Aber lassen Sie sich vor einer Woche nicht mehr bei mir blicken.«

Georg soff sich keinen an, und er schwängerte auch kein Mädchen. Er versuchte zu schlafen.

Seine Wirtin, die rührige Witwe Schlessen, brachte ihm abends Kamillentee. Aber weder der, noch heiße Milch mit Fenchelhonig wollten etwas nützen.

Er legte sich gegen elf oder zwölf Uhr nachts zu Bett, die Glieder schwer, der Kopf leicht, als sei er bloß mit Luft gefüllt. Die Lider zuckten, sich zu schließen. Aber kaum schlossen sie sich, stiegen die Bilder auf.

Christine im Garten in den Birnbäumen, Christine in der Laube, ihr Kopf in seinem Schoß, ihre leuchtenden Augen zu ihm aufgeschlagen. Bin ich dein Herz?

Christine im Weiher des Großonkels. Nur ein dünnes Hemd ließ sie an; allein waren sie, und er durfte sehen, wie schön sie war.

Christine beim Schlittschuhlaufen auf der Ill, Christine auf dem Christkindlmarkt im Schein der Petroleumleuchten.
Kleines, dreieckiges Gesicht unter dem schweren braunen Haar, das die Farbe reifer Kastanien hatte.
Dann stand er wieder auf und wanderte rastlos umher, bis der Mieter unter ihm gegen die Decke pochte; der war Pianist, besuchte das Konservatorium und verdiente sich sein Studium als Leierkastenmann; wenigstens nach Mitternacht wollte Lazlo seine Ruhe haben.
Warum hatte Georg Christines Vater in die Hand versprochen – der Prüfung halber –, sie nicht wiederzusehen, bis sie einundzwanzig war?
Er schrieb an Jean Welsch, bat, ihn des Versprechens zu entbinden. Es fiel ihm so schwer, immer noch ein weiteres Jahr warten zu sollen, bis er Christine wiedersah.
Rachel antwortete für ihren Vater, dessen Gicht in den Händen ihn zur Untätigkeit verdammte.
›Georg – mein Vater läßt Ihnen versichern, daß er Ihre Gefühle versteht und gewiß nicht mißachtet. Jedoch, um Christines willen, hält er es für besser, wenn Sie zu Ihrem Versprechen stehen . . .‹
Georg wagte nicht, sich an Madame Welsch zu wenden, bat Rachel um Auskunft, was denn mit Christine geschehen sei, warum er nichts mehr von ihr höre.
Rachel schrieb zurück, es gehe ihrer Schwester gut. Sie amüsiere sich blendend in St. Die. Die ganze Familie sei überhaupt wohl. Man freue sich auf Weihnachten, da Robert dazu aus Bonn erwartet werde.
Und das war noch im September gewesen.
»Herr Georg?« Frau Schlessen öffnete ausnahmsweise ohne anzuklopfen die Tür.
»Ja?« fragte er müde.

Ihr rundes Gesicht strahlte unter dem Häubchen aus grauer Wollspitze. »Raten Sie, was ich für Sie habe!«
»Einen Brief?«
»Ja doch. Und von der jungen Dame, die Ihnen so lange nicht mehr geschrieben hat!«
Er stand auf, daß sein Stuhl auf den Boden polterte. »Ist das wahr?« Er riß Frau Schlessen das Couvert aus der Hand, sah auf einen Blick, daß sie es dieses eine Mal nicht über Dampf geöffnet hatte, und war ihr so dankbar dafür, daß er sie packte und durch das Zimmer wirbelte.
Sie zupfte sich atemlos die Locken an den Schläfen zurecht. »Na, Sie sind mir aber ein Stürmischer. Und wollen Sie Ihren Brief denn gar nicht lesen?«
»Doch, Frau Schlessen, aber bitte – allein.«
»Ja, ja, ich versteh' ja schon. Bei mir war's ja auch nicht anders. Als mein Seliger mir aus dem siebziger Krieg schrieb, vor Paris lag er da, ach, wenn Sie wüßten, was der da alles gelernt hat. Ganz verändert war er später. So leidenschaftlich ...«
Georg schob sie sanft, aber bestimmt, aus der Tür.
»Leidenschaftlich war er wie ein Held in einem Roman«, rief Frau Schlessen durchs Holz.
Georg lachte und konnte gar nicht wieder aufhören.
Und dann warf er sich aufs Bett und schaute die Schriftzüge an; so unverwechselbar Christines.
Er konnte sich nicht sattsehen daran. Es war das feine mattgraue Papier, das er ihr zum letzten Weihnachten gesandt hatte, mit dem winzigen Monogramm auf der Couvertklappe und ebenfalls auf den Briefbögen. CW ineinander verschlungen.
Es waren die schwarze, kräftige Tinte, die sie stets benutzte, die Buchstaben, die ihm herb und doch weiblich erschienen.

Der erste Brief nach hundertundfünf Tagen.
Und sogar die Briefmarke bewunderte er, die sich durch nichts von den Briefmarken unterschied, die er in Berlin kaufte.
Christine war wieder in Straßburg.
»Ma petite Christine«, flüsterte er. »Cœur de ma vie.«
Und dann öffnete er, ganz behutsam mit dem Brieföffner, den sie ihm zum letzten Weihnachten geschenkt hatte, aus Elfenbein war er, mit einem kleinen Elefanten als Knauf, endlich das Couvert.
›Lieber Georg‹ . . .
Warum schrieb sie deutsch? So lange war das Französische die Sprache ihrer Liebe gewesen.
›Ich bin aus St. Die zurückgekehrt und hatte dort eine wunderschöne Zeit. Du kannst Dir gar nicht vorstellen, in welch eleganten Umständen Onkel Philipp und Tante Helene leben. Denke Dir nur, sie gaben mir zu Ehren am Quatorze Juillet einen Ball. Und denke Dir, wer mein Tischherr beim Diner war? Mein Vetter Martin! Am selben Tage wurde er zum Leutnant seines Regiments befördert, und Du kannst Dir vorstellen, wie stolz ich war, daß ausgerechnet er mit mir den Ball eröffnete. Die Polonaise führten wir an, und dann sogar einen Walzer! Meine Haare waren zu Schillerlocken gedreht, und ich trug ein weißes Spitzenkleid mit violetter Schärpe. Vetter Martin . . .‹
Welch ein Papperlapapp, dachte er zornig, warum schrieb sie Dinge, die ihn gleichgültig ließen? Was sollte das ständige Gerede über zwei Seiten von diesem Vetter Martin? Wollte sie seine Eifersucht wecken, ihn reizen? Wozu? Schrieb er ihr denn nicht oft genug? Schrieb er nicht wenigstens jeden zweiten oder dritten Tag, ließ er

sie denn nicht genügend teilhaben an seinem Leben in dieser großen Stadt?

Von den Freunden hatte er geschrieben, von Hänschen, der Historiker werden wollte, von Friederich, den sie wegen seiner unglaublichen Freßsucht und seiner himmelstürmenden Poeme bewunderten.

Er hatte ihr seine Arbeit beschrieben und vorher den Drill in der Kadettenanstalt Potsdams.

Und immer wieder hatte er geschrieben, nur angedeutet zwar und sehr vorsichtig, wie sehr er sich nach ihr sehne.

Die Antwort sollte dieser oberflächliche, leichtfertige Brief sein?

Er setzte sich sogleich nieder, um ihr zu schreiben, aber die richtigen Worte wollten ihm einfach nicht in die Feder fließen.

Schließlich schrieb er an Rachel:

›Sie sind die Ältere und Erfahrenere, wollen Sie bitte die Güte haben, mir zu erklären, wie es Christine geht? Sie scheint mir sehr verändert, seit sie aus St. Die zurückkehrte . . .‹

Auf Rachels Antwort hatte er nur knapp fünf Tage zu warten.

›Cher Georg, ich freue mich, Ihnen erklären zu können, daß unser geliebter Vater bis auf gelegentliche Anfälle der Gicht, die ihn mehr und mehr meiner Hilfe bedürftig sein lassen, sich sehr wohl befindet. Das gleiche gilt für Madame Welsch. Christine kehrte gesund aus St. Die zurück. Doch bitte erlassen Sie mir, Ihnen die Gründe zu schildern, die sie veränderten. Gewiß wird sie dies selbst tun, wenn Sie zum seligen Weihnachtsfest nach Straßburg kommen werden.

Ihre getreue Rachel.‹

An diesem Tag lief Georg stundenlang durch den Grunewald, achtete nicht darauf, daß es erst regnete, dann Schnee fiel. In der Nacht bekam er Fieber. Frau Schlessen rief am Morgen den Hausarzt. Der zeigte sich besorgt über den Zustand des jungen Mannes, der im Fieber delirierte.
»Eine schwere Influenza«, konstatierte er und verordnete lauwarme Wadenwickel sowie einen fieberhemmenden Tee.
Es war, als ergebe Georgs Körper sich bedingungslos in die Krankheit, wolle in keiner Weise dagegen aufbegehren.
Georg lag bis nach Weihnachten; Frau Schlessen engagierte eine ältliche Pflegerin, die darauf bestand, ihm jeden Nachmittag Gedichte vorzulesen.
Prof. Reichenhall nahm ihn, als er nach den Semesterferien wieder zur ersten Vorlesung erschien, ins Gebet: »Junger Mann, ich weiß nicht, was mit Ihnen im letzten halben Jahr los war. Aber es kann ja nur ein Weib dahinterstecken. Ich schicke Sie nach Paris. Ans Pasteur.« Er gab Georg ein Empfehlungsschreiben. »Und machen Sie mir keine Schande!«
Georg unterbrach seine Reise in Straßburg.

Onkel Sebastian war stark gealtert; sein Leberleiden machte ihm zu schaffen. Er behielt nur noch die leichtesten Speisen bei sich.
»Ich muß Christine sehen«, sagte Georg. »Bitte, hilf mir dabei.«
»Das täte ich gern, mein lieber Junge. Aber Christine weilt als Austauschschülerin ihres Lehrerinnenseminars zur Zeit in München. Wie ich höre, hat sie vorzügliche

pädagogische Fähigkeiten. Aus ihr wird einmal eine gute Lehrerin.«
»Onkel, weißt du – ob es da inzwischen einen anderen Mann gibt?«
»Nun, ich denke, ich habe sie einmal in Begleitung eines Herrn gesehen. Aber das braucht ja nichts zu bedeuten.«
»Gehst du denn nicht mehr zum Neuhof?«
»Ich würde es gerne tun, aber meine Gesundheit läßt es nicht zu. Mir bleibt nicht mehr viel Zeit. Und das bißchen Zeit, das ich noch habe, nutze ich, um die Erinnerungen an meine Missionsjahre niederzuschreiben. Obwohl ich bezweifle, daß ich jemals dafür einen Verleger finde. Doch einen Bewunderer habe ich. Du kennst ihn auch, den jungen Albert Schweitzer. Aus ihm wird ein großer Arzt werden und ein großer Helfer der Menschheit . . . Es sollte mich nicht wundern, wenn er eines Tages die Bequemlichkeiten der Heimat hinter sich läßt und wie ich zu den Bedürftigen in die Fremde geht.«
»Wenn du Christine siehst, bitte, grüße sie von mir«, sagte Georg.
»Natürlich werde ich das tun, mein lieber Junge. Natürlich . . .«, versicherte Onkel Sebastian und vergaß es sogleich.

Das letzte Jahr des Jahrhunderts verging. Wieder wurde es Weihnachten.
In einem einfachen Haus im Cassiusgraben zu Bonn packte am Tag vor Heiligabend ein nachdenklicher junger Mann seinen Reisekorb.
Es war Robert Welsch.
Zum erstenmal seit drei Jahren würde er nach Hause zu-

rückkehren und nur, weil Christine ihn so inständig darum gebeten hatte.

›Vaters Gicht wird immer schlimmer. Bald wird er wohl ganz seine Berufung als Diakon aufgeben müssen. Er spricht so oft von Dir, daß uns allen klar ist, wie sehr er sich Deine Heimkehr wünscht ...

Vater ist in diesem Jahr fünfzig geworden. Bitte, komm wenigstens diesmal zu Weihnachten heim. Ich habe aus Silberpapier Sterne geschnitten, wie unsere Mutter es tat, und die kleinen roten Äpfel in Zuckerglasur getaucht, die wir in Ingweiler immer am Baum fanden. Großonkel Jeremias hat uns eine Weihnachtsgans gesandt, die ich, wie du es so gerne ißt, mit Backpflaumen und Äpfeln füllen werde. Bitte, komm wenigstens dieses eine Mal nach Hause.‹

Er hatte den Brief so oft gelesen, daß er schon ganz zerknittert war.

Aber bis heute, bis zum letzten Tag vor Weihnachten, hatte er gezögert, ihm zu folgen.

Er legte ihn nun zurück in seine Brieftasche, zog den Riemen des Strohkoffers zu, schnallte ihn fest.

Das Fensterglas diente ihm als Spiegel, während er sich noch einmal das Haar bürstete.

Obwohl es früher Morgen war, mußte die Gasleuchte brennen, denn in diese Straße, die einmal ein Teil des Stadtgrabens gewesen war, fiel nur wenig Tageslicht.

Robert zog seinen Paletot über, setzte sich in den Stuhl vor dem Schreibtisch, um auf die Droschke zu warten, die er am Tag zuvor, als er sein Billett am Bahnhof löste, bestellt hatte.

Er hörte die leichten Schritte, wandte den Kopf, noch ehe es an die Tür klopfte.

Amelie trat rasch ein, lächelte schnell wie um Entschuldigung bittend, blies sich kindlich die Strähne des blonden Haares aus der Wange.

»Ich wollte Ihnen nur schnell auf Wiedersehen sagen.« Sie blieb neben der Tür stehen.

»Ich wäre noch zu dir gekommen«, sagte er.

»Wirklich?«

»Das weißt du doch.« Er trat zu ihr, nahm ihre Hand.

»Werden Sie lange fortbleiben, Herr Welsch?«

»Nur über die Feiertage.«

»Und dann kommen Sie zurück? Ganz bestimmt?«

»Ganz bestimmt, Amelie.«

»Und dann werden Sie mir wieder Bücher zu lesen geben? Und wieder mit mir Arithmetik lernen?«

»Bestimmt.«

»Ich wollte es eigentlich ja nicht sagen, aber Mutter meint, es ist ganz gut, daß Sie fortfahren, damit ich die Flausen aus dem Kopf bekomme.« Ihre Wangen wurden sehr blaß. Ihre Stimme senkte sich zu einem angstvollen Flüstern. »Am ersten Jänner soll ich mit der Arbeit in der Wäscherei Gauel beginnen. In Beuel. Einmal bin ich schon dagewesen. Sie können sich das nicht vorstellen. Das Wasser läuft von den Wänden in der Waschküche, und dazu der Dampf und die Hitze, und die Bügeleisen sind so schwer, daß ich sie kaum mit beiden Händen vom Feuer heben kann.«

»Komm«, sagte Robert Welsch.

»Wo wollen Sie denn mit mir hin?«

»Zu deiner Mutter.«

»Aber –«

»Kein Aber, laß mich nur machen.«

Er fand Amelies Mutter wie immer hinter der Nähmaschine, zur Rechten den stets gefüllten Korb mit zerrissenen Wäschestücken, zur Linken den mit geflickten.

Frau Kienel war erst Mitte der Dreißig, aber das tägliche Hocken an der Nähmaschine hatte ihren Rücken verkrümmt, und ihre Augen blinzelten kurzsichtig zwischen stets geschwollenen Lidern.
»Hat Amelie Sie schon wieder belästigt?«
»Sie belästigt mich nie, das wissen Sie doch«, sagte Robert Welsch.
Seine Worte gingen im Rattern der Nähmaschine unter, die Frau Kienel mit dem Handrad betrieb.
»Frau Kienel, bitte, halten Sie einen Moment lang inne.«
»Das kann ich nicht! Alles, was im Korb ist, muß vor dem Fest noch raus.«
»Frau Kienel, es geht um Amelie«, schrie Robert, um das Rattern der Nähmaschine zu übertönen.
»Was ist denn schon wieder mit ihr?«
»Sie darf nicht in die Wäscherei!«
»Was geht Sie das an?«
»Ich gebe Ihnen das Geld, das Amelie verdienen würde.«
»Ich nehme keine Almosen! Mein Lebtag hab' ich das nicht getan!«
»Frau Kienel, bitte, nun hören Sie mir doch einen Moment lang richtig zu.«
Endlich ließ sie das Handrad los, wandte sich halb auf ihrem Hocker um.
»Sie haben dem Kind genug Flausen in den Kopf gesetzt.«
»Ich fühle mich für Amelie verantwortlich.«
»So eine Verantwortlichkeit kenne ich. Bin ich auch drauf reingefallen, als ich siebzehn war. Und wie ich reingefallen bin, das sehen Sie ja. Steht ja leibhaftig neben Ihnen, das Balg.«

Amelies Hand zuckte in seiner Hand.
»Amelie ist erst fünfzehn«, sagte Robert ruhig.
»Ja, und manche Männer mögens je jünger je lieber.«
»Mutter!«
»Ach, sei du still! Viel zu lang hab ich mit angesehen, wie du dich immer in sein Zimmer gestohlen hast. Viel zu lang! Wer weiß, was er schon mit dir angestellt hat!«
»Amelie hat bei mir Lesen und Schreiben gelernt.«
»Und Rechnen«, fügte das Mädchen hinzu.
»Und was soll sie damit anfangen?«
»Amelie ist klug, Frau Kienel, sie kann einen anständigen Beruf erlernen.«
»Ist Wäscherin etwa kein anständiger Beruf? Aus was Schmutzigem etwas Sauberes machen, wie?«
»Sicher ist es ein anständiger Beruf. Aber denken Sie daran, wie zart Amelie ist.«
»Ich war auch zart als Mädchen, aber danach hat keiner gefragt. Gelenkentzündung hab' ich bekommen, da, sehen Sie her, ich kann längst nicht mehr meine Arme ganz durchstrecken.« Sie reckte ihre sehnigen Arme vor.
»Wäre es nicht gut, wenn Amelie es im Leben ein bißchen leichter und vielleicht auch besser bekäme?«
»Ich will Ihnen mal was sagen, Herr Welsch, das sind doch nur dumme Reden. Unsereins kriegt es nie im Leben besser. Wenn ein Kind keinen Vater hat, dann wird auch nichts aus ihm. So war's bei mir. Und so wird's bei Amelie sein.«
»Die Zeiten ändern sich. Die Menschen werden aufgeklärter, weniger Vorurteile haben. Es wird bessere Sozialgesetze geben. Große Köpfe bereiten sie schon vor.«
»Als wenn je ein Gesetz was zum Besseren verändert hätte. Nein, Herr Welsch, bloß, weil Sie mir mal die

Amelie nach Hause gebracht haben, als ihr beim Blumenaustragen schlecht geworden ist, und mir dann unser gutes Zimmer abgeschwatzt haben, damit Sie und Ihre Freunde sich da ungestört treffen können, nein, das gibt Ihnen noch lange nicht das Recht, sich einzumischen. Fahren Sie nach Hause. Das Zimmer kriegen Sie eh nicht wieder. Das vermiete ich an einen anderen Herrn, einen älteren, der seriöser ist als Sie. Die Amelie, die fängt am ersten Jänner in der Wäscherei an. Und damit basta!«
»Frau Kienel, ich bezahle Ihnen für drei Monate den Lohn im voraus, den Amelie in der Wäscherei verdienen würde. Und ich lege auch noch was dazu.«
Wieder zuckte Amelies Hand, als wollte sie aus seiner schlüpfen, aber er drückte sie und hielt sie fest.
»Wenn jemand sein Geld zum Fenster rausschmeißen will, dann soll man ihn nicht daran hindern«, sagte Frau Kienel.
»Und die Miete für mein Zimmer bezahle ich auch für drei Monate im voraus.«
»Na schön. Sie haben diesmal gewonnen. Aber wenn die drei Monate um sind, dann geht die Amelie in die Wäscherei!«
»Ich habe noch eine Bitte, Frau Kienel«, sagte Robert, während er das Geld auf den Tisch legte. »Geben Sie Amelie Milch zu trinken und frisches Gemüse zu essen. Nicht nur Kohl und Hülsenfrüchte.«
»Für was anderes reicht's bei uns nicht.«
Er legte noch einen Schein obenauf. »Jetzt müßte es reichen.«
Frau Kienel zuckte nur die Schultern.
»Darf ich Herrn Welsch zum Bahnhof begleiten, Mutter?« fragte Amelie.

»Von mir aus. Aber komm sofort zurück. Treib dich nicht rum.«
»Ich treibe mich nie rum, Mutter.«
»Na, dann geh schon.« Frau Kienel drehte ihnen den Rücken zu und ließ das Rad der Nähmaschine wieder anrattern.

In der Droschke saß Amelie kerzengerade neben Robert Welsch.
Sie hatte einen Wollschal umgenommen, der weich ihr Gesicht umrahmte.
Er mochte sie kaum ansehen, weil ihre Augen ihn verlegen machten.
Tat er das Richtige, weckte er nicht Wünsche in ihr, die ihre Gesellschaftsschicht später brutal und gnadenlos zerstören würde?
»Herr Welsch«, sagte Amelie, »wenn Sie nicht so jung wären, dann könnte ich mir fast vorstellen, Sie wären mein Vater. Mutter hat noch ein Bild von ihm, tief unten in der Kommode. Sie schaut es nie mehr an, aber ich schaue es oft an. Er hatte Augen wie Sie. Ganz tiefe Augen hatte er. Meine Mutter sagt, er war zu weich, deswegen ist er nicht gegen seine Familie angegangen, und deswegen bin ich auch nicht ehelich zur Welt gekommen. Sieht man mir das eigentlich an?«
»Nein, das sieht man dir nicht an. So etwas kann man niemandem ansehen.«
»Meinen Sie wirklich, Herr Welsch, daß ich mal ein Leben haben werde, das ein bißchen besser ist als das von meiner Mutter?«
»Ja, Amelie. Ich glaube es ganz bestimmt.«
»Sie haben mich noch nie belogen, Herr Welsch.«

»Und das werde ich auch nie tun.«
Die Droschke hielt vor dem Bahnhof. Ein Gepäckträger kam herbei, schnallte den Koffer vom Rücksitz.
Robert bezahlte den Kutscher und wies ihn an, Amelie zum Cassiusgraben zurückzufahren.
»Wenn Sie zurückkommen, Herr Welsch, darf ich Ihnen dann einmal, ein einziges Mal, einen Kuß geben?« fragte Amelie leise.
»Das darfst du auch jetzt.«
Da schlang sie schnell die Arme um seinen Hals, küßte ihn auf den Mund und glitt dann ebenso schnell in die Droschke zurück, und Robert Welsch konnte nur noch sehen, wie schmal und blaß ihr Gesicht war.

7

Die Jahre der Prüfung waren vorbei. Vier lange Jahre, in denen Mama Stella Christines einzige Vertraute gewesen war. Nur mit ihr hatte sie von Georg zu sprechen gewagt.
Wie manchen Abend hatten Stella und Christine allein gesessen, wenn der Vater noch im Diakonissenhaus war; sie lasen, machten Handarbeiten, häkelten Seidenhandschuhe zum Beispiel, die so in Mode gekommen waren.
Und Christine fragte: »Wann darf ich heiraten, Mama Stella? Wann bin ich alt genug?«
»Aber wer denkt denn an so was mit sechzehn, siebzehn, Kind?«
»Der Herr Pastor hat es selbst gesagt, bei der Konfirmation: Eines Tages wird er uns trauen.«
»Weiß das auch der Georg?«
»Der hat einen ganz roten Kopf gekriegt. Ich auch.«
»Das will ich hoffen.«
»Mama Stella, wann darf ich heiraten?«
»Wenn du einundzwanzig und vernünftig bist.«

Nun war Christine Welsch einundzwanzig.
Sie lief auf die Straße, sechs Uhr war es schon. Die Gaslaternen brannten.

Sie lief bis zur Ecke der Elisabethstraße. Aus dem Schneetreiben mußte jeden Moment François' Droschke auftauchen. Jeden Moment!
Sie hörte doch schon das Rollen der Räder, das Klappern der Hufe, gedämpft und dumpf vom Schnee – über dem Münster platzten goldene und silberne Raketen.
Es war der Sylvesterabend, nicht nur ein neues Jahr, nein, ein ganz neues Jahrhundert begann.
Und welch ein Jahrhundert, denn ich will es mit meiner Hochzeit beginnen.
Liebe, Hochzeit, Ehe, so sang es in ihr, so flüsterte sie es.
Noch sind wir nicht einmal verlobt.
Aber heute abend wird Georg kommen, muß er kommen, und wir dürfen uns verloben. Mama Stella hat es gesagt.
Seit August hat er nicht mehr aus Paris geschrieben.
Vier Jahre war er fort.
Ein Jahr in Potsdam als Kadett.
Dann in Berlin und Paris zum Studium.
Im August hatte er geschrieben: ›Ich beginne zu begreifen, was es heißt, Arzt zu werden, Arzt zu sein. Man muß einen großen Teil seines eigenen Lebens, seines eigenen Ichs opfern. Du wirst es nicht leicht als Arztfrau haben. Du wirst mich stets mit meinen Patienten teilen müssen . . .‹
Nächtelang hatte sie mit dem Brief unter ihrem Kopfkissen geschlafen, bis Fräulein von Maryan ihn entdeckte und sie zur Direktorin des Seminars gerufen wurde:
»Fräulein Welsch, wir dulden es nicht, daß unsere jungen Damen, als angehende Erzieherinnen und Lehrerinnen, Post von fremden Herren erhalten!«

Und seither hatte sie auch keine Post mehr empfangen.
»Christine, komm ins Haus!« Mama Stella legte ihr den Arm um die Taille. »Wirst du denn nie vernünftig werden? Schau nur, deine Schuhe sind ganz durchnäßt. Später bist du heiser und kannst nicht singen.«
»Mama Stella, ich warte auf Georg. François holt ihn vom Bahnhof ab.«
»Paris ist weit weg, Kind. Denk nur, die lange Bahnfahrt.«
»Du sagst das so – so, als müßtest du mich trösten?«
»Manchmal habe ich Angst, du könntest zuviel vom Leben erwarten«, sagte Stella leise.

»Lisette, die Brennschere, Lisette, sonst werd' ich nicht fertig!« Da huschte es über den ersten Stock, klang wie Mäuse, Jean Welsch saß in seinem Studierzimmer. Seine Töchter bereiteten sich auf das Fest vor.
Aber wo war Robert? Zum erstenmal nach drei Jahren war er heimgekehrt.
Jean Welsch fand ihn in der Gartenlaube. Fünfundzwanzig war der Sohn jetzt. Hager die Wangen, tiefschwarz der dünne Schnurrbart auf der Oberlippe. Die dunklen Augen viel älter als die Jahre.
»Heute ist Silvester, und du arbeitest? Wir erwarten Gäste, Robert. Außerdem ist es zu kalt hier.«
»Ich weiß, Papa.« Die weißen, schmalen, schnellen Hände schoben Papiere ineinander.
»Studierst du?« fragte Jean Welsch.
»Natürlich, Papa.«
Aber er log. Blässe in den Wangen, weiße harte Linien um den Mund.

»Robert, du kannst mit allem zu mir kommen.«
»Ich weiß, Papa. Aber du hast wenig Zeit.«
»Zu wenig Zeit?«
»Ja.«
»Für dich nie. Erzähle mir, woran du arbeitest.«
»Ach – irgendwann will ich eine Brücke bauen, aber bis dahin ist's noch lange hin. Ich habe die Rechtswissenschaft aufgegeben.«
»Eine Brücke – über den Rhein?« Jean Welsch verriet seine Betroffenheit über den Studiumswechsel mit keinem Wort.
»Ja, über den Rhein.«
»Was sprichst du eigentlich am liebsten, Robert?«
Jean Welsch wandte sich halb ab, tat so, als betrachte er das Bücherregal, das er selbst für die Kinder gefüllt hatte; mit deutschen, französischen, englischen Klassikern.
Die Laube war verglast und mit einem kleinen Kachelofen ausgestattet worden, so daß man sie auch im Winter benutzen konnte.
»Ich weiß nicht, was du meinst, Papa.«
»Nun, als ich geboren wurde, sprach man französisch, dann kam der Krieg. Heute reden wir deutsch.«
»Ich spreche elsässisch«, sagte Robert.
»Ja – und –?«
»Was willst du von mir wissen, Papa?«
»Hast du etwas mit ihnen zu tun? Mit den Separatisten?«
»Ich bin ein Elsässer, Papa!«
»Ich auch!«
So standen sie da. Der Sohn im kragenoffenen weißen Hemd, der Vater schon im Abendanzug, die Perle im üppigen grauseidenen Plastron.

»Du machst eine gute Erscheinung«, sagte der Sohn. »Wenn ich so alt werde wie du, möchte ich dir gleichen.«

»Deine Schwestern sind schon ganz aufgeregt. Sie tanzen so gerne.«

»Ich weiß.« Robert wandte ihm den Rücken zu, verschränkte die Hände auf dem Rücken. »Weißt du, daß Christine einen Deutschen heiraten wird?«

»Nein –«

»Sie weiß es selbst noch nicht. Aber er weiß, was er will. Und wird es auch durchsetzen. Ich habe ihn zum Mitternachtschampagner eingeladen.«

»Was redest du da? Von wem redest du? Doch nicht von Georg?«

»Nein – Christine wird diesen Deutschen heiraten. Ernst Schwarzenburg. Und Rachel einen Franzosen. Es wird die Familie auseinanderreißen!«

»Robert –«

»Nein, ich habe kein zweites Gesicht. Ich bin nur ein Realist.«

»Robert, du redest in Rätseln.«

»Papa. Ich muß noch arbeiten.«

»Du stellst Vermutungen an, Behauptungen auf. Aber es ist doch alles aus der Luft gegriffen?«

»Ach, Papa –«

»Stella wird es nicht zulassen, sie hält die Familie zusammen.«

»Ja, ich weiß. Besser als du es je gehofft hast.«

»Wie wagst du –«

»Aber du sagtest mir, ich könnte offen sprechen«, erwiderte Robert vorwurfsvoll.

»Ja doch. Und was wird letzten Endes aus allem werden?« fragte Jean Welsch.

»Ich weiß es nicht«, sagte Robert. »Nicht für die anderen. Nur für mich selbst.«
»Für dich?«
»Nacht, Vater, tiefe, dunkle Nacht.«
»Die Musiker sind eingetroffen«, sagte Jean Welsch.
»Ja, ich höre es.«
»Dann laß uns hinüber ins Haus gehen.«
Sie schritten, Seite an Seite, aber der Schnee deckte ihre Schritte zu, als habe es sie nie gegeben.

»Bin ich schön, Christine?«
»Du bist wunderschön, Rachel! Aber sieh bloß Stella an. Mama Stella, was tust du nur für deinen Teint?«
»Talkumpuder gegen die Schnaken im Sommer, gegen die Kälte im Winter.« Stella lächelte ihr helles Lächeln, das so leicht zu erwidern war. »Aber das wißt ihr doch. – Laßt euch anschauen!«
»Christine, dein Haar, so kann's nicht bleiben!«
»Es kraust sich von ganz allein!«
»Lisette, die Brennschere.«
Heiß fühlte es sich auf der Kopfhaut an, unangenehm.
»Warum soll ich meine eigenen Locken verstecken? Warum künstliche tragen?«
»Es ist Mode«, sagte Stella. »Und du willst doch hübsch sein heute.«
»Ja, das will ich! Oh ja!« Christine schaute auf die Uhr auf dem Kaminsims. Sieben vorbei. Sie sprang auf.
»Es ist ihm was passiert. Ich weiß, daß ihm was passiert ist!«
»Aber Kind, wen meinst du?«
»Georg, Mama Stella, Georg. Ich fühle, ihm ist etwas geschehen!«

»Du bist ja hysterisch«, sagte Rachel. »Du wirfst dich ihm ja an den Hals.«

»Und du bist gräßlich! Du bist gemein!« Mit Fäusten ging Christine auf Rachel los.

»Genug!« rief Stella. »Wollt ihr das neue Jahr mit Zank begrüßen?«

»Entschuldige, Mama Stella«, murmelte Christine.

Um Rachels Mund spielte ein kleines Lächeln, während sie sich im Spiegel der Frisierkommode über das rotblonde Haar strich.

»Hört nur, die Musiker sind da«, sagte Lisette und packte die Brennschere und die Bürsten mit den harten und den weichen Borsten in den Frisierkasten aus chinesischem Lack. »Sie stimmen schon die Instrumente.«

»Dann werden auch jeden Moment die ersten Gäste kommen. Vite, vite, hinunter mit euch, damit euer Vater euch noch begutachten kann!« Stella scheuchte die Mädchen hinaus.

Rachel glaubte, daß niemand sie nach dem festlichen Diner vermissen würde. Warum auch? Die Herren zogen sich zur Verdauungszigarre in Vaters Studierzimmer zurück, die Damen blieben im Salon, die Jugend tanzte im Wintergarten, der aus der verglasten Veranda entstanden war.

Rachel zog die grünseidene Pelerine vor dem Haus enger um sich, ihr war mit einemmal kalt; sie wünschte, sie hätte eine Zigarette gehabt. Aber ihre Eltern duldeten nicht, daß die Töchter rauchten. Als lebten wir noch mitten im vergangenen Jahrhundert, dachte Rachel bitter.

Warum blieb sie überhaupt noch hier, in Straßburg?

Warum kam sie von der Enge ihres Elternhauses im Neuhof nicht los? Die efeuberankten Mauern bargen kein Geheimnis, keinerlei Spannung. Sie behüteten eine langweilige heile Welt. Ungeduldig schritt Rachel an der Ecke auf und ab.

Endlich kam François mit seiner Droschke. Eine Viertelstunde später, als sie ihn bestellt hatte.

»Eine schöne Nacht«, sagte François vom Bock her. »Eine Nacht für Verliebte, M'selle Rachel.«

Der Braune schlitterte über das schneeglatte Pflaster.

»Warum schaffst du dir kein Automobil an?« fragte Rachel irritiert.

»Tät ich schon gern«, sagte François, »aber weiß man denn, ob man sich auf so ein Gefährt überhaupt verlassen kann?«

»Hüja!« Über den Münsterplatz ließ er den Braunen traben, am Eingang zum Petite France zog er die Zügel an, die Droschke kam zum Stehen.

Mit einemmal hatte Rachel den metallischen Geschmack auf der Zunge, der von der Aufregung kommt.

»Soll ich warten, M'selle Rachel?« fragte François.

»Nicht nötig.«

»Wünsche eine angenehme Nacht, viel Vergnügen, M'selle Welsch, und ein seliges neues Jahr.«

Nur hier und da brannte eine Laterne, spiegelte sich im grünen Wasser der Ill. Rachel überquerte rasch die Brücke, ging das enge Trottoir entlang.

Sie sah Ratten lautlos das Wasser durchpflügen, modriger Seifengeruch stieg vom nahen Waschhaus auf.

Es war eine Marotte von Babtiste Praet, daß er unbedingt hier, in dem ältesten und nicht gerade sichersten Viertel der Stadt leben wollte; er, als Erbe eines der größten Weingüter des Elsaß.

Aber bestand er nicht nur aus Marotten?
Babtiste leistete sich ein Segelflugzeug, mit dem er sich in halsbrecherische Loopings über dem Neuhof gestürzt hatte, nur, um ihr zu imponieren. Aus dem Kongo, wo er seinen Onkel, den Gouverneur, besucht hatte, brachte er Rachel das Leopardenfell mit, das seither ihr Zimmer schmückte. Und als Rachel mitten im Sommer Lust auf Austern verspürte, ließ er sie aus Schokolade täuschend ähnlich vom besten Patissier, Monsieur Margarot, fertigen. In jeder Auster fand Rachel eine Perle, die aufgereiht ein Halsband ergaben.
Stella mochte Babtiste nicht, Jean Welsch begegnete ihm mit Zurückhaltung, und Christine fürchtete sich vor ihm.
Im Lehrerinnenseminar hätte man Rachel strengstens verwarnt, wäre ihr »Umgang« bekannt geworden. Aber dem war sie ja nun glücklich entronnen; sie unterrichtete am Bon Pasteur in Deutsch und Geschichte.
Rachel ließ den Messingklopfer dreimal gegen die ochsenblutrot lackierte Tür fallen. Im ersten Stock des Fachwerkhauses brannte Licht. Rachel wartete eine Sekunde, dann wiederholte sie das Klopfzeichen.
Da hörte sie auch schon Babtistes eilige Schritte auf der Treppe. Er trug ein schwarzes Seidenhemd. Das weizenblonde Haar fiel ihm in die Stirn, und seine blassen Augen sahen sie überrascht und dann glücklich an.
»Gerade erst habe ich an dich gedacht«, sagte er, nahm ihre Hand und zog sie über die Schwelle.
»Babtiste –«, sie wehrte seinen Kuß ab, »du hast schon wieder getrunken.«
»Soll ich nicht trinken, wenn ich ohne dich so einsam bin?« Er ließ ihre Hand nicht los, zog sie die Treppe hinauf.

Es war nur eine schmale Stiege, und die Seide ihres dunkelgrünen Abendkleides raschelte gegen das Geländer und die Wand.
Die erste Etage war ein einziger großer Raum, in dem Babtiste arbeitete, las, studierte, aß und schlief.
Auf dem mit rotem Leder bezogenen Schreibtisch lagen aufgeschlagene Bücher, stand eine halbgelehrte Karaffe Cognac.
Babtiste zog Rachel zu dem breiten Divan, der mit den weichen Fellen von Silberschakalen bedeckt war.
»Gib mir auch einen Schluck Cognac«, bat Rachel, denn mit einemmal brauchte sie zu dem, was sie tun wollte, Mut.
»Gern, natürlich! Du bist so schön heute abend.«
»Babtiste, ich muß ernsthaft mit dir reden.«
»Ja, rede mit mir, ich höre deine Stimme so gern.«
Warum kann ich ihn nicht lieben, dachte sie, warum kann ich ihn nicht lieben und ihn heiraten und an seinem verrückten Leben teilnehmen und Georg vergessen?
Babtiste brachte ihr eins der Gläser, halb mit Cognac gefüllt.
Er sah ihr zu, wie sie trank, sie wünschte sich, Georg hätte sie nur ein einziges Mal so angesehen.
»Du mußt mir helfen.« Sie nahm eine der russischen Zigaretten mit dem langen Pappmundstück, die er ihr aus einer Rosenholzschachtel anbot.
»Was soll ich tun?« fragte Babtiste.
»Ich muß Georg Bonet sprechen. Noch heute nacht. Allein und hier.«
»Aber du kommst doch gerade –«
»Von zu Hause – ja. Georg trifft aber erst mit dem Elf-Uhr-Zug aus Paris ein. Ich – ich habe ihm etwas Wichtiges zu sagen. Ich kann es nicht zu Hause tun.«

»Ich verstehe das nicht, Rachel.«
»Du brauchst es auch nicht zu verstehen. Wenn du mir hilfst, Babtiste, heute nacht, wenn es dir gelingt, Georg hierherzuholen – werde ich dir gehören.«
»Du sagst endlich ›ja‹? Du willst mich heiraten?«
»Vielleicht auch das – später.«
»Was soll ich Georg sagen?«
»Hole ihn vom Zug ab. Sage ihm – Christine sei etwas zugestoßen. Bringe ihn hierher. Laß ihn allein heraufkommen. Kehre dann zum Bahnhof zurück. Warte dort auf mich.«
»Aber –«
»Babtiste, du mußt es tun.«
»Und dann?«
Sie lächelte ihn nur an.
Sie sah, wie er blaß wurde, bis in die Lippen hinein.
»Ich tue alles, was du willst«, sagte er.

Babtistes Haus im Petite France lag dunkel da.
Nein, doch nicht, aus der ersten Etage fiel rosiger Lichtschein durch die Ritzen zugezogener Vorhänge.
Georg hatte kaum die Tür erreicht, als sie sich schon öffnete. Arme legten sich um seinen Hals, Lippen preßten sich auf seinen Mund. Die Tür fiel hinter ihm zu.
Er roch einen herben exotischen Duft aus blondem Haar, die weichen Lippen glitten über sein Gesicht.
»Georg, Georg . . .«
Er zog ihre Hände von seinem Nacken, schob Rachel von sich.
»Was fällt dir ein!«
»Du bist gekommen. Ich wußte, daß du kommen würdest.«

Sie glitt vor ihm die Treppe hinauf.
Nur Kerzen brannten in dem großen Raum mit dem bücherübersäten Schreibtisch, den kostbaren Gobelins an den Wänden, dem breiten, fellbedeckten Diwan.
Davor blieb Rachel stehen. Ihr rötliches Haar war gelöst, umspielte ihre Schultern, sie trug einen Sari aus blaßgrüner, durchsichtiger Seide; gewiß ein Geschenk Babtistes.
Georg sah die hohen Beine, den schmalen Leib, die Taille, die man mit den Händen umfassen konnte.
Ihre Augen waren umschattet, ihr Mund unter dem Lippenrot ganz blaß. Geschminkt war sie wie eine Frau aus den schlechten Vierteln.
Es rührte ihn sehr, aber es durfte ihn nicht berühren.
»Rachel, was soll das alles. Sei doch vernünftig –«
»Sprich nicht so mit mir. Ich bin kein Kind, das du beschwichtigen mußt. Ich bin eine Frau. Und ich liebe dich. Du mußt es doch gemerkt haben, du kannst doch nicht so blind gewesen sein! In all den Jahren. Schon immer!«
»Rachel, ich kann nicht zulassen, daß du so sprichst.«
»Warum bist du dann überhaupt gekommen?«
»Babtiste hat mich gerufen.«
»Christine liebt dich nicht«, flüsterte Rachel, »sie hat dich längst vergessen. Sie weiß nicht einmal, wie das ist, einen Mann zu lieben.«
»Christine ist noch so jung.«
»Ja, verteidige sie nur. Nimm sie auch noch in Schutz.«
Rachel verstummte, senkte den Kopf. Das Haar fiel über ihre Wangen, machte das Gesicht noch zarter, noch verwundbarer.
Ohne daß er es wollte, ging er zu ihr, nahm ihre Hände, zog sie an sich.

»Rachel, ich habe es nicht gewußt«, sagte er, »ich habe es nicht einmal geahnt.«
»Was sollte ich denn tun, mich dir an den Hals werfen?«
»Rachel, es ist zu spät. Verstehe es. Ich darf deine Eltern nicht enttäuschen. Ich habe mein Wort gegeben«, versuchte er ihr klarzumachen.
»Dann nimm es zurück.«
»Das kann ich nicht. Meine Ehre –«
»Zum Teufel mit deiner Ehre!«
Er ließ Rachel los und trat zurück.
»Ich verbiete dir, so zu sprechen. Ich werde mich heute abend mit deiner Schwester verloben. Wenn sie mich noch will.«
Rachel sah ihn nur an.
»Gute Nacht, Rachel.«
Er wollte sich umdrehen und gehen, aber er konnte es nicht. Ihre Arme legten sich um seinen Hals. Es war, als würde alles ganz hell um ihn und dann ganz dunkel, und er fiel, fiel, ließ sich fallen.
Auf der schmalen Brücke über die Ill kam er zu sich, und mitten in der Stadt vor einem Lokal; billige Musik plärrte heraus, billiger Weindunst umgab ihn und billiges Parfüm.
Er stürzte einen Cognac herunter und noch einen und trank, um nicht denken zu müssen. Silvesterraketen explodierten, Farben und Stimmen und Gerüche umkreisten ihn, er flüchtete wieder hinaus, stand dann auf einem kleinen Platz, unter Platanen, auf der Bank unter Zeitungen lag ein Clochard.
Georg trat an das gußeiserne Geländer am Fluß, starrte in das Wasser und dachte, ich liebe sie. Ich liebe beide. Was soll nur daraus werden?

Und Rachel wollte kein Licht, nicht einmal eine Kerze durfte Babtiste anzünden.

»Ich hätte kämpfen müssen«, flüsterte sie, ehe sie in Schlaf fiel. »Viel, viel früher kämpfen müssen, Georg.«

Babtiste deckte sie vorsichtig zu und machte sich ganz schmal und lauschte auf ihren Atem, bis er nicht mehr wie Schluchzen klang.

8

Im Hotel Colombe am Marché au Cochon de Laît nahe dem Münster bürstete ein junger Mann von fünfundzwanzig Jahren sein aschblondes Haar, das er in der Mitte gescheitelt trug. Seine Oberlippe bedeckte ein Schnurrbart, den er, entgegen der Mode seiner Regimentskameraden, nicht wie Wilhelm II. trug.
Auch war es nicht üblich, daß man an Festtagen auf die Uniform verzichtete und sich dafür in schlichtes Zivil kleidete.
Ein Lächeln verzog seine vollen Lippen.
War es nicht auch ungewöhnlich, daß ein folgsamer und ein liebender Sohn, der er – wie er hoffte – war, den Beginn eines neuen Jahres, den Beginn eines neuen Jahrhunderts fern von seinem Elternhaus in einer fremden Stadt verbrachte?
Aber die Eltern wußten ja nicht, daß er Urlaub genommen hatte, und ihn reizte es nicht, die Feiertage mit seinem Bruder Franz teilen zu müssen.
Ernst Schwarzenburg legte das silberne Bürstenpaar sorgfältig in das Etui aus schwarzem Saffian zurück, trat an das Fenster, das auf den festlich erleuchteten Platz herabschauen ließ. Über den Dächern hob sich, von Raketen umschwirrt, der Turm des Münsters in den Himmel. Wie ganz anders war diese Kirche als der Dom, der

drohend und den Menschen in den Staub zwingend, so schien es ihm wenigstens stets, die Stadt am Rhein bewachte, aus der er stammte, die er versuchte zu lieben und in der er doch stets ein Fremder blieb, weil sie ihm zu lärmig und zu hemdsärmelig war.
Wo würde er sich jemals zu Hause fühlen?
Ihm war, als schauten die grauen Augen des Mädchens ihn wieder an. Und als könne er darin die Antwort lesen.
Sie hieß Christine Welsch und war die Schwester seines Reisebekannten Robert Welsch, der ihn zum Mitternachtstrunk in sein Elternhaus gebeten hatte.
Ein seltsamer Mensch, dieser Robert Welsch, nicht älter als er selbst, aber einer von denen, die sich mit dem Elend der ganzen Welt beluden.
Es klopfte an die Tür, der Hausdiener erschien: »Monsieur Schwarzenburg, Ihre Droschke ist da.«
»Ich komme, danke!«
Der Hausdiener half ihm beim Umlegen der Pelerine, auf den Zylinder verzichtete Schwarzenburg, obwohl er damit gegen die korrekte Kleidervorschrift verstieß. Hutlos zu gehen war eine Marotte, die ihn sein Leben lang nicht verlassen würde.
Der Hausdiener bekam seinen Obulus, strahlte, »merci vielmols . . .«
Ernst Schwarzenburg fuhr durch das nächtliche Straßburg über eine Brücke der Ill, die grün und weiß Eis säumte.
Kalt war es, und doch schwang zwischen den Häusern Wärme mit. Kam es von der Vielzahl einladender Gasthäuser und Wirtschaften, die ausgelassene Gesellschaften beherbergten? Kam es von der Vielzahl der Laternen auf den Alleen?

Müßig, darüber nachzugrübeln, aber ihm erschien es wie die Ahnung des Sommers mitten im Winter.

»Christine, ich möchte, daß du dich zusammennimmst«, sagte Mama Stella.
Sie trat neben das Mädchen, das reglos am Fenster stand, auf die Straße blickte, die nun, so wenige Minuten vor Mitternacht, leer dalag.
Kein Laut war zu hören, außer dem festlichen und doch gedämpften Klingen aus den unteren Räumen.
»Sieh mich an, Kind.« Stella drehte Christine zu sich um.
»Ich verstehe, daß du tief getroffen bist, aber wie ich Georg Bonet kenne, wird er einen guten Grund dafür haben, daß er nicht zu uns gekommen ist.«
»Er hat mich vergessen.«
»Wenn es so ist, geschieht es wenigstens noch früh genug.«
»Du hast leicht reden. Du hast meinen Vater geliebt und ihn bekommen. Stella, laß mich zu Onkel Sebastian fahren.«
»Er ist soeben hier eingetroffen, Kind.«
»Er ist – allein gekommen?«
»Pudere dir die Nase, Christine. In meinem Schlafzimmer findest du Lippenpomade. Du willst doch nicht, daß alle deinen Kummer sehen?«
»Mama Stella – wie soll ich es überleben?«
»Du wirst, Darling. Und eines Tages wirst du es sogar vergessen.«

»Wir werden noch in diesem Jahr im gesamten Komplex des Diakonissenhauses elektrisches Licht installieren«, sagte Jean Welsch. »Es wird vor allem bei dringenden Operationen, die während der Nacht durchgeführt werden müssen, eine große Hilfe sein.«
Die Herren lauschten ihm höflich; er hatte verlernt, leichte Konversationen zu machen, seitdem ihn die Gicht mehr und mehr ans Haus fesselte, ihm nur noch selten gestattete, im Krankenhaus seinen stets gern und gewissenhaft erfüllten Pflichten nachzugehen.
»Ich bin gespannt auf die neue Weltausstellung in Paris«, sagte Monsieur Duclos; er war ein Weinhändler aus dem Vaucluse und weilte zur Zeit im Elsaß, um sich über bestimmte Traubenarten, die er in die Provence zu importieren gedachte, zu informieren.
Lange war es her, daß er und Jean Welsch vor Guavara gelegen hatten. Lange war es her, seit sie das weiße, feste Fleisch, das nicht unähnlich dem von gemästeten Stallkaninchen schmeckte, aus dem lehmumbackenen Panzer des Schuppentiers verspeist hatten.
Lange war es her, seit sie den glücklosen Maximilian geschaut, den erschossenen Kaiser.
»Ich erinnere mich noch gut an die Weltausstellung achtzehnhundertneunundachtzig. Paris zersprang fast. Ich war einer von achtundzwanzig Millionen Besuchern. Man stelle sich das vor . . .«
»Und die Attraktion war natürlich der Eiffelturm. Dieses Jahr werde ich die Ausstellung nur aus den Gazetten verfolgen können«, sagte Jean Welsch.
»Mon vieux, Sie sollten einmal nach Aachen fahren. Mein Bruder fand dort in den heißen Quellen die beste Heilung.«
»Unsere Ärzte im Diakonissenhaus haben mich aufge-

geben. Warum soll ich da womöglich in die Hände von Badern und Quacksalbern fallen?«
Die Herren lachten höflich.
»Jean«, Stellas Hand legte sich leicht auf seine Schulter.
Die Herren schauten die immer noch sehr mädchenhaft wirkende blonde Frau an und verneigten sich leicht.
»Noch zwei Minuten, dann ist Mitternacht.«
Hinter sich hatte Stella Welsch die Tür zum großen Wohnzimmer offengelassen, das aus dem gelben Salon entstanden war, als man einen Teil der Veranda einbezog, verglaste und mit gepflegten immergrünen Pflanzen zum Wintergarten gestaltete.
Dort tanzten die jungen Leute.
Die älteren Damen saßen auf Stühlen an der einen Längswand. Wie Hühner auf einer Stange, dachte Ernst Schwarzenburg amüsiert; und das nicht zu Unrecht, denn ihre flinken Münder, ihre nickenden Köpfe gemahnten an Hennen, die Futter für ihre Küken suchen.
Sehr rasch und, wie es schien, mühelos die immerhin um die vierzig Personen zählende Gesellschaft versorgend, wurde nun Champagner gereicht.
Die Musik schwieg, die Musiker – ein Trio war es – legten die Geigen beiseite, der Pianist breitete ein grünes Filzband über die gelblichen Tasten des Klaviers.
Man stand, das Kristallglas in der halb erhobenen Hand, lauschend auf den ersten Glockenschlag des neuen Jahres.
Ernst suchte das Mädchen mit den grauen Augen.
Ihre schmalen Schultern waren ein wenig hochgezogen, so, als friere sie, und sie sah niemanden an.
Da läutete die Glocke der nahen Kirche und plötzlich alle Glocken der Stadt, man rief: »Prosit Neujahr! Une bonne année!«

»Vive la France et la République!« riefen einige und andere: »Gott schütze unseren Kaiser Wilhelm den Zweiten.«
Jean Welsch zog Stellas Hand an seine Lippen. »Ich danke dir für all die letzten Jahre.«
»Ein neues, schönes, langes Jahr beginnt«, sagte sie lächelnd.

Ernst folgte Christine in den verschneiten Garten.
Er sah, wie sie unter den Birnbäumen stehenblieb, ihre Hand über die Rinde eines Baumes gleiten ließ, in der Linken hielt sie das Sektglas. Plötzlich, mit einer wilden Bewegung, die ihr fast das Gleichgewicht raubte, schleuderte sie es von sich.
Der Schnee fing das Glas auf, es lag glitzernd wie ein kostbares Geschenk im Weiß.
Christine umklammerte den Baum mit beiden Armen und begann zu weinen.
Ernst wollte zu ihr gehen, sie trösten, beschwichtigen, was immer es auch sein mochte, das diesen Ausbruch bei ihr hervorrief.
Aber er tat es nicht, und später würde sie fragen: »Waren Sie es, der im Garten war?«
Und er würde antworten: »Ich erinnere mich nicht mehr.«
Und noch viel später würde sie sagen: »Ich danke dir dafür.«
Aber ohne dies zu wissen, ging er zurück, nahm seine Pelerine in der Diele von einem erstaunten Hausmädchen, das fragte: »Aber Monsieur, Sie gehe scho? Jetzt wird's doch grad erst luschtig?«
Er lag noch lange wach in dieser Nacht in seinem Hotel-

zimmer am Marché au Cochon de Laît und fragte sich, ob es nicht doch besser gewesen wäre, er hätte das Fest mit seinen Eltern verbracht.
Aber er wollte frei von ihnen werden, frei von seinem Vater, frei von seiner Mutter, und er wollte nicht an seinen Bruder denken.
In den grauen Morgenstunden schlief Ernst ein. Er träumte von Christine Welsch mit den grauen Augen, und noch lange würde ihn ihr bitterliches Weinen verfolgen, ein ganzes Jahr lang würde er sich wünschen, sie hätte um ihn geweint.

Vor dem Portal des Kaiserlichen Evangelischen Lehrerinnenseminars, nahe der Zitadelle und am Heumarkt gelegen, stand er wie am ersten Tag, der Monsieur Kupfer. Über dem grauen Drillichhemd trug er seine lederne Schürze, und in der Hand hielt er den groben Besen, um diesmal Luftschlangen und Konfetti in die Gosse zu kehren.
Er schaute lange den Braunen an, der François' Droschke zog, lehnte dann den Besen gegen das Geländer des Vorgartens und trat näher, um Christines braune Reisetasche in Empfang zu nehmen.
»Da sind Sie ja wieder«, sagte er. »Ich hab' fest geglaubt, Sie kommen nicht mehr zurück. Aus Ihrer Klasse sind zwei Mädels zu Hause geblieben, verlobt haben sie sich. Heiraten wollen's. Als wenn's das Wichtigste wär' im Leben!«
»Ist es das denn nicht?« rief François vom Kutscherbock.
»Man kann auch so seinen Spaß haben«, sagte Monsieur Kupfer und verzog säuerlich das Gesicht.

Er trug Christines Tasche bis zum Portal, kehrte dann zu seinem Besen zurück.
Nichts hatte sich geändert.
Gar nichts.
Christine trat ein, ging in den kleinen Empfangsraum, in dem es immer nach Lavendel roch, obwohl man nie erfuhr, woher dieser Duft kam. Christine trug sich in das Empfangsbuch ein.
Zurückgekehrt am 2. Januar 1900 um acht Uhr dreißig; wie es die Vorschrift verlangte.
Sie begegnete niemandem auf dem Weg zu ihrem Schlafsaal, den sie mit sieben Seminaristinnen teilte.
Dort standen die eisernen Betten, zwei und zwei durch Leinenschleifen miteinander verbunden, dort waren die schmucklosen Waschtische mit den grauen Marmorplatten, den Schubladen darunter, den Spiegeln darüber an der Längswand.
Achtmal sah sie, wie blaß und verfroren sie war.
Sie ging zu ihrem Bett, und es war ihr, als trage sogar die Bettdecke die Zahl 33, die sie in jedem Wäschestück, sogar in ihren Handschuhen und im Schirm, hatte einsticken müssen, als sie in das Seminar eintrat.
Nummer dreiunddreißig.
Das war sie drei Jahre lang gewesen.
Und würde es bleiben.
Eine Zahl.
Nichts weiter. Kein junges Mädchen mehr, das schmerzendes Ziehen in den Brüsten verspürte, wenn Georg sie umfing, keine junge Frau mehr, die auszog, Lehrerin zu werden und in Wahrheit doch nur die Zeit überbrückte, die sie von Georg trennte.
Sie setzte sich auf das Bett.
In Hut und Mantel, dem schwarzen doppelreihigen

Krimmermantel und dem schwarzen Hut, der mit einem schlichten Seidenband garniert war.
Sie betrachtete ihre Füße, die in plumpen, schwarzen Knöpfschuhen steckten.
Betrachtete ihre Hände in den dünnen Glacéhandschuhen.
Zog die Handschuhe aus und dachte, wie nackt meine Hände sind, wie nackt und schutz- und nutzlos.
Kein Ring zierte sie.
Nicht der dünne goldene Reif, den sie sich erhofft hatte, so oft bewundert in den Auslagen der Juweliere.
Ein Ehering.
Unter dem hochgeschlossenen grauen Kleid trug sie den Rubintropfen von Georg. Sie hatte das goldene Kettchen um den Hals gelegt, heimlich, denn im Seminar war kein Schmuckstück erlaubt.
Und sie hatte François gebeten, bei Onkel Sebastian vorbeizufahren.
Aber das Haus an der Rue Imbert lag verschlossen da.
Die grünen Fensterläden waren zu, die gelbe Fassade trug feuchte Flecken vom Schnee und Frost zur Schau.
Christine ließ den Messingklopfer mehrmals gegen die grünlackierte Spiegeltür fallen, doch im Hause rührte sich nichts.
Warum öffnete nicht wenigstens Clementine, die Haushälterin des Onkels?
Ging sie so früh zum Markt?
Und der Onkel selbst?
Schlief er denn noch?
Nein, seine Schlaflosigkeit war in der ganzen Familie sprichwörtlich.
Nachts saß er über seinen Memoiren, wie es hieß, die seine Erfahrungen in Indien und Thailand beinhalten

sollten; es wäre doch nur natürlich gewesen, hätte er morgens gegen acht gefrühstückt, oder nicht?
Und Georg? Wenn er aus Paris gekommen war, dann mußte er doch wenigstens jetzt dasein?
Aber niemand öffnete, weder Clementine, noch der Onkel, und erst recht nicht Georg.
Wie eine Bettlerin, der man ihr unverschuldetes Unglück nicht glaubt, war Christine sich vorgekommen.
Und zu allem Übel hatte Fançois noch gesagt, als sie zur Droschke zurückkehrte: »Sie sollten sich ein Beispiel an Ihrer Schwester nehmen, M'selle Christine. Die weiß sich des Lebens zu freuen. In der Silvesternacht hab' ich sie ins Petite France gefahren.«
Da wohnte Babtiste Praet.
Na schön.
Der reiche, verrückte Babtiste. Sollte Rachel mit ihm tun und lassen, was sie wollte.
Aber was sollte ich im Petite France?
Christine bedeckte ihr Gesicht mit den Händen.
Sie wollte nicht weinen.
Nein, nicht schon wieder.
Nie mehr um Georg weinen.
Aber sie konnte nicht verstehen, daß man Briefe schrieb, die unbeantwortet blieben, nicht verstehen, daß man ein Versprechen gab und es nicht hielt.
Sie tauchte aus dem Abgrund der sinnlosen Gedanken auf, als der Schlafsaal sich mit ihren Kolleginnen füllte, die, wie sie, aus den Weihnachtsferien zurückkehrten.
Christine lachte und scherzte mit ihnen und ließ sich hänseln, denn sie hatte vorlaut verkündet, daß sie sich zu Silvester verloben wollte.
Noch vor dem Mittagstisch wurde sie zum Schulrat Hantel gerufen, der ihr mitteilte, daß sie sogleich nach

Absolvierung ihres Examens im März eine erste Stellung antreten würde.
»Ihre Leistungen waren nicht immer befriedigend«, sagte er, »aber ich denke, daß Sie ein Mensch sind, der gefördert werden muß.«
Sein Blick verlor an Strenge, als er hinzufügte: »Mein Freund, der Notar Lass, wird sich glücklich schätzen, eine junge Dame im Hause zu haben, die so musikalisch ist wie Sie. Er wünscht vor allem, daß Sie seine beiden Töchter im Klavierspiel unterweisen.«
»Ich danke Ihnen, Herr Schulrat«, sagte Christine förmlich. Natürlich hätte sie sich freuen sollen, müssen, aber sie empfand nichts als eine unendliche Müdigkeit.

Die Freundinnen überfielen sie: »Sag doch, was wollte der Hantel von dir? Nun sag doch schon –«
»Ich hab' eine Stellung!«
Die anderen riefen ah und oh und klatschten in die Hände.
Nur Helegine von Marwitz, seit jeher die Beste der Klasse, brach in wütendes Schluchzen aus.
Sie hätte diejenige sein müssen, welche als erste nach dem Examen eine Anstellung erhielt.
Sie hätte man zum Notar Lass als Gouvernante für seine beiden Töchter senden sollen, denn sie war die Klügste und die Musikalischste. Niemand anders verstand das Piano so zu spielen wie sie. Niemand anderes hatte einen so schönen Sopran.
Selbst die Kaiserin hatte sie bei ihrem letzten Besuch zu ihrem musikalischen Talent beglückwünscht.
Und hatte sie nicht bei der Abschlußfeier der zweiten Klasse mehr Preise eingeheimst als irgendeine andere?

»Weine doch nicht«, sagte Christine. »Ich werde mit Herrn Hantel sprechen und ihn bitten, dich zum Notar Lass zu schicken. Mir liegt sowieso nichts daran.«
»Ah, weil dir nichts daran liegt, soll ich die Stellung haben? Nein, bitte sehr, ich nehme keine Almosen!«
Beim Mittagessen im großen Saal, an dem alle drei Klassen des Seminars teilnahmen, fanden sie sich wie immer von ihren Lehrerinnen beobachtet, deren Tisch zwischen den beiden langen Tafeln stand, so daß sie keine der Schülerinnen aus den Augen verlieren konnten.
»Christine Welsch, sprechen Sie das Tischgebet.«
Christine stand auf, faltete die Hände, ihre Stimme zitterte, während sie die Worte sprach: »Komm, Herr Jesu, sei unser Gast und segne, was Du uns bescheret hast . . .«
Nur mit Stella hatte sie darüber sprechen können, daß sie in der Zeit der Prüfung, in den vier Jahren, in denen sie Georg nicht wiedersehen durfte, begonnen hatte, an Gott zu zweifeln, und daß sie sich wie eine Verräterin vorkam, wenn sie betete und doch nicht mehr an die Gnade des Herrn zu glauben vermochte.
Nach dem Essen warteten die Schülerinnen stehend, bis die Lehrerinnen den Eßsaal verlassen hatten; dann liefen sie in den Garten, und dort schwirrten ihre Stimmen übermütig noch von alledem erfüllt, was sie während der Feiertage zu Hause erlebt hatten.
Aus Christines Klasse waren Elsbeth Faust und Maria Johannson, die kleine blonde Schwedin, nicht zurückgekehrt; sie hatten sich verlobt – und Christine hatte sich so sehnlichst gewünscht, die dritte im Bunde zu sein.
»Ich freue mich für dich, daß du deine erste Anstellung bei der Familie Lass haben wirst«, sagte ihre Klassenlehrerin, Fräulein von Maryan. Sie war eine zierliche

braunhaarige Person, der die strenge Schulleitung gestattete, die tiefen Aknenarben auf ihren Wangen mit Puder zu verdecken.
»Ach, Fräulein von Maryan, könnten Sie mich nicht irgendwohin schicken, weit fort von Straßburg?«
»Aber warum denn, meine Liebe? Du hast dein Elternhaus hier. Deine Freunde und Bekannten. Du solltest glücklich sein, hierbleiben zu dürfen. Möchtest du denn vielleicht lieber auf's Land? In ein Dorf, wo sich die Füchse gute Nacht sagen?«
»Ach ja, bitte. Bitte, ich möchte in ein kleines Dorf.«
»Warum denn nur?«
»Bitte, verzeihen Sie, aber ich kann es nicht erklären. Und außerdem steht eigentlich Helegine von Marwitz der Posten beim Herrn Notar Lass zu. Ach bitte, Fräulein von Maryan, bitte, verwenden Sie sich doch bei Herrn Hantel für mich.«

So kam es, daß an einem nebligen Märzmorgen, nach bestandener Prüfung, die ihr in allen Fächern gute bis sehr gute Leistungen bescheinigte, Christine Welsch ihren Reisekorb packte, um ihre erste Anstellung in Ischwiller anzutreten.
Sie legte die Wäsche zuunterst, die vor drei Jahren von Babette, der alten Hausnäherin, deren Hand vom Betrieb der Nähmaschine ganz verkrümmt war, so daß sie kaum mehr ihre Finger geradebiegen konnte, gefertigt war.
Acht Bettücher – mit Hohlsaum und der kreuzgestickten Zahl 33.
Dazu acht Kissenbezüge, vier Plumeaubezüge und acht Leinenhandtücher.

Denn die Leibwäsche – ebenfalls je acht Garnituren, dazu vier Unterröcke, schließlich die Schürzen, drei schwarze für den Schulunterricht, drei bunte für die Wirtschaftsarbeit.
Und nun die Kleider, das rehbraune für den Sommer, das graue für den Winter.
Damals, als Mama Stella sie im großen Konfektionshaus Metzger in der Färberstraße bestellte, hatte Christine sich fast so darüber gefreut, als handele es sich schon um ihre Aussteuer; denn, so hatte sie damals gedacht, drei Jahre vergehen so schnell, und ich will mich auf die Schule freuen, auf das Seminar freuen, weil Georg will, daß ich eine moderne junge Frau mit eigenem Beruf werde.
Jetzt war sie eine moderne junge Frau mit einem eigenen Beruf.
Und es war das einzige, was ihr geblieben war.

In diesem Jahr brach in China der Boxeraufstand aus.
Der nationalistische Geheimbund, dessen Ziel es war, die Europäer aus dem Reich der Mitte ein und für allemal zu vertreiben, ermordete den deutschen Botschafter, Baron Ketteler, und belagerte die übrigen Residenzen in der uralten Stadt Peking.
Ein europäisch-amerikanisches Expeditionskorps wurde unter Graf Waldersee ausgerüstet, und in Cuxhaven vor der Ausschiffung rief der deutsche Kaiser seinen Soldaten zu:
»Ihr müßt euch gefürchtet machen wie die Hunnen!«
Ernst Schwarzenburg gehörte zu den »germans to the front!«
Aber auch zu den Hunnen?

Die Zelte seines Zuges waren am Rande eines Reisfeldes errichtet. Es war abgeerntet, und nur hier und da sah man noch modernde Pflanzenstiele auf dem flachen gelben Boden mit den gelben Wasserpfützen; Trostloseres ließ sich kaum vorstellen.
Aber schlimmer noch war der Geruch, der über dem Tal lastete.
Die Hütten des Dorfes Tien-Sin waren verbrannt worden, weil seine Bewohner den Rebellen Nahrung und Unterschlupf gewährt hatten.
Kein Wind trug den Geruch herüber, er war einfach da.
Brandig und faulig zugleich und vor allem fettig war er.
Schweine waren im Dorf verbrannt und Menschen.
Menschen bei lebendigem Leibe.
Und Ernst Schwarzenburg wußte nicht, was schrecklicher anzuhören gewesen war, das Schreien der Menschen oder das Quietschen der Tiere.
Ernst war mit seinem Zug mit aufgepflanztem Bajonett in das Dorf eingezogen, sie hatten gefordert durch Tuwan, den Dolmetscher, daß die Männer sich freiwillig als Geiseln ergeben sollten.
Aber die Frauen hatten die Männer zurück in die Hütten gezerrt und dafür die Kinder hinausgeschickt.
Keine Knaben, nur kleine Mädchen und keines älter als höchstens zehn.
Schwarzenburg hatte Befehl gegeben, die Kinder einzufangen, auf den Pferdewagen zu laden, der ihre Zelte transportierte, und in das nächste Dorf zu bringen, das den Rebellen offensichtlich feindlich gesinnt war.
Dort sollte man die Kinder mit Nahrung versorgen und weiteres abwarten.
»Warum tun Sie das, mein Leutnant?« fragte Tu-wan. »Es sind nur Mädchen. Sie gelten nichts bei uns. Sie sind

überflüssige Münder. Wenn es Söhne wären – ja, dann würden die Leute hier Sie verstehen. Aber so werden Sie Ihr Tun nur als Schwäche auslegen.«
»Sag den Leuten, sie sollen aus ihren Hütten kommen. Ich gebe ihnen eine halbe Stunde Zeit. Sie dürfen von ihrem Hab und Gut soviel mitnehmen, wie sie tragen können. Sag ihnen auch, daß wir Befehl haben, das Dorf in Brand zu stecken.«
Tu-wan sprach laut und lange. In den Hütten regte sich nichts. Tu-wan gestikulierte und stolzierte umher, und es sah aus, als spiele er eine Paraderolle in einer der komischen chinesischen Opern, die Ernst Schwarzenburg in Peking gesehen hatte; die Aufführung war eine Aufmerksamkeit des Hofes für die »Herren des europäischen Militärs«.
»Es nützt nichts, Herr Leutnant. Die Leute wollen ihre Hütten nicht verlassen«, sagte Tu-wan schließlich und lachte dabei, als bereite ihm dies das allergrößte Vergnügen.
»Gut. Dann müssen wir die Leute aus den Hütten treiben und fortschicken.«
Ernst wandte sich an seinen Zug: »Hütten räumen, Leute in die Richtung auf Na-Sien treiben!« Das war das nächstgelegene Dorf, in das er auch die Mädchen geschickt hatte.
Die Soldaten drangen in die Hütten vor.
Sie trieben die Leute auf dem Dorfplatz zusammen.
Ernst Schwarzenburg zählte sie schnell. Es waren zehn Männer und vierundzwanzig Frauen.
Sie standen mit gesenkten Köpfen, die Hände in die Ärmel ihrer wattierten Jacken geschoben, die längst jede Farbe verloren hatten.
Sie trugen Stoffschuhe, und nur wenige Frauen hatten

gebundene Füße, was ein Zeichen für ihre niedere Abkunft war.
»Los, schickt sie auf den Weg!«
Der Weg war nichts anderes als ein Fußpfad, der sich durch das angrenzende Reisfeld schlängelte.
Die Soldaten gingen nicht rauh mit den Leuten um. Die Leute machten ein, zwei Schritte vor, dann blieben sie wieder stehen.
Später, viel später würde Ernst Schwarzenburg an all die gesenkten Köpfe denken mit dem schweren, blauschwarzen Haar, das die Männer kurz geschoren trugen, die Frauen zu langem Zopf geflochten. Er würde daran denken, wie seltsam es war, daß dieses Haar in dieser stumpfgelben Landschaft, unter dieser stumpfgelben, wäßrigen Sonne es fertigbrachte, zu glänzen wie die Flügel von den stahlblauen Sperlingen, die er in Ostafrika einst gesehen hatte.
»Sie wollen lieber hierbleiben und sterben, die Leute«, sagte Tu-wan, der Dolmetscher, und lachte wieder so vergnüglich.
»Warum?«
»Sie wollen nicht in das Nachbardorf. Dort wird man sie ohnehin verhungern lassen. Denn niemand in China hat mehr genug Reis, um seine eigene Schale zu füllen.«
»Sie können nicht hierbleiben«, sagte Ernst Schwarzenburg. Er teilte die Hälfte seines Zuges dazu ein, die Leute nach Na-Sien zu eskortieren.
Die andere Hälfte blieb zurück, um, wie es im Tagesbefehl hieß, Lager aufzuschlagen, das Dorf niederzubrennen und die eventuelle Rückkehr einer Rebellenhorde abzuwarten.
Als die Zelte standen, ließ Ernst Schwarzenburg das Dorf in Brand stecken. Man bediente sich dazu der

Pechfackeln, die in Peking an die Armee ausgegeben worden waren.
Als die Hütten loderten, begannen die Schweine und die Menschen zu schreien.
Alte Menschen waren es, die sich unter Stroh und Lumpen versteckt hatten.
Ernst und seine Leute versuchten sie zu retten, aber die Reisstrohdächer der Hütten brannten wie Zunder, und sie konnten nicht zu ihnen gelangen.

Ernst Schwarzenburg klappte sein Tagebuch zu, er schob es auf dem schmalen Feldtisch zur Seite, und darunter kam das Foto des Mädchens zum Vorschein.
Auf dem bräunlich schattierten Lichtbild konnte man die Farbe der Augen nicht erkennen, noch ihre Tiefe, und doch meinte er, Christine Welsch sähe ihn an. Ihn ganz allein. Und so lange, wie er es wollte.
Er legte sich auf das Bett zurück, hob vorsichtig sein rechtes Bein an, da er sich bei den Rettungsversuchen im Dorf das Knie verletzt hatte.
Das Knie war etwas steif, und in der Brandwunde pochte es.
Tu-wan, der Dolmetscher, hatte ihm eine Paste aus Schlamm und Vogeldung gebracht; sie sollte die Entzündung verhindern.
Bis morgen würde das Knie sich wohl nicht allzusehr verschlimmern. Und morgen würden sie die Rückkehr nach Peking antreten.
Er lag und lauschte der absoluten Stille, die man wiederum hören konnte, denn sie war nach einer Weile vom Gesumm der Insekten erfüllt, die in den Wasserlachen der Reisfelder brüteten.

Er dachte an Christine Welsch, und er sehnte sich, dort zu sein, wo sie nun war, in einem kleinen elsässischen Dorf, von dem sie schrieb, daß dorthin bis jetzt nicht einmal Gasbeleuchtung vorgedrungen sei.
Er hatte sie noch nie lachen gehört, denn in der Silvesternacht hatte sie geweint. Aber er konnte sich sehr wohl vorstellen, wie ihr Lachen klingen würde – so wie ein Schluck Quellwasser nach einem langen Sommerabendspaziergang schmeckt.
Er hatte nach der kurzen Bekanntschaft, in der sie nicht mehr als eine höfliche Begrüßungsfloskel gewechselt hatten, dennoch gewagt, Christine zu schreiben; daß er sich oft einsam fühle, und wenn sie erlaube, wolle er ihr hin und wieder einige Zeilen zukommen lassen, da er zu hoffen wage, seine Erlebnisse im fernen Ostasien könnten vielleicht ihr Interesse finden.
Christine antwortete ihm freundlich, daß sie sich über jeden Brief freue, da sie nun ihre Tätigkeit als Lehrerin in Ischwiller beginne und dort Briefe wohl ihre einzige Abwechslung sein würden.
Er wollte nicht aufdringlich erscheinen, und so schrieb er ihr nur alle zwei Wochen. Sie antwortete stets nach angemessener Frist, ließ ihn so an ihrem Leben als junge Lehrerin teilhaben.
Manches klang sehr lustig, zum Beispiel, als sie ihre erste Nacht im Schulhaus beschrieb.
Ganz genau konnte er es sich vorstellen – das aus Bruchsteinen erbaute Haus mit den Geranienkästen vor den Fenstern, dem Torbogen, der zum Schulhof führte, auf dem zwei Linden Schatten spendeten und der mit hellem Kies vom Bach bedeckt war.
Es gab nur einen großen Klassenraum, in dem alle Kinder zwischen sechs und zwölf unterrichtet wurden.

Und natürlich hatte ein gewisser Hans Rossapfel, so hieß der strohblonde Spaßvogel, am ersten Tag die Tafel mit Kerzenfett eingeschmiert, so daß bei jedem Schreibversuch Christines die Kreide abrutschte.
Aber es gab ein wunderschönes Harmonium im Schulhaus, und das war ihre große Freude, denn die Kinder sangen gern, und sie selbst konnte weiterhin ihre Stimme bilden.
Sie vertraute ihm an, daß sie eigentlich manchmal davon geträumt hatte, Opern- oder Konzertsängerin zu werden, aber diesen Traum sehr bald aufgegeben habe, da ihre Eltern, vor allem ihr Vater, dem niemals zugestimmt hätten. Außerdem war auch – hatte sie hinzugefügt, dann diese drei Worte dick durchgestrichen, so daß er den Satz eigentlich nur erraten konnte – noch jemand dagegen gewesen.
Der junge Mann, um den sie in der Silvesternacht geweint hatte?
Denn hätte es einen anderen Grund gegeben, daß ein junges schönes Mädchen in einer Festnacht weinte?
Wer war dieser junge Mann? Und hatte sie ihn inzwischen wiedergesehen?
Vielleicht gab er nun keinen Anlaß mehr, um ihn zu weinen?
Ernst Schwarzenburg schrieb Christine von seinem alltäglichen Leben, von der Überfahrt nach China.
Vom ersten Anblick der Ewigen Stadt, wie die Chinesen sie nannten, von ihrer ungeheuren Lebhaftigkeit, den exotischen Farben, dem Schmutz, von den Papierdrachen und den seltsamen Gebräuchen, zu lachen, wenn man hätte weinen sollen, zu weinen, wenn man das Glück in Händen hielt.
Er schrieb ihr von den Teehäusern, in denen Frauen mit

Gesichtern wie aus dem dünnsten chinesischen Porzellan oder weißer Jade das Ausschenken des hellgrünen Tees zu einer Zeremonie erhoben.
Von den weniger zeremoniellen Vorgängen, die sich in den durch Reispapierwände abgeteilten, kleineren Hinterräumen vollzogen, schrieb er Christine nichts, denn erstens nahm er nicht, wie viele seiner Offizierskameraden, daran teil, noch hätte es sich für die Ohren oder Augen eines jungen Mädchens ihrer Art geschickt.
Er schrieb Christine aber von jenem seltsamen gelben Licht des Landes, das anders war als in allen Ländern, die er je gesehen; dieser gelbe Schleier, der andere Farben schmelzen ließ und alles ein wenig unwirklich machte.
Er hoffte, sie würde seine Briefe nicht fortwerfen, denn auch er hatte einen Traum, dessen Verwirklichung ihm noch zuviel Mut abverlangte, als daß er ihn je einem Menschen mitgeteilt hätte: zu schreiben, ein homme de plume zu werden, oder ganz einfach ein Schriftsteller.
Schüsse zerrissen die Stille.
Menschen schrien, die Pferde wieherten.
Ernst war hoch, löschte die Petroleumlampe, spannte gleichzeitig seinen Revolver.

9

Die beiden Mannschaftszelte brannten schon. Die Pferde rasten wiehernd und hufeschlagend umher.
Ernst Schwarzenburg hatte sich hinter dem umgestürzten Proviantwagen verschanzt.
Tu-wan, der Dolmetscher, war unter den Soldaten.
Er schnatterte mit den Zähnen, immer nur das eine Wort: »Boxer, Boxer . . .«
Sie schossen auf Schatten.
Nur auf die Schatten der Rebellen.
Die Zelte brannten ab, waren bald nur noch glühende Flecken auf dem gelblehmigen Boden.
Eines der Pferde fanden sie mit aufgeschlitztem Bauch.
Die anderen hatten die Rebellen mitgenommen.
Im Morgengrauen begruben sie vier Tote.
Am Mittag, auf dem Marsch nach Peking, gerieten sie in eine Falle der nationalistischen Aufständischen.
Da sie noch genug Munition besaßen, sowohl für ihre Handfeuerwaffen wie auch ihre Gewehre, konnten sie der Rebellen Herr werden. Sie erschossen sieben und machten zwei Gefangene.
Es waren junge Burschen, kaum älter als achtzehn.
Sie trugen das Stirnband der Aufständischen.
Einer stieß sich in einem unbewachten Moment sein Messer ins Herz, das er in den Wickelgamaschen eines

gefallenen Franzosen, die er statt der Filzschuhe trug, versteckt haben mußte.
Ernst ließ wieder Tote begraben.
Tu-wan lachte gackernd wie ein Huhn.
Sein Herr war ein großer Krieger.
Als sie die Unterkünfte ihres Regiments vor den Toren Pekings erreichten, bekam Ernst Schwarzenburg seinen ersten Fieberanfall.
Der Feldarzt konstatierte Malaria.
Er gab ihm Chinin, und Tu-wan, der nicht mehr von Ernst Schwarzenburgs Seite wich, Tag und Nacht an seinem Feldbett in dem Lazarettzelt kauerte, band ihm eine Reihe von kleinen Bronzekugeln um das linke Handgelenk; sie sollten die bösen Geister aus seinem Körper vertreiben.
Die kleinen Bronzekugeln stellten das Antlitz des großen Konfuzius dar, und nur Tu-wan wußte, daß diese Knöpfe einem Mandarin gehört hatten, der den Boxern in die Hände gefallen war und den sie auf der Stelle, das heißt im innersten Hofe seines ehrenwerten Hauses, geköpft und dann gevierteilt hatten.
Tu-wan wußte auch, daß dieser Mandarin ein Mann großen Einflusses gewesen war; selbst in der Verbotenen Stadt war er ein und aus gegangen und hatte das Gesicht der erhabenen Kaiserin gewiß so häufig gesehen wie hundert Generationen eine Sonnenfinsternis.
Bei ihm hatte Tu-wan über die vielfältigen Tuschen, deren er sich bei seiner umfangreichen Korrespondenz bediente, wachen dürfen und über die Seiden- und Pergamentrollen, auf die der hohe Herr seine Botschaften und manchmal, wenn er eine besonders gute Nacht bei einer seiner blütengleichen Konkubinen verbracht hatte, Gedichte schrieb.

Von ihm auch hatte Tu-wan das Sprechen mit fremden Zungen gelernt, das ihm einen guten Sold und – was noch wichtiger war – hohes Ansehen bei den weißen Teufeln verschafft hatte.
Auch Tu-wan nannte sie so, die Europäer.
Nur diesen einen, dessen Name für eine noch so gewandte chinesische Zunge kaum aussprechbar war, nahm er von der Bezeichnung aus.
Er hatte gesehen, wie Ernst Schwarzenburg sich in eine brennende Hütte stürzte und eine alte Frau rettete, obwohl sie nur wenige Atemzüge später starb. Hatte gesehen, wie er sich dabei das Knie verletzte und Brandblasen an den Händen und im Gesicht holte.
Und das war mehr, als viele Chinesen getan hätten.
Denn hieß es nicht, du sollst nur tun, was Sinn hat und Vorteil bringt?
Sinn und Vorteil brachte die Rettung einer alten Frau gewiß nicht.
Und daher hatte dieser große schlanke Mann, der nun hilflos im Fieber lag, eigentlich eine Dummheit begangen.
Nur zufällig war die alte Frau Tu-wans ehrenwerte dritte Großmutter gewesen.

Ernst Schwarzenburg kehrte aus China zurück, mit einer Tapferkeitsmedaille, die er niemals trug, einem Knie, das ihm besonders bei Witterungsumschwüngen Gehbeschwerden machte, und der Gewißheit, Malaria zu haben.
Er verbrachte eine Woche bei seinen Eltern in Köln.
Er kam gerade zum Hausputz zurecht, dem seine Mutter mindestens jedes Vierteljahr frönte, da alle anderen

Aktivitäten, die sie als eigentlich intelligente, wißbegierige Frau hätte unternehmen mögen, von ihrem Mann unterdrückt wurden. Er erlaubte ihr nur die drei großen ›K's‹: Kinder, Küche, Kirche.

Sie buk für Ernst Reibekuchen, die er so gern mit frischem Apfelkompott aß, sie hing neue Gardinen in sein Zimmer und bestand darauf, daß alle seine Uniformstücke gründlichst gereinigt – am besten aber verbrannt – werden sollten, denn, weiß der Himmel, was er an Ungeziefer aus dem barbarischen China mitgebracht hatte.

Genugtuung bereitete ihm, daß Bruder Franz endlich einmal die zweite Geige spielte.

Franz, der ewig Beste in der Schule, beim Sport und nun auch beim Studium, war das Opfer seiner einzigen Schwäche geworden.

Er hatte ein junges Mädchen aus sehr gutem Hause geschwängert, und beide Familien bestanden darauf, daß geheiratet würde.

Lucy war nicht häßlich, aber seit der Papageienkrankheit – ausgerechnet Franz hatte ihr den Papagei geschenkt –, die sie kaum überstanden hatte, mußte sie eine Perücke tragen.

Unter dem Hochzeitsschleier und Blütenkranz verrutschte die Perücke und gab halb den kahlen Schädel frei.

Bruder Franz würde ihr dies nie verzeihen und immer, wenn ihm der Sinn danach stand, Lucy mit Behagen der Lächerlichkeit preisgeben, indem er jene Begebenheit erzählte.

Aber ihr Geld und ihr Name würden ihm den Weg nach oben bahnen, soviel war heute schon gewiß.

»Was wirst du denn nun tun, Ernst?« fragte seine Mutter

am Ende der Woche, als er rastlos wurde, es nicht mehr aushielt zu Hause, wie so oft schon zuvor.
»Mein Regiment wird zwar erst in einem Monat nach Straßburg verlegt, aber ich möchte jetzt schon dorthin.«
»Ist es wegen des Mädchens mit den grauen Augen?«
»Hast du schon wieder in meinem Tagebuch gelesen?«
Sie errötete und zupfte an ihrem Fichu aus Klöppelspitze, das »weibische Attribut«, wie ihr Mann es nannte.
»Es ist runtergefallen vom Tisch, als ich deine Reisetasche ausgepackt habe. Und es sah aus, als hättest du wieder ein Gedicht geschrieben. Da konnte ich einfach nicht widerstehen. Sonst erfahre ich ja auch nichts. Mir sagt doch niemand etwas.«
Sie begann plötzlich zu weinen. Es sah seltsam aus, denn sie bemühte sich, die Tränen selbst nicht wahrzunehmen, ließ die Augen weit offen.
Er nahm ihr den Federwisch aus der Hand, mit dem sie ganz unnötigerweise sein Tennisracket, das er wegen des Knies nun nie wieder benutzen würde, abstaubte, dazu die Fotografien, die ihn noch als Kadett zeigten, als Schüler und als kleinen Jungen im Spitzenkleid.
»Mutter, warum hast du dich nie scheiden lassen?«
Er drückte sie sanft in den Sessel neben der Leselampe und dem runden Tisch mit der gehämmerten Messingplatte, auf dem sie die Jadedose mit seinen Lieblingszigaretten gefüllt hatte.
»Scheiden lassen? Aber Ernst!«
»Wir brauchen uns doch nichts vorzumachen. Wir wissen doch, wie Vater dich behandelt. Schon als ich ein kleiner Junge war –«
»Schweig doch, Ernst.«

»Warum willst du dich nicht einmal aussprechen? Du bist eine kluge Frau. Du hättest ganz andere Interessen als diese blöde Hausputzerei, wenn man dich ließe. Du hättest Malerin werden können. Du hättest –«

»Schweig doch, Ernst.«

»Ich wollte es dir nie sagen. Aber ich habe einmal, als ich noch in Berlin war, eine Glasmalerei von dir Professor Schwank von der Kunstakademie gezeigt. Ich lernte ihn zufällig bei einer Abendgesellschaft kennen. Er sandte mir noch keine halbe Stunde, nachdem er das Bild in Händen hielt, durch einen Boten diesen Brief.« Ernst nahm ihn aus seiner Brieftasche.

»Wo ist die Person, die so malen kann? Sie muß sofort her zu mir!«

»Welches Bild war es?«

»Du hast es die Büßerin genannt.«

»Maria Magdalena«, murmelte seine Mutter.

»Wofür glaubst du büßen zu müssen?«

»Du verstehst das nicht, Ernst.«

»Ja, ich verstehe nicht, warum du Vater geheiratet hast. Und wenn ich wüßte, daß ich einmal würde wie er . . .«

»Er ist verbittert. Er hat eine schwere Jugend gehabt. Glaubst du, daß er das werden wollte, was er heute ist? Er hatte auch andere Pläne. Aber dazu reichte es eben nicht in einer Familie mit sechs Söhnen und vier Töchtern. Er war der Jüngste.«

»Er bildet sich aber verdammt noch mal eine ganze Stange darauf ein, kaiserlich-königlicher Lokomotivführer zu sein.«

»Er wollte Berufsoffizier werden wie du.«

»Um Gottes willen, seine armen Rekruten!«

»Ernst, so hart ist dein Vater gar nicht.«

»Doch, das ist er. Er kann sogar – ja, er kann sogar brutal sein. Zu dir.«
»Du tust mir weh, Ernst.«
Und da erst merkte er, daß er die Finger in die Schulter seiner Mutter gegraben hatte.
»Entschuldige«, murmelte er und wandte sich halb ab.
»Vielleicht können Söhne mit ihren Müttern wirklich nicht offen sprechen.«
»Du hast es gerade getan.«
»Aber du weichst immer aus. Und du nimmst ihn noch in Schutz.«
»Weil mein Mann anders sein kann, als du ihn siehst.«
»Na, ich habe ihn immer nur so gesehen, wie er ist.«
»Wenn er mit mir allein ist, dann ist er anders.« Sie sagte es sehr leise, kaum vernehmbar, und fügte hinzu: »Geh jetzt, Ernst. Laß mich noch ein bißchen hier sitzen. Hier habe ich so oft gesessen, als du in China warst und wir keine Post von dir bekamen.«
»Mutter, ich werde immer seltener nach Hause kommen. Aber versprich mir eines, wenn du es einmal gar nicht mehr aushältst, dann komm zu uns.«
»Zu uns?«
»Ich hoffe, daß ich Christine Welsch, von der du ja nun schon weißt, nicht eines Tages, sondern sehr bald heiraten werde.«

Sie wußte nichts von den Gedanken, die sich dieser junge Mann in Köln machte.
Christine hatte seine Briefe aus China bekommen und nach anfänglichem verwundertem Zögern beantwortet und wider Erwarten Freude daran gefunden.
Seine Briefe waren lebendig und klug, oft heiter und

manchmal traurig, aber immer zeugten sie davon, daß er seine Welt mit offenen Augen sah.
Ein Jahr war seit jener Silvesternacht vergangen, in der sie vergeblich auf Georg gewartet hatte, und seither hatte sie nur noch durch Dritte und sehr beiläufig von ihm gehört.
Was ihn zu seinem Schweigen bewog, zu seinem Fernbleiben – sie wußte es nicht, und trotz der verhältnismäßig freizügigen Erziehung, die sie in ihrem Elternhaus genossen hatte, fehlte ihr der Mut, ihm noch einmal zu schreiben und klipp und klar die Wahrheit zu verlangen.
Auch war sie zu stolz dazu und – zu trotzig.
Oft träumte sie noch von ihm, und wenn sie dann erwachte, in der Stube, die nie ganz hell wurde, weil das Fenster zu klein war und draußen, im Schulhof, das Laub der Bäume zu dicht, dann weinte sie manchmal.
Aber nie sah ihr das jemand an. Sie wirkte stets kühl und gelassen.
Sie war nun sehr schlank und schien dadurch viel größer, als sie in Wirklichkeit war.
Sie trug ihr braunes Haar in einem strengen Knoten, ihre Schläfen waren weiß, und ihre Wangenknochen zeichneten scharfe Bögen unter die Augen, die nur grau wirkten, weil sie graue Kleider trug.
Die Leute im Dorf fanden, sie wecke Respekt, und die Eltern der Kindern waren froh, daß diese so viel bei ihr lernten.
Mit den Kindern war sie manchmal fröhlich, sang mit ihnen die schönen alten elsässischen Lieder, die sonst mehr und mehr in Vergessenheit gerieten. Mit den Kindern machte sie auch Ausflüge in die Umgebung, zur Hochkönigsburg und zum Kloster St. Odile.

Dort in der kleinen Kapelle, die einen so weit über das Land schauen läßt, tat sie den Wunsch wie alle jungen Frauen, die jemals dorthin kamen – sie wünschte sich ein glückliches Leben.
Sonntags spielte sie die Orgel in der Kirche. Und der Herr Pastor diktierte ihr gern seine Predigt, um mit ihr darüber zu diskutieren. Denn die schnell wechselnden Ausdrücke ihres Gesichtes, jenes Lebhafte, das sie so anziehend machte, berührten auch ihn.
Ihm war, er gestand sich das ganz offen ein, eigentlich nur noch an Christines Urteil gelegen. Und wäre er jünger gewesen, so hätte er sie wohl um ihre Hand gebeten.
»Bei Ihnen fühle ich mich so wohl«, sagte Christine einmal, und da hätte er fast die vierzig Jahre Altersunterschied vergessen, die sie trennten.
Aber er antwortete nur: »Ich habe mir immer eine Tochter wie Sie gewünscht, meine liebe Christine.«

Frühling wurde es wieder, und auf dem Hof der reichen Gautiers rüstete man die Hochzeit von Jules, dem einzigen Sohn, aus.
Auch Christine Welsch erhielt eine Einladung, auf handgeschöpftem Papier, verziert mit einem zarten Blütenkranz, um den man extra nach Paris gesandt hatte.
Denn war das Elsaß nun auch schon seit dreißig Jahren deutsch, wünschte man Ausgefallenes, wünschte man Ungewöhnliches, so orientierte man sich immer noch nach Paris.
In der Nähstunde, daran nahmen Christines Schülerinnen zwischen neun und zwölf teil, entstanden Bettlaken und Kissenbezüge, Tischdecken und Servietten für die

Aussteuer; Frau Gautier hatte dies mit Christine besprochen.
Der Lohn hierfür sollte einen Besuch der Kinder zum Schulabschluß in Berlin und Paris ermöglichen; beiden Städten fühlte Frau Gautier sich verbunden; als Elsässerin ist man eine Europäerin, sagte sie gern.
Der Tag der Hochzeit nahte, und Frau Gautier schenkte den Mädchen, welche so fleißig an der Aussteuer mitgewirkt hatten, neue Kleider und Schuhe.
Christine mußte tief in ihr eigenes Portemonnaie greifen, um wenigstens seidene Haarschleifen für die anderen, kleineren Mädchen zu besorgen, die sonst untröstlich gewesen wären.
Die Jungens banden eine Hochzeitskrone aus Narzissen und Hyazinthen.
Unter den Schwalben und Lerchen, die den Himmel des Hochzeitsmorgens mit ihrem schnellen Flug und ihren hellen Stimmen schmückten, schritt Jules Gautier, an der Seite die Braut in kostbarer elsässischer Tracht, zur Kirche.
Lang wand sich der Hochzeitszug durch die hell grünenden Felder, durch den Hohlweg, dessen Weiden im Wind wisperten.
Zuerst schritt das Brautpaar, dann die Brauteltern, die Anverwandten von nah und fern, die Honoratioren von Ischwiller, und schließlich folgten die Schulkinder und Christine Welsch.
Auch die Kirche war mit Hyazinthen und Narzissen geschmückt.
Und dort im Halbdunkel sah Christine Welsch ein Gesicht. Sah Georg im Schatten einer Säule lehnen, sah seine Stirn unter dem Schock braunen Haares, sah seine Augen und fühlte sich von ihnen versengt.

Aufgeschrien hätte sie fast, und sie schmeckte Blut, als sie sich auf die Lippen biß.
Schnell senkte sie den Blick, ihre Hände zitterten auf den Registern der Orgel.
Und alle sagten, daß Mademoiselle Welsch nie zuvor mit soviel Gefühl das Lied gesungen hätte:
»Ich liebe dich so wie du mich . . .«
Der Pastor fand sie nach dem Traugottesdienst in seiner Studierstube, welche zwischen der Kirche und seiner Privatwohnung lag.
Stumm schaute er sie an, dann gab er ihr ein Glas Wein zu trinken.
»Sie haben sich zuviel zugemutet in den letzten Wochen«, sagte er. »Und ich alter Mann habe Ihnen auch noch zusätzliche Arbeit aufgebürdet. Sie sind nun ein Jahr bei uns und haben nicht eine einzige Woche Ferien gemacht.«
Christine schüttelte stumm den Kopf.
»Hat Sie heute etwas erschreckt in der Kirche, mein Kind?«
Sie sah zu ihm auf. »Mir war, als sähe ich einen Geist.«
»Ich sah nur einen jungen Mann, der seinen Blick nicht von Ihnen wandte.«
»Kommen Sie«, Christine stand rasch von dem Schemel auf, »wir müssen zu den Gautiers gehen. Man wird Sie sonst vermissen.«
Im großen quadratischen Innenhof des Gutes waren die Festtafeln aufgebaut.
Und dort an der Stirntafel saß Georg, nicht weit von dem Bräutigam und der Braut.
Ihm zur Seite saß ein Mädchen, das ein Kleid aus hellgelbem Crêpe de Chine trug, Perlen um den Hals und in den Ohren.

Sie lachte oft und perlend, und viel Vertraulichkeit lag in der Art, wie sie Georgs Hand berührte, dann wieder seinen Arm und ihr Glas an das seine klingen ließ.
All das sah Christine von der unteren Tafel her, an der sie die Schulkinder beaufsichtigte.
Sie aßen und tranken zu hastig, einem Mädchen wurde schlecht, ein anderes brach in Weinen aus, weil ein Bub ihr das Glas Apfelmost über das grünweiß gestreifte Kleidchen gegossen hatte.
Zwei andere Buben rollten Brotkügelchen und beschossen damit die ausgelassene Hochzeitsgesellschaft, bis eines den Bürgermeister direkt auf der Nase traf und Christine energisch die beiden Übeltäter zu sittsamem Benehmen vergatterte.
Man aß und trank und lachte und sang.
Der Abend kam, Lichter wurden entzündet, Fackeln und Lampions.
Auf dem eigens dazu errichteten Podium nahm die Kapelle Platz, die man aus Straßburg hatte kommen lassen.
Die Musiker trugen Frack und weiße Hemdbrust, und ihre Gesichter wirkten wie mit Reispuder bestäubt.
Bald drehte sich alles in Polka und Walzer.
Die Damen hatten sich umgekleidet, und das Mädchen, welches Georg zu Tisch geführt hatte, ließ nun nackte Schultern und den Ansatz ihrer Brüste sehen.
»Nur noch ein kleines Minütchen, Mam'sell Welsch«, bettelten die Schulkinder. »Ach, bitte, nur noch ein Minütchen zuschauen, liebe Mam'sell.«
Christine führte die Kinder schließlich um zehn nach Hause und lieferte eines nach dem anderen sicher bei den Eltern ab.
Als diese Runde beendigt war, ging es auf Mitternacht

zu, und drüben über dem Gautier-Gut schmückte Feuerwerk die Nacht mit flammenden Rosetten und Rädern aus Gold und Silber.

Mit Georg hatte sie nicht ein einziges Mal getanzt.

Nicht ein einziges Wort gewechselt.

Müde zog sie den Wollspitzenschal um ihre Schultern.

Kühl war die Nacht geworden, feucht vom Tau, der durch die dünnen Schuhe drang.

Madame Gautier hatte sie gebeten, zurückzukommen und an der Verabschiedung des Brautpaares um Mitternacht teilzunehmen.

Es würde französischen Champagner zum Hochzeitskuchen geben, der wie der ganze Tag mit Hyazinthen und Narzissen, allerdings aus Zuckerwerk, verziert war.

Aber wer würde sie denn vermissen?

Christine kehrte dem Hof den Rücken und ging zum Schulhaus.

Im Schein der Laterne nahm sie den Schlüssel aus ihrem kleinen Seidenpompadour.

Dann trat sie unter den Torbogen.

»Christine!«

Sie erschrak, wich zurück.

Ein Mann trat hervor, den sie glaubte noch nie gesehen zu haben.

»Fräulein Welsch, ich habe den ganzen Abend hier auf Sie gewartet.« Er verneigte sich leicht. »Sie erinnern sich meiner nicht mehr? Gewiß wäre das auch zuviel verlangt. Aber Sie waren so freundlich, mir zu schreiben – nach China.«

»Herr Schwarzenburg, Ernst Schwarzenburg. Aber natürlich.« Sie war froh, daß es dunkel war, er nicht sehen konnte, wie sie vor Verlegenheit errötete. »Sie müssen mir verzeihen, ich habe Sie wirklich im ersten Moment nicht erkannt.«

Sie gab ihm die Hand, und er nahm sie und hielt sie, und er sagte: »Ich weiß nicht auszudrücken, was ich in diesem Augenblick empfinde.«

»Sie sind gesund zurückgekehrt?« fragte sie schnell. »Ich hoffe –«

»Ja, und ich bin nun in Straßburg stationiert. Ich habe einige Male Ihre verehrten Eltern besucht und schließlich den Mut gefaßt, hierher zu kommen. Obwohl – Ihre Frau Mutter meinte, ich sollte lieber Ihren Osterbesuch auf dem Neuhof abwarten.«

»Ja, Mama Stella hat nicht Unrecht. Sehen Sie, als Lehrerin in einem so kleinen Ort, und überhaupt . . .«, Christine verstummte, entzog ihm nun endlich ihre Hand. »Ich kann Sie noch nicht einmal hereinbitten.«

»Ich weiß, aber es gegnügt mir, daß ich Sie wiedergesehen habe. Darf ich Sie Ostern in Ihrem Elternhaus besuchen?«

»Ja, ich werde mich freuen. Und dann müssen Sie mir recht viel von Ostasien erzählen.«

»Wollen Sie dies so lange als kleine Erinnerung an mich bewahren?« Er zog eine in Seidenpapier gewickelte Schachtel aus seiner Brusttasche.

»Ich weiß wirklich nicht –«

»Ihre Mutter hat es erlaubt. Ich habe um die Erlaubnis gebeten.«

»Wirklich? Nun, wenn Mama Stella ›ja‹ gesagt hat . . . Darf ich schauen, was es ist?«

Er nickte lächelnd.

Sie fand einen Armreif aus Jade in dem Etui.

»Ich danke Ihnen. Ich – ich bin so überrascht. Das ist doch viel zu kostbar.«

»Er hat die Farbe Ihrer Augen, wenn Sie glücklich sind.«
»Haben Sie mich – glücklich gesehen?«
»Ja, an jenem Heiligabend, als Sie Ihren Bruder auf dem Bahnhof erwarteten.«
Die Sylvesternacht erwähnte er nicht. Er nahm den Armreif und streifte ihn über ihre linke Hand.
»Bis Ostern?« fragte er und küßte ihre Hand.
»Bis Ostern«, sagte sie leise.
Sie schloß das Tor auf, wandte sich noch einmal um, sah ihn da stehen, barhäuptig. Sah ihn lächeln, hörte ihn sagen: »Gute Nacht, Christine. Schlafen Sie wohl.«

Georg Bonet hatte das Zusammentreffen dieser beiden Menschen beobachtet. Es schien im all das zu bestätigen, was er von Christine gehört hatte.
Sie traf sich mit einem Mann mitten in der Nacht.
Einem Mann, dessen Haltung unverkennbar den preußischen Offizier verriet.
Und er war nicht der einzige.
Da hatte es einen jungen Lehrer in Straßburg gegeben, mit dem Christine Mondscheinpartien auf der Ill unternahm, bis ihre Eltern dahinterkamen und es wegen des drohenden Geredes kategorisch verboten.
Dies war der Grund, warum sie nicht die Gouvernante der Lass-Töchter geworden war, man sie statt dessen in dieses Nest verbannt hatte. Es galt, ihren impulsiven Charakter an die Zurückhaltung zu gewöhnen, die einer jungen Dame, einer Lehrerin, der man Kinder anvertrauen sollte, zukam.
Ernst Schwarzenburg und Georg Bonet begegneten einander auf dem Platz vor dem ehemaligen Hôtel de Ville;

das französische Kriegerdenkmal davor war längst durch ein bronzenes Standbild des Kaisers ersetzt, und das Hôtel de Ville trug nun den Namen ›Bürgermeisterei‹.
Die beiden Männer grüßten sich, wie es in einem kleinen Ort wie diesem üblich war, gingen aneinander vorbei.
Ernst Schwarzenburg strebte der Bahnstation zu; Georg kehrte auf den Gutshof zurück.
Als Schulfreund von Jules Gautier blieb er dort über Nacht.
Jules nahm ihn kurz zur Seite, während die Braut sich für die Reise umzog.
»Alter, kannst du mir zwei Hunderter leihen? Konnte gestern nicht widerstehen. Hab' mich beim Pokern ausnehmen lassen wie eine Gans. Naja, nun fängt der Ernst des Lebens an. – Wie findest du Sybill?«
»Sybill?«
»Deine Tischdame.«
»Ach so.«
Sie war Jules Cousine aus Paris.
»Wenn ich's recht bedenke, wäre gar keine schlechte Partie für dich, Alter. Ihr Papa hat einen Juweliersalon auf den Champs. Der ist nicht von schlechten Eltern.«
»Heiratest du deine Louise nur des Geldes wegen?«
Jules lachte, daß man seine kräftigen Zähne sehen konnte. »Mein Lieber, da paart sich beides, Geld und Temperament!«
»Sag bloß, du hast schon –«
»Naturellement. Meinst du, ich kaufe eine Katze im Sack?« Jules gab ihm einen Boxhieb gegen den Arm. »Überleg's dir mit Sybill. Probier sie doch mal aus!«

Drei Jahre später traf Georg Sybill in Paris wieder. Sie lud ihn in ihr Haus in Versailles ein, war nun verheiratet mit einem wesentlich älteren Mann, den sie gnädig »mon vieux« nannte. Mit seinen stest ein wenig feuchten braunen Augen und den Hängebacken, die über den steifen Kragen herabhingen, nahm er sich wie ein gutmütiger Bernhardiner aus, der ein Rudel Welpen beaufsichtigte.
Gecken, nannte Georg die jungen Männer bei sich, die Sybill umschwärmten, und für die junge Frau, deren einziger Lebensinhalt ihre eleganten Toiletten, Croquettespiel, Tennis und die Ritte im Bois schienen, hatte er noch ein schärferes Wort. Schämte sie sich denn gar nicht, ihren Gatten so offensichtlich zu betrügen und mit der gnadenlosen Rücksichtslosigkeit ihrer Jugend zu tyrannisieren?
»Da haben Sie die befreite Frau«, sagte Sybills Gatte am zweiten Abend seines Aufenthalts. »Können Sie sich eine Frau vorstellen, die noch freier als Sybill ihr Leben oder ihre Lieben genießt?«
»Warum gestatten Sie das?« fragte Georg.
»Nun, es ist doch ein Vergnügen zuzuschauen, nicht wahr, wenn man zu allem anderen zu alt ist.«
Sybill schwor Georg, daß sie ihn seit jener Hochzeit auf dem Gut der Gautiers nie vergessen habe. Sie lud ihn geradewegs ein, sie nach Cannes zu begleiten, wo cher vieux eine Villa besaß.
Georg lehnte dankend ab.
Sybill schmollte, ließ aber durchblicken, daß es ihr keineswegs an Ersatz mangeln würde.
Doch nicht ihretwegen war Georg Bonet nach Paris gekommen, sondern um Rachel wiederzusehen. Von Christine hatte er gerade erst ihre Vermählungsanzeige mit Ernst Schwarzenburg erhalten.

Eine zweijährige Verlobungszeit ging der Heirat von Christine Welsch und Ernst Schwarzenburg voraus.
Zwei Jahre, in denen sie sich nur in ihrem Elternhaus sahen, denn Christines Stellung als Lehrerin in Ischwiller gestattete nichts anderes.
Einmal erstahlen sie sich ein Wochenende in Baden-Baden. Doch Christine verließ das Hotel, wie sie es betreten hatte.
Noch war sie nicht bereit, sich diesem Mann hinzugeben, der sie so geduldig umwarb, den sie erst achten, respektieren und schließlich lieben lernte.
Die zweijährige Verlobungszeit begann mit einer sehr ernsten Unterhaltung zwischen ihrem Vater und Ernst.
Jean Welsch bedeutete seinem zukünftigen Schwiegersohn, daß die Familie es gern sähe, würde Ernst seinen Abschied vom Militär nehmen.
»Alles weist darauf hin, daß es in den nächsten Jahren wieder zu einem Krieg kommen wird. Frankreich und Deutschland sind feindliche Brüder. Sie vermögen anscheinend nicht auf Dauer in Frieden zu leben. Und wenn es soweit kommt, könnte es geschehen, daß Sie plötzlich einem Angehörigen unseres französischen Familienzweiges an einer Front gegenüberstehen . . .«
Ernst Schwarzenburg nahm seinen Abschied.
Ihm persönlich fiel es nicht schwer, die Uniform auszuziehen, doch sein Vater erlitt bei Erhalt der Nachricht einen Schlaganfall.
Bruder Franz würde Ernst von nun an stets vorhalten, schuld am Siechtum und schließlichen Tode des Vaters zu sein.
Am Hochzeitsmorgen erhielt Christine per Expreß-Post einen Karton, in dem Orangenblüten lagen, auf denen noch der Tau perlte.

Ihre Tante Hermine aus Nizza schrieb ein Kärtchen dazu:
›Chère Christine, wir hätten Dich lieber tot gesehen, als daß ausgerechnet Du einen Boche heiratest. Aber das ist nun nicht mehr zu ändern. Adieu – Deine Tante Hermine.‹

Noch war Rachel Welsch schön. Noch besaß sie diesen weißen Teint, dessen Klarheit sie nicht zuletzt Stella Welsch verdankte, obwohl sie nie den Versuch gemacht hatte, die Engländerin als zweite Frau ihres Vaters zu akzeptieren oder sie womöglich als Nachfolgerin ihrer Mutter zu lieben.
Noch besaß Rachel dieses satte rotblonde Haar, und beides, den Teint und das Haar, unterstrich sie durch ihre Kleidung und ihren Schmuck.
Sie trug schwarze Opale in ihren zarten Ohren, sie trug ein Collier der gleichen Steine um ihren Hals, an dem man erste Jahresringe ahnen konnte.
Georg mußte bei ihrem Anblick an Magnolien denken, die so rasch und bräunlich welkten.
Rachel hatte Babtiste nicht geheiratet, sie war ihm nur nach Paris gefolgt.
Wenn eines alle Welschs gemeinsam hatten, so war es, ein Versprechen zu halten.
Sie hatte Babtiste versprochen, ihm zu gehören, und nun gehörte sie ihm.
»Warum heiratest du ihn nicht?« fragte Georg, während sie ihm jasminparfümierten Tee nachgoß.
»Zucker? Ach nein, du hast ja nie Zucker im Tee oder Kaffee getrunken.«
»Du erinnerst dich gut.«

»Ich erinnere mich an alles.« Sie sah ihn an, er fragte sich, ob sie sich die Lider violett färbte.
»Du schaust mich so sonderbar an?«
»Bist du glücklich, Rachel?«
»Wie sollte ich nicht glücklich sein?« Sie lachte. »Ich besitze alles, was eine Frau sich nur wünschen kann. Ein Automobil, das Babtiste jedes Jahr erneuert. Dieses Haus. Es ist auf meinen Namen eingetragen. Juwelen. Möchtest du meinen Schmuck sehen? Kleider die Hülle und Fülle. Pelze. Babtiste hat mir einen russischen Zobel geschenkt.«
»Soviel ich weiß, kommen alle Zobel aus Rußland.«
»Dir steht Sarkasmus nicht, mein Lieber.«
»Warum bist du nicht zu Christines Hochzeit gefahren?«
»Um mir die Strafpredigten meines Vaters anzuhören?«
»Ich kann ihn verstehen. Wenn ich einmal eine Tochter hätte –«
»Ja, ihr seid euch sehr ähnlich. Mein Vater und du.«
»Rachel, verlaß Babtiste. Komm mit mir.«
»Zurück ins Elsaß?«
»Ich werde jetzt meine Praxis aufmachen. Wir können in Frieden leben.«
»Du hast deine Chance gehabt, Georg. Du hast sie nicht genützt. Heute ist es zu spät.«
»Du lebst mit Babtiste aus Trotz. Du willst beweisen, wie unabhängig du bist. Du willst mich strafen, weil ich mich damals nicht entscheiden konnte.«
»Ich bleibe hier, Georg.«
»Warum?«
»Ich habe mich an diese Art des Lebens gewöhnt.«
»Du bist – eine ausgehaltene Frau.«

»Nein, Georg. Das bin ich nicht. Ich bin nur frei.«
»Eines Tages wirst du sehr allein sein.«
»Vielleicht komme ich dann in dein kleines elsässisches Dorf und werde Gemeindeschwester.«
»Mach dich nicht lustig darüber, Rachel.«
»Georg, du hast deine Chance gehabt. Einmal. Und du hast sie verspielt.«
Rachel stand auf, lächelnd, sehr graziös, aber gleichzeitig mit einer seltsamen Müdigkeit der Glieder.
»Möchtest du Babtiste noch sehen?«
»Ja, vielleicht sollte ich das.«
Sie ging ihm stumm voran, eine Treppe hinauf.
Sie öffnete eine Tür.
Die Vorhänge waren zugezogen. Auf dem Bett, nichts anderes befand sich in dem Raum, lag Babtiste.
»Was ist mit ihm? Ist er krank?«
»Er spritzt sich Morphium. Und wenn er das tut, wünscht er allein zu sein. Besonders Spiegel kann er dann nicht ausstehen. Er neigt dazu, sie zu zerschlagen.«
Georg schob Rachel hinaus auf den Flur, schloß die Tür hinter sich. »Warum tust du, was du tust?«
Sie sah ihn an, begann zu lachen.
»Warum, warum? Muß man denn auf alles eine Antwort haben?«
»Vielleicht war es gar nicht wahr, was du mir von Christine schriebst?«
»Was schrieb ich denn?«
»Daß sie mich belog. Und betrog.«
»Schrieb ich das?«
»Rachel«, er packte sie bei den Armen, schüttelte sie. »Was bist du für ein Mensch? Was bist du für eine Frau?«

»Babtiste nennt mich manchmal seine Schlange.«
»Das bist du. Wahrhaftig. Aber dennoch, ich sollte dich mitnehmen, ehe es zu spät ist. Ehe du zugrunde gehst.«
»Das kannst du nicht tun, denn das wäre unmenschlich. Es wäre auch unchristlich, Georg, gegen Babtiste. Gehst du noch regelmäßig in die Kirche? Hörst du noch regelmäßig Onkel Sebastians Bibelstunde an, oder schwänzt du sie wieder wegen einer Frau?«
»Onkel Sebastian ist tot.«
»Oh – das habe ich nicht gewußt. Aber wenn du glaubst, es täte mir leid, dann irrst du dich. Ich habe ihn nie gemocht. Er war immer so ein Gerechter. Ein Pharisäer war er, ja, genau das war er!«
In der mit Säulen und Stuck verzierten Diele, die wie eine Theaterkulisse anmutete, es fehlten nur die Faune hinter den Farnen, sagte Rachel mit ihrer früheren Stimme, die noch einfach und ungekünstelt war: »Es war schön, dich wiederzusehen, Georg. Grüße meinen Vater und auch Stella, wenn du willst. Sage ihnen, es gehe mir sehr gut. Es wird sie freuen. Und warum soll ich ihnen nicht einmal Freude machen?«
»Kommst du nicht mehr nach Hause?«
»Vielleicht später einmal. Wenn ich alt und grau bin und mich dann sicherlich das Heimweh packt.«

Georg Bonet schaute sich das großartige Paris an, in dem das Leben schäumte wie in einem Faß Bier.
Er besuchte den Louvre und bestieg den Eiffelturm.
Er speiste in einem der besten Restaurants an der Seine, holte sich eine leichte Austernvergiftung und fuhr schließlich nach Hause.

Nahe bei Colmar kaufte er sich ein weinumranktes Haus, ließ die Räume weiß kälken, den Dielenboden abziehen und wie ehemals mit Sand bestreuen.
Er richtete seine Praxis so modern ein, wie es sein bescheidenes Erbe gestattete.
An die grünlackierte Tür schraubte er ein schmales Messingschild:

Dr. Georg Bonet
praktischer Arzt

Er war allein, und vielleicht würde er es lange bleiben.

10

Der Schnee dämpfte Atem und Puls der großen Stadt, die Walter Rathenau das Chicago an der Spree nannte; verstummt schien das Gekreisch der Zeitungsjungen, Fleisch war plötzlich knapp, niemand wußte warum, wie 1905, die Armen kauften es »auf eigene Gefahr« von der Freibank. Verhallt schien das Hupen der Automobile, das Hufgeklapper der Droschkenpferde, das Geläute der Trambahnen und der Kirchen.

War sie in Ingweiler, war nicht sie die Frau mit den großen, stets fragenden, nie gesättigten grauen Augen? War nicht sie Anna Welsch, die starb, als sie ihrem letzten Kind das Leben gab?

Schatten von rußigem Schnee schienen das Zimmer zu erfüllen, bis sie die Samtportieren, die das Bett sonst zu einem geheimnisvollen warmen Ort machten, nicht mehr erkennen konnte.

Jemand ging umher, wer war es nur?

War Mama Stella aus Straßburg gekommen? Hatte das Telegramm sie früh genug erreicht?

War Madame Schnepp gekommen? Die Beistehfrau.

»Ick saare Ihnen, det jeht alles jut. Die Frau Gemahlin, wat die Ihre is, die is doch gut beinander.«

Nettas stampfender Schritt weckte Christine in die Wirklichkeit.

Ernst beugte sich über sie.
Er legte seine kühle Hand auf ihre Stirn.
»Warum schneit es ausgerechnet heute?« flüsterte sie und spürte, wie ihre trockenen Lippen rissen.
»Hab keine Angst, Professor Neuenkirch wird jeden Moment hier sein.«
»Aber der Schnee, Ernst, der Schnee.«
»Es ist doch Januar, mein Liebes, da ist es doch ganz natürlich, daß es schneit.«
Sie spürte, wie das Kind in ihrem Bauch ruckte. Ungeduldig, als könnte es gar nicht erwarten, endlich geboren zu werden. Und wieder kam eine Welle des Schmerzes, und sie krampfte ihre Hände um die Leinenseile, die Netta rechts und links vom Kopf- zum Fußende des Bettes gespannt hatte.
Naß wurde das Bett unter ihr, und Netta schob Ernst zur Seite, machte sich an den Laken zu schaffen.
»Netta, ich hab' solchen Durst.«
Säuerliches träufelte auf ihre Lippen.
»Ich will nicht sterben, Netta!«
»Wer redet denn vom Sterben?«
Nettas Gesicht war kreisrund, gekrönt vom straffgedrehten grauen Dutt.
»Hast du jemals ein Kind gehabt?«
»Fünfe hab' ick jeboren. Und alleman sind se jroß jeworden und haben wat Ordentliches jelernt.«
Warum hatte sie das vorher nicht gewußt? Warum sich nie dafür interessiert?
»Und dein Mann, Netta?«
»Den ha' ick zum Teufel jeschickt. Nun pressen Sie mal kräftig. So is et jut. Ja, machen Se mal ruhig weiter so!«
Professor Neuenkirch, dessen kahler Kopf wie ein Ei auf

dem steifen weißen Kragen thronte, beugte sich über Christine. Er entblößte ihre Brust, horchte das Herz ab, prüfte ihren Puls.

»Bald haben wir es überstanden, meine kleine Gnädige.«

Wie meinte er das?

»Ernst –«

»Ja, mein Liebes?«

»Geh jetzt hinaus.«

Er zögerte.

»Bitte, laß mich allein.«

Sie wollte nicht, daß er sah, wie sie kämpfte, wollte nicht, daß er sah, wie häßlich sie wurde, schweißnaß das Haar, strähnig, gedunsen das Gesicht von den Preßwehen.

Es zerriß sie wieder, und sie konnte nur noch den Schnee sehen, schwarz, dann purpurrot.

Und wieder schwarz, und Furcht sprang sie an.

»Georg!« schrie sie, »Georg, wo bist du!«

Ernst Schwarzenburg krampfte die Hände um das Fensterbrett. Er blickte in den Schnee hinaus, seit acht Stunden lag Christine nun in den Wehen. Seit acht Stunden, und sie schrie nur den einen einzigen Namen.

Ernst verließ den Salon, der an das Schlafzimmer grenzte. Er ging in jenen kleinen Raum, der bisher als Gästezimmer gedient und nun in das Kinderzimmer verwandelt worden war.

War es möglich, daß seine Frau es mit so viel Liebe und Sorgfalt einrichtete – und dennoch an einen anderen Mann dachte?

Wünschte sie sich jetzt, in diesen Stunden, daß der andere der Vater ihres Kindes sei?

Ernst spürte, wie seine Hände zuckten, er ballte sie zu Fäusten und steckte sie in die Taschen seines Jacketts.
»Herr Schwarzenburg, Herr Schwarzenburg, et is ne Jöre! Wat meinen Se denn, ick hab' auch immer nach mein Papa jerufen, oder nach meine Mama, wenn et so weit mit mir war. Dat is nun mal so. Da können Se nix dran fùmmeln.«
»Sicher, Netta.«
»Und ick jratuliere ooch. En süßer Fratz is die Kleene. Se sollen bloß sehen, wat die for Oogen hat! Jetzt kommen Se schon. Sonst denk de Frau Jemahlin, det Se sich ja nicht freuen tun.«

Er freute sich über diese erste Tochter, und manche Nacht stand er leise auf und ging in das Kinderzimmer und setzte sich neben das Bettchen, einfach, um ihr nahe zu sein.
Anna war sein Kind.
Er brauchte es nicht einmal zu denken, so tief war es in ihm verwurzelt.
Er gab das Rauchen auf, weil Anna einmal bahbah machte, als sie den Rauch schnupperte; der alte Rexhausen, von dem er seine Havanna bezog, schmunzelte, »spätesten beim ersten Sohn gewöhnen Sie es sich wieder an ...«
Für Christine kaufte Ernst beim Hoflieferanten Liebmann Unter den Linden ein extravagantes Halsband aus lachsfarbenen Korallen, die angeblich aus dem Roten Meer stammten.
»Wenn Anna nicht ein so kleines hilfloses Ding wäre und dazu auch meine Tochter, könnte ich glatt auf sie eifersüchtig sein«, lachte Christine eines Morgens, als

Ernst noch vor dem Frühstück nach der Kleinen schaute, weil sie am Abend zuvor ein bißchen gehustet hatte. Christine wurde schnell ernst, berührte seine Hand. »Ich weiß, daß ich an jenem Tag in den Wehen nach Georg gerufen habe. Netta hat es mir erzählt. Ich wollte dir nicht weh tun. Nur, er war mir sehr nahe, damals, als ich noch ein Mädchen war, in den ersten Jahren in Straßburg. Aber heute – du hast mich ihn vergessen lassen. Ich denke nur noch ganz selten an ihn.«
»Was ist aus ihm geworden?«
»Ich weiß es nicht. Ich habe Mama Stella einmal nach ihm gefragt, in einem meiner ersten Briefe, aber sie hat meine Frage nicht beantwortet. Und das ist auch sicher besser so. Warum sollte ich noch an ihn denken?«
»Ich liebe dich sehr, Christine.«
»Und ich habe dich sehr lieb, Ernst.«
Hörte sie den Unterschied in ihren Worten nicht?
Nein, sie legte ihm die Arme um den Hals und küßte ihn auf den Mund. Er sah, daß sie die Augen schloß.
Und von nun an würde er sie in ihren Umarmungen stets beobachten, würde es nicht wollen und doch nach den heimlichen Zeichen suchen, die ihm verraten sollten, daß sie an den anderen dachte. Oder auch nicht.

Seit drei Jahren lebten sie nun in Berlin.
Ein glücklicher Zufall hatte Ernst Schwarzenburg die Stellung als privater Sekretär beim Bankier Anatol Gugenheimer verschafft, die es ihnen erlaubte, eine komfortable Erste-Etagenwohnung in der Königin-Auguste-Straße nahe der Potsdamer Brücke zu beziehen.
Als Ernst vor seiner Heirat den Abschied von seinem Regiment nahm, hatte er sich einem einjährigen Kursus

unterzogen, um in die zivile Verwaltung einzutreten; während er sich noch darauf vorbereitete, in irgendeiner kleinen Stadt als Gemeindesekretär zu beginnen, war Robert Welsch zu einem seiner spärlichen Besuche nach Straßburg gekommen und hatte ihn eines Abends mit zu einer Freundesrunde genommen.
Diese Runde traf sich einmal monatlich in einem Hinterzimmer des Feu Rouge, eines Feinschmeckerlokals, berühmt für seine Weinbergschnecken.
Roberts Freunde hatten mit ihm den brennenden Blick von Fanatikern gemeinsam.
Sie nannten sich untereinander Brüder, und Ernst fand bald heraus, daß es ihnen nur um ein autonomes Elsaß ging; befreit von preußischer Herrschaft, befreit auch von einer möglichen französischen, denn davon waren alle diese jungen Männer überzeugt: Der Frieden, in dem man sich in Mitteleuropa wie in einer Sommerschaukel zu wiegen schien, konnte nicht ewig dauern. Und wenn wieder ein Krieg kam – würde womöglich das Pendel zurückschlagen, das Elsaß wieder französisch werden.
Sie hielten flammende Reden, in denen es um ihr Vaterland, das Elsaß, ging und um die Befreiung der breiten Massen von der Unterdrückung durch das Kapital.
Die Namen von Marx und Engels und Rosa Luxemburg flossen von ihren Lippen wie die Namen von Heiligen.
Unter den »Brüdern« war auch Ludwig Gugenheimer, Sohn einer elsässischen Mutter und Neffe des Berliner Bankiers Gugenheimer.
Mit ihm freundete Ernst sich an, und sie verbrachten manchen Abend außerhalb der »brüderlichen« Zusammenkünfte in Ernsts möbliertem Zimmer oder Ludwigs luxuriösem Stadthaus beim Schach.

Ludwig war es schließlich, der seinem Onkel schrieb, er kenne da einen begabten und energischen jungen Mann, der eigentlich zu schade für die normale Beamtenlaufbahn sei; nie habe er ihn, seinen Onkel, um etwas gebeten, aber nun wolle er es für Ernst tun.
Und so erhielt Ernst eines Tages einen handgeschriebenen Brief des Bankiers, der ihn zu einer Aussprache nach Berlin bat.
Empfand man das London jener Epoche als »die Weltstadt« überhaupt, wurde es vom Geschmack Edwards geprägt, der an Finanzmännern der City, Millionären, jüdischen Witzen, amerikanischen Erbinnen und schönen Frauen, egal welcher Herkunft, Gefallen fand (so beschrieb es Virginia Cowles) – und sich damit jedem die Türen der Gesellschaft öffneten, der das Interesse des Monarchen weckte, so stand Berlin in Extravaganz und Prunkentfaltung der englischen Metropole kaum in etwas nach – übertraf sie gar noch an Farbigkeit, weil der Kaiser die bunten Röcke seiner Soldaten und ihre Paraden liebte.
»Paris hatte seine Belle Epoque unter Napoleon dem Dritten, Edwards London blüht wegen seiner Toleranz. Aber Berlins eigentliche Stunde wird erst schlagen, wenn wir den nächsten Krieg siegreich hinter uns gebracht haben«, sagte Bankier Gugenheimer bei Ernsts Antrittsbesuch.
Gugenheimer hatte am 70/71er Krieg teilgenommen und während diesem auch seine Frau bei den Verwandten in Straßburg kennengelernt. Er war ein deutscher Patriot, der jedoch darüber, wie sich in späteren Jahren zeigen sollte, seine Weitsicht und Weltoffenheit nicht vergaß.
»Mein lieber Schwarzenburg, ich brauche einen Sekre-

tär. Das klingt zuerst einmal nach gar nichts Großem. Aber diese Stellung wird Ihnen Tür und Tor in der Gesellschaft öffnen. Denn man wird durch Sie versuchen, meine kleinen Geheimnisse zu ergründen.« Gugenheimer schmunzelte und lachte dann mit einem Hauch von Verächtlichkeit. »Ich brauche nicht zu betonen, daß ich jedoch auf Ihre absolute Loyalität setze. Dafür wird es Ihnen an nichts mangeln.«

Und so geschah es.

Ernst konnte sich nichts Besseres wünschen, denn so konnte er Christine den Rahmen geben, der ihr gebührte.

Er fand die großzügige Fünf-Zimmer-Wohnung, der ein abseits gelegenes Mädchenzimmer angegliedert war. Netta aus dem Spreewald bezog es alsbald, die den ganzen Haushalt in ihre praktischen, kräftigen Hände nahm.

Wohl hatten die Schwarzenburgs sich gewünscht, die Wohnung Zug um Zug nach ihrem ganz persönlichen Geschmack einzurichten, aber das blieb ihnen versagt. Denn Gugenheimer sandte einen Dekorateur, und bald waren die fünf Räume so möbliert, wie es in jener Zeit einem gepflegten Berliner Heim entsprach.

»Aber was soll ich mit meiner Zeit anfangen?« fragte Christine verwundert und auch ein bißchen verstört nach den ersten vier, fünf Wochen. »Netta macht den Haushalt, ich darf mich gar nicht um irgend etwas kümmern, sonst bringe ich nur alles durcheinander. Einkaufen geh' ich auch nicht, denn Antelmann aus der Jerusalemer Straße bringt alles ins Haus. Und dein Chef erlaubt mir nicht, an irgendeiner Schule zu arbeiten.«

Nein, davon wollte Gugenheimer allerdings nichts wissen.

»Man würde ja glauben, ich zahle Ihnen ein schlechtes Salair«, hielt er Ernst vor. »Und Ihre Gattin ist eine Dame, mein Lieber.«

Christine fand Einlaß im Wohltätigkeitsclub Rot-Gold, der unter der Patronage von Frau Gugenheimer stand. Einmal in der Woche nahm sie am Damenkränzchen teil; manche der Damen, die, welche gereist waren, nannten es auch five o'clock tea.

Dort unterhielt man sich über den neuesten Theater- und Gesellschaftsklatsch, die neuesten Moden – »Denken Sie nur, in Paris entblößt man bei Abendgesellschaften den Busen, daß niemand mehr zu atmen wagt.«

»Die Herren auch nicht?« fragte Christine naiv.

»Denen verschlägt's den Atem«, sagte die anämische Baroneß Diana, die wegen ihrer flinken Zunge berühmt, aber auch gefürchtet war.

Die fließenden Merveilleuse-Kleider wurden hurtig nachgeschneidert, unter denen man zwar noch nicht auf das Korsett verzichtete, die jedoch, stand nur der Wind ein wenig günstig, die Schlankheit der unteren Hüften und der Beine betonten.

Regelmäßig ritt man im Grunewald aus, und zu den Jagden im Herbst auf nahen Gütern wurden die Schwarzenburgs auch eingeladen.

Man ging in die Oper und ins Konzert, sah Hoffmanns Erzählungen modernisiert und Salome von Richard Strauss, diskutierte verschreckt Paul Hindemith. Weilte man einen Abend zu Hause, so lud man Freunde zum Souper.

Die letzteren Abende waren Christine die liebsten. Zwar zogen sich die Damen nach dem Essen in den Salon zurück und überließen die Herren ihrer Zigarre und ihren Zigaretten im Herrenzimmer, doch hatte Christine

die Flügeltür zwischen beiden entfernen und durch eine Portiere ersetzen lassen, so daß sie, während sie Likör reichte und zur Unterhaltung der Damen nur einsilbige Antworten oder ihr Lächeln beitrug, der Unterhaltung der Männer lauschen konnte.
Da ging es um wichtige politische Entscheidungen, von der Bosnischen Krise war beispielsweise die Rede, von der Haager Friedenskonferenz, die das internationale Mißtrauen gegen die deutsche Außenpolitik nur verstärkt hatte. Die Herren waren kaisertreu – keine Frage –, und doch sprach man von mehr Freiheit für die Parteien, vom ungerechten Dreiklassenwahlrecht und dem Wind of Changes.
Christine war ganz und gar eine Frau – und doch wünschte sie sich manches Mal, wenn sie diesen Gesprächen lauschte, ein Mann zu sein. Denn Männer waren frei, ihnen gebot kein Anstand, keine Konvention Einhalt in ihren Träumen und ihrer Wirklichkeit.
Sie aber mußte zurückbleiben, als Ernst nach New York reiste.

Christine hatte Ernst lange nicht so glücklich, so lebhaft gesehen wie an jenem Abend, als er ihr dies mitteilte.
Er nahm sie um die Taille, kaum daß er seinen Überzieher abgelegt hatte. »Stell dir vor, Liebes, ich reise nach New York!«
»Ernst! Wann, warum, wieso? Darf ich mit?«
»Gugenheimer eröffnet dort eine Filiale. Ich bin beauftragt, ein geeignetes Gebäude auf Manhattan auszusuchen, die notwendigen Herren einzustellen, kurzum, das Ganze in Gang zu bringen.«

»Wann fahren wir?«
»Aber ich fahre allein. Du bleibst natürlich hier. Du willst doch unsere kleine Anna nicht allein lassen?«
»Ernst –«
Er legte ihr die Fingerspitzen auf die Lippen. »Du würdest mich viel zu sehr ablenken von meinen Pflichten und Geschäften, meint Gugenheimer, und damit hat er ganz gewiß recht.«
»Wie lange wirst du fortbleiben?«
»Die Überfahrt eingerechnet – zwei Monate.«
»Das ist eine lange Zeit.«
»Freu dich doch für mich. Ich habe mir immer gewünscht, einmal die Neue Welt zu sehen.«
»Natürlich freue ich mich für dich«, sagte Christine leise, »aber es wird mir schwerfallen, so lange ohne dich zu sein.«
Beim Essen schäumte Ernst über von dem, was er bisher über Amerika gelesen hatte und nun zu sehen hoffte.
Er merkte gar nicht, wie einsilbig Christine blieb.
Hektische Tage folgten, die Reisevorbereitungen ließen sie beide kaum zum Nachdenken kommen.
In der Nacht des Abschieds vergaß Ernst, sie zu umarmen, und Christine lag lange wach und wünschte sich, wenigstens weinen zu können.

An einem Montag im Oktober 1908 öffneten sich die schweren Bronzetüren der Gugenheimer Banque auf der Insel Manhattan in der vierundfünfzigsten Straße zum erstenmal.
Hinter fünf Bankschaltern erwarteten junge Herren »handpicked«, wie man das hier nannte, die ersten Kunden.

Ernst Schwarzenburg konferierte in dem mit kanadischem Nußbaum getäfelten ovalen Sitzungssaal zum letztenmal mit John Craw, dem neuen Bankdirektor. Das heißt, eigentlich glich ihre Unterhaltung mehr der von Freunden.
Craws Sekretärin, Miß Lixon, hatte den Herren das Frühstück serviert: ham and eggs, dazù Buchweizenpfannkuchen mit Ahornsirup, frisch gepreßten Orangensaft und, nicht zu vergessen, den starken schwarzen Kaffee, dessen Aroma selbst den Duft der Brasil überlagerte, die sich die Herren anzündeten.
»Tut mir aufrichtig leid, Ernest, daß Sie uns schon wieder verlassen«, sagte Craw. »Warum läßt Gugenheimer Sie nicht hier? In Manhattan könnten Sie Karriere machen. Und außerdem wären Sie aus der Schußlinie. Es kann gar nicht mehr lange dauern, dann wird es in Europa Krieg geben. England wird sich das Flottenwettrüsten nicht mehr lange gefallen lassen. Und seitdem es sich dazù mit Rußland verbündet hat, sprechen Ihre eigenen Zeitungen ja beinahe täglich von der gefährlichen Einkreisung Deutschlands. Wie lange wird der Kaiser sich das gefallen lassen?«
»Ich glaube nicht, daß ich noch einmal an die Front muß.«
»Ernest, Sie sind ein junger Mann.«
»Aber ein kranker.«
»Sie, krank?« Craw zog die buschigen grauen Augenbrauen hoch.
»Ich habe mir in China die Malaria geholt. Und hin und wieder macht mir die ganz gehörig zu schaffen.«
»Das merkt man Ihnen nicht an. Und um Himmels willen sorgen Sie dafür, daß Gugenheimer es Ihnen nie ansieht. Er kann kranke Leute nicht ausstehen.«

»Er weiß es«, sagte Ernst, »und deswegen bleibe ich auch nicht in New York.«
»Haben Sie vorgesorgt für den Fall, daß es schlimmer wird?«
»Irgendwann werde ich in den Beamtendienst treten.«
»Gefällt Ihnen die Aussicht?«
Ernst schüttelte stumm den Kopf.
»Na, mein Alter, lassen Sie uns aufhören, zum Abschied von solch dummen Dingen zu reden.« Und an Ernst vorbei fügte er hinzu: »Laura, mein gutes Kind, du kommst gerade zur rechten Zeit. – Mein lieber Ernest, ich möchte Ihnen meine Tochter vorstellen. Laura, hier hast du deinen leibhaftigen deutschen Offizier, wenn auch nicht in Uniform.«
Ernst sah nur die großen violetten Augen. Wimpern umrahmten sie, von denen man kaum glauben mochte, daß sie echt waren.
Der schmale, tiefrote Mund kräuselte sich in einem spöttischen Lächeln, das gleichzeitig seltsam scheu schien.
»Papa muß immer seine dummen Scherze machen. – Hier, Papa, ich habe euch etwas mitgebracht.« Sie schlug ihr dunkelgrünes Samtcape auf und stellte eine Flasche französischen Champagners auf den Konferenztisch. »Mamas Abschiedsgruß für Sie, Herr Schwarzenburg, da sie doch weiß, daß Sie mit einer Französin verheiratet sind.«
»Mit einer Elsässerin«, korrigierte Ernst.
»Ist das ein Unterschied?«
»Laura-Schatz, lauf und hol Gläser«, rief John Craw lachend, »aber bitte drei. Du sollst uns Gesellschaft leisten.«
»Gern, Papa.«

Die violetten Augen schauten Ernst an, und er fragte sich, was sie so ungestüm von ihm verlangten.
Ernst bemerkte nicht, daß sich Craws Augen unter den buschigen Brauen schlitzten.
Es tat ihm leid, so dachte der Bankier, daß er Laura erst jetzt aus Vassar hatte zurückkommen lassen; sie wäre der beste Köder gewesen, um Ernst Schwarzenburg in New York zu halten.
Amerika brauchte junge Männer wie ihn, aufrecht, klug und anständig, denn noch immer sandte Europa Söhne, die man bestenfalls als schwarze Schafe bezeichnen konnte. Sie prunkten mit hochtönenden, aber wertlosen Titeln, wollten einen schnellen Dollar machen oder – immer mehr kam das in Mode – eine Erbin heiraten, um sich die wohlmanikürten Hände niemals mehr mit ehrlicher Arbeit zu beschmutzen.
Laura würde gewiß nicht auf einen solchen Gigolo hereinfallen, doch wäre Craw ein Mann wie Ernst sehr willkommen gewesen. Gehörte in Europa eine Scheidung bestenfalls noch zu den Kavaliersdelikten, so war man damit in Amerika schon längst nicht mehr kleinlich. Ein geschiedener Mann hatte auf alle Fälle Erfahrung und würde es verstehen, eine Frau wie Laura im Zaum zu halten.
»Laura wird in diesem Jahr einundzwanzig«, sagte Craw. »An ihrem Geburtstag wird sie in den Genuß des Vermögens ihrer Mutter gesetzt werden. Es sind genau drei Millionen Dollar. Ich bin gespannt, wen sie mir als Schwiegersohn bringen wird.«
Ernst lächelte flüchtig, schwieg.
Unwillkürlich lauschte er auf den leichten Schritt des Mädchens, wagte aber nicht, sich umzudrehen, als es wieder eintrat.

Laura hatte ihr Cape abgelegt, und er sah, daß sie keines jener steifen Korsetts trug, welche den weiblichen Körper oft genug bis zur Groteske verunstalteten.
Weich fiel der dunkelviolette Stoff an ihrer biegsamen Gestalt herab, und weich glitt ihr rotblondes Haar auf ihre Schultern, als sie nach einem gemurmelten »darf ich, Papa?« ihren Hut ablegte. Mit natürlicher Selbstsicherheit setzte sie sich zu den Herren, und sie nippte auch nicht nur am Champagner, wie es eigentlich der Anstand vorschrieb. Sie trank davon.
»Sie kehren schon bald nach Europa zurück?« fragte Laura.
»Ja.«
»Nach Berlin?«
»Ja, nach Berlin.«
»Mama hat mir versprochen, daß ich nach meinem einundzwanzigsten Geburtstag nach Europa reisen darf. Vielleicht komme ich auch nach Berlin.«
Natürlich hätte er nun sagen müssen, wir werden Sie gern willkommen heißen, aber er brachte wieder nur das »Ja« hervor.
»Hast du Mister Schwarzenburg wenigstens ein bißchen von unserem New York gezeigt, Papa?«
»Manhattan!«
»Und den Central Park nicht, der so schön ist im Herbst?«
»Mein liebes Kind, ich selbst habe seit zehn Jahren keinen Fuß mehr auf einen Parkweg gesetzt.«
»Du arbeitest eben zuviel. Reiten Sie, Mister Schwarzenburg?«
»Ja.«
»Dann werde ich Ihnen wenigstens noch den Central Park zeigen. Im Herbst ist er am schönsten.«

Es war Oktober, und das Laub der Bäume leuchtete golden und bronzefarben.
Sie ritten schweigsam nebeneinanderher, seltsam scheu, seltsam fremd einander und doch so nah.
Einmal galoppierte Laura Ernst voraus, das Haar löste sich unter dem kleinen Zylinder, und als er sie einholte, umschmiegte es wieder weich ihre Wangen.
Sie war atemlos, und ihre Lippen waren mit einemmal so blaß.
»Reisen Sie noch nicht zurück. Bleiben Sie noch hier.«
»Ich kann nicht.«
»Schenken Sie mir nur ein paar Tage.«
»Ich kann nicht.«
»Nur drei.«
»Nur drei?«
Sie ergriff seine Hand, preßte sie an ihre blassen Lippen. »Ich darf ja nicht um mehr bitten.«
Am Abend führte er Laura ins Theater. Man gab »A Woman of no Importance« von Oscar Wilde, aber Ernst sah nichts von der Aufführung, die Kritiker als die weltbeste bezeichnen sollten, er spürte nur die schmale schlanke Gestalt neben sich, sah Lauras Augen, ohne sie anzuschauen.
Laura besaß einen eigenen Wagen, sie sagte: »Ich bringe Sie ins Plaza.«
Und kaum saßen sie in dem Gefährt, dunkel und warm war es darin, kam sie in seine Arme.
Sie küßte ihn sehnsüchtig und kindlich, und sie sagte: »Laß mich diese Nacht bei dir bleiben. Niemand wird mich vermissen. Meine Eltern sind bei Freunden auf dem Land.«
Laura, ich bin verheiratet, er wollte es sagen und sagte es nicht, denn er hörte Christine nach Georg rufen.

»Geh du im Hotel voraus. Ich parke den Wagen und komme nach«, sagte Laura.
Man wird dich erkennen – denn erst am Mittag hatte er ihr Foto in den Gesellschaftsnachrichten der New York Times gesehen: die junge, schöne Erbin Miß Laura Craw ist aus Vassar zurückgekehrt . . . Aber auch das sagte er nicht.
»Möchtest du etwas trinken?« fragte er, als sie zu ihm kam. Er hatte kaum Zeit gehabt, den Abendmantel abzulegen.
Ihr Gesicht war so blaß, nur ihre Augen leuchteten, und er konnte seinen Blick nicht aus ihnen lösen.
»Jetzt nicht, später vielleicht. Ja, später bestimmt. – Erzähl mir von dir. Ich möchte alles von dir wissen. So viel, daß es genug ist, mein ganzes Leben mich daran zu erinnern.«
Immer wieder hob sie seine Hände, legte sie um ihr Gesicht, küßte sie.
»Du darfst nie jemandem erzählen, daß wir zusammen waren. Versprichst du mir das? Nie.«
»Nie«, sagte er.
»Morgen fährst du fort, und wir werden uns nie wiedersehen.«
»Ich kann länger bleiben.«
»Nein, nein. Du mußt fahren. Sonst könnte ich dich nie mehr gehen lassen.«
Laura zog sich vor ihm aus, langsam und mit Bewegungen, die ihm gefallen sollten. Sie war nicht eitel, und sie wollte sich nicht produzieren.
Sie lächelte, und nur einmal zitterten ihre Mundwinkel, und ihre Augen blieben weit, weit auf, bis ganz zuletzt.
Er hielt sie in seinen Armen, bis es Morgen wurde.

Sie schliefen beide nicht, und doch gab es jetzt nichts mehr zu sagen.
»Ich bleibe hier, bis du fort bist«, sagte sie zum Abschied. »Ich bleibe hier, bis ich weiß, daß dein Schiff abgelegt hat.«
Noch einmal hielt er ihr Gesicht in seinen Händen und meinte, nicht fortgehen zu können, meinte, bleiben zu müssen.
»Denk manchmal daran, später, viel später, wenn du alt bist, daß es ein Mädchen gab, das dich beim ersten Anblick liebte«, sagte Laura.

Die Überfahrt war stürmisch. Ernst Schwarzenburg blieb nahezu die ganze Zeit in seiner Kabine. Er erlitt einen schweren Malariaanfall, nahm Chinin, bis er das Stampfen der Maschinen nicht mehr hörte, sondern nur noch das Singen und Zwitschern des Giftes in seinen Ohren.
Als er, von Hamburg kommend, in Berlin eintraf, fuhr er zuerst zu Gugenheimer, erstattete ihm Bericht.
Christine hatte er seine Ankunftszeit nicht telegrafiert.
Und als er die Wohnung in der Königin-Auguste-Straße schließlich spätabends betrat, empfing ihn dort nur Netta.
Christine war zu ihren Eltern nach Straßburg gereist.
»Hat meine Frau denn keine Nachricht für mich hinterlassen?«
»Nee, dat hätten Se sich aber ooch denken können, wo Sie doch so selten jeschrieben haben.«
»Na schön, Netta. Es ist schon spät. Kann ich noch einen Tee bekommen?«
»Sicher, immermang. Aber einet muß ich Ihnen doch sa-

jen, wat Ihre Frau Jemahlin is, also jeheult hat se ja nich, aber immer wenijer is se jeworden, von Tag zu Tag. Die Schwindsucht, hat man meinen können, hat se jehabt. Und der Herr Professor, der hat se dann ja ooch zu ihren Eltern jeschickt. Na ja, und dat haben Se sich man selbst einjebrockt.«

Mit einemmal war Großonkel Jeremias wirklich ein alter Mann geworden.

Im großen Gutshaus des Schlössels bewegte er sich nur noch in einem Rollstuhl fort. Wollte er seinen großen Besitz inspizieren, und das tat er ein über den anderen Tag, halfen zwei Knechte ihn auf den Wagen hieven, und er, der sein Lebtag nicht geflucht hatte, hätte es nun mit jedem Droschkenkutscher aufnehmen können. Doch saß Jeremias Welsch einmal dort oben auf der gepolsterten Bank des Landauers, hielt die Zügel in der Hand, dann konnte man glauben, alle Kraft seiner Jugend- und Mannesjahre sei zurückgekehrt.

Zärtlich liebte er die kleine Anna.

Glücklich war er, wenn Christine mit ihm ausfuhr, das Kind in den Armen.

Und er erklärte Anna, wie schön die Welt war.

Er zeigte ihr das flammende Herbstlaub, die Wiese am Waldrand voller Herbstzeitlosen, die glänzendbraunen Kastanien, die ihre stachligen grünen Schalen sprengten. Er ließ dort halten, wo die Trauben gepflückt, in große Kiepen geschichtet und schließlich, am Ende der Weinfelder, in den hölzernen Wannen gestampft wurden, daß der Saft hochschäumte.

Auf der Weide rief er die zahmste der Stuten heran, sie war glänzend schwarz, und nur zwischen ihren Augen

war ein kleiner weißer Stern. Er hieß das Pferd den Kopf beugen, und Annas Hände patschten furchtlos nach den weichen Nüstern.
Dann lachte Onkel Jeremias und sagte: »Eines Tages wird sie hier leben. Anna will ich meinen Besitz vermachen.«
»Bleib noch«, bat er Christine, als es kalt wurde, morgens Reif über dem Hausgarten lag und die Stille des beginnenden Winters. »Bleib noch.«
Und Christine blieb.
Ernst schrieb ihr aus Berlin. Er war gesund aus Amerika zurückgekehrt. Gugenheimers Bank in Manhattan war von Anbeginn erfolgreich, er selbst dazu ausersehen, baldigst nach Petersburg zu reisen. Wann kam sie zurück? Er sehnte sich nach ihr. Sie fehlte ihm. Sie und Anna natürlich.
»Wann kehrst du nach Berlin zurück?« fragte auch Stella, die zum Sonntag vor Weihnachten kam, dem letzten Advent.
Stella war nun zweiundvierzig. In ihr blaßblondes Haar mischte sich unsichtbar Grau. Nur wenn man sehr genau hinschaute, entdeckte man in dem matten hellen Teint winzige Fältchen; noch immer benutzte sie Talkumpuder als einziges Schönheitsmittel; als Anna Oma Stella zum erstenmal so sah, abends, kurz vor dem Schlafengehen, das Gesicht weiß bestäubt, fing sie bitterlich an zu weinen und rief, »buuh, buuh!«
Die Dienerschaft des Onkels nannte Anna fortan nur noch »Mam'selle Buhbuh.«
»Christine, bist du nicht glücklich mit Ernst?« fragte Stella. »Oder muß man fragen, warst du nicht glücklich?«
»Doch, doch«, antwortete Christine, »ich wünschte nur,

man könnte einmal, ein einziges Mal nur, ganz offen miteinander reden.«
»Ja, tut ihr das denn nicht?« fragte Stella verwundert.
»Tust du es mit meinem Vater?« fragte Christine zurück.
»Aber ja doch. Wenn wir allein sind.«
»Sprichst du mit ihm über alles, was dich bewegt? Sprichst du mit ihm über deine Ängste, über deine Zweifel?«
»Wovor hast du Angst?« fragte Stella. Ihre Augen folgten Christine, als sie aufstand, zum Fenster des kleinen Salons trat, der zwischen ihren beiden Schlafzimmern im ersten Stock des Schlössels lag.
Christine blieb lange stumm am Fenster stehen.
»Du warst die einzige, die wußte, wie sehr ich Georg geliebt habe. Ich glaube, du hast es auch verstanden. Und du hast mir geholfen, nicht wahr, du hast dafür gesorgt, daß wir unsere Stunden in der Gartenlaube haben durften, bis er fortging?«
»Denkst du immer noch an ihn?«
»Nein. Nicht so. Ich meine, nicht am Tage.«
»Aber?«
»Als Anna geboren wurde, da habe ich nach ihm gerufen.«
»Und Ernst hat es gehört?«
»Ja.«
»Und seither?«
»Es war wie eine gläserne Wand. Du kennst ihn ja. Ernst ist immer so beherrscht. Er ist immer so höflich. Er hat es mich nicht spüren lassen, daß er verletzt war. Aber seither – glaube ich, ja, ich glaube, ich ließ ihn einfach kalt.«
»Du meinst – im Bett?«

»Ja – das auch.«
»Habt ihr nie darüber gesprochen?«
»Ich habe es einmal versucht, aber er ist darüber hinweggegangen. – Und dann geht mir Berlin auf die Nerven. Es ist so groß. Es ist so überwältigend. Ich kann mich nicht daran gewöhnen.«
»Du hast nicht genug zu tun.«
»Ja, ich brauche etwas zu tun. Ich muß Pflichten haben. Schau dir meine Hände an«, Christine streckte Stella die schmalen, glatten, weißen Hände entgegen. »Weißt du noch, wie gern ich dir beim Einmachen geholfen habe? Heute macht Netta das allein. Ich habe nie richtig kochen gelernt. Das, was ich von dir lernte, habe ich längst vergessen. Nichts darf ich tun. Nur hübsch muß ich sein und gepflegt. Oh, wie ich das Tennis hasse, wie sehr ich die Damenkränzchen hasse. Manchmal ist mir, als müßte ich an den Petit Fours ersticken. Stella, hilf mir. Was soll ich tun?«
»Offen mit Ernst sprechen.« Sie zog Christine neben sich auf das Sofa. »Fahre allein nach Berlin zurück. Laß Anna hier, sprich mit Ernst. So offen wie mit mir. Und fahr mit ihm nach Petersburg. Hilf ihm bei seiner Arbeit. Nimm teil daran. Glaubst du, er hat keine Ängste, keine Zweifel? Glaubst du, er fühlt sich nicht oft ebenso unverstanden und daher vielleicht nutzlos wie du jetzt?«
»Ja, ich fühle mich in Berlin nutzlos. – Ich glaube fast, Großonkel Jeremias braucht mich zur Zeit mehr als Ernst.«
»Natürlich ist das nicht wahr.«
»Nein, es ist nicht wahr.«
»Na also. Dein Vater wird über Weihnachten ins Schlössel kommen. Vielleicht ist es das letzte Fest, das

Onkel Jeremias erlebt. Und du kannst unbesorgt Anna bei uns lassen. Ich werde schon auf sie achtgeben.«
»Du hast Kinder gern, Stella.«
»Ja. Das weißt du doch.«
»Aber du hast nie eigene gehabt.«
»Ich habe es nie vermißt. Ihr wart alle sehr gut zu mir.«
»Hörst du manchmal von Rachel?«
»Sie lebt in Paris. Mit Babtiste.«
»Und Robert?«
»Ich hoffe, daß wir bald von ihm hören. Unsere letzten Briefe sind als unzustellbar zurückgekommen.«
»Er ist nicht mehr in Bonn?«
»Es gab dort . . .«, Stella zögerte, »er kam dort mit den Behörden in Konflikt.«
»Mit der Polizei?«
»Er gehört einer Partei an, einer Bewegung. Wir wissen nichts Genaues, aber seither fehlt von ihm jede Spur.«
»Wie nimmt Vater es?« fragte Christine. »Wie trägt er es? Ich denke, er hat Robert von uns Kindern immer am liebsten gehabt.«
»Es ist schwer für ihn, Christine, sehr schwer. Aber er trägt es als Gottes Wille.«

11

Christine trug einen dunkelblauen Samtmantel, ein Pelzkragen, der nur um weniges heller war als ihr schimmerndes braunes Haar, umschloß ihren schlanken Hals.
Ihre grauen Augen schienen Ernst tiefer – und trauriger –, als er sie in Erinnerung gehabt hatte, und das Gesicht schmaler.
Als sie ihre Hände aus dem Muff zog, waren sie kalt und zitterten in seiner Hand.
»Christine«, sagte er, »Christine.«
Ernst schloß sie auf dem Bahnsteig in seine Arme und spürte, wie sie ihr Schluchzen unterdrückte.
Er führte sie zu der Taxe auf dem Vorplatz, deren Chauffeur grauwollne Ohrenschützer trug und eine Mütze, die wirkte wie ein halb aufgeblasener Ballon.
Ein Spatz saß auf dem Kühler des schwarzen Automobils und tschierpte empört, als die Haube anfing unter dem Motorgedröhn zu vibrieren. Frettchengesichter schrien Zeitungen aus.
Ein Mädchen, dem der abgetragene Jungsmantel bis auf nackte Füße reichte, die in zu großen Galoschen steckten, verkaufte gebrannte Mandeln in Tüten aus grobem braunem Papier.
Eine alte Frau stach mit einem Stecken Abfall in der

Gosse auf, vom Schneematsch aufgeweichtes Papier, das sie später zu festen Klumpen gepreßt in ihrem eisernen Ofen verbrennen wollte.
Daneben sah man die elegantesten Automobile und Kutschen, und die Pelze der Damen fegten den Schnee. Gaslicht und Schatten, Glacéhandschuhe und blauverfrorene Hände.
Zu Hause summten in allen Zimmern die Kachelöfen, Ernst mußte die Treibhäuser ganz Berlins geplündert haben, denn wo sonst sollte er mitten im Winter die Vielzahl und Vielfalt der Rosen gefunden haben?
Er brachte Christine eine Tasse Tee, gewürzt mit einem kleinen Schuß Rum, während sie ihr Reisekleid ablegte. Er liebkoste ihre nackte Schulter, während sie ihren Haarknoten löste.
»Ernst, hast du all das gesehen am Bahnhof? Den Reichtum und die Armut. Das Kind mit den gebrannten Mandeln, die alte Frau. Und dann die Pelze und die Zylinder? Hast du mal Netta zugehört, wenn sie von den Sachsengängern erzählt, die zu Abertausenden zur Erntezeit nach Berlin kommen, und wie armselig sie hausen? In Kellern, in düsteren Souterrains, mit dem Abort auf dem Hof?«
»Was möchtest du, Christine?« Ernst nahm ihre Hände.
»Fort von hier.«
»Wohin?«
»Irgendwohin, wo ich etwas Nützliches tun kann.«
»Wir gehen, wohin du willst.«
»Ernst, deine Briefe aus New York, sie klangen so weit weg, sie klangen so kalt.«
Das war aber vor Laura, dachte er. Es war doch vor Laura.

»Ernst, kannst du mir verzeihen, daß ich in der Nacht, als Anna geboren wurde, nach Georg gerufen habe?«
Er küßte ihre Hände.
»Ernst. Wir sind allein. Niemand hört uns. Vor niemandem brauchen wir unser Gesicht zu wahren. Sprich es aus, sag mir, ob du mir verzeihen kannst. Ich liebe Georg nicht mehr.« Und doch tat es weh, als sie es sagte. »Ich denke manchmal noch an ihn, das ist wahr, aber als ich in Straßburg war, habe ich nicht ein einziges Mal den Versuch gemacht, zu erfahren, was aus ihm geworden ist. Glaubst du mir das? – Siehst du, und deswegen liebe ich ihn nicht mehr.«
»Christine, ja, es hat weh getan. Ja, es hat weh getan, in der Nacht, als Anna geboren wurde. Und auch später noch. Aber ich habe dir nichts zu verzeihen.«
»Ernst, ich möchte mit dir leben. Nie neben dir her. Niemals wie die anderen. Und wenn es einmal zu Ende wäre, wenn wir glauben müßten, daß wir uns nicht mehr lieben, dann müssen wir auseinandergehen. Davor hätte ich keine Angst. Nein, davor niemals. Nur Angst davor, daß wir stumm würden, tagsüber und auch nachts.«
Er küßte ihre weichen, nach der Wahrheit verlangenden Lippen, und zum erstenmal wußte er, daß sie ihm ganz gehörte. Wußte er, was immer danach kommen würde, nichts und niemand würde es jemals auslöschen können.

Anatol Gugenheimer stattete sie mit Empfehlungsbilletts an Freunde in Petersburg aus. Am Tag vor ihrer Abreise ließ er Christine einen Zobelmantel schicken, den sie nur Ernst zuliebe trug, aber das sagte sie ihm auch.
Die Reise in das ferne Petersburg, wo Ernst geheime

Schreiben Gugenheimers an einflußreiche Persönlichkeiten überbringen sollte, die der Bankier der Post nicht anvertrauen mochte – über deren Inhalt selbst Ernst nicht informiert wurde –, sollte seine letzte im Dienste des Bankiers sein.

Ein seltsames Licht herrschte an diesem frühen Wintermorgen ihrer Ankunft in Petersburg. Es malte violette und rötliche Schatten in die verschneiten Straßen, obwohl die Sonne im Schneedunst verborgen blieb.

Ein Schlitten, mit sechs Pferden bespannt, brachte sie zum Hotel Ambassadeur.

Kleine tönerne Öfen, mit glühenden Kohlen gefüllt, wärmten ihre Füße, eine schwere Pelzdecke hüllte sie bis zum Kinn gegen die Kälte ein, die achtundzwanzig Grad unter Null betrug.

Christine saß eng an Ernst geschmiegt. Noch schien die Stadt zu schlafen, nur hier und da sah man eine vermummte Gestalt aus einer Haustür, aus einem Torbogen huschen.

Anatol Gugenheimer hatte für sie eine Suite im Hotel Ambassadeur reservieren lassen; es war ein kleines Haus, dessen Gästeliste große europäische Namen aufwies.

Der Fuß versank in den tiefroten, blaugeschatteten Bucharateppichen der Halle, ein Aufzug, mit bronzenen Arabesken und Perlmuttblüten verziert, trug sie in den ersten Stock hinauf. Pagen in grüner Livree begleiteten sie stumm, Kinder noch mit den Uraltgesichtern ihrer Lakaienabkunft.

Christine fröstelte in dem hohen, überheizten Salon, mochte zuerst ihren Pelz nicht ablegen.

Ernst zog die Samtportieren auf, welche die Fenster verhüllten, und draußen, jenseits des Platzes, sahen sie über

dem weißen Winterpalais des Zaren blutrot die Sonne aufgehen.
Christine stand am Fenster, während Hausdiener ihr Gepäck brachten, eine Kolonne der stummen Pagen einen silbernen Samowar hereintrug, silberne Platten, auf denen kalte und warme Speisen zu einem frühen Imbiß gerichtet waren.
Als sie wieder allein waren, nahm Ernst Christine sanft den Pelz von den Schultern.
»Du mußt hungrig sein«, sagte er lächelnd, »komm, laß dich verwöhnen.«
»Ich wußte gar nicht, daß du Russisch sprichst.«
»Gugenheimer hält es für *die* Weltsprache neben Englisch. Also habe ich es inzwischen gelernt. Aber natürlich bin ich weit davon entfernt, es zu beherrschen.«
»Ernst, warum sind wir hierhergekommen?«
»Gugenheimer hat einflußreiche Freunde in Petersburg. Ich habe ihnen Briefe zu überbringen.«
»Und du weißt wirklich nicht, was darin steht?«
Er zögerte, goß ihr Tee ein, legte ihr von den kleinen, goldbraun gesottenen Teigtaschen vor, die mit würzigen Fleisch- und Gemüsefarcen gefüllt waren.
»Gugenheimer fürchtet, daß es zu einer zweiten, diesmal erfolgreichen Revolution kommen wird. Und er fürchtet um das Schicksal seiner Glaubensgenossen. Er ist Jude. Und du weißt, daß vor allem hier in Rußland und in Polen die Juden immer wieder das Opfer von Pogromen waren.«
»Ich wußte es nicht«, sagte Christine überrascht. »Ich meine, daß Gugenheimer Jude ist. Wenn man ihn sieht – er hat so viel Ähnlichkeit mit Bismarck. Er wirkt wie ein preußischer Junker. Ernst, was unterscheidet die Juden von uns?«

»Nichts als ihr Glaube. Sie nehmen ihren Glauben an den einzigen wahren Gott ernster als wir, das gab ihnen die Kraft, die Verfolgungen zu überstehen, denen sie immer wieder ausgesetzt waren.«

Christine schwieg nachdenklich. Den Glauben an einen einzigen wahren Gott nahmen auch die Christen für sich in Anspruch. Die Katholiken sowohl wie die Protestanten. Bisher hatte sie mit Ernst noch nicht darüber gesprochen, aber es hatte ihren Vater tief getroffen, daß ihre Tochter Anna katholisch getauft worden war; erstmals hatte es sich wie eine Kluft zwischen ihnen aufgetan, und deswegen hatte sie auch nur wenige Tage in ihrem Elternhaus im Neuhof verbracht, war dann unter der Ausflucht, die Landluft sei für Anna gut, zu Großonkel Jeremias gefahren.

»Wir werden viel Zeit für uns hier in Petersburg haben«, sagte Ernst jetzt wieder lächelnd und, indem er zärtlich ihre Wange berührte, ihre Gedanken fortwischend. Seit Christine aus Straßburg zurückgekommen war, begehrten sie einander so häufig wie nie zuvor.

»Ich werde Gugenheimers Schreiben abliefern und dann auf die Antworten warten. Inzwischen wollen wir ins Theater gehen. Wie wird es dir gefallen, einen leibhaftigen Zaren zu sehen?«

»Ich weiß es nicht. Man sagt, er sei ein grausamer Mann.«

»Ob er das ist, weiß ich wiederum nicht. Denn das sagt man allen Zaren nach.«

»Glaubst du, daß wir auch Rasputin sehen werden? Ich las in Berlin, er weicht der Zarin nicht von der Seite.«

Ernst schmunzelte. »Verlangt dich nach einem Mönch?«

»Nein«, sagte Christine ernsthaft, »nur nach dir.«
Später ging Ernst zum Telefon, drehte die Kurbel, ließ sich mit der Rezeption verbinden, bat um Logenkarten für den kommenden Abend im Eremitage.
Die Antwort schien ihn zu verblüffen.
»Selbst daran hat Gugenheimer gedacht«, sagte er. »Die Logenplätze sind schon reserviert. Nun ja, er kennt ja deine Vorliebe für Musik und vor allem für Faust. Schaljapin singt den Mephisto.«
»Wirklich? Oh, Ernst, das ist zu schön, um wahr zu sein!« Christine umarmte ihn stürmisch.

Am Abend trug sie ihr weißes Satinkleid, dessen Saum Straußenfedern schmückten und das bei jedem Schritt die lange glatte Linie ihrer Hüften und Schenkel nachzeichnete.
Ihren Hals umschloß die eine Reihe Perlen mit dem nußgroßen Smaragd, überraschendes Geschenk Onkel Sebastians an sie nach seinem Tode, vielleicht die einzige Kostbarkeit, die er aus seiner Missionarstätigkeit in Indien mitgebracht hatte.
Es war, als ändere der Smaragd die Farbe ihrer Augen, und nie legte sie ihn an, ohne mit Wehmut an Onkel Sebastian zu denken.
Wie oft hatten sie sich als Kinder über seine Bibelstunden lustig gemacht, die er für die Diakonissinnen auf dem Neuhof hielt. Wie oft sich auch vor seiner Härte und Unnachgiebigkeit gefürchtet – und hatte nicht selbst Georg, der sonst über keinen Menschen ein böses Wort verlor, gesagt: Er ist zu selbstgerecht, ein Pharisäer ...
Einsam war Onkel Sebastian gestorben.
Georg weilte wohl zum weiteren Studium in Paris.

Sudi war infolge seiner »kleptomanischen Anfälle«, wie man es in der Familie nannte, längst nach Indien zurückgesandt worden.
Über seinen Memoiren hatte seine Haushälterin Onkel Sebastian eines Morgens gefunden, den Federhalter noch in der Hand, mit schwarzer Tinte hatte er das Wort ENDE daruntergeschrieben.
Ihr Vater hatte die Seiten – handgeschrieben, unkorrigiert, so wie sie waren – vom Buchdrucker in der Paugasse, der dem Diakonissenhaus alljährlich die neuen Gesangbücher lieferte, in Leder binden lassen.
Christine hatte den schmalen Band gelesen und erst da um Onkel Sebastian geweint.
Von so vielen Abenteuern war dort die Rede, von so vielen Menschen, die er gekannt, denen er geholfen hatte – aber nicht von einer einzigen Frau.
Einsam hatte Sebastian Welsch gelebt, und einsam war er gestorben.
Und wer dachte heute noch an ihn?
»Bist du fertig, Liebste?« rief Ernst vom anderen Schlafzimmer der Suite her, das er allerdings nur als Ankleide benutzte.
»Wenn ich dir gefalle, ja«, sagte sie und trat in den Salon.
Sie sahen sich über den Raum hinweg an, und er sagte leise: »Am liebsten würde ich mit dir hierbleiben. Am liebsten würde ich verbieten, daß irgendein anderer Mann dich so anschauen darf. Aber –«
Ein Knall, scharf und peitschend und kaum gemildert durch die schweren Portieren, unterbrach ihn.
»Was war das?« fragte Christine.
Wildes Geknatter von Maschinengewehren gab ihr die Antwort.

Ernst war mit zwei Schritten am Fenster, zog die Vorhänge zurück.
»Bleib, wo du bist!« rief er über die Schulter.
Aber Christine stand schon hinter ihm.
Sah dort unten auf dem Platz, umsäumt von den Laternen, ein Knäuel Menschen, sah Soldaten zu Pferde mit hohen Pelzmützen, sah Mündungsfeuer aus ihren Gewehren.
Sah, wie aus dem dunklen Knäuel Puppen fielen, nein, es waren eine Frau, ein Kind, drei Männer, vier – sah ein Pferd scheuen, hoch wirbelten die Vorderhufe durch die Luft, trommelten auf das Knäuel herab.
»Ernst, das sind doch Zivilisten! Ernst, man muß etwas tun!«
»Ruhig, warte!«
Aber da hatte sie schon ihren Rock gerafft, war an der Tür, lief den Flur hinab, am Aufzug vorbei. Da war eine Treppe. Sie verlor einen Schuh, schleuderte den anderen von sich.
Die Treppe hinunter, durch die Halle.
»So helft doch!« rief sie. »So helft doch!«
Herren im Frack starrten sie an, ein grünlivrierter Page riß ihr die Tür auf, eine Frau lachte hoch und schrill.
Schnee unter ihren Füßen, Eisesluft wie Nadeln in ihrem Gesicht, auf ihren Schultern.
Das dunkle Knäuel war zerstoben.
Keiner der berittenen Soldaten war mehr zu sehen.
Nur die Gestalten im Schnee, in dunklen Lachen.
Christine kniete bei dem Kind nieder.
Es war ein Junge. Die Wangen waren so dünn, schimmerten so durchsichtig, daß man meinte, die Kiefer und Zähne zu sehen. Seine Augen waren weit, weit auf.
Christine strich ihm das blonde Haar aus der Stirn.

»Hab keine Angst, wir helfen dir. Hab keine Angst, hörst du?«
Sie hob ihn auf ihre Arme.
Die weiten, weiten Augen sahen zum Himmel hoch.
Er war so leicht, sie spürte ihn kaum.
Aber der glatte Schnee, das lange Kleid behinderten ihre Schritte.
Einmal fiel sie fast.
»Christine, gib mir das Kind.«
Sie sah Ernst an.
»Gib mir den Jungen!« Er nahm ihn ihr aus den Armen.
In der hell erleuchteten Hotelhalle war es nun so still wie draußen. Die Damen hoben den Fächer vor die Augen oder wandten die wohlfrisierten Köpfe ab.
»Incroyable, c'est affreux!« rief jemand.
Ein Herr trat zu Ernst und Christine, sagte auf deutsch: »Bitte folgen Sie mir.«
Er ging ihnen voran, sie betraten ein Spielzimmer.
Auf dem grünen Kartentisch legte Ernst den Jungen nieder.
Der Herr öffnete die Kleider des Jungen, Lumpen waren es nur. Seine Füße steckten in Filzstiefeln, die bis zu den Knien mit gekreuzter Kordel gehalten waren.
»Ich bin Arzt«, sagte der Herr. »Wenn wir hier operieren könnten, wäre der Junge vielleicht zu retten.«
»Und wenn man ihn in ein Krankenhaus bringt?«
»In welches? Kennen Sie sich in Petersburg aus? Außerdem verliert er zuviel Blut, und davon ist ohnehin nicht genug in ihm.«
»Zu Hause, in Straßburg – ich habe manchmal bei Operationen zugeschaut. Vielleicht kann ich Ihnen zur Hand gehen?«

Der Herr sah Christine an.
»Wir wollen es versuchen, Madame.«

Der Arzt zog an der Klingelschnur neben dem Büfett, auf dem der ewige Samowar summte.
Der Chef der Rezeption kam selbst, Ernst dolmetschte. Er bediente sich eines kalten, herrischen Tons, den Christine noch nie an ihm gehört hatte – aber genau das ließ den Empfangschef, der eben noch verächtlich uninteressiert erschienen war, servil katzbuckeln.
Wenige Minuten später schleppten zwei Pagen die Instrumententasche des deutschen Arztes herein, dazu weiße Leinentücher, heißes Wasser und einen Bastkorb mit Bandagen.
Dr. Hendriks sterilisierte die notwendigen Instrumente im Dampf des Samowars.
Die Kugel hatte den Jungen in den Rücken getroffen, war millimeternah am Rückgrat vorbei in den Oberbauch gedrungen.
Als Dr. Hendriks den ersten Schnitt tat, schlossen sich die Augen des Jungen. Obwohl Mittel und Zeit für eine Narkose fehlten, gab er nicht einen Schmerzenslaut von sich.
Und als die Operation vorbei war, sagte er ein einziges Wort: »Danke.«

Dr. Hendriks, der zu einem Ärztekongreß in Petersburg weilte, nahm den Jungen mit auf sein Zimmer.
Zu spät war es fürs Theater, und sie würden nun nie mehr die wundervolle Stimme von Schaljapin hören.
»Ich kann nicht in einem Land bleiben, in dem mitten

im Frieden Kinder erschossen werden«, sagte Christine, als sie ihr blutbeflecktes weißes Kleid ablegte.
»Ich werde sehen, daß ich in aller Kürze Gugenheimers Angelegenheiten erledigen kann«, antwortete Ernst nur.

Das sachte, aber eindringliche Klopfen an ihrer Zimmertür mitten in der Nacht, die Stimme »Christine, bitte mach auf« kam als Schock und doch seltsam erwartet. Ernst öffnete und ließ Robert Welsch herein, der sich in seiner Kleidung von dem Jungen nur durch eine flache schwarzlederne Kappe unterschied, die er abnahm und in der Hand hielt wie ein Bettler.
»Robert!« Christine packte ihn bei den Schultern. »Robert, mein Gott, wie kommst du hierher!«
»Das ist eine lange Geschichte.« Er lächelte so dünn, so flüchtig, daß man meinen konnte, er habe es längst verlernt.
Seine Wangen waren bartstoppelig, ungepflegt. Seine hohe Stirn grau, schmutzig.
Christine hielt seine Hände und sah, daß die Nägel abgebrochen waren, die Haut der Handrücken runzlig wie von einem alten Mann.
»Niemand hat mich gesehen«, sagte Robert, »aber schließt die Tür ab. Wer wohnt rechts und links von euch?«
»Links – Dr. Hendriks. Rechts, das weiß ich nicht.«
»Dann gehen wir am besten in den Salon.«
»Willst du uns nicht erklären ...«, begann Ernst.
»Sofort«, sagte Robert.
Er schloß selbst alle Türen ab.
»Kann ich eine Tasse Tee haben?« fragte er dann.
Ernst nickte nur.

Robert trank den Tee mit der Gier eines Menschen, der tagelang nichts Warmes zu essen oder zu trinken bekommen hat.
»Ich habe dich erkannt, sofort, Christine. Aber ich dachte, es kann ja nicht wahr sein. Erst Pjotr, er putzt die Schuhe im Hotel und ist mein Freund, er sagte mir, daß ihr es wirklich seid.«
»Wie kommst du nach Petersburg?« fragte Christine. Sie hatte ihren weißwollnen Morgenmantel über ihr dünnes Nachthemd genommen, kauerte sich jetzt neben ihren Bruder auf den Teppich.
»Es war ein langer Weg.«
»Erzähl!«
»Wie lange bleibt ihr hier?«
»Nach dem, was heute abend geschah, werden wir so bald wie möglich nach Berlin zurückkehren.«
»Kann ich Geld von euch bekommen?« Robert sah Ernst an.
»Ja«, sagte Ernst.
In Roberts Gesicht zuckte es. Er senkte den Kopf, und nur an seinen Schultern sahen sie, daß er weinte.
»Hast du Hunger, soll ich dir was zu essen kommen lassen?« fragte Ernst.
»Nein, nein, danke. Aber wenn du hast, gib mir eine Zigarette.«
Roberts Hände zitterten, er inhalierte tief, trank noch eine Tasse Tee und begann schließlich zu berichten.
Wenn man ein junger Mann mit offenen Augen und offenen Ohren war, dann erfuhr man bald, wieviel Unrecht es gab in der Welt. Da gab es die Reichen und die Armen.
Mit Amelie fing es an. In Bonn.
Sie war mit fünfzehn noch eine Analphabetin. Von Ro-

bert erst lernte sie lesen, schreiben und rechnen. Sie war klug, sie war schön, aber ein uneheliches Kind. Und die Mutter eine Näherin im Cassiusgraben in Bonn. Nie wurden die Körbe mit der zerrissenen Wäsche leer, und nie reichte, was sie mit vierzehn Stunden Arbeit pro Tag verdiente.

Und selbst wenn man Frau Kienel helfen wollte – als Robert versuchte ihr zu helfen –, nahm sie es nicht an.

Zu verbittert war sie, zu böse geworden durch die Ungerechtigkeit. Sie schickte Amelie in die Wäscherei. Und dort, im Seifendunst, im Wasserdampf, mit ewig nassen Füßen, hatte die Schwindsucht leichtes Spiel.

Eines Tages am Waschtrog, als Amelie die Laken mit dem großen hölzernen Spaten in der Blaulauge rührte, fiel sie einfach um.

Die anderen Arbeiterinnen dachten, ihr sei bloß mal schlecht geworden; ein oder zwei Frauen machten auch ihre Scherze darüber, daß sie wohl schwanger wäre, und brachten Amelie hinaus in den Hof an die frische Winterluft, in der die Wäsche trocknete.

Die Frauen legten Amelie auf ein Plättbrett zwischen zwei Stühle.

Die Aufseherin schalt, die Frauen gingen an ihre Arbeit zurück.

Die Aufseherin ließ Amelie liegen, wo sie lag; sie würde halt schon wieder zu sich kommen.

Am Abend, als es dunkel wurde und die Aufseherin die Hoftür abschloß, fand sie Amelie, erstickt an ihrem eigenen Blut.

»Ich schrieb euch nichts davon«, sagte Robert. »Warum auch? Ihr kanntet sie ja nicht. Das war schon neunzehnhunderteins, im Februar. Ich hatte Amelies Mutter drei

Monate Miete im voraus gegeben und noch etwas dazu, aber trotzdem hatte sie Amelie in die Wäscherei geschickt.«

Seine mageren, runzligen Hände – wie kam er dazu, er war doch noch so jung? – öffneten und schlossen sich. Christine fürchtete, daß er wieder zu weinen anfangen würde.

»Was tatest du dann?« fragte Ernst aus dem Hintergrund.

»Ich – ich wurde Sozialist.« Roberts Stimme hob sich, gewann mit einemmal Kraft. »Nur ein Mann kann uns helfen, nur eine Lehre, seine Lehre. Lenin.«

Und wieder begannen sich seine Worte zu überstürzen, als er fortfuhr:

»Heute, der Vorfall auf dem Platz, das war nichts. Heute waren wir nur wenige. Und wir wollten nicht demonstrieren. Wir waren nur auf dem Weg zu einer kleinen Versammlung. Aber damals, im Januar neunzehnhundertfünf, da haben wir gezeigt, wozu wir fähig sind. In der Schweiz lernte ich Lenin kennen. Ich habe ihn nur einmal gesehen. Aber die Kraft, die von ihm ausging – wie soll ich es beschreiben? Dann wurde ich nach Petersburg geschickt. In die Putilow-Werke. Ich organisierte eine Zelle. Nur wenn wir überall Zellen haben, Kameraden, Genossen, können wir siegen.

Vier von unseren Leuten wurden bald verhaftet, denn die Spitzel der Ochrana sind überall. Wir wurden nach Sibirien geschickt. Aber ich konnte flüchten, kam zurück.

Gapon rief uns auf zu streiken, und er selbst verfaßte eine Bittschrift an den Zaren.

Ich hielt nichts davon. Ich sagte es ihm.

Wie sollte der Unterdrücker Barmherzigkeit üben?

Und wenn Barmherzigkeit, dann kam sie längst zu spät.
Aber ich zog doch mit vor das Winterpalais.
Dort warteten die Soldaten auf uns. Dort warteten die Sotnien der Kosaken.
Und noch ehe wir die Bittschrift überreichen konnten, senkten sich ihre Gewehre. Sie schossen noch, als wir schon flohen, da waren auch Frauen und Kinder bei uns.
Hunderte starben, unter Kirchenfahnen und Kruzifixen und mit Kirchenliedern auf den Lippen, denn noch hingen sie ja ihrem Glauben an. Aber heute ist das anders. Heute zählt nur noch die Revolution.«
Robert stand auf.
»Bevor es hell wird, muß ich fort. Kann ich mich noch irgendwo ein, zwei Stunden hinlegen?«
»Wohin willst du?« fragte Christine.
»Zurück zu meinen Genossen.«
»Aber du bist kein Russe.«
»Ich bin auch kein Proletarier, wenn du so willst«, sagte Robert, es klang zynisch.
»Robert, hilfst du ihnen denn überhaupt?« fragte sie.
»Wenn ich das nicht mehr glauben könnte, möchte ich nicht mehr leben.«
»Wie lebst du, wo lebst du?«
»Es ist besser, du weißt es nicht. Vor Morgengrauen wird Pjotr, der Schuhputzer, mich aus dem Hotel geschmuggelt haben.« Er beugte sich herab, hob Christines Kinn, küßte sie leicht auf die Lippen.
»Adieu«, sagte er mit seinem flüchtigen Lächeln.
»Nein«, sagte sie wild, »auf Wiedersehen! Robert, ich will dich wiedersehen!«
Ernst führte Robert in sein Zimmer. Dumpf konnte sie

eine Weile noch ihre Stimmen hören. Dann kam Ernst zu ihr zurück.
»Du siehst blaß und müde aus«, sagte er. »Komm, leg dich hin.«
»Hast du Robert Geld gegeben?« fragte sie.
Er nickte.
»Ernst – was sagst du zu alledem?«
»Wie jeder Mensch muß dein Bruder seinen eigenen Weg gehen. Nur – Gewalt zeugt Gewalt.«
»Ja, sicher hast du recht. Ich bin froh, daß mein Vater nichts von diesem Weg weiß. Robert war der Klügste von uns. In der Schule hatte er immer die besten Noten. Er wollte Anwalt werden oder Richter. Und mein Vater war so stolz auf ihn. Aber Robert war auch immer schon ein Einzelgänger. Es war immer schon so – als könnte er über den Horizont sehen.«
»Du frierst ja«, sagte Ernst. Er legte Christine den Arm um die Schultern, »bitte, geh zu Bett.«
»Weckst du mich, bevor Robert fortgeht?«
»Ja, ich wecke dich.« Ernst deckte sie zu, küßte sie auf die Stirn. Er kehrte in den Salon zurück, ließ die Tür angelehnt. Aber wenn sie das Gesicht wandte, sah sie den Lichtschein nicht mehr.

Als Christine erwachte, war es heller Tag. Die Sonne schien, und vor dem Fenster lag der große Platz mit den fernen Türmen des weißen Palais wie ein Wintermärchen.
Ernst brachte ihr heiße Schokolade ans Bett.
»Robert ist fort?« fragte sie.
»Ja«, sagte er.
»Wollte er mich nicht mehr sehen?«

»Ich ließ ihn schlafen, bis es beinahe schon hell war. Dann mußte er sich beeilen.«
»Wie geht es dem Kind? Dem Jungen?«
»Dr. Hendriks sagt, er wird leben.«
»Aber wie wird er weiterleben? Können wir ihn nicht mitnehmen? Können wir ihm nicht ein Zuhause geben?«
»Hendriks hat sich erkundigt. Seine Eltern leben nicht weit von Petersburg auf dem Land. Sie haben einen kleinen Hof. Hendriks wird den Jungen dorthin zurückbringen.«

Am Nachmittag, während Ernst seinen Geschäften für Gugenheimer nachging, ließ Christine sich zu einem nahen Kaufhaus fahren. Sie wählte eine wattierte Jacke aus, eine Lammfellmütze, dazu einen dicken Pullover aus Schafwolle und deftige Hosen aus einem filzähnlichen Material. Als letztes kaufte sie filzgefütterte, derbe Winterstiefel. So ausgestattet würde der Junge, dessen Namen sie nicht einmal kannte, vielleicht den Winter überstehen.

Zwei Tage später verließen Christine und Ernst Petersburg.
Sie hatten weder Schaljapin gehört noch die grandiose Aufführung von Schwanensee gesehen, die wie immer in der Presse Schlagzeilen machte. Eine neue Ballerina stieg leuchtend wie ein Komet in den Balletthimmel.
Auch in Berlin sprach man schon von ihr.
»Ich hoffe, Sie haben sich gut in Petersburg amüsiert«, sagte Gugenheimer beim Abendessen zu viert im klei-

nen, mit Seerosen ausgemalten Speisezimmer, in das man nur die intimsten Freunde des Hauses bat.
»Ja, danke«, murmelten Ernst und Christine.
»Wie kann man sich in einer Stadt, in der Schnee haushoch liegt, überhaupt amüsieren?« fragte Melanie Gugenheimer mit ihrer stets ein wenig kränklich klingenden Stimme.
»Meine Liebe«, ihr Mann tätschelte die weiße, mit einem wunderschönen Brillanten geschmückte Hand, »du bist halt zu zart und zu empfindsam.«
»Es war sehr kalt in Petersburg«, sagte Christine.
Gugenheimer sah sie einen Moment lang aufmerksam an, dann senkten sich seine schweren Lider über die dunklen Augen.
Der Abend fand sehr bald nach dem Mokka sein Ende.

12

»Was treibt sie, wohin will sie, diese Christine Welsch?« fragte Melanie Gugenheimer, während sie fünfzehn von ihren Schlaftropfen auf den kleinen silbernen Löffel träufelte; sie bedurfte keines Schlafmittels, hielt jedoch seit der Geburt ihrer dritten Tochter – auch wenn diese nun schon dreizehn Jahre zurücklag – daran fest; seither kränkelte sie, seither litt sie unter Schlafstörungen – angeblich – und hatte damit ihr eigenes Schlafzimmer gewonnen. Seither umsorgte Anatol sie mit einer Behutsamkeit und Umsicht, die kaum einer seiner Geschäftspartner hinter ihm vermutet hätte.
Seither verlangte er nicht mehr, daß sie ihm endlich einen Sohn schenken sollte.
Sie war nun achtunddreißig Jahre alt, immer noch eine schöne Frau, der es gefiel, wenn ihr bewundernde Blicke folgten, dies aber auch genügte.
Vielleicht, so dachte sie manchmal, hätte ich Anatol später heiraten sollen? Vielleicht war ich einfach zu jung, als wir unter dem Baldachin den Bund fürs Leben schlossen – und nicht ein einziges Mal hatte sie ihn vorher sehen dürfen.
Aufgewachsen war sie in Brandenburg, auf dem Gut Schönstein, das seit fünf Generationen ihrer Familie gehörte.

Behütet, verwöhnt, verzärtelt von einer kränklichen Mutter; sie lächelte mit abgewandtem Gesicht, vielleicht war ihre Mutter ebenso schlau gewesen, sich den Aufmerksamkeiten ihres Gatten auf diese Weise zu entziehen?
Melanie konnte sich noch gut daran erinnern, daß, ebenso wie Anatol heute, ihr Vater nur zur Abendtoilette im Zimmer ihrer Mutter weilte, während sie ihr dichtes, tiefschwarzes Haar bürstete, wie sie jetzt.
Anatol saß neben dem Fenster in einem der seidenen Fauteuils, die er kürzlich aus London hatte kommen lassen; er trug eine höchst elegante Abendjoppe von E. Braun.
Was tat Anatol, wenn sie ihn nach dem Gute-Nacht-Kuß, die Augen schon halb geschlossen, fortsandte?
Hielt er sich noch die kleine Schauspielerin vom Thalia, deren Foto er einmal achtlos auf seinem Schreibtisch in der Bibliothek hatte liegenlassen?
Nun, ihr sollte es recht sein. Männer brauchten das. Und solange es ohne Skandal geschah – wen kümmerte es da?
»Ich glaube, du wirst Ernst Schwarzenburg bald verlieren«, sagte sie nun, während sie ihr Haar in die beiden Zöpfe flocht.
Anatol sah von dem Schreiben auf, in dem er bisher gelesen hatte. »Meine Liebe, ich habe ihn schon verloren.«
»Ach?«
»Wir hatten vor dem Essen ein längeres Gespräch. Nichts wurde deutlich ausgesprochen, aber irgend etwas muß in Petersburg geschehen sein.«
»Er wird dir fehlen, nicht wahr?«
»Ja. Das wird er. Denn er war mir wie ein Sohn.«

»Anatol, wenn ich gesünder wäre –«
»Laß nur, meine Liebe, errege dich nicht. Ich bin dir dankbar für die drei schönen Töchter, die du mir geboren hast.«
Und wenn deine kleine rothaarige Schauspielerin dir einen Sohn schenken würde, was würdest du dann tun? Fast hätte sie es gefragt.
Aber natürlich tat sie es nicht. Und wie sollte eine Antwort auf eine solche Frage schon aussehen?
Nichts würde geschehen. Er würde ihr statt der Wohnung ein Haus einrichten, würde finanziell für den Jungen sorgen und sich vielleicht im geheimen an seinem Dasein freuen.
»Biete Ernst doch mehr Geld.«
»Man kann ihn nicht kaufen.«
»Ist sie die treibende Kraft? Christine?«
»Sie will etwas Nützliches tun.«
»Will sie an einer Schule unterrichten? Tatsächlich?«
»Ja, und möglichst dort, wo es Armut und Not gibt, wahrscheinlich.«
»Seltsam, alle Elsässer scheinen von der Idee der Wohltätigkeit besessen zu sein. Denk doch nur an den jungen Mann, den sie kürzlich zu Gast hatten. Albert Schweitzer, so hieß er doch?«
»Ja, meine Liebe.«
»Stell dir vor, er will nach Afrika gehen, um dort ein Hospital aufzumachen. Und Christine Welsch hat mir erzählt, daß einige ihrer Onkel als Missionare tätig sind oder waren.«
»Warum nennst du sie immer bei ihrem Mädchennamen?«
»Ach, ich weiß nicht. Eine dumme Angewohnheit vielleicht.«

In Wahrheit geschah es, weil sie Christine als etwas Besonderes sah, ein Mensch, ganz in sich geschlossen, durch nichts zu beeinflussen oder zu verändern. Und sie darum beneidete.

Christine war gewiß nicht schöner, keineswegs eleganter und auch nicht reizvoller als die jungen Frauen ihrer Umgebung, und doch, wenn sie einen Raum betrat, wenn sie lächelte, wenn sie einen ansah mit ihren großen, grauen, ewig fragenden Augen, dann geschah etwas Besonderes, nichts Greifbares, nichts Erklärliches, nur an den eigenen kleinlichen Egoismus wurde man erinnert – und schämte sich seiner.

»Im Mittelalter hätte man sie vielleicht als Hexe verbrannt«, sagte Melanie.

»Wie bitte?«

»Ach nichts.« Sie lachte verlegen.

Anatol stand auf, kam zu ihr, sie sah im Spiegel des Frisiertisches seine Augen. »Du bist heute abend besonders kapriziös, will mir scheinen.«

»Und so schrecklich müde, mein Lieber.«

»Nun«, er biß sich auf die Lippen, »dann will ich dich nicht länger vom Schlaf abhalten.«

»Du bist so rücksichtsvoll.«

»Gute Nacht.« Er küßte ihr Haar.

Sie lauschte seinem Schritt. Er ging nicht zu seinem Zimmer.

Wenig später hörte sie unten die Haustür ins Schloß fallen, dann das Anspringen des Daimlers.

Sie hatte Anatol fortgeschickt, wohl geradewegs in die Arme seiner kleinen rothaarigen Schauspielerin. Und das, ohne es zu wollen.

Melanie blickte in den Spiegel und sah, wie Röte in ihre Wangen stieg.

Ob sie Anatol liebt? Und auch im Bett mit ihm glücklich ist?

Daß es so etwas gab, wußte sie, ihre Freundinnen sprachen mehr oder weniger offen darüber, allerdings ergab es sich meist im Zusammenhang mit ihren Liebhabern.

Vielleicht sollte ich das auch einmal ausprobieren, dachte Melanie, während sie die Ringe von ihren schlanken, weißen Fingern streifte, vielleicht war es anders mit einem jungen Mann oder zumindest mit einem gleichaltrigen?

Ausgerechnet Christine Welsch brachte sie auf diese Gedanken, und deswegen war sie froh, wenn sie fortging.

Nein, sie weinte Christine gewiß keine Träne nach, im Gegenteil, erlöst würde sie sein, nicht mehr stets an ihre eigene Nutzlosigkeit erinnert zu werden.

»Du bist so schweigsam heute abend«, sagte Mari-Lu. So schrieb sie ihren Künstlernamen, so wollte sie genannt werden.

Ihr Kopf lag auf Anatols breiter, dunkelbehaarter Brust, ihr rotes Haar roch wie immer ein wenig säuerlich nach Zitronen; als junges Mädchen hatte sie Essig benutzt, um ihr Haar nach der Wäsche zu spülen und ihm den roten Kupferschimmer zu erhalten. Zitronen konnte sie sich erst jetzt leisten.

Mit ihren Eltern war sie als Kind aus Polen gekommen, und sie hieß tatsächlich Walewska, wie einstmals jene Gräfin, an der Napoleon so viel Entzücken gefunden haben sollte.

Aber wie von allem, was sie an ihre polnische Heimat

erinnerte, hatte sie sich, kaum siebzehnjährig, von ihrem Elternhaus und ihrem Namen getrennt.
Als Verkäuferin in einer Parfümerie hatte Anatol sie kennengelernt, ein Mädchen mit violett schimmerndem Teint; vielleicht eine Folge des Hungers, der sie ihr Leben lang begleitet hatte.
Melanie wußte nicht, daß Mari-Lu seine erste Eskapade in ihrer zwanzigjährigen Ehe war; sie sollte es auch nie erfahren.
Er hatte Mari-Lu nach einem einmaligen Besuch in dem dunklen, naßkalten Loch ihres möblierten Zimmers, das eigentlich nichts anderes als ein ausgebauter Kellerraum war, daraus befreit und ihr diese kleine verschwiegene Wohnung im Hinterhaus Auf dem Steg 19 eingerichtet.
Wie eine kleine dankbare Katze oder ein Hündchen hatte sie in den ersten Monaten stets auf ihn gewartet, bis er spürte, daß ihr Nichtstun, das Warten auf ihn sie unruhig machte.
Da hatte er sie gefragt: »Was möchtest du tun?«
Und sie hatte geantwortet: »Ich möchte Schauspielerin werden.«
Seither nahm sie Unterricht bei Madame Palour, einer Französin, die einer großen Liebe im siebziger Krieg nach Berlin gefolgt war, nur um mitzuerleben, wie der Geliebte sich, verstoßen von seiner Familie, ausgestoßen aus seinem Regiment, eine Kugel durch den Kopf schoß.
Die Palour war eine gute Schauspielerin in Paris gewesen, und es konnte gewiß nichts schaden, wenn Mari-Lu einiges von ihr lernte.
Manchmal deklamierte sie Rollen für Anatol, und er beglückwünschte sie zu ihrer Ausdruckskraft, obwohl ihm eher nach schallendem Lachen zumute gewesen wäre.

Denn so schön Mari-Lu war – so häßlich, weil piepsig und schrill, wurde ihre Stimme, wenn sie sich hob.
»Schweigsam bist du«, wiederholte sie jetzt, »und gar nicht lieb zu deiner kleinen Mari-Lu.«
»Ernst Schwarzenburg wird fortgehen.«
»Und das trifft dich so?«
Sie hob ihren Kopf, stützte ihr ein wenig spitzes Kinn in die kleine, magere Hand.
Wenn Anatol ihr beim Essen zusah, dachte er an eine ausgehungerte Wölfin, aber sie nahm nicht ein einziges Gramm zu.
»Ernst war wie mein Gewissen.«
»Du hast selbst ein Gewissen«, sagte sie.
»Hätte ich das . . .«, er verstummte.
»Du wolltest sagen, dann wärest du jetzt nicht bei mir?« Mari-Lu rückte ein wenig von ihm fort.
»Ich wollte dich nicht kränken.«
»Aber du tust es. Ich habe dich lieb, Anatol. Und deine Frau liebt dich nicht. Nein, laß mich einmal aussprechen, was ich denke. Meine Eltern waren immer arm, und sie haben sich oft gestritten, wegen uns Kindern, wegen dem Geld, das sie nicht hatten. Aber nachts, da gehörten sie zusammen. Ich schlief im selben Zimmer wie sie, bis ich siebzehn war. Und wenn sie sich umarmten in der Nacht, war ich glücklich. Denn dann wußte ich, wenigstens morgens noch, beim Frühstück, würden sie gut miteinander sein, was immer auch der Tag bringen mochte. Ich habe dich lieb, Anatol, wie meine Mutter meinen Vater liebhatte. Und nicht, weil du mir Geld gibst, damit ich eine Schauspielerin werden kann. Ich habe dich lieb, weil du nachts zu mir kommst und ich dann nicht allein bin.«
»Ich könnte dein Vater sein.«

»Nein, das könntest du nicht, denn ich wünschte, ich hätte ein Kind von dir.«
Er setzte sich auf. »Was sagst du da?«
»Ich wünsche mir ein Kind von dir.«
Ihm war, als hätte er einen Whisky pur zu schnell getrunken. »Das ist nicht dein Ernst!«
»Doch. Und ich wünschte, es würde ein Sohn.«
»Ein Sohn?« Seine Stimme klang heiser.
»Ja, denn das brauchst du. Du brauchst einen Sohn.«
»Einen Sohn«, wiederholte er wie ein Tölpel, denn er konnte sich nicht vorstellen, daß Mari-Lu, die ja selbst noch ein Kind war, schwanger werden könnte.
Wie sollten ihre kleinen Brüste anschwellen, wie der magere Leib sich füllen, das so enge rachitische Becken sich weiten?
»Wenn du es nicht willst –«
Er schluckte, schüttelte den Kopf.
»Wenn du es nicht willst, wird es wahrscheinlich ja nicht geschehen. Aber wenn es geschieht, Anatol, dann versprich mir eines, schick mich nirgendwohin, ich meine, zu keinem Arzt und zu keiner von den Frauen, die Mittel dagegen kennen. Nur das. Nichts anderes.«

Neun Monate später, am 13. November 1909, wurde Mari-Lu von einem gesunden, vier Kilo schweren Jungen entbunden.
Sie gebar ihn in ihrer Wohnung, und Anatol Gugenheimer wartete wie alle Väter nervös, aufgeregt, bis es endlich so weit war, daß er seinen Sohn sehen durfte.
Anatol brachte es nicht fertig, dies vor Melanie geheimzuhalten. Es brach einfach aus ihm heraus, während er ihr bei der Abendtoilette zuschaute.

Sie hielt nur den Bruchteil einer Sekunde im Striegeln ihres langen schwarzen Haares inne, zu dem sie zwei elfenbeinerne Bürsten benutzte.
»Wie willst du ihn nennen?« fragte sie dann, und ihre Stimme klang wie immer.
»Mein Vater hieß Michael.«
»Nun, der scheint mir so gut wie jeder andere Name.«
»Mehr sagst du nicht dazu?« fragte er verblüfft. »Du machst mir keine Vorwürfe?«
Melanie lächelte ihm im Spiegel zu.
»Dinge, die einmal geschehen sind, kann man doch nicht ungeschehen machen.«
»Nein, das kann man nicht. Verzeihst du mir?«
»Nun, es ist doch etwas, woran du dich erfreuen kannst?«
»Ja, das ist es wohl.«
»Nun, dann tue es.«

Zwei Monate später nahm sich Melanie einen jungen Liebhaber. Sie tat es so diskret, wie ihr Mann Mari-Lu und seinen Sohn unterhielt. Ihre Töchter waren im Pensionat.
Warum sollte sie nicht auch eine Freiheit genießen, die niemandem weh tat?

Außer seiner eigenen Frau erfuhr noch ein zweiter Mensch von dem freudigen Ereignis, wie Anatol Gugenheimer es in seinem langen, überschwenglichen Brief nannte.
Das war Ernst Schwarzenburg.
»Worüber schmunzelst du?« fragte Christine und

schaute von den Heften auf, die sie wie allabendlich im Schein der grünen Leselampe an seinem Schreibtisch korrigierte.
»Eigentlich ist es ein Geheimnis, aber da ich keine vor dir habe, Anatol hat einen Sohn bekommen.«
»Von wem?«
»Genau das ist es ja, von der kleinen Mari-Lu.«
»Und was sagt Melanie dazu?«
»Höre, was Anatol schreibt: ›Die größte Überraschung bereitete mir meine geliebte Melanie. Sie sagte doch wahrhaftig, ich solle mich an meinem Sohn erfreuen, und sie hatte nichts dagegen einzuwenden, daß ich meinem Sohn den Namen meines verehrten Vaters – Gott hab ihn selig – gab. Mein Sohn heißt Michael, er ist nun schon ein Jahr und vier Monate. Die Freude und das Glück, das er mir schenkt, kennen keine Grenzen . . .‹«
»Na, das kann ich mir vorstellen.« Ernst legte den Brief zur Seite.
»Und du siehst aus, als beneidest du ihn darum.«
»Hättest du denn etwas dagegen, wenn wir einen Sohn bekämen?«
Sie schüttelte den Kopf, lächelnd, wie nur Christine lächelnd konnte.
Sie stand langsam auf und drehte sich ebenso langsam vor ihm. »Fällt dir nichts an mir auf?«
»Nein – doch. Du bist ein bißchen voller geworden?«
»Ich werde von Tag zu Tag dicker.« Sie lachte hell.
Er hielt sie in den Armen. »Seit wann weißt du es?«
»Ganz sicher erst seit heute morgen.«
»Und – du hast diesmal keine Angst davor?«
»Überhaupt nicht. Ich glaube, ich habe mich noch nie in meinem ganzen Leben so gesund und kräftig gefühlt!«

»Aber du mußt jetzt aufhören zu arbeiten. Du darfst nicht mehr in die Schule gehen.«
»Gerade das tut mir doch gut, Ernst, die Bewegung. Ich spüre richtig, wie gelenkig ich bleibe. Ich spüre richtig, wie gut es mir bekommt.«

Im dritten Jahr lebten sie nun schon in Hamborn-Marxloh.
In nichts ließ sich diese kohlenstaubgraue Stadt mit Berlin vergleichen.
Zwar war die Wohnung, die sie in der Vetterstraße gemietet hatten, beinahe ebenso groß wie die in Berlin, doch sah man vom Salon, Herren- und Speisezimmer auf den Kolonialwarenladen herab, vor dem das Faß mit den Salzheringen, die Steinguttröge mit den Salzbohnen und dem Sauerkraut standen. Wenn sie morgens die Fenster öffneten, zog der würzige Geruch frisch gebakkenen Brotes aus der Bäckerei von nebenan zu ihnen herauf.
Die Schlafzimmer und die Küche schauten auf einen lichtlosen Hof, in dem ein Fliederbaum längst sein Wachstum aufgegeben hatte.
Ernst war in die Stadtverwaltung eingetreten – ihm unterstand die Sittenpolizei. Christine unterrichtete an der Elisabeth-Volksschule die dritte und vierte Klasse.
Weder ihre Berliner Freunde noch die Familie in Straßburg verstanden, warum sie sich ausgerechnet das Ruhrgebiet als Wirkungskreis ausgesucht hatten.
»Weil es dort die Ärmsten der Armen gibt«, hatte Christine gesagt und prompt verlegenes Schweigen heraufbeschworen.

Statt Wäldern am Horizont kannten die Kinder in Christines Klassen nur die Fördertürme, statt der Sterne sahen sie im ewig verrußten Himmel den Widerschein der Zechenfeuer.
Eine stürmische Diskussion rief hervor, als Christine bei der dritten halbjährlichen Lehrerkonferenz unter Vorsitz des Schulrates darauf bestand, daß regelmäßige Ausflüge für alle Klassen, mindestens einmal im Monat, eingeführt werden müßten.
»Wie sollen wir da jemals unser Pensum erfüllen?« fragte Fräulein Meier-Müllerstein. Sie unterrichtete Mathematik.
»Was nützt es den Kindern, wenn sie das große Einmaleins beherrschen, aber einen Baum nicht vom anderen unterscheiden können?«
»Sie sind noch viel zu kurz bei uns, Frau Schwarzenburg, um sich ein Urteil erlauben zu können. Die Kinder fehlen viel zu häufig, als daß man ihnen willentlich auch noch freie Tage dazu schenken könnte.«
»Sie fehlen, um den Verdienstausfall zu ersetzen, wenn einer der Elternteile krank wird oder eines der älteren Geschwister. Und in den Ferien arbeiten sie auch. Aber Kinder brauchen frische Luft, brauchen die Natur. Ich habe in meiner Klasse Kühe zeichnen lassen; die meisten sahen aus wie Hunde oder Pferde. Und ich stellte fest, daß von meinen achtundzwanzig Schulkindern erst zwei jemals eine lebendige Kuh gesehen hatten«, entgegnete Christine sachkundig.
»Aber wo wollen Sie mit den Kindern hin auf Ihren Ausflügen?«
»An die grüne Ruhr.«
»Meine liebe Frau Schwarzenburg, wie wollen Sie dorthin kommen?« fragte der Schulrat.

»Ich werde halt ein Pferd und einen Leiterwagen mieten.«
»Und wer soll das bezahlen? Wer soll überhaupt für die daraus entstehenden Unkosten aufkommen? Frische Luft macht hungrig. Wenn Sie den Tag über mit den Kindern in der freien Natur verbringen wollen, müssen Sie dafür sorgen, daß diese auch etwas Kräftiges zu essen bekommen.«
»Ein Butterbrot und ein Glas Milch, ein Apfel dazu, das wird schon reichen.«
»Sie sind eine Optimistin«, sagte Fräulein Meier-Müllerstein.
Der Schulrat meinte, man könnte erwägen, einen Bazar abzuhalten und den Erlös auf einen solchen Ausflug zu verwenden.
»Es geht nicht um einen Ausflug, es geht mir um eine ständige Einrichtung. Die Kinder sollen nicht erst auf den Geschmack gebracht und dann enttäuscht werden«, sagte Christine.
»Vielleicht könnte man einen oder zwei Höfe finden, deren Besitzer bereit wären, die Kinder mit leichter Erntearbeit zu beschäftigen«, meinte Herr Winzer, der Zeichnen und Sport unterrichtete, »und sie dafür beköstigen?«
»Alles in allem finde ich die Idee weiß Gott nicht schlecht«, sagte der Schulrat. »Es fragt sich nur, ob sie sich auch in die Tat umsetzen läßt!«

Sie ließ sich in die Tat umsetzen.
Ernst machte einen Hof bei Hattingen ausfindig, wo die Kinder mittags essen würden, dafür sollten sie beim Aussortieren von Frühäpfeln helfen.

Der erste Ausflugstag wurde auf den 7. Juni 1911 gelegt.
Christine wachte früh schon um sechs Uhr auf.
Leichtfüßig, obwohl sie nun schon im siebten Monat war, lief sie zum Fenster, zog die Vorhänge auf.
Bleiern lastete der Himmel über der Stadt, und die Luft roch wie immer nach Kohle. Unten flatterten zwei Tauben um den Fliederbaum, sie sahen fast weiß aus, und Christine nahm es als gutes Omen.
Ernst murmelte Unverständliches im Halbschlaf, als sie ihm die Morgentasse Tee brachte.
Er drehte sich noch einmal auf die andere Seite.
Letztlich hatte ihm die Malaria wieder häufiger zu schaffen gemacht, und seine Wangen hatten eine ungesunde gelbliche Tönung.
Christine strich ihm das Haar aus der Stirn, er richtete sich, immer noch schlaftrunken, auf.
»Willst du nicht mitkommen?« fragte sie. »Heute ist der große Tag der grünen Ruhr.«
»Und ob ich mitkommen möchte!« Er massierte sich die Schläfen. »Aber wir haben heute eine Ratssitzung.«
»Zum Abendbrot bin ich zurück.«
»Nimmst du Anna mit?«
»Ja, natürlich.«
»Wird es dir auch nicht zuviel?«
»Aber Ernst, du weißt doch, diesmal fühl' ich mich so pudelwohl wie nie zuvor.«
Christine ging ins Badezimmer, ließ handwarmes Wasser in die Wanne laufen.
Sie streifte ihr Nachthemd über den Kopf, betrachtete sich minutenlang im hohen Spiegel neben dem Waschbecken.
Als sie Anna erwartete, hatte sie sich nie anschauen mö-

gen, diesmal verfolgte sie jedes Stadium ihrer Schwangerschaft mit Freude und mit Stolz.
Sie legte ihre Hände auf ihren Leib und lauschte einen Moment lang den kräftigen Bewegungen ihres Kindes.
Sie wünschte sich für Ernst, daß es ein Sohn würde.
Nein, die Hauptsache war, es würde gesund sein.
Vorsichtig stieg sie in die Wanne, ließ sich langsam in das warme Wasser nieder.
Sie seifte sich mit der Lavendelseife ein, die Mama Stella ihr gesandt hatte.
Ernst kam herein, begann sich zu rasieren.
»Sei nur vorsichtig, wenn du auf den Leiterwagen steigst. Und vor allem such dir nicht unbedingt die schlechtesten Straßen aus.«
»Natürlich nicht. Ich werde schon vorsichtig sein. Du hättest die Kinder gestern erleben sollen, so etwas von Aufregung . . . Ich wette, die haben alle die halbe Nacht nicht geschlafen.«
Später half Ernst ihr beim Ankleiden. Sie wählte ein leichtes, grauweißkariertes Baumwollkleid, dazu einen Strohhut mit grünem Band.
»Du siehst aus wie eine frivole Schäferin«, grinste Ernst.
»Hoffentlich kann ich den Kindern ein paar Schafe zeigen«, lachte Christine.
Ach, sie war glücklich an diesem Morgen. Unten vor dem Haus wartete der Leiterwagen, Ernst hatte ihn vom Kohlenmann gemietet, das Zaumzeug blitzte, der Gaul wieherte, als wisse er, daß er diesmal eine viel leichtere Last zu ziehen habe.
Die Nachbarinnen liefen zusammen. Herr Röschke, der Kolonialwarenhändler, schenkte Christine eine riesige Tüte mit Bonbons für »ihre Kinder«.

Zehn Minuten Wegs waren es bis zur Schule. Christine kutschierte selbst, neben sich Netta mit Anna. Sie ließ den Leiterwagen vor dem Schulhof halten.
In ihrer Klasse fand sie elf Schüler und Schülerinnen vor. Zwei trugen stolz grünlackierte Botanisiertrommeln zur Schau, die anderen hatten nur kleine Leinensäcke oder einfach Papiertüten.
»Ausgerechnet heute kommen so viele zu spät?« sagte Christine noch leichthin, aber schon von unangenehmer Ahnung erfüllt.
Helmine Ritter, Tochter des Apothekers, meldete sich: »Fräulein, die anderen kommen nicht«, sagte sie schadenfroh.
»So? Und woher weißt du das?« Christine nahm ihren Hut ab, legte ihn neben sich aufs Pult.
»Die anderen haben kein Geld!«
»Ihr solltet alle nur zwanzig Pfennig mitbringen – und auch nur für den Notfall. Ich glaube, daß keiner von euch Geld brauchen wird.«
»Meine Mutter sagt, die meisten können sich nicht mal zehn Pfennig für so etwas erlauben, und meine Mutter ist im Wohlfahrtsverein.«
»Deine Mutter weiß gewiß sehr viel«, sagte Christine. »Aber nun steht alle auf, wir wollen das Morgengebet sagen und dann unser Morgenlied singen.«
Sie sprach mit den Kindern das Vaterunser, ließ dann »Das Wandern ist des Müllers Lust« anstimmen.
Der kleine rothaarige Otto Körner stahl sich noch herein; er kam immer zu spät.
Sie sangen auch noch »Am Brunnen vor dem Tore«.
Aber keines der anderen Kinder erschien.
Zwanzig Pfennig waren also zuviel für einen Tag in der frischen Luft, im Grünen . . .

Aber so schnell wollte Christine nicht aufgeben.
Statt geradewegs mit den zwölf Kindern die Stadt zu verlassen, fuhr sie nacheinander bei allen anderen Schülern vorbei.
Eine Grippewelle schien ausgebrochen zu sein – zumindest behaupteten das die Mütter.
»Aber der Ausflug kostet die Kinder nichts«, sagte Christine ein übers andere Mal, »und die frische Luft kann ihnen auch bei Grippe nichts schaden.«
Schließlich hatte sie ihre achtundzwanzig Kinder beisammen.
Als sie die Stadt verließen, wurde der Himmel blau, das Land grün, im Fluß spiegelten sich Himmel und Bäume.
Und erst da sah sie, wie grau die Gesichter der Kinder in Wahrheit waren, wie der Kohlenstaub in ihren Poren saß.
Sie sahen Kühe und Pferde, sie sahen einen Schäfer mit einer Schafherde, auf einer Wiese erlaubte ein Bauer ihnen, Kirschen von den Bäumen zu schütteln.
An einem Bach zogen sie Schuhe und Strümpfe aus und planschten im Wasser.
Auf dem Hof des Bauern, wo sie Frühäpfel sortierten, aßen sie ein kräftiges Mahl.
Es gab hausgeräucherte Blut- und Leberwurst, Schwarzbrot und saftige grüne Gurken dazu und Sauermilch mit Zimt und Zucker, soviel die Kinder wollten.
Die Kinder schienen in einem Delirium der Freude.
Auf dem Heimweg, es wurde schon dunkel, schliefen sie auf den Strohsäcken des Leiterwagens aneinandergekuschelt.
»War es ein schöner Tag?« fragte Ernst.

»Vielleicht der schönste Tag meines Lebens«, sagte Christine.
In der Nacht begannen die Wehen.
Sie brachte ihre zweite Tochter zwei Monate zu früh zur Welt.
Diesmal hielt sie die ganze Zeit Ernsts Hand und sagte keinen fremden Namen mehr.
Drei Wochen später nahm sie ihren Schuldienst wieder auf. Ab sofort gehörte der Schulausflug für jede Klasse einmal im Vierteljahr zum festen Lehrplan.
Und selbst im Winter, wenn Schnee lag, der Frost den Atem in kleine Nebelwolken verwandelte, ließen sie sich nicht davon abhalten. Christine war glücklich.
Im November 1912 litt Ernst zum erstenmal unter einer Wahnvorstellung.
Es geschah ausgerechnet an jenem Abend, als sie das neue Ensemble des Stadttheaters zu sich geladen hatten.

13

Neben dem Schuldienst, dem Vorsitz über den privaten Kindergarten, den Christine gegründet hatte für die Halbwaisen der Grubenarbeiter, neben ihren Schulausflügen und Musikstunden, die sie ihren begabten Schülern umsonst gab, fand Christine auch noch Zeit, im städtischen Chor zu singen.
Bei Wohltätigkeitsveranstaltungen, die vor allem um die Weihnachtszeit stattfanden, sang sie oft und gern ihre geliebten Schubert-Lieder.
Durch den Leiter des Chors, Musikdirektor Kauke, lernte sie auch die Schauspieler des Stadttheaters kennen, und bald ergab es sich, daß die Damen und Herren nach einer Premiere, wenn der letzte Vorhang fiel, noch gern zu Gast bei den Schwarzenburgs waren.
Christine ließ dann die winzigen Sandwiches reichen, deren Zubereitung sie von Stella gelernt hatte. Es gab Kaffee und Tee, aber auch elsässischen Wein und für die Herren, wenn sie zur Zigarre etwas Stärkeres vorzogen, einen Framboise oder einen Pflaumenschnaps.
An einem dieser Abende rauchte Christine ihre erste Zigarette, eine Papirossa mit langem Pappmundstück, und später aus Scherz ihre erste Zigarre.
Ernst genoß diese Abende in so aufgeschlossener und fast immer heiterer Gesellschaft sehr.

Er sprach wenig über seine Arbeit, seinen Dienst, aber Christine wußte auch so, daß dieser nicht leicht war. Hatte sie doch schon mit eigenen Augen gesehen, wie sich dreizehn- und vierzehnjährige Mädchen an den Fabriktoren anboten, hatte sie doch selbst in ihrer Schule häufig genug mit Diebstählen und Raufereien fertig zu werden.

Und Ernst hatte tagaus, tagein mit den Verlorenen, mit Säufern und Huren, mit Dieben und manchmal auch mit Gewaltverbrechern zu tun.

Sie wußte, daß er sich alles, was er zu hören und zu sehen bekam, sehr zu Herzen nahm, sie wußte, daß er zu helfen versuchte, wo er konnte; manchen Abend kam er so erschöpft nach Hause, daß er kaum in der Lage war, Abendbrot zu essen.

»Früher war Papa viel lustiger«, sagte Anna einmal, und Christine fragte sich, ob sie recht daran getan hatten, von Berlin fortzugehen.

Netta war mit ihnen aus Berlin gekommen, aber sie hielt es nicht ewig in Hamborn aus.

»Nee, so mittenmang im Kohlenpott, das ist nichts für mich. Wenn ick morjens die Wäsche zum Trocknen aufhäng, kann ich se mittags schon wieder in die Bütt stekken. Mit all dem Ruß. In Berlin is man wenigstens die Luft sauber . . .« Vor ihrem tränenreichen Abschied nach Lillis Geburt hatte sie Liesel angelernt, das fünfte von zehn Kindern, deren Vater beim letzten Grubenunglück unten geblieben war. Bei ihnen zu Hause gab es nur sonntags aus zwei Oberländern und einem Viertel Gehacktem einen Braten, und als Christine Liesel die ersten Schuhe kaufte – genau passend –, weinte das Mädchen, als könnte es nie mehr aufhören.

Auch Liesel liebte die Theaterabende über alles; da zog sie ihr schwarzes Alpakakleid an, dazu das weiße Spitzenhäubchen und die mit Volants verzierte Servierschürze. Ihr dünnes sandfarbenes Haar klebte dann immer noch ein bißchen feucht an ihren Schäfen, weil sie es regelmäßig auf die letzte Minute wusch.

So war es auch an diesem Abend.

Aufgeregt huschte sie zwischen Salon, Speisezimmer und Küche hin und her, füllte Schalen mit Trauben und Nüssen, legte glänzendrote Weihnachtsäpfel dazu, trug die Platten mit den Canapés auf die Kredenz, wo sie bis zum Verzehr mit dünnen Gazetüchern abgedeckt wurden.

Sie füllte die Karaffen mit Wein und Likör und dem alten Framboise, sortierte in die Jade- und Sandelholzkästen Zigaretten und Zigarren.

Zwischendurch brachte Liesel Anna ins Bett, gab Lilli ihre Flasche, fand Zeit, Christine bei ihrer Abendfrisur zu helfen; sie flocht das schwere braune Haar in zwei Zöpfe, die wie eine Krone um den Hinterkopf geschlungen wurden – und trug auf dem stummen Diener Ernsts Frackhemd herein, das noch nach Stärke und Plätteisen roch.

»Bringen Sie auch das Fräulein Maren mit?« fragte sie.

»Aber sicher, die Maren singt heute abend die Isolde.«

»Darf ich ihr die Hand geben, Frau Schwarzenburg? Nur ein einziges Mal, und ihr sagen, wie wunderbar ich sie finde?«

»Sicher. Sie wird sich darüber freuen.«

»Ist sie denn nicht hochmütig?«

»Aber ganz und gar nicht. Sie ist sehr lieb und bescheiden.«

»Ich habe gehört, sie war auch ein Arbeiterkind?«
»Ja, ihr Vater war Schuster in Wien.«
»Und dann ist sie so eine große Sängerin geworden?«
»Wenn man Mut hat und Talent, kann einem alles gelingen.«
»Ich hätte nie den Mut.«
»Was möchtest du denn gern werden, wenn du es könntest?«
»Ich – ach, gar nichts.«
»Liesel, mir kannst du es doch sagen!«
»Ach, ich male halt gern. Aber nicht gut. Nein, nur so ein bißchen halt. Meine Geschwister hab' ich gezeichnet und einmal unseren Garten.«
»Zeigst du mir deine Zeichnungen mal?«
»Aber damit halte ich Sie doch nur auf. Sie haben doch immer so viel zu tun.«
»Mein Mann ist noch im Bad. Und ich bin schon fertig. Hol sie halt.«
»Wirklich?«
»Na, lauf schon!«
In knapp einer Minute war Liesel zurück, legte einen abgegriffenen Zeichenblock von der billigsten Sorte vor Christine hin.
Es zog ihr die Kehle zu, als sie die erste Zeichnung sah; eine angedeutete Backsteinmauer, dahinter ein Förderturm. Davor ein kümmerlicher Baum – und mitten darin eine große, vollerblühte Rose.
Auf den nachfolgenden Blättern sah sie Liesels Geschwister, den dicken Hans, »wenn man nicht aufpaßt, frißt er uns die Haare vom Kopf«, kommentierte Liesel, Margret mit ihrer Stoffpuppe, ein großer hungriger Mund in einem spitzen Gesicht.
So ungelenk und ungeschult die Zeichnungen waren, sie

rührten an, ob man wollte oder nicht; man konnte sie nicht gleichgültig betrachten.
»Ich werde dir Stunden geben«, sagte Christine. »Und Farben werden wir kaufen. Einen schönen Aquarellkasten.«
Liesel hielt den Atem an. »Wirklich?« flüsterte sie dann, »ist das auch wahrhaftig wahr?«
»Aber sicher.«
»Ich weiß gar nicht, was ich sagen soll, wie ich Ihnen danken soll.« Liesel griff nach Christines Hand, aber ehe sie die noch an ihre Lippen ziehen konnte, umarmte Christine das Mädchen.
»So gut wie Sie war noch niemand zu mir«, sagte Liesel. »Meine Mutter nimmt uns nie in den Arm. Nicht mal die Kleinsten.«
»Lauf jetzt«, sagte Christine, »und denk dran, daß für halb zwölf der Tee bereitsteht ...«
»Ja, ja, ich denke an alles. Ganz bestimmt.«
Christine ging zum Bad, sie klopfte sachte an. »Ernst? Es wird Zeit ...«
Kam es ihr nur so vor, oder war er schon eine Ewigkeit dort drin?
Die Tür öffnete sich einen Spalt, er reckte den Kopf vor, schaute schnell im halbdunklen Flur nach rechts und links, trat dann ebenso rasch vor, schloß die Tür hinter sich.
»Ernst, ist etwas nicht in Ordnung?«
Er schüttelte den Kopf, legte den Finger auf die Lippen, ging schnell an ihr vorbei ins Schlafzimmer.
Sie folgte ihm. Er setzte sich aufs Bett, beugte sich vor, seine rechte Hand faßte die Kante des wollenen Überwurfs, hob ihn an.
»Ernst –«

Er ließ das Tuch los, richtete sich auf, aber sie hätte schwören mögen, daß er nur eine Sekunde zuvor im Begriff gewesen war, unter das Bett zu spähen.
Er war blaß, und sie sah, daß seine Augen unstet waren. Christine setzte sich neben ihn, legte ihm den Arm um die Schulter.
»Dir ist nicht gut? Sag doch –«
»Mir ist etwas schwindelig, ich weiß nicht . . .«, seine Hand zitterte, mit der er sich über die Stirn fuhr.
»Dann bleiben wir zu Hause, du legst dich hin –«
»Nein, nein. Ich weiß doch, wie sehr du dich auf heute abend freust. Und was sollen unsere Freunde denken?«
»Glaubst du, daß du wieder einen Malariaanfall bekommst?«
»Doch nicht mitten im Winter!« Aber sein Lachen klang falsch. »Nein, nein, ich bestehe darauf, mit ins Theater zu gehen.«
»Gut, wie du willst«, sagte sie einfach.
Er stand auf, und wieder bemerkte sie diese seltsame, ruckende Kopfbewegung, wie von jemandem, der sich in einer unbekannten Umgebung befindet und sich vor einer unangenehmen Begegnung fürchtet.
Er ging zum Toilettentisch, schüttete Kölnisch Wasser in seine Hand, rieb sich Stirn und Schläfen damit.
Er schlüpfte in sein Frackhemd, sie band ihm die Schleife, half ihm beim Anlegen der Manschettenknöpfe.
»Vielleicht war das Bad zu heiß«, sagte er, »ich muß sogar ein paar Minuten darin geschlafen haben.«
»Vielleicht möchtest du noch eine Erfrischung, bevor wir ins Theater fahren?«
»Das ist eine gute Idee. Du hast immer die besten Ideen. Ein kühles Glas Sekt, das wird uns beiden guttun.«

Er war mit zwei Schritten an der Schlafzimmertür, riß sie auf. »Liesel!« brüllte er.
»Ernst, du weckst die Kinder auf!«
Aber er hörte nicht auf sie, schrie noch lauter: »Liesel, wo bleibt der Champagner? Na, wird's bald!«
»Aber Ernst, wir haben nur Wein im Haus.«
»Warum keinen Champagner? Hab' ich dir nicht tausendmal gesagt, du sollst endlich mit dieser Knauserei aufhören? Was tust du mit dem ganzen Geld? Wo versteckst du es?«
Er fuhr zu ihr herum, sein Gesicht war von Wut verzerrt. »Ich befehle dir, mir auf der Stelle zu sagen, wo du das Geld versteckt hast!«
»Ernst, ich habe nirgendwo Geld versteckt.« Das Herz klopfte ihr im Hals. Was war mit ihm los? Was geschah da mit ihm?
»Ernst, hast du – getrunken?«
»Getrunken, getrunken! Natürlich hab' ich nichts getrunken! Los, ich will wissen, was hier gespielt wird!«
Er packte hart Christines Arm. »Raus mit der Sprache!«
»Herr Schwarzenburg, Sie haben mich gerufen?« Liesel knickste in der Schlafzimmertür.
Wieder reckte er seinen Kopf vor, dann stand er den Bruchteil einer Sekunde ganz still, schließlich ließ er Christines Arm los, wandte sich um, strich sich mit der Hand über die Stirn.
»Nein, Liesel, nein, danke. Wir haben alles, was wir brauchen«, sagte er, und seine Stimme klang nun wie immer, nur ein wenig müder als sonst.
»Ich wollt' auch noch sagen, die Droschke ist schon vorgefahren.«
»Ja, danke, Liesel, wir kommen sofort.«

»Wollen wir nicht lieber hierbleiben?« fragte Christine.
Aber er schüttelte stumm den Kopf, nahm das Samtcape vom Fußende des Bettes, legte es um ihre Schultern.

Christine hatte sich so sehr auf diese Aufführung gefreut, aber nun sah und hörte sie kaum etwas davon, denn sie spürte nur eines, Ernsts Unruhe.
Er konnte einfach nicht stillsitzen, er schlug die Beine übereinander, und immer wieder sah sie, wie er sich Stirn und Schläfen rieb.
Eine Weile lang schloß er die Augen, und im Halbdunkel des Theaters, der Loge schienen ihr seine Züge seltsam verändert, leblos. Sie tastete nach seiner Hand und atmete erst auf, als er den Druck ihrer Finger erwiderte.
In der Pause tranken sie ein Glas Sekt.
»Ich habe den ganzen Tag schon widerliche Kopfschmerzen gehabt«, sagte Ernst, »aber jetzt wird mir langsam besser. Habe ich dir heute abend schon gesagt, wie schön du bist?«
Seinen wütenden Ausbruch im Schlafzimmer schien er ganz vergessen zu haben.
Was bedrückte ihn? Vielleicht hatte er wieder einen Brief von zu Hause bekommen? Christine wußte, wie sehr er darunter litt, daß seine Mutter unglücklich war.
Mit seinem Vater hatte er sich nie verstanden, seinen Bruder Franz verachtete er.
Er sprach selten von seiner Familie, und nach dem kurzen Anstandsbesuch nach ihrer Heirat – sie hatten ihre Reise nach Berlin für ein Wochenende in Köln unterbrochen – hatte Christine seine Eltern nicht wiedergesehen.

Vielleicht fürchtete Ernst sich auch nur wieder vor einem Malariaanfall und hatte im voraus zuviel Chinin genommen?
»Du schaust mich so zweifelnd an«, sagte er.
»Nein. Ich dachte, wie lieb ich dich habe.«
»Ich werde dich immer lieben, bis zu meinem letzten Atemzug.«
Bis zu seinem letzten Atemzug? Dachte er an den Tod? Er, ein siebenunddreißigjähriger Mann? Ein Mann in den besten Jahren? Ohne daß sie etwas dagegen tun konnte, schossen ihr die Tränen in die Augen.
Sie senkte schnell den Kopf. Ernst nahm ihren Arm, drückte ihn an sich. »Das ist doch kein Grund zu weinen«, sagte er zärtlich.

Es gab achtundzwanzig Vorhänge, und nachher, in ihrer Garderobe, weinte die Maren vor Glück, daß es glitzernde Fäden durch die dicke Schminke zog. Sie umarmte alle Welt und rief ein übers andere Mal: »Ich bin ja heut' so glücklich!«
In vier Droschken fuhr das Ensemble zu den Schwarzenburgs nach Hause.
Salon und Eßzimmer füllten sich mit Gelächter und ausgelassenen Stimmen. Die Maren verschlang ohne Rücksicht auf ihre Diät, die aus Staudensellerie und Sauermilch bestand, hin und wieder auch geschabten Karotten, eine Unmenge der Sandwiches und ließ sich in der Küche von Liesel noch rasch Schmalzkringel bakken.
Ludwig Tannert, der den Tristan gesungen hatte, setzte sich ans Klavier, und ein, zwei Paare tanzten sogar den gewagten neu aufgekommenen Tango.

Anna stahl sich herein und wanderte von einem Armpaar, von einem Schoß zum anderen.
Sie gab ihr »Sur le pont d'Avignon« zum besten, das Christine sie gerade erst gelehrt hatte.
Ernst schien glücklich, wenn auch nicht ausgelassen; eher wie ein Vater, der das muntere Treiben einer großen Kinderschar wohlwollend beobachtete. Dann schien er plötzlich verschwunden.
Die Maren zog Christine schließlich zur Seite, flüsterte ihr ins Ohr: »Liebe, ich müßt' halt mal pippeln gehen. Aber der Herr Gemahl ist schon seit Stunden in Ihrem Bad. Und eingeschlossen hat er sich auch.«
»Ich schau gleich nach.«
Christine ging hinaus, schloß die Tür des Salons hinter sich. Auf der Schwelle des Bades war ein Lichtstreifen zu sehen. Die Tür war abgeschlossen.
»Ernst!«
Ein scharrendes Geräusch antwortete ihr.
»Ernst, so mach doch bitte auf.«
Wieder dieses scharrende Geräusch.
»Ernst, bitte!«
Da drehte sich der Schlüssel im Schloß.
Sie schob die Tür gegen einen Widerstand auf.
Ernst kniete dahinter auf dem Boden.
Auf die Hände gestützt.
Sein Gesicht hob sich langsam. Es war totenbleich.
»Paß auf«, flüsterte er, »paß auf. Sie sind überall!«
Seine Hände machten kreisende Bewegungen nah über dem Boden. Zuckten zurück.
Sie hörte ihn rasselnd, stockend atmen.
Schnell schloß sie die Tür hinter sich, drehte den Schlüssel um. Sie kniete vor Ernst nieder, packte ihn bei den Schultern.

»Ernst, erkennst du mich?«
Seine Augen sahen sie leer an.
»Sie sind überall«, flüsterte er, »überall. Sie kommen aus der Wanne. Siehst du, sie kommen aus der Wanne.«
Die Wanne war leer und weiß.
»Was denn?« fragte sie, »was denn, Ernst? Was kommt aus der Wanne?«
»Asseln. Die Asseln. Du siehst es doch selbst.«
»Ernst, erkennst du mich?«
»Wir dürfen sie nicht rauslassen. Sonst werden's immer mehr.«
»Ernst!«
Sie wußte sich nicht anders zu helfen, sie schlang ihre Arme um seinen Hals, küßte ihn fest auf den Mund. Fast war es ihr, als wollten seine Lippen nachgeben, sich öffnen.
Da stieß er sie zurück.
»Geh raus«, sagte er. »Geh, sonst . . .«, er versuchte eine weit ausholende Bewegung mit seiner Rechten, die aber nur einen Viertelkreis schaffte, dann schlaff herabfiel.
Christine stand langsam auf. Sie sah sich um, das Fenster war klein, dazu von außen vergittert.
Auf der Porzellanablage über dem Becken lag Ernsts Rasierbesteck. Das nahm sie an sich.
Er bemerkte es nicht, hatte den Kopf gesenkt, murmelte vor sich hin, seine Hände zuckten wieder über den Boden.
Sie schloß die Tür auf, zog den Schlüssel ab, trat hinaus in den Flur.
»Kinderl, mein Blaserl platzt bald!« Da stand die Maren.
»Aber was ist denn mit Ihnen?«
»Mein Mann ist nicht in Ordnung. Er fühlt sich nicht wohl. Ich muß sofort den Arzt rufen. Tun Sie mir einen

Gefallen, Fräulein Maren, gehen Sie zu den anderen zurück. Und bitte, tun Sie so, als sei nichts geschehen.«
»Aber –«
»Ach ja, und auf dem halben Stockwerk ist noch eine Toilette. Es tut mir leid . . .«
»Ist schon gut, Kinderl. Mir fiel schon auf, daß der Ernstl heut abend seltsam war. Hoffentlich ist es nichts Schlimmes?«

Christine rief Dr. Mehring an; Gott sei Dank hatten sie seit kurzem Telefon, Gott sei Dank verband das Fräulein vom Amt sofort, war der Arzt zu Hause.
Christine berichtete ihm knapp. Er versprach, sofort zu kommen.
»Und beobachten Sie Ihren Mann, lassen Sie ihn nicht aus den Augen.«
Sie blieb vor dem Badezimmer stehen.
Sie lauschte auf das Scharren und Murmeln, das von drinnen kam.
Sie betete, wie sie noch nie zuvor in ihrem Leben gebetet hatte.
Endlich läutete es, und Dr. Mehring war da.
Er ging zu Ernst ins Bad, sagte: »Nein, Frau Schwarzenburg, bleiben Sie draußen.«
Im Salon deklamierte jemand Heinrich Heine. Liesel brachte die vor Müdigkeit quäkelnde Anna wieder ins Bett.
Die Maren half Liesel beim Servieren des Mokkas.
Christine huschte ins Schlafzimmer, während ihre Gäste gingen; sie war sicher, die Maren hatte erklärende Worte gefunden, denn die Gäste gingen leise, jedes unnütze Wort vermeidend, auf Zehenspitzen.

Christine kehrte wieder vor die Badezimmertür zurück. Drinnen war es jetzt absolut still.
Liesel kam und fragte, ob etwas nicht in Ordnung sei. Christine schickte sie schlafen.
»Aber das Aufräumen?«
»Das machen wir morgen früh.«
»Aber wenigstens die Fenster sperr ich noch auf, damit der Zigarrenrauch abziehen kann.«
»Ja, tu das, aber dann geh schlafen.«
»Gute Nacht, Frau Schwarzenburg.«
»Gute Nacht, Liesel.«
»Und ich wünsche auch einen guten Schlaf.«
»Danke, Liesel.«
»Und dem gnädigen Herrn auch.«
Christine preßte die Fingernägel in ihre Handflächen, um das Mädchen nicht anzuschreien. Sie nickte nur.
Es war, als verdunkle sich das Licht der kleinen gläsernen Ampeln im Flur, als sie endlich allein war.
Sie wollte schon an die Badezimmertür klopfen, da tat sie sich auf.
»Sind wir allein?« fragte Dr. Mehring.
»Ja, wir sind allein.«
»Ich habe Ihrem Mann eine Beruhigungsspritze gegeben. Er schläft jetzt. Wenn Sie mit anfassen, können wir ihn zu Bett bringen.«
Dr. Mehring packte Ernst unter den Achseln, sie trug ihn bei den Füßen.
So brachten sie ihn ins Schlafzimmer, legten ihn aufs Bett. Sie kleideten ihn aus, deckten ihn zu.
Christine breitete eine Serviette über die Nachttischlampe, so daß ihr Schein noch milder wurde.
Sie schloß die Fenster im Salon wieder, denn sie zitterte in der eisigen Nachtluft.

»Sie brauchen eine Stärkung«, sagte Dr. Mehring. Er goß für sie beide Cognac ein.
Sie tranken stumm. Mehring zündete sich eine Zigarette an.
»Kann ich auch eine haben?« fragte Christine.
»Aber natürlich, entschuldigen Sie.«
Er gab ihr Feuer.
Seine Augen waren sehr ernst, sehr nachdenklich.
»Was fehlt ihm, Herr Doktor, was wird sein, wenn mein Mann aufwacht?«
»Offen gestanden«, Mehring wandte sich halb ab, hob die Schultern, »ich weiß es nicht. Wir müssen einen Spezialisten hinzuziehen. Jemanden, der sich auf solche Dinge versteht. Einen Nervenarzt. – War es das erste Mal, daß Ihr Mann unter einem solchen Anfall gelitten hat?«
»Ja. Meines Wissens – ja.«
»Wie lange sind Sie verheiratet?«
»Seit sieben Jahren.«
»Und kannten Sie Ihren Mann schon längere Zeit vorher?«
»Wir kennen uns seit neunzehnhundert, also seit zwölf Jahren. Ernst hat sich die Malaria im Boxeraufstand geholt. Bis auf die gelegentlichen Fieberanfälle war er selten krank. Hin und wieder ein Schnupfen, eine Erkältung, das ist alles.«
Dr. Mehring nickte wieder. »Und in seiner Familie? Gibt es da Geisteskrankheit?«
»Meines Wissens nicht. Nein, bestimmt nicht. Ernst hätte es mir gesagt. Oder meinem Vater, als wir uns verlobten.«
»Haben Sie sonst schon einmal Sonderbares an Ihrem Mann bemerkt?«

»Nein. Nie. Vielleicht in letzter Zeit hin und wieder die Scheu, unter Menschen zu gehen. Ja, einmal, das war vielleicht vor einer Woche, da haben wir Weihnachtseinkäufe gemacht. Es war sehr viel Betrieb in den Geschäften, da hielt Ernst es plötzlich nicht mehr aus. Er mußte hinaus, er hatte Atembeschwerden, und er sagte ›die vielen Menschen machen mir angst.‹ – Und dann heute abend. Bevor wir ins Theater gingen, da hatte er sich schon im Bad eingeschlossen. Und als er herauskam, betrug er sich seltsam. Ich wollte, daß wir zu Hause blieben. Aber er bestand darauf, ins Theater zu gehen. Dort war er sehr unruhig. Und dann in der Pause, da sagte er etwas, so als habe er Angst, daß er – daß ihm etwas zustoßen könnte.«

»Was war es?«

»Er sagte, er werde mich liebhaben bis zu seinem letzten Atemzug. Aber er ist doch erst siebenunddreißig.«

Mehring trat zu ihr, berührte ihre Schulter. »Christine, Sie müssen jetzt mutig sein, Kraft für zwei haben, was immer auch kommt. Ich hoffe – ich glaube nicht, daß es etwas Schlimmes, etwas Bleibendes ist. Wenn Ernst aufwacht, rufen Sie mich an. Dann komme ich sofort und werde mit ihm sprechen. Und dann werden wir weitersehen.«

»Ja, ich rufe Sie an«, sagte Christine.

»Gut, dann werde ich jetzt gehen. Und denken Sie daran, nur Mut.«

Sie saß neben Ernst, sah den Tag heraufdämmern, grau, ewig grau. Selbst der Schnee, der fiel, war nicht weiß.

Ernst schlief ruhig, wie erlöst.

Erst bei Tagesanbruch wurde Christine bewußt, daß sie

noch ihr Abendkleid trug. Sie zog sich rasch und leise aus, nahm ihren Morgenmantel um, löste auch die Haarkrone, ließ die Zöpfe herunterfallen.
Wenn er wach wurde, sollte er sie so sehen, wie er sie jeden Morgen sah. Vielleicht würde er dann auch die Ereignisse der vergangenen Nacht vergessen wie einen bösen Traum.

Ernst erwachte gegen halb neun, seine Augen waren klar. Er lächelte, als sie sich über ihn beugte.
»Du bist schon auf? Ist es schon spät?«
»Heute ist Sonntag. Es ist halb neun.«
»Gib mir einen Kuß, und dann laß uns im Bett frühstükken, ja?« Er zog sie zu sich herunter.
»Christine, gestern abend« – sie spürte, wie ihr Herz aussetzte –, »war nicht Doktor Mehring noch da?«
»Doktor Mehring –«
»Ja, ich meine, war er nicht unter den Gästen? Oder war eines der Kinder nicht wohl?«
»Nein, unter den Gästen war er nicht. Du weißt doch, er macht sich nichts aus Wagner. Und den Kindern geht es gut.«
»Na, dann hab' ich halt geträumt.«
Ernst zuckte die Schultern, sah sie unverwandt lächelnd an. »Morgens bist du eigentlich immer am schönsten. Morgens hast du ein Gesicht wie ein kleines Mädchen. So blank und so klar.«
»Was willst du zum Frühstück haben?« fragte sie praktisch, denn sie hatte Angst, sonst müßte sie weinen.
»Zwei Sechs-Minuten-Eier, eine Unmenge Toast und ein Stück Käsekuchen. Dazu zwei Liter Kaffee und, nicht zu vergessen, dich.«

»Sehr wohl, mein Herr!« Sie lachten beide.
Sie küßte ihn auf die Augen und auf den Mund, dann ging sie schnell hinaus.
Liesel war schon fleißig dabei, Geschirr und Gläser des vergangenen Abends zu spülen. Anna saß auf ihrem hohen Stuhl am Küchentisch und trank ihre Milch.
»Lilli hat ein bißchen in der Nacht gehustet«, berichtete Liesel. »Aber ich hab' ihr gleich einen Fencheltee gemacht, und jetzt ist es schon wieder vorbei.«
Unter dem kupfernen Wasserkessel glühte die Herdplatte, die Kacheln über dem Spülbecken blinkten weiß, draußen im Hof tropfte der Schnee vom blattlosen Fliederbaum.
Liesel toastete das Weißbrot auf dem Rost im Herd, Christine filterte den Kaffee.
Anna stocherte lustlos in ihrem Haferbrei und verkündete, daß sie besser sänge als die Tante Maren.
Es war ein Sonntagmorgen wie immer.
»Halten Sie die Kinder noch ein bißchen bei sich«, bat Christine, als sie das Frühstückstablett gerichtet hatte.
»Versteckt Papa sich wieder im Bad?« wollte Anna wissen.
»Iß deinen Haferbrei, sonst geht Liesel heute nicht mit euch zum Weihnachtsmarkt.«
Aber das Porzellan auf dem Tablett klirrte, als sie es hinaustrug. Christine zitterte am ganzen Leib.
Ernst hatte schon Morgentoilette gemacht, und im ersten Augenblick bemerkte sie nur, daß sich irgend etwas in seinem Gesicht verändert hatte, und dann erst wurde ihr bewußt, was es war.
Er hatte seinen Schnurrbart abrasiert.
»Findest du nicht, daß ich so jünger aussehe?« fragte er fröhlich.

»Warum willst du jünger aussehen?« fragte sie und schaute schnell von ihm fort. Sein Gesicht war plötzlich so nackt.
»Um dir zu gefallen.«
Er saß ihr an dem runden Tisch gegenüber, den sie ans Fenster gerückt hatte, obwohl nur graues Licht durch die dünnen weißen Stores fiel. Er rührte sein Frühstück nicht an.
»Der Toast wird kalt«, sagte sie. »Ist dir der Kaffee nicht stark genug?«
Er blickte sie unverwandt an.
Plötzlich stand er auf, ging zur Tür, schloß sie ab.
Sie mußte schlucken, ihr Hals schien rauh, ihre Mundhöhle wie ausgedörrt.
Ernst kam zu ihr, zog sie aus dem Sessel hoch.
Er umarmte sie, preßte sein Gesicht in die Beuge ihres Halses.
Als seine Zähne zubissen, war ihr Erschrecken schlimmer als der Schmerz.
Sie fürchtete sich vor ihm, aber sie sagte kein einziges Wort.
Später sagte er: »Ich habe dich viel zu lange nicht gehabt.«
Und erst da wurde Christine gewahr, daß sie seit vier Monaten nur den Schlaf miteinander geteilt hatten.

In der Schule wurde es nicht gerne gesehen, wenn das Lehrpersonal private Anrufe erhielt.
Und schon als man sie aus der Klasse zur Pförtnerloge rief, spürte Christine Furcht in sich aufsteigen.
Dr. Mehring war am Apparat. Er machte es kurz, seine Stimme klang brüsk:

»Ich habe vergeblich auf Ihren Anruf vor vier Wochen gewartet. Es ist am besten, wenn Sie sofort in meine Praxis kommen.«
»Aber damals . . ., ist Ernst bei Ihnen?«
»Nehmen Sie ein Taxi.«
Das Wartezimmer war wie üblich voll, doch Dr. Mehrings Sprechstundenhilfe führte Christine direkt zu ihm durch.
Da zog sich gerade ein plärrendes Kind an, die Mutter schalt leise und müde auf es ein.
»Sie hätten nicht so lange warten sollen«, sagte Mehring zu der jungen Frau. »Auf diese Weise stecken sich Ihre anderen Kinder doch alle an.«
Für Christine hatte er nur ein kurzes, unfreundliches Kopfnicken; am liebsten hätte sie sich hinter dem leinenen Paravent verkrochen, der den Untersuchungstisch verbarg.
Die Sprechstundenhilfe führte Mutter und Kind hinaus.
»Nehmen Sie Platz«, sagte Dr. Mehring zu Christine.
»Wo ist mein Mann? War er bei Ihnen?« fragte sie.
»Ja.«
»Wo ist er jetzt?«
»Zu Hause. Sie hätten mich anrufen sollen an jenem Sonntag. Warum haben Sie es nicht getan? Na, ich weiß schon. Scham, Verlegenheit, was? Mein Gott, wie hat man euch Frauen erzogen. Immer die heile Welt nach außen kehren, immer die frisch geputzte Fassade. Ihr Mann ist krank, schwer krank. Und er weiß es. Er weiß, daß er diese Anfälle hat.«
»An dem Sonntag schien es, als sei alles nur ein schlechter Traum gewesen.«
»Für Sie vielleicht. Für ihn nicht. Ihr Mann ist nervlich

am Ende. Er ist geistig krank. Nein, nicht geisteskrank. Da bin ich sicher. Seine Malaria spielt eine große Rolle. Die Leber ist geschädigt. Das führt zu Depressionen. Fahren Sie mit ihm weg.«

»Wohin?«

»Ich habe einen Freund in Bad Neuenahr. Er unterhält dort ein privates Sanatorium. Dr. Brand hat lange Zeit in Wien studiert. Er kennt Freud sehr gut.«

»Ist Freud nicht ein Traumdeuter?«

»Freud ist ein Psychologe. Er hat unter anderem die schmerzbetäubende Wirkung von Hypnose entdeckt und als erster die Analyse der Psyche des Menschen gewagt. Karl Brand hat viel von ihm gelernt. Beim Kollegen Brand wird Ihr Mann in guten Händen sein.«

»Wann sollen wir reisen?«

»Ich werde Brand schreiben. Und denken Sie inzwischen an eines, nicht Ihre Schulkinder, nicht Ihre eigenen Kinder, Ihr Mann braucht Sie jetzt!«

»Hat Ernst sich beklagt?«

»Nicht mit Worten.«

»Kann ich von Ihnen aus telefonieren?«

»Sicher.« Er schob ihr den Telefonapparat zu.

Christine ließ sich über das Amt mit der Schule verbinden, bat, den Direktor zu sprechen.

Sie erklärte, daß sie sich nicht wohl fühle, in den nächsten Tagen dem Unterricht fernbleiben müßte.

Dr. Mehring hörte ihr zu, nickte, aber seine Augen blieben unzufrieden.

Als Christine nach Hause kam, hörte sie schon im Flur Ernsts Klavierspiel und Annas helle Stimme. Dann das Lachen der beiden.

Sie zögerte das Ablegen des Mantels und des Hutes hinaus, kniff sich in die Wangen, damit sie ein wenig Farbe bekamen.
Schließlich betrat sie lächelnd den Salon.
»Du kommst schon nach Hause?« fragte Ernst. In seinen Augen, letztlich so dunkel und abwesend, leuchtete es auf.
»Mama, singst du mit mir ein Duett?« rief Anna.
»Ich habe mich selbst vom Schuldienst beurlaubt«, sagte Christine und lächelte Ernst an.
»Du?« fragte er ungläubig.
»Au fein, Mama!« Anna hopste auf und nieder.
»Du?« wiederholte Ernst noch einmal.
»Anna, wie würde es dir gefallen, wenn du noch ein Schwesterchen oder Brüderchen bekommen würdest?«
»Jetzt sofort? Nee, Mama, lieber ein Butterbrot.«
Ihr Gelächter lockte Liesel herbei.
»Liesel«, rief Ernst, »bring die Flasche Champagner.«
»Aber die wollten Sie doch erst Silvester trinken?«
»Nichts da, hol sie gleich.«
Christine trank ihren Champagner, so schnell sie konnte. Eine bessere Notlüge, als daß sie wieder schwanger sei, war ihr nicht eingefallen; Ernst aber zu sagen, daß sie seiner Krankheit wegen mitten aus dem Schuldienst nach Hause kam, hatte Mehring strikt verboten:
»Sie müssen jetzt Fingerspitzengefühl beweisen, dürfen Ihren Mann in keiner Weise verletzen. Seine Krankheit ist diffizil, sie verlangt Ihre äußerste Aufmerksamkeit. Am besten wäre, wenn Sie unter einem Vorwand, Sie selbst brauchten etwa Erholung, mit ihm zur Kur fahren ...«

An den darauffolgenden Tagen tat Christine frühmorgens so, als fühle sie sich, ihrem Zustand entsprechend, nicht wohl.
Sie hatte Dr. Mehring »eingeweiht«, und er meinte, daß eine Kur in Bad Neuenahr ihr nichts schaden könnte.
Direkt nach Weihnachten nahm Ernst ihm noch zustehenden Urlaub, und sie reisten nach Bad Neuenahr. In Bonn mußten sie die Bahnfahrt unterbrechen, weil Ernst es nicht länger im Zug aushielt.
Christine, dies spürend, kam ihm zuvor, meinte, da sie nun schon durch Bonn führen, wäre es eine gute Idee, auszusteigen, das Beethovenhaus zu besichtigen und das Haus des Dichters Ernst Moritz Arndt.
Sie gaben ihr Gepäck in die Aufbewahrung, spazierten dann die Poststraße hinauf.
Sie besuchten weder das Beethoven- noch das Ernst-Moritz-Arndt-Haus, denn Christine tat so, als sei sie nun nur an der klaren, kalten Winterluft interessiert und mehr noch, als an Baudenkmälern, am weiten Hofgarten und den Möwen, die über dem Alten Zoll flatterten.
»Meinst du, wir könnten ein Automobil mieten und damit weiter nach Neuenahr fahren?« fragte Ernst. »Ein offenes vielleicht? Wir würden viel mehr von der Landschaft sehen . . .«
Tatsächlich fanden sie eine Droschke am Bahnhof, deren Chauffeur bereit war, trotz der Januarkälte mit offenem Verdeck zu fahren.
Und den ganzen langen Weg über hielt Ernst unter der wollenen Kniedecke fest Christines Hand.

Die Anfälle, wie Christine es bei sich nannte, suchten Ernst in Bad Neuenahr nicht heim.

Für jeden Außenstehenden mußte er als ein gesunder, sportlicher Mann in den besten Jahren gelten, wenn sie die Ahr entlangspazierten oder durch den Kurgarten, in dem die Orchestermuschel nur leere Klappstühle beherbergte.
Die Wintersonne bräunte Ernsts Wangen, wenn sie oben am Steckenturm auf ihren langen Wanderungen Station machten.
Er verlor ein wenig an Gewicht, während Christine heimlich Sahne trank, Kuchen aß, morgens, wenn sie angeblich nur die Zeitungen für Ernst in der Kurgartenbuchhandlung holte.
Schwieriger war es, zu verbergen, daß sie ihre Tage bekam, denn in den Nächten mußte sie sich Ernst verweigern.
Sie spielte ihm Müdigkeit vor, Kopfschmerzen, und er war viel zu taktvoll, um ihr Spiel zu durchschauen.
Es gab keinen Tag, an dem sie Ernst nicht belog, ihn belügen mußte – denn Dr. Mehring hatte gesagt: »Karl Brand besteht darauf, Gelegenheit zu haben, Ihren Mann eine Weile zu beobachten, ohne mit der tatsächlichen Behandlung zu beginnen. Denken Sie sich etwas aus, was dies möglich macht.«
Auch deswegen gab Christine weiter vor, schwanger zu sein.
Und so lernte sie Ernsts dunkle Stimmungen, wie sie seine Depressionen nannte, vorauszuahnen, tat dann, als sei sie müde, erschöpft oder lustlos, schob es auf das Wetter, tat so, als sei es das Natürlichste von der Welt, wenn man unter schwankenden Stimmungen litt.
So wie Ernst nach außen ein Gesunder schien, so gab sich das Haus Neuglück den Anschein, ein auf das beste geführtes Familienhotel zu sein.

Das Frühstück wurde auf dem Zimmer serviert, die Hauptmahlzeiten konnten wahlweise auf dem Zimmer oder im Speisesaal eingenommen werden.
Im Lesezimmer brannte stets ein Feuer in dem schlichten Kamin, der aus groben Feldsteinen gemauert war. Es gab eine Auswahl guter, aber meist leichter zeitgenössischer Romane, es gab viele Lyrikbände, und Ernst begann Rainer Maria Rilke zu lesen. Ernst liebte vor allem die ›Aufzeichnungen des Malte Laurids Brigge‹.
Zeitschriften gab es die Fülle in allen europäischen Sprachen, und an jenen Tagen, da es Ernst gutging, polierte er sein Englisch und Französisch auf.
Natürlich gab es einen Arzt im Hause, nämlich Dr. Brand, aber dafür weilte man ja schließlich in einem Kurbad.
Christine nahm gewissenhaft Pillen gegen ihre – von Dr. Mehring konstatierte – Blutarmut, und diese lieferte ihr den Vorwand, einmal in der Woche Dr. Brand in seinem Sprechzimmer aufzusuchen.
In der dritten Woche sagte er ihr, daß er Ernst nun lange genug beobachtet habe, und bat sie, ihren Mann zu ihm zu schicken.
»Mich will er sehen?« fragte Ernst, als sie es ihm so beiläufig wie möglich beim Mittagessen mitteilte, und zum erstenmal sah sie wieder seine Augen unstet werden, seine Arme unkontrollierbar zucken.
»Na schön.« Ernst hörte zu essen auf und, was er sonst nie tat, rauchte hastig und nervös.
»Aber Lieber, mir scheint, Doktor Brand ist ein guter Arzt, und vielleicht gehört es zur modernen Medizin, daß der Arzt nicht nur die werdende Mutter, sondern auch den werdenden Vater kennenlernt?«
»Blödsinn!« sagte Ernst.

Nach dem Essen gingen sie wie gewöhnlich auf ihr Zimmer, legten sich zum Mittagsschlaf nieder.
Dr. Brand hatte halb vier für die Unterhaltung mit Ernst festgesetzt.
Als Christine erwachte, war es kurz nach sechs und Ernst noch nicht zurück. Sie zog sich rasch an, ging hinunter ins Parterre, wo in einem Seitenflügel des Hauses die Praxisräume untergebracht waren.
Die Milchglastür war dunkel und verschlossen.
Das ältere Fräulein in der Rezeption sagte Christine, daß sie ihren Dienst gerade erst angetreten und Herrn Schwarzenberg nicht habe fortgehen sehen.

Christine fand Ernst gegen halb zehn Uhr abends – inzwischen beteiligten sich die beiden Hausdiener und selbst Dr. Brand an der Suche – auf einer Bank, in sich zusammengesunken, an der Ahr. Sie fand ihn allein.
Christine nahm sein Gesicht in ihre beiden Hände. Sie spürte, daß seine Wangen naß waren.
»Geh weg«, sagte er, »geh weg, ehe es zu spät ist.«
»Ernst, ich kann nicht ohne dich leben.«
»Geh nach Straßburg zurück. Nimm die Kinder mit.«
»Ernst, rede nicht so.«
»Ihr habt mich alle belogen. Du bist nicht schwanger. Du hast es mir nur vorgespielt, um mich hierherzulokken. Und was spielst du mir sonst noch vor?«
»Ja, Ernst, ja, ich habe dich belogen, aber doch nur, um es dir leichter zu machen. Ja, du bist krank, aber –«
»Ich bin geisteskrank.«
»Nein, das bist du nicht.«
»Wie gefällt es dir, mit einem Irren verheiratet zu sein?«

»Hör auf!«
»Wenn ich mutiger wäre, säße ich jetzt nicht mehr hier.«
»Hör auf, so zu reden! Du wirst wieder gesund! Ich weiß es!«
»Du hast mir vorgespielt, daß wir wieder ein Kind bekommen, und jetzt soll ich dir noch irgend etwas glauben?«
»Es war eine Notlüge.«
»Ich war aus eigenem Antrieb bei Mehring. Ich habe ihm gesagt, daß ich krank bin. Habt ihr mich für einen solchen Schwächling gehalten, daß ihr glaubtet, mich mit Lügen hierherlocken zu müssen?«
»Wir reisen noch heute abend. Wir fahren, wohin du willst.«
»Nein«, sagte er, »du fährst mit den Kindern nach Straßburg. Und mich wirst du erst wiedersehen, wenn ich gesund bin. Oder auch nicht.«
Er schob Christine von sich und stand auf.
»Ernst, wo willst du mitten in der Nacht hin?«
Er gab ihr keine Antwort.
Sie lief hinter ihm her.
Er ging zum Bahnhof. Er blieb neben einer Automobildroschke stehen. Drinnen schlief der Chauffeur, den Kopf auf das Lenkrad gelegt.
»Laß mich allein«, sagte Ernst. »Christine, geh!«
Sie schüttelte stumm den Kopf.
»Christine, geh!« schrie er sie an. »Wenn du mich liebst, dann geh.«
Da wandte sie sich um und ging davon, ohne sich noch einmal umzusehen.

14

Als Christine ihren Bericht über Ernsts Flucht beendet hatte, saß Dr. Brand lange stumm hinter seinem Schreibtisch. Schließlich erhob er sich, ging zu der weißlackierten Kommode, auf der eine Karaffe mit Wasser stand, goß sich ein Glas ein, leerte es in einem Zug.

»Was wollen Sie jetzt tun?« fragte Christine. »Wie soll mein Mann jetzt geheilt werden?«

Brand sah sie über die Schulter hinweg an. »Natürlich hätten Sie Ihren Mann nicht allein fortfahren lassen dürfen, aber wie die Dinge liegen . . .«, er hob die Schultern.

»Ist das Ihre einzige Antwort?«

»Ich wünschte, ich könnte Ihnen Hoffnung machen . . .«

»Sie sind kein Arzt, Sie sind ein Versager.« Christine verließ die Ordination.

Sie sagte dem ältlichen Fräulein an der Rezeption, daß sie die Rechnung wünsche, sie reise ab.

»Aber das geht erst morgen früh, die Rechnungsbücher sind eingeschlossen. Und wo wollen Sie denn überhaupt hin, so mitten in der Nacht?« Der Kneifer zitterte auf der hageren Nase, der Mund verzog sich, als habe er Grund zum Weinen.

»Na schön, dann machen Sie mir die Rechnung morgen früh.«
Christine stieg hinauf in ihr Zimmer.
Sie setzte sich ans Fenster. Immer wieder war ihr, als müßte aus den Schatten ins Licht der Laterne Ernst auftauchen, seine hohe schlanke Gestalt, die auch noch nach all den Jahren in Zivil den Offizier verriet.
Am Morgen nahm sie den ersten Zug; in Köln und in Düsseldorf mußte sie umsteigen.
Gegen Mittag traf sie zu Hause ein.
Liesel weinte erst vor Freude, sie wiederzusehen, dann vor Schrecken, was wohl mit dem gnädigen Herrn passiert war.
Christine hatte ihr alles offen erzählt; nie wieder in ihrem Leben, niemals wieder wollte sie lügen.
Während des Umsteigens in Köln hatte sie einen Moment lang gezögert, den Gedanken erwogen, ihre Schwiegereltern aufzusuchen. Aber sie hoffte gleichzeitig, daß Ernst sich dorthin gewandt hatte; wenn es so war, dann um dort Zuflucht zu suchen. Und wie die Dinge standen, würde er gewiß nicht froh darüber sein, sie schon jetzt wiederzusehen.
Christine erzählte Anna und Lilli beim Essen, daß ihr Vater krank sei und deswegen für eine Weile nicht nach Hause käme.
Lilli verstand noch nichts und meinte bloß mit strahlendem Pausbackenlächeln, »dada, Papa!«
Anna sagte: »Es ist doch ganz egal, Mama, wie lange Papa wegbleibt. Die Hauptsache, er wird wieder gesund. Wir vergessen ihn ganz bestimmt nicht.«
Christine schrieb Mama Stella einen langen, ausführlichen Brief, in dem sie schonungslos mit sich selbst und Dr. Brand umging.

Stellas Antwort war ein Telefonanruf drei Tage später. Die Verbindung war miserabel.
»Natürlich kommst du mit den Kindern zu uns«, rief Stella gegen das Rauschen in der Leitung an. »Unter allen Umständen mußt du nun tun, was Ernst von dir verlangt hat! Laß seine Eltern wissen, daß du bei uns zu erreichen bist! Alles andere können wir besprechen, wenn du hier bist!«
»Hast du Vater eingeweiht?« fragte Christine.
»Ja. Er ist der gleichen Ansicht wie ich.«
»Mama Stella, glaubst du, daß Ernst gesund wird?«
»Wenn so viel Kraft in ihm ist, daß er von dir weggehen konnte, ja!«
»Und glaubst du auch, daß er zu mir zurückkommt?«
Mama Stellas Antwort ging in dem häßlichen Knattern und Knacken der Leitung unter, das Fräulein vom Amt fragte nervös: »Sprechen Sie immer noch?«
»Nein, danke«, sagte Christine und hängte den Hörer auf.
Es gibt keine Versicherung in die Zukunft, dachte sie.

Ernst Schwarzenburg hatte seine Eltern seit viereinhalb Jahren nicht mehr gesehen, der Anlaß seines letzten Besuches in Köln war die Beerdigung seiner Großmutter mütterlicherseits gewesen.
Er fand seinen Vater von Herzasthma geplagt, unter dem er seit seinem Schlaganfall litt, jähzorniger und mißmutiger denn je. »Na, läßt sich der Herr Oberstadtsekretär auch wieder einmal bei uns sehen?« fragte er. »Wie lange gedenkst du zu bleiben?«
»Aber Fritz, Ernst ist doch gerade erst angekommen, und du fragst so dumme Sachen!«

»Halt den Mund, Sofie! Bring ihm einen Cognac – nein, noch besser einen Rum!« rief er hinter seiner Frau her, die mehr denn je einem aufgescheuchten Vogel mit beschnittenen Flügeln glich.

»Dein Bruder Franz war am Sonntag hier. Da, schau dir an, was er mir mitgebracht hat.« Friederich Schwarzenburg ließ ein silbernes Zigarrenetui über die Messingplatte des Tisches trudeln. ›Meinem geliebten Vater zum 68. Geburtstag‹ war in den vergoldeten Innendeckel graviert.

»Schönen Dank auch für deine Blumen«, fügte der Alte hinzu. »Alpenveilchen . . .«

»Bitte, gern geschehen«, sagte Ernst.

»Dein Bruder hat gut geheiratet. Lucy ist einige hunderttausend Goldmark wert. Was macht deine Frau?«

»Christine und den Kindern geht es gut.«

»Ausgerechnet eine Französin zu heiraten, das konnte auch nur dir einfallen. Erbfeinde sind sie, alle wie sie da sind, die Franzmänner. Wenn's erst wieder mal Krieg gibt, paß bloß auf, daß sie dir nicht eines Nachts die Gurgel durchschneidet, dein Eheweib.« Der Alte lachte dröhnend.

»Christine ist Elsässerin, Vater.«

»Ach, geh mir doch weg. Elsässer. Grenzvolk. Das sind die Schlimmsten. Wollen mal hü, mal hott! – Na, da kommst du ja endlich«, sagte er zu seiner Frau. »Wieso sind die Gläser nur halb voll?«

»Ich habe nicht davon getrunken, Friederich.«

»Mutter«, sagte Ernst. »Laß dich doch nicht immer so einschüchtern.«

»Sie trinkt ganz gern einen.«

»Friederich, was soll Ernst von mir denken?«

»Na, stimmt es etwa nicht? Paß auf, Junge, da ruf' ich

dieser Tage nach meinen Stiefeln. Waren natürlich mal wieder nicht richtig geputzt. Da geh' ich in die Küche, weil in diesem verdammten Haushalt nie jemand antwortet, wenn ich rufe, und da steht deine Mutter da und gießt sich gerade ein Glas Portwein ein. Huppdich, und weg war's, gekippt hat sie es, in einem Zug, wie ein Droschkenkutscher.« Das dröhnende Lachen war nicht zu ertragen.
Mit echter Schadenfreude bemerkte Ernst, wie das Lachen zu asthmatischem Pfeifen wurde, der Alte blaurot im Gesicht anlief.
»Wenn ich an Mutters Stelle wäre, ich ließe mich nicht so von dir behandeln, Vater.«
»Was willst du, es ist die reine Wahrheit! Sie säuft.«
»Ernst, ich habe nur – mir war nicht gut, mir war schwindelig, und es war nur ein Schluck . . .«
»Na ja, mir soll's auch egal sein«, sagte der Alte, trank seinen Rum und faltete die Hände über seiner Mitte. »In Sofies Alter ist sowieso nicht mehr viel zu verderben.«
»Es tut mir schon leid, daß ich überhaupt gekommen bin«, sagte Ernst.
Seine Mutter zupfte ihn am Ärmel. »Ernst, bitte.«
»Laß den Jungen, unterbrich ihn nicht. – Oder war das alles, was du zu sagen hattest?«
»Nicht ganz –« Ernst verstummte, biß sich auf die Lippen.
»Komm, Ernst«, sagte seine Mutter, und ihre Fingernägel gruben sich in seinen Arm. »Komm jetzt. Du willst dich doch sicher frisch machen? Und dann essen wir auch gleich zu Mittag.«
Er ging mit ihr hinaus. Erst im Flur ließ sie seinen Arm los. Sie atmete tief aus, und da roch er, daß sie wirklich vom Rum getrunken hatte.

Seine Augen waren mit einemmal naß, und er konnte ihr weißes, kleines, runzeliges Gesicht nur noch verzerrt wie in einem Vexierspiegel sehen.
Und im gleichen Moment war ihm, als zöge man ihm den Boden unter den Füßen weg.
Ihre Hand schob sich in seine Hand, und sie sagte: »Komm, Ernst, komm, wir gehen in dein Zimmer.« Ihre Stimme klang so kraftvoll wie er sich kraftlos fühlte.

Acht Tage hielt Ernst Schwarzenburg es in seinem Elternhaus aus.
In diesen acht Tagen erfuhr er zuverlässig, daß es keinen einzigen Fall von echter Geisteskrankheit in seiner Familie gab, weder väterlicher- noch mütterlicherseits.
Zwar war sein Vater ein Hypochonder und ein Choleriker, und seine Mutter, indem sie diesen Mann in vierzig Jahren Ehe ertragen hatte, gewiß eine Masochistin, aber keine dieser Charakteranlagen war unbedingt vererblich und im streng medizinischen Sinne auch nur als Geistesverwirrung anzusehen.
Es war lediglich ein ›Persönlichkeitspattern‹, so erklärte man Ernst in der psychiatrischen Abteilung des Herz-Jesu-Hospitals, dem ein ehemaliger Schulkamerad von ihm als Leiter vorstand.
Ernst saß dem Psychiater, einem jungen Amerikaner, gegenüber, der nach Europa gekommen war, zuerst in Wien, dann in Berlin und Paris studiert hatte und ihn in seiner Offenheit an Laura erinnerte.
Waren alle Amerikaner so?
Mit einemmal sehnte Ernst sich nach New York zurück, wünschte sich einen Ritt durch den Central Park mit Laura, dachte an die Abende mit Craw, während sie die

Eröffnung der Gugenheimer Bank planten, hatte den Karamelgeschmack von Bourbon auf der Zunge.
»Wissen Sie, ob man hier in Köln irgendwo Bourbon zu kaufen kriegt?« fragte er den jungen amerikanischen Arzt.
Der sah ihn mit Eulenaugen an. Überrascht, ein bißchen dümmlich, lachte dann.
»Bourbon, my God, also ich hab' mein Lebtag noch nicht versucht, den hier zu kriegen. Außerdem bevorzuge ich Bier. Wann waren Sie in meiner Heimat?«
»Vor ein paar Jahren.« Aber es kam Ernst vor wie eine Ewigkeit.
»Did you like the States.«
»I loved them«, antwortete Ernst.
»Wo waren Sie überall?«
»In New York. Um genau zu sein, bloß in Manhattan.«
»Sie sollten das Land selbst sehen. New York ist nichts dagegen. Ich bin in Elms Grove geboren, im Staate New York. Das finden Sie auf keiner Landkarte, aber es ist gemütlicher als irgendein Dorf, das ich hier kennengelernt habe, und das will was heißen. Mir läuft das Wasser im Mund zusammen, wenn ich an Moms Apfelkuchen denke . . .« Mit einemmal waren die Eulenaugen krank vor Heimweh.
»Wenn Sie Zeit haben, könnten wir ausgehen und Reibekuchen mit Apfelkompott essen«, sagte Ernst. »Das ist hier eine Spezialität. Und vielleicht schmeckt sie Ihnen.«
Es war sechs Uhr abends, und der junge Arzt hatte keinen Spätdienst.
»Ich wüßte nicht, was ich lieber täte«, grinste er.
Es regnete, und es roch seltsamerweise nach Frühling, obwohl es erst Februar war.

Sie schlenderten zu Fuß durch die Altstadt, die Kragen ihrer Mäntel hochgeschlagen. Bill bewunderte die Festungswälle, den dräuenden Dom, die Kneipen in den Fachwerkhäusern, deren Gäste Pieter Brueghels ›Schlaraffenland‹ entsprungen schienen.
Bill erzählte Ernst von seinen Studien in Wien und wie sehr er good old Europe bewundere. Germany war simply great, und er hatte sich einen Phonographen gekauft, auf dem er deutsche Volkslieder spielen konnte; der war noch um Klassen besser als die Phonographen in Amerika.
»Na ja, nicht umsonst ist Deutschland das Land der Dichter, Denker und Entdecker«, sagte Bill Bloomfield. »Und eines dazu habt ihr allen anderen voraus, die Disziplin.«
Sie fanden eine Kneipe, in deren Fenster das Schild hing ›Täglich frische Reibekuchen und Seemuscheln‹. Über der Theke hing ein schweres Bügeleisen aus Messing, das dem Gasthaus den Namen gegeben hatte, ›Em kahle Büjel-iese‹ . . .
Die Reibekuchen waren goldbraun, außen knusprig und innen noch weich; das Apfelkompott war mit Vanille gewürzt. Sie tranken einen leichten, süffigen Weißwein von der Ahr dazu, und Bill sagte schließlich: »Ich habe mir Ihre Krankheitsgeschichte sehr gut angesehen, ich habe Sie auch beobachtet. Viel fehlt Ihnen nicht, Ernst, ich glaube einfach, you cracked up.«
Aber warum, fragte sich Ernst. Ich bin glücklich verheiratet, ich habe eine Frau und zwei Töchter, die ich liebe, ich habe einen Beruf, der mir zwar keine Freude macht, dazu ist er zu deprimierend, mich jedoch interessiert.
»Wenn ich Sie richtig verstehe, Bill, dann habe ich einen nervösen Zusammenbruch gehabt? Doch deswegen

kriegt man noch lange keine Wahnvorstellungen und bei allen möglichen Situationen unkontrollierbare Angst.«

»Sie würden sich wundern, was man alles durch nervliche Fehlsteuerungen kriegen kann. Wir bekamen kürzlich einen jungen Mann aus der Inneren Medizin überwiesen; vierundzwanzig Jahre alt, seit seinem sechzehnten Lebensjahr in einer Schreinerei beschäftigt. In die Innere war er gekommen wegen akuter Herzschwäche. Aber bei den Untersuchungen zeigte sich, daß sein Herz in Ordnung war. Man wollte ihn schon wieder entlassen, da mußten im Krankensaal nebenan die Fenster samt Rahmen ausgewechselt werden. Das Hämmern und Sägen verursachte bei dem jungen Mann einen Herzanfall, so schlimm, daß man fürchtete, er würde draufgehen. Der Kollege aus der Inneren nahm sich Zeit genug, darüber nachzudenken, und schickte den Jungen zu uns. Der Junge war lärmkrank, ganz simpel lärmkrank. Beinahe acht Jahre lang hatte er den Lärm in der Werkstatt ertragen, dann spielten seine Nerven verrückt.«

»Und wie habt ihr ihn geheilt?« fragte Ernst.

»Zur Zeit arbeitet er bei uns im Krankenhaus noch als Gärtner, damit wir ihn beobachten können. Ich glaube, bei dem Beruf wird er bleiben. Es ist ein leiser Beruf.«

»Und wie kann man mich heilen?« fragte Ernst.

»Ich weiß es noch nicht«, sagte Bill. »Aber zuerst sollten Sie einmal eine Zeitlang bei uns bleiben.«

Ernst bekam ein Zimmer ohne Gitter vor dem Fenster, und die Tür hatte auch eine Klinke. Er konnte gehen und kommen, wann er wollte, mit der einen Ausnahme, daß er abends um neun Uhr in seinem Zimmer sein mußte.

Er schlief acht Stunden in der Nacht, er las viel, er ging spazieren. Jeden zweiten Tag traf er mit Bill zusammen, meistens fanden ihre Unterhaltungen im ›Büjeliese‹ statt.
Hin und wieder fühlte Ernst Angst in sich aufsteigen, unnennbar wovor, unerklärlich. Da stand er an einem Bordstein beispielsweise, wollte die Fahrbahn überqueren, konnte es nicht. Fing an zu zittern, klappte fast zusammen.
»Wenn Sie den Beginn eines solchen Zustandes spüren, versuchen Sie, ihm auszuweichen«, sagte Bill. »Im Falle der Fahrbahnüberquerung gehen Sie halt in der entgegengesetzten Richtung weiter . . .«
Das war viel leichter gesagt als getan.
Einmal passierte wieder etwas mit Kellerasseln, dann mit Spinnen, aber Ernst war nicht sicher, ob es in einem Anfall oder nur in einem Traum geschah.
Nach vier Wochen schrieb er an die Stadtverwaltung in Hamborn-Marxloh und bat um seine vorläufige Versetzung in den Ruhestand wegen Krankheit.
Der Oberbürgermeister antwortete ihm in einem handgeschriebenen Brief; man verzichte höchst ungern auf ihn, er könne zu jeder ihm beliebigen Zeit in sein altes oder ein ähnliches Amt zurückkehren.
Ernst sehnte sich nach Christine, und es verging kein Abend, an dem er nicht in Gedanken an sie und die Kinder einschlief, kein Morgen, an dem er nicht mit den gleichen Gedanken erwachte.
Aus seiner Zeit bei Gugenheimer besaß er ein zwar bescheidenes, aber sicher in Staatsobligationen angelegtes Vermögen, dessen Zinsen er nach Straßburg überweisen ließ.
Er hatte Stella Welsch einen offenen Brief gesandt, sie

gebeten, Verständnis dafür zu haben, daß er, solange er krank war, weder Christine noch den Kindern seine Anwesenheit aufbürden wolle. Er schrieb ebenfalls, er hoffe, daß Christine vorläufig mit den Kindern in ihr Elternhaus zurückkehren dürfe.

Am Ende der vierten Woche im Hospital hatte er sein letztes langes Gespräch mit Bill.

»Ihr Leben lang«, so sagte Bill Bloomfield, »haben Sie sich zurückgesetzt gefühlt. In der Jugend hinter Ihrem aktiveren jüngeren Bruder. Sie wurden Offizier auch nicht aus eigenem Antrieb, sondern um endlich Ihrem Vater zu imponieren. Und dann heirateten Sie eine Frau, die charakterlich mindestens ebenso stark ist wie Sie selbst. Sie nahmen Ihren Abschied vom Regiment. Ihretwegen. Sie traten ihretwegen die Anstellung bei Gugenheimer an. Aber das leichte, beinahe luxuriöse Dasein stellte Christine Welsch nicht zufrieden, und Sie glaubten immer im Schatten jenes Georg Bonet zu leben. Wegen Ihrer Frau verließen Sie Berlin und gingen ins Ruhrgebiet. Ihr ganzes Leben lang haben Sie also eigentlich nur das getan, was andere von Ihnen verlangten, wünschten oder erwarteten . . .«

»Also bin ich ein Schwächling«, sagte Ernst.

»Nein, das sind Sie ganz gewiß nicht.«

»Und jetzt kann ich nicht einmal Sie fragen, was ich tun soll, Bill, denn dann tue ich wahrscheinlich wieder etwas, was ich eigentlich nicht tun sollte. Ich müßte doch selbst auf die Idee kommen, wie ich mir die Zukunft vorstelle.«

»Was möchten Sie denn tun? Antworten Sie, was Ihnen gerade in den Sinn kommt.«

»Ich muß Geld verdienen.«

»Sicher. Das muß jeder. Aber womit?«

»Ich möchte schreiben.«
»Und warum setzen Sie sich nicht hin und schreiben über Ihre Erfahrungen im Boxeraufstand?«
»Wer will denn so etwas lesen?«
»Danach dürfen Sie jetzt nicht fragen.«
»Aber ich sagte Ihnen schon einmal, ich muß Geld verdienen.«
»Das können Sie nebenbei.«
»Wie?«
»Sie könnten beispielsweise für eine Zeitung arbeiten. Oder als Lektor. In einem Verlag.«
»Sie meinen, Manuskripte lesen und beurteilen?«
»Ja, warum nicht?«
»Das ist gar keine schlechte Idee«, sagte Ernst. »Ich glaube, das würde mir sogar Spaß machen.«

Am nächsten Morgen stand er auf der von Linden gesäumten Herz-Jesu-Straße, ein Köfferchen in der Hand wie ein entlassener Rekrut oder Sträfling.
Ein leeres Taxi fuhr heran, verlangsamte seine Fahrt. Ernst hob den Arm, um es anzuhalten, und er wußte im gleichen Moment, daß es ihm unerträglich sein würde, in dem geschlossenen Wagen zu sitzen.
Der Wagen hielt, der Fahrer öffnete den Schlag.
»Tut mir leid«, sagte Ernst Schwarzenburg, »ich habe es mir anders überlegt.«
»Mann, Sie sind wohl plemplem?« Der Fahrer tippte sich gegen die Stirn. »Mir sinn in Kölle, äve dat Hännesje können Se mit mich net mache . . .«
Ernst spürte, wie ihm Schweiß auf die Stirn trat, über die Schläfen herablief.
Aber er wandte sich mit einem gespielt gleichgültigen

Achselzucken ab und ging, als sei nichts geschehen, die Straße hinab.
Verdammt, dachte er, Bill hat gut reden. Es ist gar nicht so einfach, wieder ins normale Leben zurückzukehren.

Ernst Schwarzenburg fand ein möbliertes Zimmer in Bonn. Er wollte nicht in derselben Stadt bleiben, in der seine Eltern lebten.
Das möblierte Zimmer lag im Parterre eines älteren Hauses in der Lessingstraße, das einer Geheimratswitwe gehörte. Er begegnete ihr nur einmal am Tag, abends, wenn er zum Essen ausging. Sie wünschte ihm dann immer einen vergnüglichen Abend, und er küßte ihr die Hand und wünschte ihr das gleiche.
Sein Frühstück nahm er in seinem Zimmer ein; er nannte es Artistenfrühstück, weil es aus einer Tasse schwarzen Kaffees und der ersten Zigarette bestand.
Nachts schlief er mit weit offenen Fenstern, und da das Zimmer hoch war und auf seinen Wunsch nur spartanisch möbliert, überfiel ihn nie die Angst, eingeschlossen zu sein.
Eines Abends, es war vielleicht fünf Wochen nach seiner Übersiedlung, kam er mit einem Herrn ins Gespräch, der wie er im ›Gambrinus‹, Ecke Lessing-, Kaiserstraße, auf Abonnement aß.
Professor Schneider hatte an der Universität Germanistik gelehrt und seinen Lehrstuhl wegen eines Augenleidens – er war extrem kurzsichtig, wie er es ausdrückte, halbblind, wie Ernst dachte, wenn er ihm beim Essen zusah – frühzeitig aufgegeben.
Schneider schrieb an einer Arbeit über die Strömungen der deutschen Literatur seit der Revolution von 1848;

das heißt, bisher hatte er seine Gedanken und Thesen seiner Tochter diktiert.
»Aber stellen Sie sich vor, da lernt sie doch im Karneval einen jungen Engländer kennen, und das nächste, was ich von ihr bekomme, ist ein Telegramm aus London. Geheiratet hat sie ihren Jerry. Der Junge ist vierundzwanzig, sie ist fünfunddreißig. Also lange wird das nicht dauern. Aber in diesen Zeiten, in denen die Frauen tun und lassen, was sie wollen, wird sie wohl bald einen anderen finden. Denn hübsch ist sie, obwohl ich mich stets gewundert habe, wieso. Von mir hat sie das bestimmt nicht –« Schneiders graues Haar wuchs wie in Seegrasbüscheln um seinen eiförmigen Kopf, und die Ohren konnten glatt mit Fledermausflügeln verglichen werden.
»Was meine Frau angeht, Gott hab sie selig, die brachte nach Minchens Geburt zweihundertfünf Pfund Lebendgewicht auf die Waage und behielt sie bis zu ihrem Tod. – Nehmen Sie sich vor den Rheinländerinnen in acht, mein lieber Schwarzenburg, vor allem, wenn sie blond sind. Mit zwanzig sind sie wie knackige grüne Äpfel, mit dreißig wie überreife Melonen . . .«

Professor Schneider konnte nur ein lächerliches Gehalt zahlen, aber Ernst Schwarzenburg genoß jede Stunde in der Gesellschaft dieses skurrilen Mannes, der Dinge sagte, die kaum ein anderer Mensch zu denken wagte. Nebenbei schrieb Ernst seine Erfahrungen im Boxeraufstand nieder, von den alten Menschen und den Schweinen des Dorfes Tien-Sin und von Tu-wan.
Es kostete ihn einige schlaflose Nächte, bis er den Mut aufbrachte, die Geschichte Schneider vorzulesen.

Der alte Mann saß mit vorgerecktem Kopf in seinem Lehnstuhl, und fast war es, als streckten sich die Ohren ebenfalls vor.
Als Ernst geendet hatte, blieb Schneider eine lange Weile still.
Schließlich sagte er: »Junger Mann, Sie müßten ein halbes Jahrhundert später geboren werden. Dann wüßte man vielleicht etwas damit anzufangen. Ihre Kurzgeschichte ist so gottverdammt gut, daß niemand sie drukken wird.«

In jenem Sommer, Herbst und Winter in Straßburg unterrichtete Christine privat Schülerinnen des Bon Pasteur in Klavierspiel und Gesang.
Am Anfang nannten die Mädchen sie noch Frau Schwarzenburg, aber sehr bald war sie wieder die Mam'sell Welsch.
Sie wohnte wieder in ihrem Zimmer, das sie vormals mit Rachel geteilt hatte; Roberts Zimmer hatte Stella für Anna und Lilli ummöbliert.
Einmal, es war kurz vor Weihnachten 1913, da hielt Christine die Ungewißheit um Ernst nicht mehr aus.
»Ich würde es an deiner Stelle nicht tun«, sagte Stella, »aber wenn du meinst, du mußt, dann fahre zu seinen Eltern nach Köln.«

Ernsts Mutter empfing Christine an der Wohnungstür und schloß sie weinend in ihre Arme. Dann flüsterte sie: »Leise, geh auf Zehenspitzen, mein Mann braucht uns nicht zu hören.« Sie führte Christine in Ernsts Zimmer, in dem es nach Kampfer und Mottenkugeln roch und in

dem die Polstermöbel mit Nesseltüchern überzogen waren.
Die Hände von Ernsts Mutter zitterten, während sie für Christine zur Erfrischung Wasser in die Waschschüssel aus Alabaster goß. Dann brachte sie Kaffee und Streuselkuchen aus der Küche.
Von irgendwoher aus der Wohnung war Gepolter zu hören und Geschimpfe, wenn man auch nicht verstehen konnte, um was es ging.
»Höre nicht darauf«, sagte Ernsts Mutter und machte flatternde Bewegungen mit ihren Händen. »Mein Fritz ist mißmutig geworden, weil er alt ist. Wenn er nicht schimpfen kann, freut er sich seines Lebens nicht mehr. Aber früher, das kannst du mir glauben, als wir geheiratet haben, da war er geradeso lieb und aufmerksam wie Ernst. Warum ist Ernst nicht mit dir gekommen, und warum hast du deine Kinder nicht mitgebracht?«
Seine Mutter wußte also nicht, wo Ernst war, hatte ebensowenig Ahnung wie Christine selbst.
»Ich habe dir Bilder von den Kindern mitgebracht«, sagte sie, um einen leichten, gelassenen Ton bemüht, um ein Lächeln, das die bekümmerten Augen der alten Frau beruhigen sollte.
»Meine Enkel«, sagte Sofie und weinte wieder.
»Du mußt uns einmal besuchen kommen, Oma Sofie.«
»Aber ich kann meinen Mann nicht allein lassen. Und eine Reise wäre für ihn zu anstrengend. Und weißt du, was er gesagt hat, als er pensioniert wurde? Meiner Lebtag werd' ich keinen Fuß mehr in einen Zug setzen. Du weißt doch, er war kaiserlich-königlicher Lokomotivführer. Na ja, vielleicht kriegt man die Arbeit in einer Lokomotive über? Ich denke es mir fast. Heute könnte er auch keinen Fuß mehr in einen Zug setzen, denn er

schafft kaum mehr die paar Schritte von seinem Stuhl zum Bett. Wegen seinem Herzasthma, weißt du? Aber das sind Alte-Leute-Geschichten, was interessieren sie dich? Ich bin ja so froh, daß du mich besuchst. Erzähl mir von deinen Kindern. Und von meinem Ernst . . .«
Christine sagte, daß es Anna und Lilli gutgehe. Und Ernst natürlich auch.
Sie trank den Kaffee und aß den Streuselkuchen.
Schließlich sagte Christine, daß es Zeit für sie sei zu gehen.
»Du bleibst nicht über Nacht?« fragte Ernsts Mutter.
»Ich muß noch nach Hamborn.«
»Sag mir, Christine, er ist nicht mehr bei dir, nicht wahr?«
Das kam so überraschend, daß sie es bejahte.
Seine Mutter nickte und blickte auf ihre Hände herab.
»Im vergangenen Januar oder Februar war er bei uns, acht Tage lang. Irgend etwas hat ihn gequält. Und als er fortging – ich hatte Angst, daß ich ihn nie wiedersehe.«
»Ernst war krank, Mutter«, zum erstenmal nannte sie die alte Frau ohne Zögern so. »Vielleicht ist er noch krank. Eine Krankheit der Nerven, verstehst du? Der Psyche. Und er ist von uns allen fortgegangen, um wieder gesund zu werden.«
»Und du bist hergekommen, weil du dachtest, er wäre hier?«
Christine nickte.
»Also weißt du nicht, wo er ist?«
Ernsts Mutter hob den Kopf und sah sie an. »Aber er ist es wert, daß du auf ihn wartest«, sagte sie, »wenn du es kannst.«

Christine übernachtete in einem großen Hotel am Bahnhof, dessen Namen sie sofort vergaß.
Sie ging auf ihr Zimmer, zog sich aus, legte sich ins Bett und schlief ebensoschnell ein.
Am anderen Morgen kehrte sie nach Straßburg zurück.
Sie hatte nichts über Ernsts Verbleib erfahren, und doch war es ihr, als müsse sie ihn nun jeden Tag erwarten. So lebte sie weitere sechs Monate lang.

In diesem Juni traf eine Hitzewelle das obere Rheintal, und in Straßburg waren die Nächte so schwül, die Schnakenplage so schlimm, daß Christine beschloß, mit den Kindern zu Onkel Jeremias aufs Schlössel zu fahren.
Anna und Lilli litten unter der Hitze mehr als die Erwachsenen, und man konnte beinahe sehen, wie sie von Tag zu Tag blasser und magerer wurden.
Die Eisblöcke, die der Eiskarren zweimal in der Woche brachte, schmolzen im Keller in ihrem mit Zinn gefütterten Faß zu einer übelriechenden Brühe.
Die Milch schlug um, kaum daß man sie morgens aus der Meierei holte, und Anna und Lilli bekamen von der Sauermilch schorfigen Ausschlag. Jean Welsch machte die Gicht mehr als üblich zu schaffen, und natürlich gingen ihm die Kinder auch auf die Nerven.
Sogar die kühle, eigentlich allen Situationen gewachsene Stella schien erleichtert, als Christine ihr sagte, daß sie mit den Kindern aufs Land führe.
François brachte sie in seinem neuen offenen Sommerautomobil – es war ein Benz Comfortable, und er war ungeheuer stolz darauf – höchst persönlich zu Großonkel Jeremias.

François' Heirat mit Lisette, die fünf Kinder, die sie ihm inzwischen geboren, all das hatte aus dem ehemals behäbigen, linkischen, knollengesichtigen Mann einen gewieften Geschäftsmann gemacht.
Er hatte sein kleines Haus um die Kinderzimmer vergrößert, dazu eine Autoreparaturwerkstatt und eine Garage für seine Taxis angebaut.
Lisette war im Gegensatz zu früher überschlank, und ihre Hüte waren so elegant, daß Christine sie um die Adresse ihrer Modistin bat.
»Du hast es wirklich zu etwas gebracht, François«, sagte Christine auf der Fahrt zum Schlössel.
»Ja, das hab' ich, Mam'sell Welsch«, sagte er ohne Überheblichkeit, »und nur, weil Sie mir am Anfang weisgemacht haben, daß meine Lisette mich liebt. Aber wissen Sie, dafür bin ich Ihnen heute noch dankbar, denn den Inder hat sie total vergessen. Und was ihr erster Sohn ist, der heißt François wie ich. Abgesehen davon, daß er auch im Winter aussieht, als täte er den ganzen Tag nichts anderes, als sich von der Sonne braun brennen lassen, macht der mir die meiste Freude. In zwei Jahren soll er auf die Universität gehen. Er hat einen klugen Kopf. Rechnen wie François kann keiner. Mathematik will er studieren und Naturwissenschaften. Und er hat mir das ganz genau erklärt: Wir stehen erst am Anfang. Dieses Jahrhundert wird das der Physiker und Chemiker werden, hat er gesagt. Wenn ich ihm heute zuhöre, meine ich, er hat die Universität schon hinter sich. Dabei ist er nicht zu fein, mir am Wochenende, wenn bei uns Hochbetrieb ist, in der Garage zu helfen. Ja, Mam'sell Welsch, da bin ich Ihnen dankbar für, daß Sie mich mit der Lisette zusammengebracht und ich diesen Sohn bekommen habe, auch wenn er nicht mein Blut hat. Und

wie gut unser François ist, das können Sie daraus sehen: Eines Tages hat er mich gefragt, Papa, wie kommt es, daß alle meine Geschwister blond sind und ich so dunkel? Da war er gerade zehn. Da habe ich ihn auf die Knie genommen und ihm von dem Inder Sudi erzählt. Die ganze Wahrheit. Und da hat der Knirps gesagt, Papa, ich glaube, du bist aber trotzdem mein richtiger Vater, denn du hast mich von Herzen lieb.«

»Na, dann hab' ich wenigstens einmal etwas Gutes in meinem Leben getan«, sagte Christine.

»Sie?« François wandte den Kopf. »Sie sind ein guter Mensch, Mam'sell Welsch. Sie können gar nichts Böses tun. Vielleicht etwas Falsches. Aber glauben Sie mir eines, kommt Zeit, kommt Rat. Man muß Geduld haben im Leben. Und Hoffnung. Die Hoffnung, die darf man nie aufgeben. Auch Sie nicht.«

Danach waren sie schweigsam, bis der Wagen unter lautem Gehupe, zum Entzücken der Mädchen, in den Hof des Schlössels kurvte.

Ein anderes, viel kleineres Automobil stand dort, direkt unter der Linde.

Und während zwei Knechte herbeiliefen und die Haushälterin des Onkels, während François das Gepäck ablud und die Kinder sich mit den Hunden balgten, es waren Spaniels und Setter und ein winziger Foxwelpe, öffnete sich plötzlich die Haustür.

Ein Mann trat heraus, eine kleine lederne Reisetasche in der Hand. Die sah Christine als erstes –.

Ernst, dachte sie, und ihr Herz krampfte sich zusammen, und dann hob sie den Blick und sah Georg dort stehen, älter geworden, ein Mann, aber immer noch mit dem Schock rotbraunen Haares.

15

»Bonjour Monsieur«, rief Anna fröhlich. Lilli tappte auf ihren kurzen, krummen, dicken Beinen auf Georg Bonet zu, sah mit ihren großen blauen Augen zu ihm auf und sagte: »Bist du Papa?«

»Das ist eine Überraschung«, sagte Christine, »Georg, wie lange Jahre haben wir uns nicht gesehen?« Und da war nichts in ihrer Stimme, das an jene längst vergangenen jungen Nächte ihrer Sehnsucht erinnerte, an die Tränen, die sie um ihn geweint.

Sie sah ihn an, und in ihren Fingerspitzen prickelte es, aber das war auch die einzige und flüchtige Reaktion.

»Bonjour, Christine«, sagte er und nahm ihre Hand. Seine Stimme war viel tiefer geworden; eine Stimme, zu der seine Patienten Vertrauen haben konnten. »Wie geht es dir? Du siehst wohl aus. Eine schöne junge Frau.«

»In Straßburg war es schrecklich heiß, und ich dachte, hier auf dem Land würde es den Kindern bessergehen.« Sie schob die Kinder vor.

»Anna, das ist Onkel Georg, ein lieber alter Freund.«

Anna machte einen höflichen Knicks.

»Alt sieht er aber nicht aus«, sagte sie. »Er hat doch keine weißen Haare.«

Sie lachten, und Georg sagte: »Christine, es tut gut, dich so wiederzusehen.«

»Warst du hier als Arzt? Ist Onkel Jeremias krank?« fragte sie.
»Krank?« dröhnte es aus der Halle. »Das ist vorbei. Der junge Kerl hat mir ganz schön wieder Beine gemacht!«
Großonkel Jeremias trat aus dem Haus, langsamer als früher, ein bißchen gebeugter, aber wieder befreit vom Rollstuhl.
Anna lief zu ihm, er schwang sie hoch in die Luft.
»Da bist du ja wieder, Prinzeßchen! Na, und geht es dir gut?« Er küßte das Kind auf beide Wangen.
»Ich auch, ich auch!« rief Lilli und fing an zu weinen, verlor die Balance und setzte sich auf ihren runden Hosenboden.
»Aber ja, du auch!« Jeremias hob auch die Kleine auf den Arm und drückte sie an sich. »Papa, Papa?« fragte Lilli wieder strahlend und grub ihre Hand in Großonkel Jeremias' fleischige Nase.
»Du bist kein Baby, du bist ja eine Katze!« rief er und gab sichtlich erleichtert die Kleine an Christine ab.
»Na, kommt herein! Du auch François! Ich habe einen kühlen Wein bereitstehen. – Georg, jetzt bleibst du auch noch, nicht wahr?«
»Ja, gern.«
Sie traten in die große dämmrige Halle, die Sonnenblenden waren gegen die Hitze geschlossen.
Eine junge Magd, die Christine noch nicht kannte, trug Wein in einem feuchtbeschlagenen Glaskrug auf, dazu die alten, grünlichen, noch mundgeblasenen Gläser, die stets für Festlichkeiten benützt wurden.
Bald saßen sie um den großen ovalen Tisch, an dem man aß und trank, an dem Großonkel Jeremias seine Schreibereien erledigte und abends vor dem Schlafengehen aus der Bibel las.

»Tja, ihr zwei, da sitzt ihr nun«, sagte Großonkel Jeremias. »Übriggeblieben, so scheint es mir. Und ein bißchen zu jung dafür, übriggeblieben zu sein ... Wie oft hab' ich euch in meinen Gedanken hier so sitzen sehen. Wie oft hab' ich mir gesagt, der Georg liebt das Land und die Christine auch, und vielleicht wird einmal der Tag kommen, da sie das Schlössel übernehmen werden. Alles ist anders gekommen, ganz anders. Aber so ist halt das Leben. Es läßt sich keine Hoffnungen aufzwingen.«

Sie schwiegen. Wußten nichts zu antworten.

Jeremias begann sich ausgiebig nach dem Befinden von Christines Vater, Mama Stella sowie Rachel und Robert zu erkundigen. Über die beiden ersten konnte Christine erschöpfend Auskunft geben. Rachel hatte sie seit ihrer Hochzeit nicht mehr gesehen, und Robert war immer noch – so schien es – in Rußland.

»Was hat der Kerl bloß in Rußland zu suchen?« fragte Jeremias.

»Er hatte in der Schweiz Lenin kennengelernt.«

»Ist Robert ein Kommunist geworden? Ja, hatte er denn nichts Besseres zu tun?«

»Ich kann dir keine Antwort darauf geben«, sagte Christine. »Robert war schon als kleiner Junge immer sehr verschlossen, ein Einzelgänger. Er hat mir erzählt, als wir in Petersburg waren, was ihn nach Rußland getrieben hat. Er glaubt wirklich an eine Revolution.«

»Robert ist zurück aus Rußland«, sagte Georg da ruhig.

»Woher weißt du das?« fragte Christine überrascht.

»Er kam zu mir nach Colmar, vor etwa zwei Monaten.«

»Und?«

»Er war krank. Er ist noch krank. Er hat Tuberkulose.«

»Und wo ist er jetzt?«
»In einem Sanatorium. In den Vogesen.«
»Aber dann muß ich ihn besuchen.«
»Laß ihn erst zu sich selbst zurückfinden. Robert hat Schlimmes durchgemacht.«
Warum ist Robert krank? Warum Ernst verschwunden? Warum führt Rachel ein Leben in Paris, das man beim besten Willen nicht gutheißen kann? dachte Christine.
»Was ist das für eine Zeit, in der wir leben?« fragte sie.
»Sie kann nur besser werden«, sagte Georg. »Denkt nur an die großen Erfindungen. Hätte François sich jemals träumen lassen, ein Automobil zu besitzen? Hast du, Christine, nicht selbst noch als Kind bei Öllampen, dann Petroleum, schließlich bei Gas als wundersame Erfindung die Aufgaben gemacht, gelesen, gehandarbeitet? Du bist noch mit der Postkutsche zu deiner ersten Anstellung in Ischwiller gefahren, heute benutzt du ganz selbstverständlich die Eisenbahn. Eines Tages wirst du in einem Flugzeug sitzen, weil das noch schneller sein wird. Und wenn man die Fortschritte der Medizin nimmt – keine Woche, beinahe kein Tag vergeht, an dem man nicht neue Heilmittel erfindet, den Ursprung von Krankheiten erkennt und sie somit besiegen kann. Denkt nur an Röntgen. Hätten wir jemals geglaubt, daß wir in den kranken Körper eines Menschen hineinschauen können, ohne ihn aufzuschneiden? Sie, Großonkel Jeremias, sind doch ein lebendes Beispiel. Was wir zuerst für Rheuma hielten, entpuppte sich als ein behebbarer Schaden an Ihrer Wirbelsäule – und nur, weil wir röntgen konnten. – Ich bin davon überzeugt, das Leben der Menschheit kann nur besser werden!«
»Du bist ein Optimist, Georg«, sagte Jeremias. »Sicher, alles stimmt, was du erwähnt hast, aber du wirst sehen,

die Menschen werden sich auch genug Dummheiten einfallen lassen, um das Gute wieder zu zerstören, was sie schaffen. Denkt doch nur an den Untergang der Titanic im vorletzten Jahr. Erst schafften die Menschen das größte Dampfschiff der Welt, aber damit nicht genug, nein, es mußte ja auch noch jeden Schnelligkeitsrekord brechen, unbedingt das Blaue Band erringen. Wenn man so will, könnte man sagen, Gott hat die Erbauer gestraft, indem er die Titanic auf einen Eisberg laufen ließ. Ich aber denke, es ist der Satan in den Menschen, der sie nie zufrieden sein und sie ihre Werke wieder zerstören läßt. Der Fluch der Menschheit ist ihre Gier. Könnten wir nicht alle in Frieden leben, müßte es überhaupt Machtkämpfe zwischen Ländern, Regierungen, Parteien geben? Wem nützen sie? Warum kann sich der Kaiser nicht mit dem besten Heer der Welt zufriedengeben, warum muß er England in seiner Seemacht nacheifern? Und warum baut Krupp Kanonen, immer eine noch größer und tödlicher als die andere? Aus der Gier nach Macht. Ja, Georg, das zwanzigste Jahrhundert, in dem ich mich schon wie ein Relikt aus grauer Vorzeit fühle, könnte das beste des Menschen werden, wenn man ein Mittel gegen seine Gier erfände. Oder mit einem eurer scharfen, blinkenden chirurgischen Skalpelle die kleinen grauen Zellen, die in den Köpfen dafür verantwortlich sind, herausholen könnte, gleich nach der Geburt.«

»Onkel Jeremias, warum redest du so laut?« fragte Anna, die auf seinen Knien saß.

»Entschuldige, Prinzeßchen, die Pferde sind mit mir durchgegangen. Hab' ich dir etwa Angst gemacht?«

»Nein, dafür siehst du viel zu sehr aus wie der liebe Gott.«

»Aber ich bin nicht der liebe Gott. Ich bin ein Mensch wie alle anderen auch.«
Er goß ihnen allen von dem herben Wein nach, die Kinder tranken süße Zimtmilch. »Ich will euch eine kleine Parabel erzählen«, sagte Onkel Jeremias. »Als ich anfing, das Schlössel zu bewirtschaften, da merkte ich bald, daß eines der Felder sich besonders für den Anbau von Kürbissen eignete. Also pflanzte ich Kürbisse an. Unter der ersten Ernte waren schon welche so groß, daß ich sie kaum mit beiden Armen umspannen konnte. Und da setzte ich mir in den Kopf, alle müßten so riesig werden. Ich war einfach gierig, ich wollte dastehen und sagen, seht her, was ich für Riesenkürbisse ziehe. Wie lächerlich das war, ging mir erst auf, als ich die Riesenkürbisse gar nicht alle loswerden konnte. Niemand wollte sie haben, die Leute auf dem Markt sagten, sie seien saft- und geschmacklos. Seitdem hab' ich mich mit normalen Ernten begnügt. Und dabei wollen wir es bewenden lassen. – Wohl fühlen sollst du dich hier mit deinen Kindern, Christine. Und lachen sollst du wieder lernen. Du bist viel zu ernst.«
Sie spürte, daß Georg sie anschaute, sie lächelte schnell und sagte: »Im Schlössel hab' ich mich immer wohl gefühlt.«
»Wenn du willst, kannst du heute abend auch über Nacht bleiben, Georg«, sagte Onkel Jeremias. »Und wie steht es mit dir, François, hat dich der Wein müde oder wach gemacht?«
»Wach, Herr Welsch. Und ich mach' mich jetzt auf den Rückweg, denn wenn es Nacht wird, hat die Lisette mich gern im Haus.«
»Mußt wohl die Hosen abgeben, was?« grinste Jeremias.

»Die nicht, aber das Portemonnaie!« François lachte am herzhaftesten.

Am Abend, nach dem Essen, die Kinder waren schon zu Bett gegangen, ließ Jeremias Welsch Christine und Georg bald allein.
Sie saßen draußen im Hof, schweigsam, einander fremd.
Georg holte ihr einen Wollschal aus dem Haus, als es kühler wurde und die Nachtvögel erwachten.
»Ich hätte Lust, ein wenig spazierenzugehen«, sagte Georg.
Sie konnte sein Gesicht kaum noch erkennen. Seine Stimme klang traurig.
»Warum nicht?« Sie stand auf.
Er ging nah neben ihr, ohne sie zu berühren.
»Wenn ich daran denke, wie oft wir hier waren, als Kinder.«
Und als ich um dich weinte, dachte sie.
»Weißt du noch, wie wir im Bach gebadet haben und im Weiher? Einmal, da hattest du . . .«, er verstummte.
Ich hatte nur ein dünnes Hemd an, und ich wußte, daß du mich sahst, und ich wollte, daß du mich sahst.
»Und die Nacht, als dein Vater und Stella heirateten und wir dich suchen mußten –«
Seither bin ich nie mehr auf dem Friedhof gewesen. Denn Rachel hat mich immer glauben gemacht, daß ich eine Verräterin an unserer Mutter sei. War ich das? Warum sollte ich Stella nicht gern haben?
»Du warst immer die Wildeste, du warst wie ein Junge. Kein Zaun war dir zu hoch, kein Pferd zu schnell, kein Baum zu schwer zu erklettern –«

Einmal bin ich aus dem Blutbirnenbaum heruntergefallen und mit dem Kopf auf einen Stein geschlagen, und als ich wieder zu mir kam, hieltst du mich im Arm und hast mir gesagt, daß ich nicht weinen soll, denn so schnell stirbt man nicht. Und ich habe ganz genau gespürt, daß du meine Brust gestreichelt hast, die noch gar keine war, denn ich hatte mein Leibchen mit Taschentüchern ausgestopft, um endlich erwachsener auszusehen.
»Es gab immer viele junge Hunde hier, gerade geborene Welpen. Und einmal hast du gleich ein halbes Dutzend mit ins Bett genommen –«
Aber von den Katzen weißt du nichts, Georg, von den kleinen Katzen, die im Bach ertrunken sind, an dem Tag, an dem mir zum erstenmal klar wurde, daß du vielleicht nicht mehr zurückkommen würdest, an dem Tag, als ich schwach und krank wurde und nicht mehr leben wollte.
»Wir haben eine wunderschöne Jugend gehabt, Christine.«
»Ja, wir haben eine wunderschöne Kindheit gehabt«, sagte sie.
»Christine, du bist allein hier.« Georg blieb stehen. »Darf ich – ich muß dich fragen, wo ist dein Mann?«
»Er kommt zu mir zurück«, sagte sie, »ihn werde ich wiedersehen, Georg.«
»Bist du glücklich mit ihm? Oder bist du es wenigstens gewesen?«
»Ich achte keinen Menschen mehr als Ernst.«
»Und liebst du ihn auch?«
»Ja, Georg, ja, ich liebe ihn.«
»Vielleicht sollten wir zurückgehen?«
»Ja, es ist spät geworden.«
Christine ging in das Zimmer ihrer Töchter. Lange lauschte sie dem Atem der schlafenden Kinder.

Er trug den hellblauen Generalsrock mit angeborener Sicherheit und Eleganz, sie eine weiße Spitzentoilette, welche die Herren Honoratioren dazu veranlaßte, sie flüsternd mit einer weißen Taube zu vergleichen.
Seine Mission in Sarajewo sollte eine des Friedens und der Verständigung sein, und doch hatten seit seiner Ankunft zwei Bombenexplosionen schon die Stadt erschüttert, unschuldige Menschen getötet.
Baron Rumerskirch bat seinen Erzherzog, das Rathaus erst zu verlassen, wenn ausreichende Truppen aus der Garnison Philippowitsch eingetroffen seien, um die Straßen zu säumen und abzuriegeln.
Doch der Erzherzog meinte, er habe nicht die Absicht, Sarajewo wie ein Despot im Schutz von Bajonetten zu besichtigen.
Man mag dies mutig nennen, aber auch unvorsichtig, denn war nicht von jeher – genauer gesagt, seit sechs Jahren, da man die bosnischen und herzegowinischen Landesteile der Donaumonarchie einverleibt hatte – dieses Gebiet ein gärender Unruheherd gewesen?
Serbien wollte sich seiner bemächtigen, um den Zugang zum Adriatischen Meer zu gewinnen, und bediente sich antihabsburgischer Propaganda, indem es immer wieder auf die Verbundenheit zwischen Bosnien, Herzegowina und Serbien pochte, in der die griechisch-orthodoxe Religion und auch rassische Eigenarten zählten.
Die Honoratioren von Sarajewo hofften, die Bombenwerfer seien aus Serbien gekommen, der Erzherzog schien dies als sicher anzunehmen. »Denn die Sarajewoer lieben Eure Majestät«, sagte ausgerechnet ein Pope.
Und also bestieg der Erzherzog den festlich geschmückten Wagen, eine Weile noch hielt er tröstend und beru-

higend die Hand seiner jungen, schönen blonden Frau, die nicht so furchtlos war wie er.
Die Menschen in den Straßen der alten bosnischen Stadt jubelten ihnen tatsächlich zu. Sie alle, alle hatten ihre Festtagskleider angelegt, bunt leuchteten die Trachten, serbische Pluderhosen und kunstvoll bestickte Boleros, sanft wehten die Schleier der Mohammedanerinnen, die nur zu diesem Festtag ihre Häuser verließen, deren Fenster Schießscharten glichen.
Jubel säumte den Weg der erlauchten Wagenkolonne, entlang dem Ufer der Miljacka flatterten die Fahnen.
An der Lateinerbrücke stoppte die Kolonne, der erste Wagen war ein wenig zu weit gefahren, setzte zurück, bog auf die Brücke ein.
Nah trat an den Wagen des Thronfolgerpaares ein junger Mann heran, gab zwei Schüsse aus einem Browning ab.
Langsam sah man die junge blonde Frau an die Brust ihres Gatten gleiten, noch sah man den Kopf des Erzherzogs hoch erhoben. Dann quoll Blut aus seinem Mund, und dennoch waren seine Worte: »Es ist nichts ... es ist nichts ...«

So lasen Christine und Großonkel Jeremias es am nächsten Tage im Extrablatt.
Stumm sahen sie sich an, stumm stand Jeremias Welsch auf, trat hinaus auf den Hof des Gutes, stand lange dort, im Schatten der Linde, ging dann schließlich zu den Ställen hinüber. Wenig später ritt er davon.
Er würde den ganzen Tag nicht zurückkommen.
Am Abend sagte er: »Es sollte mich nicht wundern, wenn wir morgen in der Zeitung lesen würden, daß der

Weltkrieg ausgebrochen ist. Wenn Tyrannen ermordet werden, so mag man denken, sie haben einen solchen Tod verdient, und es dabei bewenden lassen. Doch wenn ein Mensch ermordet wird, der eine friedliche Mission erfüllen wollte, so wird dies weiteres Töten nach sich ziehen.«

Am 3. August kam Georg Bonet auf den Hof, um sich zu verabschieden. Er trug schon die feldgraue Uniform des Frontarztes.

Noch einmal verbrachte er eine Nacht unter einem Dach mit Christine.

Als Jeremias die beiden diesmal nach dem Abendbrot allein ließ, hielt Georg sie in seinen Armen.

Er küßte Christine, als sei sie noch das ganz junge Mädchen, er sagte ihr, daß er nach ihr nie jemanden geliebt habe und deswegen allein geblieben sei.

Sie sagte: »Paß auf dich auf, bleib gesund.«

Einen Moment lang dachte er, hoffte es von ganzem Herzen, daß er sie doch noch gewinnen könnte, und sei es nur für diese letzte und einzige Nacht.

Aber sie sagte nur: »Ich muß jetzt zu den Kindern gehen, Georg.« Und ganz leise, schon an der Tür: »Auf Wiedersehen, mein Herz.«

Christine schloß die Wohnungstür in Hamborn-Marxloh auf und stellte ihre Reisetasche nieder.

»Liesel!« rief sie, aber niemand antwortete ihr.

Sie streifte ihre Handschuhe ab, zog den dünnen Sommermantel aus Rohseide aus, der von der Bahnfahrt im überfüllten Abteil zerknüllt und zerknittert war.

Während sie den Hut ablegte, hörte sie ein Scharren aus der Küche.
Einen Moment lang stand sie erstarrt, dann ging sie rasch hinüber. Als sie die Tür öffnete, miaute es, und gleich dahinter saß eine kleine schwarzweißgefleckte Katze.
Das winzige Tier sah sie aus weiten grünen Augen an, miaute noch einmal und hob dann die Pfote, um sie methodisch und selbstvergessen abzulecken.
Christine lachte: »Ei, wo kommst du denn her?« Sie beugte sich herab, hob die Katze auf ihren Arm.
Die Krallen zuckten hervor, zupften an den Knöpfen ihrer Batistbluse.
Christine ging zum Speiseschrank, öffnete ihn und fand tatsächlich dort eine Flasche Milch.
Sie füllte eine Porzellanschale und setzte sie auf den Boden. Eine Weile sah sie zu, wie die kleine Katze die Milch aufschleckte.
Christine hatte die Wohnungstür aufgelassen, und da stürmte plötzlich Liesel herein, beide Arme voller Blumen.
»Frau Schwarzenburg!« rief sie, »ach, liebe Frau Schwarzenburg!« Die Blumen fielen auf den Boden.
Liesel umarmte sie stürmisch. »Daß Sie wieder da sind . . . Heute morgen erst ist Ihr Telegramm gekommen. Und da bin ich gleich her und hab' gelüftet und nachgeschaut, daß alles in Ordnung ist. Und dann die Blumen, ich weiß doch, wie gern Sie Blumen haben. Sie glauben gar nicht, wie schwer es war, Blumen zu kriegen. Die Leute kaufen sie, als wären sie aus purem Gold. Aber wenn man sieht, was am Bahnhof los ist, mit all den Soldaten, dann weiß man, es ist für einen guten Zweck. – Ist das nicht aufregend, daß wir Krieg haben? Meine Brüder sind auch schon unterwegs ins Feld. Ach,

Sie hätten bloß sehen sollen, wie schick sie waren in ihren neuen Uniformen!«
»Liesel, hat mein Mann sich gemeldet?« fragte Christine. »Hat er angerufen? Ist ein Brief von ihm gekommen?«
»Nein, Frau Schwarzenburg, leider nein. Aber ich will's auch lieber gleich gestehen, ich war in den letzten Tagen immer nur auf einen Sprung hier. Ich mußte doch all die Wäsche fertig machen für meine Brüder. Und dann –«
»Ja, Liesel, ja, es ist schon gut. Machst du mir einen Zitronen-Tee?«
»Sofort! Natürlich, sofort! Möchten Sie ihn im Salon trinken?«
»Nein, bring ihn mir bitte ins Schlafzimmer.«
Die Katze hatte ihren Milchnapf geleert und begann wieder zu miauen.
»Ach, du kleine Muschmusch«, rief Liesel, »Sie sind mir doch nicht böse, daß ich das Kätzchen mitgebracht habe, Frau Schwarzenburg? Es war immer so still in der Wohnung, so einsam.«
»Nein, nein, es ist gut, wir werden es behalten.«
Christine ging ins Schlafzimmer. Sie legte ihre Bluse ab, den Rock, knöpfte die Schuhe auf. Sie nahm nur den leichten, dünnen Morgenmantel um, begann ihr Haar vor dem Spiegel zu lösen und den Staub der Bahnfahrt herauszubürsten.
Liesel brachte den Tee, Christine sagte ihr, daß sie müde sei und sich eine Stunde hinlegen würde.
Das Bett sah breit und glatt und unberührt aus, so, als habe noch nie jemand darin geschlafen.
Und doch hatte es Nächte gegeben –.
Nein, nicht jetzt daran denken. Noch nicht. Vielleicht auch nie wieder.

Wußte sie denn, ob Ernst nun zurückkehren würde, ob er es überhaupt wollte – oder konnte?
Sie trank vom Tee und schaute in den Spiegel.
Anderthalb einsame Jahre waren vergangen seit jener Nacht in Bad Neuenahr – welche Zeichen hinterließen sie im Gesicht einer Frau?
Ihre Haut war glatt und leicht gebräunt. Schmaler waren die Wangen geworden, deutlicher zeichneten sich die Wangenknochen ab. Sie zählte vier, fünf weiße Haare an ihrer linken Schläfe.
Sie war jetzt fünfunddreißig Jahre alt.
Wenn sie Georg glauben wollte, schöner denn je.
Am letzten Abend –.
Würde Ernst ihr glauben, daß sie nicht mit Georg geschlafen hatte?
Sie hörte das Telefon rasseln und dann Liesels laute Antwort: »Ja, Herr Schwarzenburg, ja, ich hole die gnädige Frau sofort!«
Christine lief hinaus in den Flur, sie preßte den Hörer an ihr Ohr.
»Ernst«, sagte sie, und die Stimme wollte ihr zu keinem anderen Wort gehorchen.
»Christine«, rief er, »Christine, wie geht es dir?«
»Gut«, sagte sie, »jetzt geht es mir gut.«
»Bist du – schon lange zu Hause?«
»Seit einer Stunde. Vielleicht auch weniger.«
»Ich bin noch in München. Aber ich komme, sobald ich kann. Mit dem nächsten Zug.«
»Ja, mit dem nächsten Zug.«
»Christine, wirst du mir vergeben? Kannst du mir verzeihen?«
»Ich liebe dich«, sagte sie, »ich liebe dich, Ernst.«

Auch Ernst hatte sich verändert, war hagerer geworden, trug das Haar viel kürzer. Und wieder den Schnurrbart.
Er zeigte ihr die Narbe über dem linken Ohr.
Man hatte eine kleine Geschwulst aus seinem Gehirn entfernt; deswegen war er in München gewesen.
»Ich bin wieder gesund«, sagte er. »Es waren nicht nur die Nerven. Ich kann wieder arbeiten. Und ich kann wieder leben. Mit dir leben.«
Liesel brachte ihnen eine kleine Platte mit kaltem Aufschnitt, mit kleinen Sandwiches, frische Gurkenscheiben auf dunklem gebuttertem Brot. Ernst hatte eine Flasche Champagner mitgebracht.
Liesel brachte ihnen noch den Sektkühler, gefüllt mit Eis. Dann zog sie sich zurück, mit Muschmusch, der protestierend maunzte.
So vieles gab es zu erzählen, und doch genügten nur wenige Sätze dazu.
Was immer der Krieg auch bringen würde, die Kinder waren am besten mit Mama Stella und Jean Welsch auf Jeremias' Gut aufgehoben.
Ernst hatte in München Rilke kennengelernt und Marc, den Schöpfer der ›blauen Pferde‹.
Er hatte eine Kurzgeschichte über den Boxeraufstand geschrieben, aber, wie Prof. Schneider es vorausgesagt hatte, war sie von allen Verlagen abgelehnt worden.
Ernsts Malaria und seine Gehirnoperation befreiten ihn vom Militärdienst.
Aber er konnte sich in der Zivilverwaltung nützlich machen. Er war aus dem vorläufigen Ruhestand zurückgekehrt.
Viele Lehrer würden jetzt eingezogen werden, und Christine wollte ihren Schuldienst wiederaufnehmen.

In dieser Nacht erlosch früh der Lärm in der Straße, und auch die Lichter gingen früh aus.
Es war, als senke sich statt des Krieges Friede über das ganze Land.
Und in vielen dunklen Schlafzimmern umarmten sich Mann und Frau, junge Mädchen und junge Männer zum ersten oder zum letzten Mal.

Am 19. Oktober 1917 rutschte auf der Vetterstraße in Hamborn-Marxloh das Zugpferd eines Kohlenwagens auf dem kälteglatten Kopfsteinpflaster aus, brach sich ein Vorderbein und blieb schwer und krampfhaft atmend liegen.
Der Kutscher, ein alter Mann, hockte sich neben dem Kopf des Pferdes hin und fing an zu weinen.
Aus den Häusern stürzten Frauen mit Messern und Schüsseln. Ein Junge kam mit einem Beil.
Ein Soldat in schäbiger Uniform, dem das rechte Bein bis zum Knie fehlte, humpelte auf Krücken gestützt herbei. Er trug eine Pistole am Gürtel und gab dem Pferd den Gnadenschuß.
So nannte er es später, wann immer er in der Kneipe an der Ecke saß und nach dem vierten oder fünften Korn sich der brechenden Augen des Tieres erinnerte, deren Blaubraun hinter den langen Wimpern wie zu Milch gerann.
Die Frauen zerschnitten den noch warmen Leib des Pferdes und stritten sich wegen der Portionen.
Die Polizei hielt sich fern.
Sie wandte ihren Blick auch ab, als sie hungernde und frierende Kinder die Kohlen stehlen sah. Die Polizei fror selbst, und sie hungerte wie alle anderen.

Liesel legte das Pferdefleisch in Essig ein. Am Sonntag würde sie alle mit einem Sauerbraten überraschen. Muschmusch aber durfte sich gleich an einem Brocken der blutwarmen Leber delektieren.
Dann buk Liesel Pfannkuchen aus Steckrüben und klumpigem grauem Mehl zum Mittagessen.
Der süßlich-schale Geruch zog durch die ganze Wohnung.
Christine hatte mit einemmal – sie saß über zu korrigierenden Heften – einen unbezähmbaren Durst auf ein Glas Milch. Prompt setzten Magenkrämpfe ein. Sie legte sich flach auf den Boden, hielt, solange es ging, den Atem an; es war das einzige Mittel gegen die Schmerzen.
Ernst kam aus dem Dienst, er war nun in der Zuteilungsstelle für Lebensmittelkarten beschäftigt.
Sie aßen mit Liesel zusammen in der Küche, denn wenn sie nicht aufpaßten, aß Liesel nichts.
Muschmusch hatte sich zu einem großen Kater ausgewachsen, der dick und fett war.
»Offenbar findet er noch genug Ratten und Mäuse«, scherzte Ernst, denn die Pfannkuchen verschmähte Muschmusch.
Ernst ging gleich nach dem Essen wieder ins Büro. Christine machte sich auf den Weg ins Krankenhaus. Wegen ihrer französischen Sprachkenntnisse hatte man sie zur Betreuung auf der Station eingesetzt, auf der französische Gefangene lagen.
Sie las ihnen vor und half ihnen, ihre Briefe nach Hause zu schreiben. Sie nannten sie nicht Madame Schwarzenburg, sondern Mam'selle Welsch.
Einmal summte einer von ihnen das Kinderlied ›Frère Jacques‹, aber keiner von ihnen sang mehr die Marseillaise, ebensowenig wie die Verwundeten in französi-

schen Krankenhäusern noch ›Deutschland, Deutschland über alles‹ sangen oder ›Lieb Vaterland magst ruhig sein‹.
Die Verwundeten benutzten das Wort Friede nie, so als könnten sie sich gar nicht mehr vorstellen, was nach einem Krieg wie diesem kommen sollte.
Sie sagten immer nur: »Wenn das vorbei ist . . .«

Beinahe regelmäßig kam noch Post von Mama Stella. Und sie schrieb immer, es gehe allen gut.
Von Rachel in Paris fehlte seit Kriegsausbruch jede Nachricht.
Robert hatte zu Beginn des Krieges das Sanatorium in den Vogesen verlassen.
Kurz nach seiner Ankunft in Straßburg war er von preußischer Geheimpolizei verhaftet worden.
Nach fünf Tagen ließ man ihn wieder frei. Er sprach nie über diese fünf Tage.
Er lebte still und unauffällig auf dem Schlössel vor sich hin. Er las viel, spielte mit Anna und Lilli und konstruierte einen neuen Steg über den Bach, der das Gut begrenzte.
Ernsts Bruder Franz war bei der Marine.
Er sandte begeisterte Briefe nach Hause. Durchhalteparolen.
An Ernst schrieb er: ›Wie ich Dich kenne, glaubst Du längst nicht mehr an den Sieg. Aber wir werden siegen, und wenn wir unseren letzten deutschen Blutstropfen dafür hergeben müßten . . .‹
Ernst las den Brief und zerriß ihn. Zu Christine meinte er: »Weißt du, was Rilke gesagt hat, am Tag der Mobilmachung, in München, während an der Feldherrnhalle

die Menschen einem Feldwebel zujubelten, der die Kriegserklärung an Rußland und Frankreich verlas: ›Warum gibt es nicht ein paar, die zusammenstehen und auf den Plätzen schreien: genug! und erschossen werden und wenigstens ihr Leben dafür gegeben haben, daß es genug sei, während die draußen jetzt nur noch untergehen können, damit das Entsetzliche dauere und dauere und des Unterganges kein Absehen wäre . . .‹«

Und wer hatte diesen Tod, die Zerstörung, die Not und den Hunger gewollt, die ganz Europa überzogen?

Gierige und Mächtige auf allen Seiten, dachte Christine, wenn sie überhaupt Zeit zum Nachdenken fand.

Gierige und Mächtige, die niemals am eigenen Leib und Leben das Entsetzen kennenlernen werden.

Sie verlor ihr drittes Kind im vierten Monat, weil sie zu unterernährt war.

Es wäre ein Sohn gewesen.

Sie blieb drei Tage im Krankenhaus, dann nahm sie ihre Arbeit in der Schule wieder auf.

»Auf diese Weise«, sagte Ernst, »brauchen wir nie zu fürchten, einmal einen Sohn auf dem Feld der Ehre fallen zu sehen . . .«

16

Zwei Millionen Freiwillige hatten sich in den ersten Augusttagen 1914 auf deutscher Seite an die Front gemeldet. In allen Kirchen wurden Sondergottesdienste abgehalten, und es gab nicht wenige Geistliche, die Kanonen segneten.
In Berlin schlossen die Sozialdemokraten Burgfrieden mit der kaiserlichen Regierung, die nun unter Berufung auf ein preußisches Gesetz aus dem Jahre 1851 den Belagerungszustand ausrief und das Land in vierundzwanzig »Militärbezirke« unterteilte, zur Aufrechterhaltung der Sicherheit . . .
Viele Menschen glaubten wahrhaftig, daß dieser Krieg notwendig wie ein reinigendes Gewitter in Europa sei, und demonstrierten eine Einigkeit der Nation, wie Bismarck sie sich vergeblich gewünscht hatte.
Die Soldaten fuhren mit blumengeschmückten Gewehren und Helmen an die Front.
Weihnachten, so schworen und sangen sie, würden sie siegreich wieder zu Hause sein.
Der Krieg sollte vier Jahre dauern. Frankreich, das man schon geschlagen wähnte, England, das von deutschen U-Booten unter Blockade gesetzt wurde (eher blokkierte allerdings England die Zufuhr von Lebensmitteln und Rohstoffen nach Deutschland), das Zarenreich, das

man zerrüttet und am Rande der Kapitulation glaubte – sie alle gewannen neue Bundesgenossen gegen die Deutschen, nicht zuletzt die reichen, großen Vereinigten Staaten.

Hatte man sich in den ersten Kriegsmonaten noch bei Kranzler in Berlin die Siegesmeldungen bei Mokka und Schlagsahne zu Gemüte geführt, so machte sich sehr bald Not und Misere bemerkbar.

Allerdings – wer Geld hatte, konnte auf dem schwarzen Markt kaufen, wer Reichtümer besaß, sie auf dem Lande gegen Naturalien eintauschen.

Wer konnte, hamsterte, schob, kungelte, und es gab genug im ganzen Land, die den Namen Raffke oder Kriegsgewinnler verdienten.

Der Kaiser ließ sich mit einem Marmeladenbrot fotografieren und dokumentierte damit Verbundenheit zum Volk.

Streiks drohten an allen Ecken und Enden, extreme politische Parteien wurden gegründet, bekämpften einander.

In Brest-Litowsk diktierte der Kaiser noch Lenin, der nun die Macht in Rußland übernommen hatte, einen habgierigen Frieden – aber schon im Herbst 1918 sollte alle Welt wissen, daß dieser nur ein Stück wertloses Papier war.

Ludendorffs letzte Offensive im Westen war zum Stillstand gekommen, und die westlichen Alliierten, zu denen nun Amerika gehörte, durchbrachen am 8. August die deutschen Linien.

Ludendorff erlitt seinen berüchtigten Nervenzusammenbruch und forderte die Regierung in Berlin auf, unverzüglich einen Waffenstillstand zu schließen.

Der Maler Franz Marc war bei Verdun gefallen. Erich

Maria Remarque schrieb ›Im Westen nichts Neues‹, und ein junger Amerikaner namens Ernest Hemingway sollte bald Idol und Beispiel einer Generation werden, die sich verraten, verloren und verkauft fühlte.
Die Franzosen besetzten das Rheinland und das Ruhrgebiet.
In Straßburg wechselte man deutsche Straßen- und Firmenschilder gegen französische aus.
Robert Welsch wurde von den Franzosen verhaftet und wegen seiner »separatistischen Umtriebe« als Elsässer interniert.
Georg Bonet war seit der Schlacht an der Somme verschollen.
Ernst Schwarzenburgs Bruder Franz kehrte aus englischer Gefangenschaft zurück. Er rauchte nun Players, trug elegante Tweed-Jacketts bei seinem einzigen Besuch in Hamborn-Marxloh und sagte: »Für Kerle wie du, die mit ihrem fetten Hintern zu Hause saßen, haben wir unser Herzblut gegeben.«
Christine wies ihm unmißverständlich die Tür, denn Ernst wog nur noch knapp fünfundfünfzig Kilo, und trotz seiner häufigen Malariaanfälle fehlte er keinen Tag im Büro.
Der Krieg war vorbei. Der Krieg war endlich aus.
Und nun gab es jüngere Geistliche, die an der Front gewesen und zurückgekehrt waren, die ihre Predigten schlossen: »Meine Hand soll verdorren, wenn sie jemals wieder eine Waffe trägt . . .«

Die möblierte Wohnung lag in der Rue Latroun am Rande des alten jüdischen Viertels von Paris. Sie bestand aus einem Zimmer, dessen Kachelofen rauchte und

klapperte und niemals Wärme abgab. Die Küche war ein finsteres Loch, in dem es nach Abwaschwasser stank; die Toilette war auf dem Kniestock, und bis dort reichte auch nur die Wasserleitung.
Das Zimmer hatte ein breites Bett, und das einzig Saubere waren seine Laken.
Wie es hatte geschehen können, wußte Rachel Welsch nicht, aber Babtistes großes Vermögen, ein Vermögen, das wie eine Gebirgsquelle unerschöpflich schien, hatte sich in nichts aufgelöst.
Gut, Babtiste hatte sich nie um seine Ländereien im Elsaß gekümmert, hatte stets Verwalter eingesetzt und war natürlich – wie er nun manchmal weinerlich erklärte – von ihnen nach Strich und Faden betrogen worden.
Und sie beide hatten ein Leben in Überfluß und Luxus geführt bis noch tief in den Krieg hinein. Während schon Kinder vor Hunger auf der Straße umfielen, Frauen stundenlang für eine halbe Baguette anstanden, für eine lächerliche Grammration Fleisch, hatten sie in den besten Restaurants von Paris noch Gaumenfreuden gekostet, für die die französische Küche seit jeher berühmt war und ist.
Ihr Palais gaben sie nur auf, weil es nicht mehr zu heizen war – so Babtiste.
Er wählte eine Suite in einem Hotel in der Nähe von Notre Dame, das einmal bessere Tage gesehen hatte.
»Eine kleine Knappheit«, sagte er, »weißt du, Rachel, das ist nur vorübergehend. Aber hier haben wir es wenigstens schön warm, und überhaupt . . .« Seine Worte verloren sich. Sie sah, wie sein linker Arm unkontrolliert zu zucken begann, er entschuldigte sich für einen Moment, und sie wußte, daß er sich nebenan, im Bad, eine Spritze setzte.

Woher Babtiste immer noch sein Morphium bezog, wußte sie nicht. Aber sie konnte sich – oder hätte sich vorstellen sollen, daß es inzwischen ein Vermögen kostete, denn schließlich wurde es an der Front gebraucht.
Nach drei Monaten mußten sie die Suite gegen ein »Chambre avec deux lits« vertauschen.
Und schließlich brach Babtiste eines Morgens über dem dünnen Ersatzkaffee zusammen und gestand ihr, daß er absolut bankrott sei.
Rachel besaß noch den Schmuck, den er ihr geschenkt hatte, sie besaß noch die Pelze und die kostbaren, mit Perlen, Halbedelsteinen und Straußenfedern verzierten Abendroben.
Die Kleider wollte niemand haben, im Pfandhaus bekam sie lächerliche Beträge dafür.
Der Schmuck brachte mehr ein, aber das Geld reichte niemals.
Denn Babtiste bestahl sie, er konnte nicht mehr ohne die Spritze leben.
Rachel fand die Wohnung in der Rue Latroun und eine Stelle.
Sie verkaufte noch alle Pelze, bezahlte davon die Miete im voraus. Sie behielt nur den Zobelmantel.
Und der bedeckte nun das breite Bett, in dem Babtiste lag.

Er schloß die Augen, wenn sie ihn morgens verließ, er öffnete sie wohl erst wieder, wenn sie abends nach Hause kam.
Sie arbeitete in der Nähe in einer Buchhandlung. Tag um Tag stand sie in dem kleinen halbdunklen Laden, in den nur so selten jemand trat, denn wer hatte noch Geld für

Bücher? Gewiß nicht die Leute, die in diesem Viertel wohnten.
Es waren algerische und provinz-französische Arbeiter, die der Krieg in die Metropole gezogen hatte, deren Kinder nicht einmal zur Schule gingen; Russen, die aus Mütterchen Rußland geflüchtet waren, weil die Revolution das Land zerriß. Und es waren ganz einfach Pariser, die schon immer hier gelebt hatten und nichts anderes als ihre Armut kannten.
Aber pünktlich an jedem Fünfzehnten bekam Rachel ihr Gehalt – es reichte, die Miete weiter zu bezahlen, es reichte für die tägliche Baguette, eine Flasche Rouge Ordinair und ein Stück Käse.
Einmal in der Woche, an ihrem freien Tag, fuhr sie hinaus vor die Stadt, aufs Land, arbeitete dort auf einem Bauernhof und brachte abends ihren Lohn in Form von Gemüse und Kartoffeln nach Hause.
Und Babtiste schloß morgens seine Augen und öffnete sie erst wieder abends, wenn Rachel zurückkam.
Er hatte das Morphium aufgegeben.
Es blieb ihm nichts anderes übrig.
Die ersten Tagen waren die schlimmsten gewesen.
Die ersten Tage waren so gewesen, daß Rachel einfach nicht mehr daran denken wollte, sich zwang, sie zu vergessen.
Babtiste war wie besessen gewesen, er hatte tatsächlich den Kalk von den Wänden gekratzt. Er hatte Rachel geschlagen und dann wieder in einer Ecke gehockt und geheult wie ein Tier.
Rachel hatte die Tür zugesperrt, sich mit ihm eingeschlossen.
Er versuchte, die Tür einzutreten, ihr zu entkommen, aber weil er so schwach war, gelang es ihm nicht.

Sie wusch ihm den kalten Schweiß vom Körper, hielt ihm den Kopf, als er sich erbrach. Sie säuberte die Laken, als seine Schließmuskeln versagten.
Saß bei ihm, geduldig, ruhig, seine Hand haltend, auf den Puls horchend, wenn er in komaähnlichen Schlaf fiel.
Und langsam, langsam ließen die Entziehungserscheinungen nach, langsam, langsam behielt er ein wenig Nahrung bei sich, schlief, ohne daß sich sein Körper in Krämpfen wand.
Und schließlich schien die Sucht besiegt. Aber noch hatte er nicht den Mut zum Leben wiedergefunden.
Noch schlossen sich seine Augen jeden Morgen, wenn Rachel zur Arbeit ging, und öffneten sich wohl erst wieder, wenn sie abends nach Hause kam.
Frühling wurde es, und auf schmalen Fensterbrettern der Nachbarhäuser blühten plötzlich Blumen.
Rachel kaufte Babtiste einen Veilchenstrauß, obwohl die paar Centimes ihr spürbar fehlen würden.
»Babtiste, der Krieg ist aus, und du bist wieder gesund, und du mußt endlich aufstehen!«
Sie küßte ihn auf die Lippen.
»Hörst du, Babtiste. Du mußt endlich aufstehen! Laß uns einen Spaziergang machen, bitte, nur ein paar Schritte vor die Tür.«
Seine Augen sahen sie verständnislos an, als höre er nicht einmal ein einziges ihrer beschwörenden Worte.
»Babtiste, alles wird gut. Du bist wieder gesund, und es ist Frühling.«
Sie streichelte seine Hand und streichelte seine Wange. Sie selbst hatte ihm das Haar geschnitten, das seltsam ausgeblichen aussah, er war nicht alt geworden, aber häßlich.

Die Haut seines Gesichtes war grau und schlaff, sein Hals runzelig wie von einem Truthahn.
Und doch, und jetzt erst liebte sie ihn.
Sie sagte es ihm.
Sie sagte: »Babtiste. Alles war meine Schuld. Alles. Heute sehe ich es ein. Ich hätte dich heiraten sollen, als du mich darum batest. Ich hätte glücklich sein sollen, daß ein Mann wie du mich überhaupt haben wollte. Weißt du noch, wie du über den Neuhof geflogen bist in deinem Segelflugzeug? Weißt du noch, wie es war, wenn ich dich heimlich im Petite France besuchte? Als ich noch auf das Lehrerinnenseminar ging? Hab' ich nicht mein Elternhaus deinetwegen verlassen? Habe ich nicht mit dir geschlafen? Du warst doch mein erster Mann.«
»Weil du den anderen nicht haben konntest.« Er sagte es so voller Haß und so voller Ekel, daß sie zurückzuckte.
»Ja, auch das ist wahr. Aber ich war so dumm. Ich war so verbohrt. Höre doch, ich sehe ja alles ein, und es tut mir leid. Alles tut mir leid. Wir hätten so glücklich sein können in all den Jahren. Wäre ich nicht so neidisch, so eifersüchtig gewesen auf meine Schwester, auf Christine. Ja, auch das gestehe ich ein. Ich habe Christine immer gehaßt. Schon als wir noch Kinder waren, denn unser Vater liebte sie von uns dreien am meisten. Er liebte Christine, weil sie unserer Mutter ähnlich war. Und sie war schlank, als ich dick war, in der Schule flog ihr alles nur so zu, während ich immer büffeln und büffeln mußte, um einigermaßen mitzukommen. Alle Menschen liebten Christine. Und Georg liebte Christine. Nur deswegen wollte ich ihn haben. Heute weiß ich es. Denn wenn er heute käme, ich würde niemals mit ihm gehen. Wenn er heute käme und mich haben wollte,

würde ich ihm sagen, nein, ich bleibe bei Babtiste. Weil ich Babtiste liebe.«

»Du ekelst mich an«, sagte er.

»Babtiste, ich sage die Wahrheit, so glaube mir doch.«

»Es ist nicht die Wahrheit«, sagte er. »Du liebst mich, seit ich dir ausgeliefert bin. Du liebst mich, seitdem ich ein Wrack bin, seitdem du die Barmherzige spielen kannst. Du Egoistin! Ja, ich war einmal ein gesunder Mann, und ich hatte Freude am Leben, und ich liebte dich und hätte alles getan, nur damit du mir wirklich gehört hättest. Du aber hast mich immer nur benutzt. Von Anfang an. Es waren keine schönen Abende im Petite France, Rachel. Es waren grauenhafte Abende, wenn du kamst und dich vor mir in all deiner gemeinen, widerwärtigen Schönheit produziertest, und ich habe versucht, mich zu Tode zu saufen. An mir probiertest du aus, wie du auf den anderen wirken wolltest. Ich mußte herhalten, immer nur herhalten. Der tumbe Babtiste, mit dem man alles machen konnte.«

»Ja, es ist wahr, Babtiste, alles, alles, was du sagst, ist wahr. Aber heute liebe ich dich. Und beschimpfe mich, solange du willst. Beschimpfe mich, tue alles, was du willst, solange du nur wieder mit mir redest.«

Er sah sie lange an.

So lange, daß sie kaum mehr seinen Blick aushalten konnte.

»Steh auf«, sagte er dann.

Sie gehorchte.

»Zieh dich aus«, sagte er.

Sie tat es.

»Du bist häßlich«, sagte er. »Deine Schenkel sind fett. Deine Brüste wie Euter. Nur ich, ich Idiot habe es nie gesehen. Du widerst mich wahrhaftig an.«

Babtiste schloß die Augen und kehrte sein Gesicht zur Wand.
Sie nahm ihre Kleider auf, ging in eine Ecke, zog sich mit zitternden Händen wieder an.
»Mach mir was zu essen, ich habe Hunger«, sagte er nach einer Weile.
Auf dem Spirituskocher wärmte sie den Rest der Kartoffelsuppe vom Vortag, schnitt ein bißchen grüne Zwiebel hinein, tat einen Stich Butterschmalz hinzu.
Er aß die Suppe, dann drehte er sich wieder zur Wand.
Sie wusch das Geschirr, zog die Vorhänge zu.
Als sie sich neben Babtiste legen wollte, sagte er: »Komm nie mehr in mein Bett.«
Rachel schlief auf dem Boden.
Er strafte sie für begangene Sünden, wie sie ihn zuvor für nicht begangene Sünden gestraft hatte.

Am nächsten Morgen stand Babtiste auf, stieg über sie hinweg.
Er rasierte sich, wusch sich, zog sich an.
Der graue Anzug hing faltig-schäbig um seine so mager gewordene Gestalt.
Rachel hatte nicht den Mut, ihn zu fragen, wohin er ging.
Sie räumte das Zimmer auf, ging in den Buchladen wie an jedem anderen Tag.
Zwei Wochen lang blieb Babtiste verschwunden.
Dann eines Mittags, sie wollte gerade das Geschäft schließen, um rasch ein paar Einkäufe zu machen, stand er plötzlich in der Ladentür.
Er trug einen neuen eleganten Anzug, ein blütenweißes Hemd. Fast sah er aus wie früher.

Er lächelte leicht, sagte so wie früher: »Wie schön du bist, Rachel.«
Er kam zu ihr, nahm sie in die Arme.
»Ich wollte dich verlassen, ich wollte dich endlich ein für für allemal vergessen, aber ich kann es nicht. Laß uns aus Paris fortgehen und ein neues Leben anfangen.«

»Ist das nicht wunderbar!« Stella Welsch wischte sich lachend die Tränen aus den Augen. »Jean, stell dir vor, Rachel hat endlich Babtiste geheiratet. Sie schreibt, daß sie glücklich ist. Warte, ich lese dir den ganzen Brief vor.«
Sie schob ihre Brille zurecht, lachte wieder, sagte: »Ach, ich kann es einfach gar nicht fassen. So ein lieber Brief ist das, und so glücklich ist sie. Also: ›Cap d'Antibes, siebzehnter Juni neunzehnhundertzwanzig. – Meine lieben Eltern! Ihr müßt mich für sehr undankbar und nachlässig halten, daß ich seit zwei Jahren nichts mehr von mir hören ließ, aber ich war nicht sicher, ob das, was ich hätte berichten können, Euch erfreut hätte. Nun aber – und meine Hand zittert, während ich dies schreibe, vor Glück – bin ich endlich Babtistes Frau. Vielleicht glaubt Ihr, daß es der Krieg war, der mich mit all seinem Elend und seiner Not zur Vernunft gebracht hat, aber das war es nicht. Nein, ich will Euch in aller Offenheit sagen, was mich verwandelt und was mir die Augen geöffnet hat. Babtiste, unglücklich darüber, daß ich in all den Jahren – fast zwanzig Jahre waren es ja – neben ihm herlebte, war morphiumsüchtig. Und erst, als wir so arm wurden, daß er kein Morphium mehr bekommen konnte, und erst, als ich ihm helfen durfte, sich von der Sucht zu befreien, erkannte ich, daß ich ihn wahrhaft liebte. Babti-

stes großes Vermögen ist vertan. Was ihm blieb, ist eine bescheidene Rente, die uns jedoch erlaubt, hier in Frieden zu leben. Wir sind nun beide schon nicht mehr die Jüngsten, aber wir schauen so hoffnungsfroh in die Zukunft, daß wir uns sogar noch ein Kind wünschen. Also seid nicht überrascht, wenn auch wir Euch noch zu Großeltern machen ... Ich werde Euch bald wieder und noch ausführlicher schreiben. In Liebe Eure Tochter Rachel.‹«

»Mein Gott«, sagte Jean Welsch, »sie ist doch dreiundvierzig! – Nein, Stella, das ist kein glücklicher Brief, das ist der Brief einer hysterischen, dummen Frau!«

»Aber Jean, wie kannst du so hart sein? Sie ist dein Kind, deine Tochter.«

»Ja, das ist sie, und Gott mag mich strafen dafür, aber ich habe sie nie geliebt. Nicht einmal als kleines Kind. Sie war von klein auf habsüchtig, eifersüchtig, sie konnte niemanden neben sich dulden. Wenn ich daran danke, als Christine geboren wurde ...« Er schüttelte den Kopf. »Ich habe es nie jemandem erzählt, nicht einmal Anna. Und dabei war es das Entsetzlichste, was ich je erlebt habe.«

»Sprich nicht darüber, wenn es dich quält.«

»Ich habe nicht mehr viel Zeit, Stella, ich kenne meinen Körper zu genau, und er ist müde geworden. Deswegen muß ich mir selbst Rechenschaft darüber ablegen, ob ich meine Kinder unrecht behandelte. Christine war kaum geboren, Anna lag noch im Kindbett, da fand ich Rachel, es war im Morgengrauen, ich wurde vom Weinen des Babys geweckt, wie Rachel versuchte, ihm die Haare auszureißen. Und weißt du, warum sie es tat? Wir hatten ihr einmal im Scherz erzählt, daß sie mit einem Kopf so kahl wie ein Ei geboren worden war. Und das sagte sie

mir jetzt. Sie sagte: ›Ich will nicht, daß sie schönere Haare hat als ich.‹ Und als Rachel aufwuchs, größer wurde, meinst du, ich hätte übersehen können, wie hinterlistig sie war? Wie oft Christine Schelte einsteckte für Dinge, zu denen Rachel sie angestiftet hatte? Vielleicht war das meine Schuld. Vielleicht habe ich Rachel von Anfang an nicht geliebt. Anna und ich waren so kurz erst verheiratet, Robert war schon da, und finanziell ging es uns sehr schlecht. Ich wollte nicht, daß Anna schon wieder unter einer Geburt leiden sollte. – Nein, auch das ist nicht wahr. Wahr ist, ich wollte Anna noch eine Zeitlang ganz für mich alleine haben. Der Robert war ein Sohn, und das ist ja was anderes.« Jean schwieg, lehnte sich zurück. Eine Weile schloß er die Augen, dann hob er seine Hand von der Sessellehne, legte sie auf Stellas Hand.
»Stella«, fragte er leise, »bin ich dir ein guter oder schlechter Mann gewesen?«
»Du warst mir der Liebste auf der Welt«, sagte sie. Und als Stella es schon gesagt hatte, merkte sie erst, daß sie die Vergangenheit benutzt hatte.
»Hast du eigene Kinder vermißt?« fragte Jean dann.
»Nein«, sagte sie schnell, »nie, mein Liebster. Denk doch nur, als erst Robert, dann Rachel und schließlich Christine aus dem Haus gingen, haben wir doch so bald Anna und die kleine Lilli bekommen. Und sie sind mir wahrhaftig, als wären sie mein eigen Fleisch und Blut, meine eigenen Enkelkinder.«
»Aber bald wirst du sie weggeben müssen, bald wird Christine kommen und sie wieder zu sich holen.«
»Ihre Koffer sind schon gepackt«, sagte Stella ruhig und mit dem leichten Lächeln, das nur Fremden kühl schien.
»Aber sie werden ja in den Ferien wieder zu uns kommen. Und vielleicht werden wir sie auch einmal besu-

chen. Wenn Christine und Ernst erst ihr Haus in Bonn bezogen haben –«
»Wenn ich sterbe, werde ich niemandem ein Haus hinterlassen können. Nicht einmal ein Haus.«
»Sprich nicht so oft vom Sterben, Liebster, ich bitte dich.«
Er wandte den Kopf ein wenig und sah sie an.
»Aber ich muß davon sprechen, denn es wird bald soweit sein. Schau mich an, Stella, schau mich richtig an.«
Sie blickte ihn an und wußte, daß sie schon lange sich dagegen verschlossen haben mußte, was sie nun sah.
Die Augen waren erloschen, und die erdige Tönung seiner Haut kam nicht vom Schatten, in dem sie im Garten unter dem Birnbaum saßen.
»Ich habe Krebs, Stella«, sagte Jean, »morgen früh wird man mich operieren, aber ich werde die Operation nicht überstehen.«
»Warum sagst du mir das erst jetzt? Warum habe ich es nicht früher gemerkt? Warum –«
»Still, Stella, still. Laß uns den letzten Nachmittag genießen. Sieh, wie die Sonne untergeht. Wie sie alles vergoldet. Dieser Nachmittag ist wie die Jahre mit dir, ein langer, sanfter Sonnenuntergang.«
Sie blieben Hand in Hand sitzen, bis es dunkel wurde.
Dann ging Stella ins Haus, holte eine leichte Wolldecke für Jean, nahm selbst eine Wollstola um.
Aus dem Vertiko im Flur holte sie die gläsernen Windlichter, die Christine ihnen vor langen Jahren einmal aus Berlin geschickt hatte.
Stella steckte frische Kerzen hinein.
Draußen unter dem Birnbaum zündete sie die Kerzen an.
Sie saßen beieinander, bis sie heruntergebrannt waren.

Dann führte Stella Jean ins Haus.
Noch einmal teilten sie das Bett.
Und sie schliefen sogar.
Am Morgen kleidete Jean sich an, zog über den schwarzen Anzug seinen weißen Kittel, wie in all den Jahren, in denen er dem Diakonissenhaus gedient hatte – nur, diesmal würde er es als Patient betreten.
Sie hielten einander stumm umfangen, und obwohl er es nicht aussprach, wußte Stella, daß sie ihn allein gehen lassen mußte.

Sie stand hinter der Haustür und sah ihm nach, einem schlanken aufrechten Mann, der wußte, daß er sterben würde. Und nicht wollte, daß sie um ihn weinte.
Jean Welsch lebte nach der Operation noch ein Jahr, bis der Krebs seine Lunge erreichte und ihn buchstäblich erstickte.

Zum erstenmal seit zwanzig Jahren weilten Robert, Christine und Rachel Welsch zur gleichen Zeit wieder in ihrem Elternhaus – zur Beerdigung ihres Vaters.
Als erste traf Christine mit Ernst ein.
Ernst, unterstützt von Großonkel Jeremias, der rüstig auf die Neunzig zuschritt, kümmerte sich um die notwendigen Formalitäten, welche eine Bestattung mit sich bringt.
Christine ging Stella zur Hand.
So viele persönliche Briefe mußten geschrieben werden, an Freunde und Verwandte, mit denen Jean Welsch bis in diese letzten Wochen hinein in lebhafter Korrespondenz gestanden hatte.

So ruhig und still und seltsam mädchenhaft wirkend im schwarzen Trauerkleid war Stella, daß man vergaß zu weinen.
Stella war es auch, die einfach sagte: »Jean soll neben Anna ruhen.«
»Bist du sicher, daß du das willst?« fragte Jeremias. »Du warst länger Jeans Frau als Anna.«
»Ich bin sicher, daß Jean es gewollt hat und nur nie sagte«, antwortete Stella mit ihrem leichten, flüchtiger gewordenen Lächeln.
»Gut. Wie du willst«, sagte Jeremias. »Also, in Ingweiler wird die Beerdigung sein.«

Rachel traf in einem Hispano Suiza ein, den Babtiste chauffierte. Sie trug schwarze Perlen zu ihrem schwarzen Kleid aus Crêpe de Chine, schwarze Schlangenlederschuhe, über dem Spann mit schwarzen Perlen geknöpft, Dernier cri der Haute Monde in Monte Carlo. Sie schminkte sich auffallend, und ihr Mund leuchtete wie eine Wunde im perlmuttblassen Gesicht.
Rachel weinte hemmungslos, Stella zog sich in ihr Zimmer zurück.
»Nimm dich doch endlich zusammen«, sagte Robert, »und hör mit deinem Theater auf!«
»Alors, mon vieux, so spricht niemand mit meiner Frau«, sagte Babtiste, und die Röte eines zu hohen Blutdrucks schoß in sein zu kräftig gewordenes Gesicht.
»Rachel ist eine dumme Gans«, sagte Robert, »und sie hat unserem Vater zeitlebens nur Kummer bereitet. Aber das wollen Sie wahrscheinlich nicht hören, weil Sie ja auch ein gerüttelt Maß an Schuld daran tragen.«
»Sie ahnen nicht, was wir hinter uns haben«, sagte Bab-

tiste, »sonst würden Sie es nicht wagen, so mit uns zu reden, mon vieux!«
»Was ihr hinter euch habt?« fragte Robert verächtlich. »Man braucht euch nur anzusehen, um zu wissen, was für elende Parasiten ihr seid.«
»Hör auf, bitte, Robert«, sagte Christine. »Nach all den Jahren sehen wir uns wieder und haben nichts Besseres zu tun, als zu streiten?«
»Aber sieh sie dir doch an, unsere feine Schwester. Noch immer herrscht Chaos, noch immer hungern und sterben Menschen, und sie kommt hier an wie eine billige Operettendiva, nur – daß ihre Perlen echt sind!«
Robert stand auf und verließ den Salon.
»Ich brauche einen Cognac«, sagte Babtiste.
»Ich auch«, sagte Ernst.
»Wenn ihr schon dabei seid . . .«, sagte Großonkel Jeremias, »ich könnte auch einen vertragen.«
Rachel starrte auf ihre auf dem Tisch gefalteten, wunderschön manikürten Hände.
»Rachel, Robert meint es nicht so«, sagte Christine.
»Ach, laß mich in Ruhe.«
Christine zuckte die Schultern. Sie ging hinaus. Sie fand Robert in der Gartenlaube.
Fand ihn, wie er alte Zeichnungen, vergilbte Blätter, zerriß.
»Was machst du denn da?« fragte sie erschrocken.
»Irgendwann sind alle Träume ausgeträumt.«
»Robert, was macht dich so bitter? Was ist mit dir in all den Jahren geschehen?«
Er setzte sich auf die Bank, auf der sie in jenen unschuldigen Nächten ihrer Jungmädchenzeit so oft mit Georg gesessen hatte, aber daran dachte sie jetzt nicht.
Robert ließ seine Hände zwischen den Knien baumeln.

»Was mit mir geschehen ist?« fragte er.
»Ja, sag es mir. Bitte, Robert, sag mir alles!«
Er sah sie unter halb gesenkten Lidern an. »Ich war ein Kommunist. Ein überzeugter, glühender, ja ein fanatischer Kommunist.«
»Vater hat es immer vermutet.«
»Aber er hielt nichts davon.«
»Das hat er nie gesagt. Er hat sich immer nur Sorgen um dich gemacht, in all den Monaten und Jahren, in denen wir nicht einmal wußten, wo du warst.«
»Erinnerst du dich noch an Petersburg?«
»Sicher.« Christine setzte sich neben ihn auf die Bank. »Ich werde es nie vergessen.«
»Damals glaubte ich noch, nur die anderen könnten töten. Die, welche an der Macht waren. Ich glaubte, eine Revolution, *die* Revolution würde sie alle hinwegfegen. Und dann würde Friede sein. Und ich glaubte, daß durch eine solche Revolution auch unser Land, unser Elsaß, endlich das werden könnte, was es sein sollte, ein kleiner Staat für sich selbst, kein Spielball mehr zwischen Deutschen und Franzosen. Nur noch unser Elsaß.«
»Ja, das hast du immer schon gewollt. Ich weiß noch, wie entsetzt du warst, daß man in der Schule nur Hochdeutsch sprach und Französisch. Und daß es vielleicht das war, was dir am meisten fehlte, als unsere Mutter starb. Du hattest niemanden mehr außer Lisette, mit dem du richtig Elsässerdütsch zu Hause sprechen konntest.«
»Aber die Kommunisten sind so schlimm wie alle anderen auch, die vor ihnen dran waren und nach ihnen kommen werden. Sie sind machtgierig und scheuen kein Blut an ihren Händen.«
Robert hatte ihr gar nicht zugehört.

Er hob seine Hände, sie waren knochig, und auf den Handrücken zeigten sich erste dunkle Altersflecken. »Auch daran klebt Blut«, sagte er, »auch daran.«
»Ich glaube dir nicht«, sagte Christine wild. »Du nicht. Du hast kein Blut an deinen Händen!«
»Doch. Ich war in einem Kommando, das Frauen getötet hat, Frauen, die ihren Männern heimlich Essen in den Wald gebracht hatten, ihren Männern, die eingekesselte zaristische Soldaten waren.«
»Frauen«, sagte Christine, »Frauen habt ihr umgebracht?«
»Ja, Christine, und wir waren fest davon überzeugt, es geschehe für eine gute Sache.«
»Robert, ich glaube dir trotzdem nicht.«
»Aber es ist die Wahrheit. Jetzt habe ich sie endlich einmal ausgesprochen. Siehst du, und deswegen hasse ich Rachel so und diesen Babtiste. Weil Leute wie ihresgleichen Menschen wie meinesgleichen zu Mördern machen, indem sie alles haben und immer alles haben werden und die anderen nichts.«
»Was bist du heute, Robert? Bist du – immer noch ein Kommunist?«
»Wenn ich es wäre, hätte ich dir dann von meiner Schuld erzählt?«
»Ich weiß es nicht.«
»Ich bin ein Verlorener.«
»Ich wünschte, ich könnte etwas tun, um dir zu helfen.«
»Das hast du schon getan. Du hast mir zugehört«, sagte er. »Du sitzt neben mir und bist meine Schwester, die mich nicht verdammt.«
»Warum kommst du nicht eine Weile zu uns nach Bonn und lebst bei uns? Wir haben jetzt ein eigenes Haus.

Ernsts Vater hat es gehört, niemand wußte davon und schon gar nicht seine eigene Familie. Er aber, er hatte ein Testament gemacht und das Haus ausgerechnet Ernst überschrieben, obwohl Franz sein Lieblingssohn war.«

»Du hast genug am Hals«, sagte Robert. »Immerhin hast du zwei Kinder. Und wie Stella mir sagte, lebt auch Ernsts Mutter bei euch.«

»Ja, das tut sie. Und du solltest sehen, wie wunderschön sie malt. Auf Glas. Anna lernt es schon von ihr. Wir haben genug Platz, Robert. Und wirklich, ich würde mich freuen. Und Ernst auch. Er hat immer bedauert, daß ihr euch so selten getroffen habt. Es sei denn . . .«, sie verstummte.

»Ja, ich denke immer noch an Amelie«, sagte Robert, als habe er ihre Gedanken erraten. »Und deswegen möchte ich lieber nicht nach Bonn kommen.«

»Aber was tust du jetzt, wo lebst du? Wovon lebst du? Mama Stella sagte mir, daß du von Vater habest kein Geld annehmen wollen, als du zum zweitenmal aus Rußland zurückkehrtest.«

»Ich bin Krankenpfleger in Colmar«, sagte Robert.

»Du? Mit all deinem Wissen? All deinem Studium? Ich meine, Krankenpfleger zu sein ist ein wichtiger und guter Beruf, aber –«

»Es ist kein gewöhnliches Krankenhaus«, sagte Robert. »In ihm sind jene Verwundete, die nie nach Hause zurückkehren können.«

»Immer noch vom Krieg her?«

»Ja, immer noch vom Krieg her. Ich habe dort einen sehr guten Freund. Er heißt Hans oder Jean, wenn du so willst. Durch Gas hat er sein Augenlicht verloren. Und als er blind umherirrte, trat er auf eine Mine. Viel ist nicht von ihm übriggeblieben. Aber er hat eine wunderschöne Stimme. Und er gibt oft Konzerte. Allerdings nur in seiner Abteilung.«

»Du meinst –«

»Er hat keine Arme und keine Beine mehr«, sagte Robert.

Christine zuckte zusammen, aber sie schrie nicht auf.

»Ich wollte dich nicht erschrecken«, sagte Robert. »Vielleicht habe ich auch kein Recht, dir so etwas zu erzählen. Nur – wir alle, Christine, wir alle, jeder einzelne von uns, muß dafür sorgen, daß nie wieder ein Krieg kommt.«

17

Auch an Ingweiler war die Zeit nicht spurlos vorübergegangen. Neue Häuser, größer, wenn auch weniger gemütlich, hatten sich den geduckten um den Bach hinzugesellt. Die Hauptstraßen waren nun gepflastert, und vor dem Bahnhof gab es sogar zwei Autotaxen. Das Auffälligste aber waren die Leitungen des Elektrischen, die sich an hohen Masten über die Felder schwangen, besetzt von unzähligen großen und kleinen Porzellanspindeln, die sich wie weiße Spatzen oder Raben ausnahmen.

Doch vor dem Dorfkrug roch es wie eh und je nach dem Bier, das in riesigen Fässern in seine Gewölbe gerollt wurde, und nach dem saftigen Kraut, das in der vom Kochruß geschwärzten Küche auf dem schwarzen Eisenherd mit der silbergeschmirgelten Herdplatte köchelte.

Und die alten Frauen trugen ihr Haar immer noch in zwei feste Zöpfe geflochten und am Hinterkopf aufgesteckt. Wenn sie ihre Umschlagtücher öffneten, mochte man an Vogelscheuchen denken.

Im Waschhaus stand der Seifenschaum auf dem grünlich schimmernden Wasser, und die jungen Frauen und Mädchen hatten kräftige, nackte, gebräunte Arme.

Der junge Pfarrer sagte schmucklose Worte, die Jean

Welsch gefallen hätten, aber sie hatten sich nie gekannt.
Die Sonne schien auf das geöffnete Grab, ließ das einfache Silberkreuz matt schimmern, gab den Erdschollen die Farbe von trockenem Zimt.
Christine sang »So nimm denn meine Hände und führe mich . . .« Zuerst sangen alle anderen mit, aber bald verstummten sie, lauschten ihr.
Dann trat der Wirt des Dorfkruges vor, der sich übrigens immer noch so nannte und, wie nur wenige andere öffentliche Einrichtungen, auf eine französische Taufe verzichtet hatte.
Ihm hatte das Haus gehört, in dem die junge Anna Welsch und ihr Mann, damals noch Bibel- und Traktatverkäufer, die ersten Jahre ihrer Ehe verbracht hatten, und er war der Familie immer ein guter unaufdringlicher Freund geblieben.
»Ich habe Jean Welsch gern gehabt«, sagte er. »Er war ein guter Mensch, ein anständiger Mann. Er war mir mein bester Freund.«
Und wie oft haben sie sich in den letzten dreißig Jahren gesehen, dachte Christine, vielleicht sechs- oder siebenmal. Aber sie wußte, daß ihr Vater auch die gleichen Worte für Anton Messer gefunden hätte.

Rachel und Babtiste waren natürlich im Maison Rouge an der Place Kléber abgestiegen. Eine Zimmerflucht mit Kristall- und Bronzeleuchten, sich rüschender Seide und sich in hochmütigen Falten darbietendem Plüsch nannten sie für den kurzen Aufenthalt in Straßburg ihr eigen.
Babtiste ließ Champagner bringen, Veuve Cliquot, den

Rachel allem anderen vorzog, während sie ihre staubig gewordenen Schlangenlederschuhe abstreifte und mit kurzen, wegen des um die Knöchel engen Faßrocks plump wirkenden Schritten zum Toilettentisch ging. Sie beugte ihr Gesicht nahe an das Glas heran.
»Man könnte meinen, ich hätte den Aussatz«, sagte sie und fuhr sich mit den Fingerspitzen über die Wangen und um die Augen; noch verbarg der Puder die haarfeinen Fältchen.
»Deine Familie ist halt ein wenig kleinbürgerlich«, sagte Babtiste. Er hob ihr Lockengesteck am Hinterkopf, küßte sie auf die flaumigen Nackenhaare. »Denk nicht mehr daran. Du brauchst sie alle nicht wiederzusehen.«
»Aber das ist es ja gerade. Ich wollte sie wiedersehen! Als wir aus dem Wagen stiegen, als ich auf das alte Haus zuging, so schäbig und grau es geworden ist, so lächerlich gemütlich es drinnen ist, erst da wußte ich, daß ich Heimweh gehabt hatte, und ich hätte wirklich heulen können.«
Rachel wandte sich zu ihm um, sie packte sein Revers.
»Babtiste, womit verdienst du dein Geld? Tust du etwas Schlechtes? Tust du etwas, das mein Vater verdammen würde?«
»Dein Vater hat nie eine besondere Vorliebe für mich gezeigt. Ich erinnere mich noch genau, wie er mich einen elenden Nichtstuer genannt hat. Aber sei beruhigt, meine Kleine, das Geld, das ich verdiene, ist sauberes Geld.«
»Aber womit, Babtiste, womit verdienst du es? Es ist noch keine drei Jahre her, da haben wir in Paris in dem elenden Loch in der Rue Latroun gehaust. Ich habe meinen Schmuck versetzt, wir hatten keinen Pfennig mehr. Und dann – von heute auf morgen waren wir wieder

reich. Und seither schwimmen wir geradezu im Geld. Als ich Mama Stella sah, so einfach, so schlicht, und auch Christine, mein Gott, Babtiste, da hätte ich vor Scham davonlaufen mögen. Meine Schuhe haben wahrscheinlich mehr gekostet als ihrer beider Garderobe zusammen.«
»Mach dir doch nichts draus.«
»Ich wollte Mama Stella Geld geben, fürs Begräbnis, und überhaupt – aber sie wollte es nicht annehmen.«
»Weißt du, mein Kind, es gibt auch eine hochmütige Bescheidenheit.«
Rachel ließ ihn los, sie wandte sich ab.
Der Maître, der höchstpersönlich das Servieren des Champagners überwachte, unterbrach ihre Unterhaltung.
Rachel zündete sich eine Zigarette an, rauchte sie durch die lange Ebenholzspitze mit dem Goldmundstück.
Sie trank das erste Glas Champagner in einem Zug, warf sich dann in die rosenholzfarbenen Polster der Couch.
»Du hast mir meine Frage nach dem Woher deines Geldes immer noch nicht beantwortet.«
Babtiste ließ seinen Zeigefinger über den Rand des Kristallkelches gleiten, bis ein dünner hoher Ton erklang.
»Babtiste, du machst mich rasend. Hör sofort auf!«
»Nicht diesen Ton, meine Kleine.« Seine Augen konnten sie immer noch so ansehen, wie an jenem längst vergangenen düsteren Tag, als er sie zwang, sich vor ihm zu demütigen.
»Verzeih«, murmelte sie, »ich wollte dich nicht kränken.«
»So ist es schon besser.« Er lächelte wieder. »Na schön«, ließ sich in einen Sessel fallen, schlug die langen Beine übereinander, betrachtete angelegentlich seine Fußspit-

zen. »Ich hatte in Paris noch eine kleine Reserve, nämlich Kredit. Und einflußreiche Bekannte, die, als ich wieder präsentabel war, mich mit offenen Armen aufnahmen. Sie gaben mir nur zu gerne den Tip, wie ich meine Kreditwürdigkeit am besten einsetzen konnte. Ich handele seither mit Waffen, meine Liebe.«

»Mit Waffen? Aber der Krieg ist aus!«

»Der Krieg ja, aber du würdest dich wundern, wo man heutzutage Waffen braucht und wo man sie noch mehr in Zukunft brauchen wird.«

»Aber das ist ja . . .«, Rachel begann laut zu lachen. »Das ist einfach grandios. Mein Vater hat zeitlebens versucht, andere Menschen vor dem Tode zu bewahren, Stella richtet kein Weihnachts- und kein Osterfest, ohne nicht die Armen zu beschenken, unsere Christine bringt selbstlos schmutzigen Gören im Ruhrpott Naseputzen und das Einmaleins bei, mein Bruder Robert hat sich beinahe die Lunge aus dem Leib gespuckt, um noch ärmeren Kreaturen zu helfen. Und ich – ich bin mit einem Waffenschieber verheiratet.«

». . . händler, meine Liebe«, sagte Babtiste, »und ich finde es gar nicht spaßig, wie du darauf reagierst. Schließlich und endlich ist das ein Geschäftszweig wie jeder andere auch.«

»Was vertreibst du denn so alles? Hübsche kleine Gelbgasbömbchen, oder wie die Dinger heißen? Niedliche Handgranaten und zwitschernde Maschinengewehre?«

»Von allem etwas,« sagte Babtiste.

»Leben wir deswegen in Monte Carlo? Bist du deswegen so oft in Marseille.«

»Natürlich, meine Liebe. Gefällt dir etwa Monte nicht?«

»Natürlich gefällt es mir.« Rachel schloß die Augen. Sie dachte an das Haus hoch oben über dem Meer, die rosagetünchten Mauern im maurischen Stil, die ewig wirkten, als gehe gerade die Sonne auf. Der Garten mit seinen Zypressen, dunkel und schützend wie stumme Wächter standen sie, wild flammender Hibiskus und weiß- und rotblühender Oleander. Die schattige Säulenhalle, in der sie nackt liegen konnte, die warme, schmeichelnde Luft des Mittelmeeres über sich hinwegstreichen lassen. Die hohen Räume mit den venezianischen Spiegeln und den Fayencen aus Pompeji und Florenz.
Ihr Bad hatte eine versenkte Wanne in seerosengrünem Alabaster, die Armaturen, springende Delphine, waren aus purem Gold.
Ihr Ankleidezimmer mit den zwölf Meter langen Spiegelwänden, der Safe, der ihren neuen Schmuck enthielt – was konnte sie sich noch wünschen?
Der englische Butler, die französische Köchin, der italienische Gärtner, die beiden Schweizer Stubenmädchen –.
»Nun«, fragte Babtiste, »wie sieht der Saldo aus?«
Ohne die Augen zu öffnen, streckte sie ihm das geleerte Champagnerglas hin.
»Du hast in den zwei Jahren so viel Geld verdient und mich mit einem Luxus umgeben, vor dem ich mich manchmal fürchte.«
»Aber nur manchmal«, sagte Babtiste. »Möchtest du wirklich in Sack und Asche gehen, statt dir wie bisher die gesamte Kollektion von Paul Poiret leisten zu können?«
»Nein, dazu bin ich zu egoistisch.«
»Ich auch«, sagte Babtiste.
Sie sahen sich an.

»Deswegen passen wir auch so gut zusammen.«
»Seltsam«, sagte sie, »seitdem wir verheiratet sind, fühle ich mich deiner nicht mehr sicher.«
»Das bist du auch nicht.«
»Würdest du mich verlassen?«
»Gewiß, wenn mir der Sinn danach stünde.«
»Steht dir manchmal der Sinn danach?«
»Fürchtest du dich davor?«
»Ich liebe dich.«
Er lachte. »Meine kleine Rachel. Wie leicht dir das seit zwei Jahren von den Lippen kommt.«
»Aber es ist die Wahrheit.«
Er beugte sich vor. Er sah sie an, wie ein Juwelier eine Imitation prüfen würde, die ihm als echt vorgelegt wird.
»Warum schaust du mich so an?« fragte sie.
»Ich sehe Falten auf deiner Stirn, und wenn du dich fürchtest, verkrampft sich dein Mund. Mir scheint, ich entdecke da auch . . .«, er hob die Hand, berührte mit dem Zeigefinger ihre Wangenlinie; Rachel saß wie gebannt, spürte, wie ihr Kälteschauer über den Rücken rannen, über die Arme, aber dem Himmel sei Dank, das Kleid hatte lange Ärmel. »Ja, mir scheint, ich sehe da ein beginnendes Doppelkinn.«
»Babtiste!«
Er warf sich in den Sessel zurück, lachte schallend.
»Babtiste, du quälst mich, und du tust mir weh. Ich weiß, ich bin nicht mehr die Jüngste, aber ich weiß auch – ich bin noch schön! Ja, ich bin noch schön!«
»Ja«, rief er, »aber wie lange noch?«
Sie sprang auf, wollte ins Schlafzimmer flüchten, ihr linker Fuß verfing sich in der inneren Rüsche des Rocks, und sie schlug der Länge nach hin. Lag da, preßte ihr

Gesicht in den Teppich, krallte ihre Nägel in den Flor und hörte Babtiste röhrend lachen.
Als er endlich verstummte und sie aufschaute, sah sie ihn breitbeinig vor sich stehen.
»Steh auf«, befahl er. »Geh und mach dir dein Gesicht zurecht. Du siehst abscheulich aus. Merke dir eines, wenn ich dich noch einmal heulen sehe, werde ich dich verprügeln wie einen undankbaren Hund. Und merke dir noch eins, ich will nur glückliche Gesichter um mich haben. Du hast verdammt noch mal die Pflicht, als meine Frau glücklich zu sein.«
»Verzeih«, murmelte Rachel und stand unbeholfen auf. Babtiste half ihr nicht dabei.

Am nächsten Morgen fand Rachel in der Serviette ihres Gedeckes, die eigentlich den Toast enthalten sollte, eine Samtschatulle. Darin lag eine Saphirbrosche, gesäumt von zwölf erbsengroßen Diamanten.

Anna und Lilli mochten den fröhlichen Onkel Babtiste gern. Er war so lustig, er dachte sich so außergewöhnliche Scherze aus. Beispielsweise lud er sie beide ganz allein zu einer Ausfahrt in seinem tollen Auto ein, und während sie in der Orangerie Schokolade tranken und den feinsten Kuchen aßen, auf dem Weiher Kahn fuhren und später ins Kammerzell zum Abendessen einkehrten, tat Onkel Babtiste die ganze Zeit so, als sei er mit ihnen beiden »verheiratet«.
Das geschah noch in Straßburg, nach der Beerdigung von Großvater Jean.
Wie überschwenglich aber war erst ihre Freude, als sie

im Sommer 1923 doch tatsächlich die Ferien bei Onkel und Tante in ihrer neuen Villa in den Bergen über Fréjus verbringen durften.
Zu Hause in Deutschland herrschte die Inflation. Geld war knapp und nichts mehr wert.
Straßenkämpfe gab es von Separatisten und Spartakisten.
Und einmal drang ein Trupp abenteuerlich gekleideter junger Männer in ihr Haus in der Schumannstraße ein, zerwühlte es vom Keller bis zum Dach auf der Suche nach irgendwelchen Papieren und nach Waffen.
Anna lag mit einer Halsentzündung im Bett, unter sich konnte sie die harten Metall- und Holzteile des Revolvers von Papa spüren, den er zerlegt hatte.
Ein paar Tage später ging die ganze Familie zum Poppelsdorfer Weiher, um Schwäne zu füttern. Aber Anna sah ganz genau, daß Mama bei der Gelegenheit auch den Revolver ins Wasser warf.
Und gleich darauf kam Onkel Babtiste mit einem großen, wunderbaren Wagen, den er Rolls-Royce nannte und der von einem Chauffeur gefahren wurde, der aussah wie ein General.
»Ihr habt genug Sorgen«, sagte Onkel Babtiste zu den Eltern. »Uns aber geht es zu gut. Rachel langweilt sich, und es wird ihr nicht schaden, sich um die Mädchen zu kümmern. Außerdem werden Anna und Lilli die Sonne und die Seeluft guttun.«
Und wieder ein paar Tage später waren sie in der Villa Rachel, hoch in den Hügeln über Fréjus, das, wie Onkel Babtiste sagte, einmal als Hafen sogar dem mächtigen Marseille Konkurrenz gemacht hatte – wie er, und dabei lachte Babtiste dröhnend, heute gewissen mächtigen Kreisen in Marseille das Fürchten beibrachte.

Er erzählte ihnen viele Witze von Marius und Olive, wohl die französischen Narren Tünnes und Schäl.
Bald war Anna nicht mehr ganz sicher, daß Onkel Babtiste wirklich so lustig war; vielleicht kannte sie seine Scherze auch schon zu gut – wie beispielsweise auszugehen und sie beide als erwachsene junge Damen zu behandeln.
Wie eben jetzt, im Chez Jules an der Cannebière von Marseille.
Die Leute guckten hier ganz schön dumm, als Babtiste seine »Damen« fragte, was er denn für sie bestellen sollte, und erst recht, als er mit keiner Wimper zuckte, obwohl Lilli Kaviar bestellte und Champagner dazu.
Lilli war erst elf, aber sie konnte so kokett sein mit ihren langen, seidigen blonden Locken und ihren tiefblauen Augen, die zu den Winkeln geschlitzt waren wie Mandeln, daß Anna sich daneben immer hölzern und unbeholfen vorkam.
Sie war jetzt bald fünfzehn, und manchmal war es ihr, als ändere sich von Tag zu Tag ihr Aussehen. Da paßten plötzlich die Blusen aus Schweizer Stickereistoff nicht mehr, auf die sie noch gestern so stolz gewesen war, kniffen unter den Armen, spannten vornerüber und bauschten sich in der Taille, die wiederum dünner geworden schien.
Mal schienen ihre Beine dünn, mal dick zu sein. »Im Fahrradkostüm hast du einen Popo wie ein Mond«, lachte Onkel Babtiste. Sie lachte tapfer zurück, aber die ganze Nacht konnte sie nicht schlafen und spürte abwechselnd, wie es ihr kalt und heiß über den Leib und die Glieder rann.
Und während sie jetzt saß und Kaviar mit dem Löffel

aß, winzige graue Brotscheibchen mit würziger gelber Butter dazu, schielte sie sehnsüchtig zu der Patisserie auf der anderen Seite, in der schokoladegefüllte Milchwekken auslagen.
Während der Kriegsjahre in Straßburg waren solche Wecken ihr tägliches Frühstück gewesen; noch heute dachte sie mit Heimweh daran zurück.
Aber Mama erlaubte nicht mehr, daß sie Schokolade aß, es war wie alle Süßigkeiten schädlich für den Teint.
»Onkel Babtiste, wenn ich siebzehn bin, heiratest du mich dann? Ich meine, wirklich?« fragte Lilli gerade.
Sie saß da so selbstbewußt und strahlend blond in ihrem Batistkleid, das die gleiche Farbe wie ihre Augen hatte, und Anna kam sich wieder plump und häßlich vor.
»Warum nicht«, sagte Onkel Babtiste. Er trank von seinem Glas, betrachtete die beiden jungen Mädchen – und Anna dachte plötzlich: Er überlegt es tatsächlich. Er macht nicht nur Spaß.
»Wie kannst du so einen Unsinn reden«, sagte sie deshalb schnell zu Lilli, denn jeder Mensch wußte doch, wie eifersüchtig die Tante war, »wenn Tante Rachel dich hört . . .«
»Na und?« Lilli nippte von ihrem Glas, ganz wie eine Große. »Was ist denn dabei? Die Tante ist schon ziemlich alt, und sie hat doch selbst gesagt, daß Männer länger jung bleiben.«
Onkel Babtiste warf den Kopf zurück und lachte so laut, daß alle Leute an den anderen Tischen sich zu ihnen umdrehten.
»Incroyable«, sagte eine Dame in einem cremefarbenen Spitzenkleid, »Kinder mit Champagner und Kaviar zu füttern! Wie absolut nouveau riche!«

Anna senkte rasch den Kopf, damit ihr Haar über ihre Wangen fiel, die jetzt glühten, als hätte die Brennschere sie versehentlich berührt.

»Außerdem hast du doch keine Kinder, Onkel Babtiste«, plapperte Lilli munter weiter. »Und ich habe selbst gehört, wie die Tante gesagt hat, eine Ehe ohne Kinder ist wie ein Gefängnis, in dem es nur einen einzigen Insassen gibt, nämlich die Frau!«

Sie hat schon wieder an den Türen gelauscht, dachte Anna; obwohl man es im ganzen Hause hören konnte, wenn die Tante mit dem Onkel stritt.

Eine Frau in einem tief ausgeschnittenen Seidenkleid so schwarz wie Jett trat plötzlich an ihren Tisch. Sie schob ihre linke Hüfte vor, unter der Seide zeichneten sich deutlich der Hüftknochen und davor der runde Bauch ab. Sie blickte unter langen Wimpern lächelnd auf den Onkel herab, ihre tiefroten Lippen sogen an einer langen Zigarettenspitze.

»Mon petit chouchou, willst du mich nicht zu einem Gläschen einladen?« fragte sie mit einer trägen Stimme.

»Verschwinde«, sagte Onkel Babtiste unhöflich und gab der Frau einen Klaps auf den Po.

»Salaud«, sagte die Frau, drehte sich um und ging mit kreisenden Hüften davon.

»Du magst keine schwarzhaarigen Frauen, gell, Onkel Babtiste?« fragte Lilli, und mit einem Blick auf Anna, »ich auch nicht.«

Onkel Babtiste lachte wieder schallend und tätschelte Lillis Wange. »Du bist mir ein Früchtchen. Ich bin bloß gespannt, was einmal aus dir werden wird!«

Er rief den Kellner herbei, tuschelte geheimnisvoll mit ihm, ihre Champagnergläser wurden nachgefüllt. Anna trank nur noch einen kleinen Schluck, denn es schien ihr

plötzlich unter den Blicken der anderen Gäste unerträglich peinlich, hier zu sitzen.
»Na, Annele, was machst denn für ein Gesicht?« fragte Onkel Babtiste und kniff sie leicht in die Wange.
»Ich weiß nicht, mir dreht sich der Kopf und überhaupt –«
»Lach mich an, Kind, freu dich deines Lebens. Wenn du lachst, ist es, als würden sich kleine Kerzen in deinen Augen entzünden.«
Da konnte sie Onkel Babtiste schon nicht mehr böse sein. Und sich auch seiner manchmal groben Scherze nicht mehr schämen.
Der Maître trug nun selbst eine große silberne Platte heran, auf der Weißes und Zartgebräuntes schäumte. Am Tisch übergoß er es mit einem Schuß aus einer bauchigen grünen Flasche und zündete das Gebilde an. Kleine blaue Flämmchen zuckten hoch, und das zuckrige Gebirge bekam dunkelbraune Spitzen.
Zum erstenmal in ihrem Leben aß Anna Omelette Norvégien. Es versöhnte sie mit den Milchwecken, nach denen sie sich so vergeblich sehnte, wenn sie auch Angst hatte, daß sie nun trotz allem die gefürchteten häßlichen Pickel bekommen würde.
»Sieh doch nur, Anna macht ein Gesicht, als äße sie Sauerampfer«, stichelte Lilli. Anna trat ihr heftig unter dem Tisch auf den Fuß.
»Aua! Du gemeines Biest!«
»Nana«, sagte Onkel Babtiste, »benimm dich wie eine junge Dame, Lilli!«
Und wieder strahlte sie den Onkel an, mit diesen riesengroßen blauen Augen, küßte ihn schnell auf die Wange und murmelte: »Je m'excuse mille fois . . .«

Zu Hause, in Fréjus, saß Tante Rachel auf der Terrasse und legte ihre Patience.
Im Kerzenlicht sah sie wunderschön aus, und man konnte ganz vergessen, wie sie manchmal morgens ausschaute, nach den durchwachten Nächten, wenn sie auf Onkel Babtiste gewartet hatte.
Er ging häufig nachts aus und entschuldigte es mit seinen Geschäften, obwohl Anna sich insgeheim fragte, was für Geschäfte man überhaupt bei Nacht erledigen könnte.
Onkel Babtiste war lustig, Tante Rachel meistens traurig.
»Man sollte sterben, bevor man alt wird«, sagte sie, ohne von den Karten aufzuschauen, die ihre schlanken Hände mit den langen Nägeln, die blutrot lackiert waren, aufdeckten.
»Gute Nacht, chère tante«, sagte Lilli.
»Gute Nacht, ma tante«, murmelte Anna.
»Bonne nuit.«
Das Mädchen, eine Tochter von Lisette, die Tante Rachel nach Fréjus hatte kommen lassen, brachte die beiden nach oben in ihre Zimmer. Sie durften noch ein Bad nehmen, während Francine die Betten aufdeckte, ihnen die warme Honigmilch zurechtstellte.
Lilli zog sich ungeniert vor dem großen Spiegel im Bad aus, und aus ihrem Leibchen fielen zwei unübersehbare Wattebäusche.
»Du stopfst dich aus wie eine Gans«, sagte Anna, um der jüngeren Schwester »den Sauerampfer« zurückzugeben.
»Und du hast wieder nackt in der Sonne gelegen!«
»Na und?« Lilli drehte sich vor dem Spiegel, betrachtete ihren braunen Po, die braunen Beine.
»Die Tante hat es verboten. Wenn sie dich auf den Klippen erwischt –«

»Na und? Wenn sie nicht so einen Hängebusen hätte, könnte sie auch noch nackt in der Sonne liegen.«
»Und wenn unsere Eltern dich reden hörten, dürftest du nie mehr in Ferien hierher.«
»Petzliese, verrate es nur! Wirst schon sehen, was du davon hast.«
»Ich hab' keine Lust zu petzen, aber für ein Kind von elf – bist du einfach unmöglich.«
»Und für ein Mädchen von fünfzehn bist du so langweilig, daß ich das Gähnen kriege!« Lilli streckte ihr die Zunge raus. Anna wandte sich ab, zog sich so aus, daß der Spiegel ihr Bild nicht einfing.
»Warum gehst du nicht gleich ins Kloster! Du kriegst doch nie einen Mann mit. Wenn ich erst siebzehn bin –«
»Was dann?«
»Dann mache ich eine Reise um die ganze Welt.«
»Mit Onkel Babtiste natürlich.«
»Natürlich«, sagte Lilli. Sie sprang in die Wanne, das Wasser spritzte hoch auf. »Natürlich! Mit wem denn sonst? Für mich ist er der tollste Mann auf der ganzen Welt.«

»Schämst du dich eigentlich nicht, mit den Kindern in solche Lokale zu gehen? Sie Champagner trinken zu lassen, sie mit Kaviar zu füttern? Ich möchte wissen, was die Leute davon denken«, querelte Rachel.
Ausnahmsweise blieb Babtiste zu Hause, ausnahmsweise war er ihr in ihr Schlafzimmer gefolgt.
Es geschah neuerdings so selten, daß sie jedesmal Herzklopfen bekam, ihre Hände zitterten, wenn sie sich abschminkte oder ihr Haar bürstete.

Sie wollte ihn nicht ärgern, sie wollte nicht schon wieder mit ihm streiten und damit jene Tage heraufbeschwören, an denen er kein Wort mit ihr sprach, sie einfach Luft für ihn war, er über sie hätte stolpern können und es nicht einmal bemerkt hätte.
Nein, sie wollte nichts von alledem und konnte doch ihren Mund nicht halten.
»Bist du schon in dem Alter, in dem du Küken brauchst, Kalbfleisch?«
Er lächelte und pfiff einen jener neuen amerikanischen Schlager vor sich hin, die sie so lächerlich fand, weil man in ihrem Elternhaus nur ernste Musik geduldet hatte.
Mit jedem Jahr, das sie älter wurde, erinnerte sie sich intensiver ihrer Jugend, ihrer Kindheit im Elsaß. Ihre Mutter hatte sie ja nie altern gesehen. Aber sie hatte beispielsweise erlebt, wie Stellas Schönheit so langsam und behutsam verblaßte, bis man gar nicht mehr darauf achtete, ob da ein paar Fältchen mehr oder weniger waren, die Lippen nicht mehr ganz so voll.
Wenn Rachel sich selbst ansah, dann wußte sie, daß sie nicht mit Anstand alterte. Und nicht mit Anmut.
»Bald wirst du noch Kinder mit in Lokale nehmen, in denen sich die Frauen ausziehen und ihre Nacktheit zeigen.«
»Und was wäre dabei?« fragte Babtiste gelassen. Er hatte sich auf dem Bett ausgestreckt, las die Boule-Ergebnisse des vergangenen Sonntags im ›Méridional‹.
»Du verdirbst die Kinder. Du gaukelst ihnen ein Leben in Luxus vor, das sie niemals haben werden. Und das wird sie verderben.«
»Amen«, sagte Babtiste.
»Aber ich bin ja zu feige, dich von deinen Unternehmungen abzuhalten. Wenn ich einmal mit der Faust auf

den Tisch schlüge . . .«, Rachel tat es, daß die Kristalltiegel und Flakons tanzten und klirrten.
»Nun, hat es dir Spaß gemacht?« fragte Babtiste und sah sie spöttisch über die Zeitung hinweg an.
»Was?«
»Du hast soeben mit der Faust auf den Tisch geschlagen.«
»Du bist widerlich. Du bist . . . ich ertrage deinen Spott nicht mehr, deine eiskalte Ironie. Du bist so zynisch, so gemein –«
»Nun, dann kann ich ja gehen.« Er schwang die Beine vom Bett.
»Nein, bleib.«
»Aber meine Liebe, was willst du mit einem Mann in deinem Bett, den du verachtest?«
»Ich verachte dich ja gar nicht. Ich . . . du weißt, daß es nicht wahr ist. Es ist nur, du machst mich so hilflos. Du läßt mich spüren, wie ich alt werde, häßlich. Du paradierst mit diesen jungen Gören vor mir herum, daß ich nur ja sehe, wie glatt und jung ihre Haut ist, wie elastisch die Muskeln, wie glänzend das Haar –«
»Dein Haar ist zu rot, das macht dein Gesicht hart.«
»Ja, natürlich. Früher konnte mein Haar dir nicht rot genug sein. Früher hast du gesagt, mir ist, als berge ich mein Gesicht in einem flammenden und doch kühlen Feuer, wenn du – bei mir lagst.«
»Kannst du dir wenigstens vorstellen, wie es mich anwidert, immer wieder von dir hören zu müssen, daß ich einmal ein absolut Schwachsinniger war?«
»Babtiste«, sie lief zu ihm, sie riß ihm die Zeitung aus der Hand, warf sie auf den Boden, umklammerte seine Hände. »Babtiste, warum können wir nicht mehr wie früher einander lieben?«

»Dein Maskara zerläuft«, sagte er kühl. »Du solltest das Produit wechseln.«
»Babtiste, bitte –«
Er schob sie gar nicht einmal unfreundlich zur Seite. Er reckte die Arme, gähnte, sagte: »Ich gehe jetzt schlafen.«
»Babtiste, schick die Mädchen nach Hause. Laß uns wieder einmal allein sein, bitte, laß uns versuchen –«
Er steckte die Hände in die Taschen seines Smokingjacketts. »Rachel, jedes weitere Wort ist überflüssig. Ich mag die Kinder. Sie machen mir Spaß und Freude. Außerdem vergißt du, daß es deiner Schwester und ihrem Mann nicht gerade rosig geht. Den Kindern tut eine Abwechslung gut. Und sie werden so lange hierbleiben, wie sie Ferien haben.«
»Aber –«
»Hast du so wenig Familiensinn?«
»Du verdirbst die Mädchen, wie du mich verdorben hast.«
»Nein, meine Liebe, umgekehrt war es der Fall. Und du weißt es nur zu gut. Dich brauchte man nicht zu verführen, du warst verderbt von Anfang an. Und glaubst du wirklich, daß der Preis zu hoch ist, den du heute dafür zahlst? Immerhin lebst auch du in einem Luxus, den du dir in deinem kleinbürgerlichen Elternhaus niemals hättest träumen lassen.«
»Ich bin nicht glücklich.«
»Nein, das bist du nicht. Aber das ist einzig deine Schuld.«
»Und wenn ich mich scheiden ließe?« flüsterte sie.
»Ich hindere dich nicht daran, aber ich gebe dir zu bedenken, wohin willst du dann? Wieder als Lehrerin arbeiten? Mama Stellas Handarbeitsstunden mit den Dia-

konissinnen teilen? Ihre Wohltätigkeitsbazare ausrichten, im Winter für die Bedürftigen Suppe kochen und im Sommer schon wieder Strümpfe für die Armen stricken? Wenn du ein solches Leben vorziehst, bitte . . .«, Babtiste kehrte die Handflächen nach außen.
»Du haßt mich nicht einmal mehr«, sagte Rachel, »ich bin dir absolut gleichgültig.«
»So ist es, meine Liebe, und deswegen stört mich deine Anwesenheit hier auch nicht.«

Träume in einem Haus, das Villa Rachel hieß und dort oben auf den Felsen lag, abgeschieden und doch sichtbar für jeden; viele Touristen, die nach Fréjus kamen, fragten sich neidisch oder neugierig oder ganz einfach interessiert, wie es wohl sei, in dem Palast dort oben zu leben.
Träume in hohen, kühlen, luftigen Zimmern, im Mondschein, der silbrig sich ergoß, im Wind, der durch die offenen Fenster flüsterte.
Träume von drei Frauen – oder solchen, die es noch werden würden –.
Die elfjährige Lilli hatte wie immer ihr Nachthemd verschmäht und achtlos auf den perlmuttfarbenen Seidenteppich geworfen.
Sie lag auf dem Bauch, den schmalen langen Rücken, die langen Beine mit den ungeduldig zuckenden Zehen dem Nachtwind preisgegeben.
Auf einem Schiff war sie, blaues Wasser kräuselte sich im Schwimmbassin an Deck, eine Negerband spielte, schwarze Gesichter wie aufgemalt über der weißen Hemdbrust. Mit roten Schärpen um die Taillen. Blitzendes Saxophon, goldschimmernde Trompeten.

Sie trug ein grünes Kleid, das aus Schleiern gefertigt war.
›Tea for two‹ spielte die Band und ›Mach rotes Licht, wir wollen Tango tanzen‹ und ›Dans les Rues de Paris‹ . . .
Und Babtiste legte ihr ein Halsband aus grünfeurigen Steinen um den Hals.
Als er den Kopf beugte und sein Mund ganz nah war, verstummte die Musik.
Ganz still war es plötzlich.
Und dann schrie jemand, laut und gellend.

Die fünfzehnjährige Anna träumte von einer Wiese unter Bäumen. Hunde balgten sich da, und auf dem Rasen war ein Tischtuch ausgebreitet und darauf alle Köstlichkeiten, die zu einem Friedenspicknick gehören.
Mama und Papa waren da und Lilli, Onkel Robert und Grandma Stella und Oma Sofie, und alle lachten und sagten: »Nun iß doch, Anna, nun laß es dir doch schmecken, Annele.« Aber sie konnte sich nicht bewegen. Und sie mußten es doch merken, sie mußten es doch sehen, denn sie konnte ja auch nicht sprechen.
Aber sie lachten nur, und das Lachen schwoll an und wurde immer lauter und lauter, und da wurde Anna wach, und niemand lachte mehr, sondern es war eine Sirene, laut und gellend und fordernd, und Anna erschrak so sehr, daß sie sich wirklich momentan nicht rühren konnte.

Die achtundvierzigjährige Rachel träumte von dem Loch in Paris, in dem sie zuletzt gehaust, von den Spinnen und den Asseln, von dem säuerlichen Abwaschgeruch. Sie schrubbte Erbrochenes fort, und Babtiste weinte.

Rachel hatte so viel von den Opiumtropfen genommen, daß sie nicht einmal richtig erwachte, als Babtiste sie aus dem Bett zerrte. Er mußte sie halten, während er versuchte, ihr wenigstens einen Morgenmantel überzustreifen.

Francine kam dazu.

»Wo sind die Kinder?« schrie er sie an.

»Unten.«

»Angezogen?«

»Ja, M'sieur.«

»Los, hilf mir! Los! Nun mach schon! Pack an!«

Aber Francine stand nur und glotzte. Und er schwang sich Rachel auf den Rücken, trug sie so schnell er konnte die Treppe hinunter.

Hinter dem Haus loderte der Berg.

Immer wieder geschah es, wenn die Regen ausblieben, die Wälder ausdörrten. Immer wieder geschah es, daß ein achtlos weggeworfenes Streichholz verdorrtes Gras entfachte, eine Zigarettenkippe nachglühte.

Der Rolls stand schon vor der Tür, Lilli und Anna saßen drin.

Im zweiten Wagen saß der Chauffeur, die Dienstboten versuchten Kasten und Kisten aufzuladen.

»Laßt alles zurück«, schrie Babtiste. »Los, fahrt los!«

»Aber M'sieur –«

Der Feuerschein tanzte über ihre Gesichter.

»Los, macht, daß ihr wegkommt! Runter nach Fréjus!«

Er warf Rachel auf den Rücksitz des Rolls.

Er selbst warf sich hinters Steuer.

Das Feuer raste den Berg herab, sekundenlang schien es, als wollte es sie überholen.

Francine betete, Rachel stöhnte im Drogenhalbschlaf.

Die beiden Kinder saßen stumm neben Babtiste.

Anna hatte die Augen geschlossen, aber als er Lilli anschaute, lachte sie ihn strahlend an.
»Toll«, rief sie, »einfach toll! Du rettest uns sogar aus den Flammen, Babtiste!«
Und da lachte auch er. Lilli legte ihre Hand auf seinen Schenkel, und er dachte, verdammt, das ist nicht recht. Verdammt, dazu ist sie nun wirklich noch zu jung.
Aber er schob die Hand nicht fort.

18

Da die Villa Rachel abgebrannt war, charterte Babtiste eine Yacht, um die Kinder das schreckliche Erlebnis vergessen zu lassen.
Rachel, die keine Seereisen vertrug – sie hatte einmal in ihrer Pariser Zeit den Kanal nach London überquert –, blieb im Hotel Esplanade in Fréjus.
Babtiste ließ sie ungern zurück.
Denn in der Brandnacht, wo es so einfach gewesen wäre, sie sterben zu lassen, war ihm klargeworden, daß er nicht ohne sie leben konnte – er hatte sie sogar umarmt, und vielleicht wäre noch alles gut geworden, hätte Rachel sich nicht so eine aufdringliche Mühe gegeben, ihm in jeder Beziehung zu Willen zu sein.
»Ich bin froh, daß die Tante nicht mitkommt«, sagte Lilli.
»Wie kannst du nur so etwas sagen?« fragte Anna erschrocken.
»Ach, die ist immer so miesepetrig, und das ist die Wahrheit. Soll ich lügen? Sag ...«, Lilli zögerte jetzt immer ein bißchen, bevor sie Babtiste Onkel nannte, »Onkel Babtiste, ist es nicht viel schlimmer zu lügen, als die Wahrheit zu sagen, auch wenn sie weh tut?«
»Ja, es ist schlimmer.«
»Na also. Zufrieden, Annele?«

Anna senkte die Augen.
»Am allerliebsten würde ich mit dir alleine schippern – Onkel Babtiste.«
»Aber ich nicht mit dir«, sagte er.
»Und warum nicht?« fragte Lilli, nicht im geringsten beleidigt.
»Weil du manchmal noch eine richtige dumme kleine Gans bist – und frech dazu.«
»Ich werde von Tag zu Tag älter«, Lilli zuckte die Schultern, »und daß ich frech bin – Mama Stella nennt es outspoken.«
»Jaja«, lächelte Babtiste, »in fremden Sprachen klingen manche Dinge nicht gerade so hart.«
»Wo fahren wir hin? Bis zu den griechischen Inseln?« Lilli aalte sich im Deckchair, und er sah amüsiert, daß sie wieder ihren Badeanzug gepolstert hatte.
»Wir schippern die Küste entlang, wollen mal sehen, wie weit wir in zehn Tagen kommen.«
»Ooch, bloß zehn Tage?«
»Du scheinst mich für einen Krösus zu halten. Was glaubst du, was die Esterelle jeden Tag kostet?«
»Das weiß ich nicht, aber du wirst es dir vorher ausgerechnet haben.«
»Allerdings.« Er lachte.
»Dann ist ja alles in Ordnung, Babtiste. Kann ich etwas zu trinken haben?«
»Sicher, Jeanot!«
Die Besatzung bestand aus dem Kapitän, einem düster dreinblickenden, schwarzbärtigen Mann, der kein Wort zuviel sprach, aus dem Koch, der aussah wie der Narr Olive bis hinunter zu den ungeheuer großen Plattfüßen.
Und aus Jeanot.

Jeanot war der Steward, siebzehn Jahre alt, und Lilli behauptete: »Er sieht aus wie ein griechischer Gott, der ein bißchen kurze Beine hat.«
Dafür hatte er die sanftesten braunen Augen, die manchmal in all ihrem Dunkel ein wenig bläulich schimmern konnten.
»Oui, Monsieur? A votre service?«
»Les Mademoiselles möchten etwas trinken. Wie wäre es mit Orangensaft?«
»Sehr wohl, Monsieur.«
»Und ich nehme einen Whisky.«
»Glotz Jeanot doch nicht so an, Anna«, sagte Lilli da in ihrem besten Französisch. »Immerhin ist er nur ein Dienstbote.«
»Das ist er verdammt noch mal nicht, Lilli«, sagte Babtiste, zum erstenmal mit der Elfjährigen wirklich ärgerlich. »Halt jetzt mal den Mund.«
»Nein, Mademoiselle, das bin ich auch nicht«, sagte Jeanot und neigte leicht den Kopf in Babtistes Richtung.
»Danke, Monsieur.«
Jeanot brachte ihnen die gewünschten Getränke.
Der Abend senkte sich über die See, an den Horizonten mischten sich das Blau des Himmels und des Wassers tintig, nachdem die Sonne versunken war.
Anna ging in die Schlafkabine hinunter, die sie mit Lilli teilte.
Sie streckte sich auf ihrem Bett aus, verschränkte die Arme unter dem Kopf.
Sie mußte an Jeanots Augen denken und wie sehr sie sich verändert hatten, als Lilli ihn beleidigte.
Warum taten Menschen einander weh? Und dazu ohne Grund?

Nach Hause sandte Anna einen langen, ausführlichen Brief. Sie beschrieb die Reise, die Landausflüge, schrieb, wie das Wetter war und wie gut das Essen, schrieb von den Späßen Onkel Babtistes und daß sie endlich schwimmen lernte.
Jeanot verschwieg sie.
Erste Liebe ihres Lebens.
Lächeln, das ihr galt.
Seine Hand, die ihre hielt, wenn er ihr an Bord half.
Morgens sein fröhliches »Bonjour«, wenn sie zum Frühstück kam.
Abends, wenn er noch an Deck blieb, sich mit seinem Vater, dem Kapitän, in der Wache abwechselte und sang.
Alte Lieder, manche heiter, manche traurig.
Nicht mehr und nicht weniger.
Beim Abschied küßte er Anna, wie es hier Sitte war, auf die Wangen. Links und rechts – und dann noch einmal links. Und er sagte: »Au revoir, ma petite sœur.«
In ihr Tagebuch schrieb Anna: ›Es waren die schönsten Ferien meines Lebens.‹
Und das war gut so.
Hatte nicht Grandma Stella einmal zu ihr gesagt: »The only thing nobody can ever take away from you are cherished memories . . .«

»Ich bin so aufgeregt, als hätte ich gerade mein Abitur gemacht«, sagte Christine und ließ endgültig den Hut aufs Bett segeln, den sie eigentlich verabscheute.
Sie hatte sich an die kurzen Röcke rasch gewöhnt, und sie sagte ganz offen, daß sie sich darin freier und jünger fühlte.

»Deine Beine können sich ja auch sehen lassen«, schmunzelte Ernst, aber die modischen Hüte, die wie »schwangere Blumentöpfe« die Köpfe der Frauen krönten, haßte er wie sie.
»Meinst du, man wird es übel vermerken, wenn ich keinen Hut trage?« fragte Christine.
»Und wennschon – bei deinem Haar? Es ist noch schöner als früher, jetzt, seitdem du es kurz trägst. Noch glänzender, noch lebendiger.«
Fast hätte Christine verraten, daß sie ein wenig mit Henna nachhalf, aber sie biß sich noch rechtzeitig auf die Zunge. Ernst stand das graue Haar besonders gut, aber eine Frau machte es halt alt.
»Vielleicht sollte ich heute doch lieber das graue Kleid anziehen?«
»Warum? Es ist Frühling, und das Gelbe steht dir besonders gut.«
Sie nahm ihre Handschuhe auf, die Handtasche, aber an der Tür hielt sie Ernst entsetzt zurück: »Deine Schnurrbartbinde! Stell dir vor, wir hätten es nicht bemerkt!«
Sie lachten beide, er nahm die Schnurrbartbinde ab, und er sagte: »Wenn ich dich nicht hätte, würde ich wohl noch meinen Kopf irgendwo liegenlassen.«
Sie machten noch Scherze darüber, aber Ernst war sehr vergeßlich geworden, und nicht zuletzt hatte dies, mit wieder häufiger auftretenden Malariaanfällen und darauffolgenden Depressionen, zu seiner endgültigen, frühzeitigen Pensionierung geführt.
Sie gingen die drei Straßen bis zur Clara-Schumann-Schule zu Fuß. In der Aula würde die Abiturfeier für Anna und Lilli stattfinden.
Lilli – ehemals eher faul – hatte zu ihrer aller Überraschung hintereinander zwei Klassen übersprungen.

Sie war zu einem seltsamen Mädchen herangewachsen; sie hatte die Stadien der zu langen Beine, der Pummeligkeit, und was der Dinge in der Pubertät mehr sind, einfach ignoriert.
Mit ihren siebzehn Jahren entsprach sie exakt dem derzeitigen Schönheitsideal:
Silberblondes Haar, Augen groß, blau, jedoch ein wenig tiefliegend, so daß sie stets ein bißchen umschattet wirkten, ein roter Mund, sommers und winters ganz sanft gebräunte Haut.
Und dazu die langen, schlanken Beine, ein Gang wie von einem ungestümen Jungen – und doch zu graziös dazu.
Das war Lilli, und manchmal dachte Christine, sie macht mir angst, weil ich sie nicht verstehe.
Und sie fragte sich auch, was treibt sie vorwärts?
Als Lilli im Chor zum Abschluß der Abiturfestlichkeit »Die Himmel rühmen« sang, dachte Ernst Schwarzenburg: Sie will die Himmel stürmen!
Ein wenig vor den anderen stand Lilli und hatte den Kopf in den Nacken geworfen.
Ein junges Mädchen noch? Nein – schon eine Frau.

Zur Feier des Tages führte Ernst seine Damen in die Kaiserhalle, wo er einen der kleineren Räume zum Mittagessen hatte reservieren lassen. Oma Sofie war zu Hause geblieben mit der Bemerkung: »Laßt mich lieber malen . . .« Es war, als wolle sie all die versäumten kleinen Kunstwerke ihres Lebens, gemalt auf Glas, nun nachholen.
In der Kaiserhalle bekamen die beiden Töchter auch das Abiturgeschenk – beide eine silberne Uhr mit ihren eingravierten Initialen.

Und von dort stand Lilli direkt nach dem Mokka auf und sagte lächelnd: »Entschuldigt bitte, ich bin gleich zurück.«
Eine Viertelstunde verging, eine halbe.
Sie unterhielten sich, bemerkten es nicht einmal.
Bis Christine plötzlich fragte: »Aber wo bleibt denn Lilli?«
Und da fing Anna an zu weinen und sagte: »Sie ist fort.«
»Fort? Aber wohin denn?«
»Ich darf es nicht sagen, ich habe ihr mein Ehrenwort geben müssen. Aber sie ist fort, und ihr sollt euch keine Sorgen machen. Zu Hause, in Papas Schreibtisch, liegt ein Brief für euch, darin hat sie alles erklärt. In der mittleren Schublade . . .«
Ernst saß mit steinernem Gesicht in dem Taxi, das sie auf dem schnellsten Weg nach Hause in die Schumannstraße brachte.
Er ging sofort ins Herrenzimmer, öffnete die mittlere Schublade seines Schreibtisches.
Er setzte sich, während er den kurzen Brief las.
»Ernst«, fragte Christine schließlich, »Ernst, bitte, willst du mir nichts sagen?«
»Doch, setz dich nur. Und du auch, Anna.« Er ging mit unsicheren Schritten zum Likörkabinett, goß für sie alle einen Schluck Cognac ein.
Dann nahm er den Brief und las:
»Liebe Eltern! Ich bitte Euch um Verzeihung, falls Euch mein Fortgehen kränken sollte. Ihr werdet Euch gewiß gewundert haben, warum ich mich mit dem Abschluß meiner Schulbildung so beeilt habe. Nun, ich liebe einen älteren Mann, und zu einem gemeinsamen Leben bleibt uns vielleicht – denn niemand weiß ja, was die Zukunft

bringt – nicht allzuviel Zeit. Ich werde von Zeit zu Zeit von mir hören lassen. Und bitte, sorgt Euch nicht um mich, denn dazu besteht kein Anlaß, Eure Lilli.«
»Anna, was weißt du von dem Mann?« fragte Christine.
Sie schüttelte stumm den Kopf.
»Du willst es nicht sagen, weil du es Lilli versprochen hast?«
»Ja, Papa.«
»Ist es etwa dieser Babtiste? – Na schön, geh in dein Zimmer, Anna.«
»Laß dir die Stimmung nicht verderben, Anna. Und vor allem nicht die Freude auf die Oper heute abend«, sagte Christine.
»Ja, Mama.«
»Jetzt geh, Anna«, bat Ernst, und er lächelte sogar.
Anna ging in ihr Zimmer und dachte, ob ich jemals so mutig sein werde wie Lilli? Ob ich jemals so genau wissen werde, was ich will?
Nichts deutete darauf hin, daß sie eines Tages, ohne überhaupt darüber nachzudenken, viel, viel mutiger sein würde.

Lilli war siebzehn Jahre alt, aber wirkte und gab sich wie zwanzig.
Nur manchmal, bei einem besonders gewagten Kompliment, zitterten ihre Mundwinkel ein wenig, und ein interessierter Beobachter hätte ihr wahres Alter erkennen können.
Sie war schön, sie war charmant, sie brannte vor Neugier auf das Leben, Babtiste schleppte sie zur Chanel, zur Schiaparelli.

Lillis Hüften waren knabenhaft, ihr Busen kaum vorhanden. Ihr Haar ein Helm aus Platin.
Lilli trug achtlos Pariser Modelle in einer Zeit, in der sich in New York Männer aus den Fenstern ihrer Büros stürzten oder schlicht erschossen, in einer Zeit, da in Berlin die Roten und Braunen auf die Straßen gingen und sich blutige Schlachten lieferten, in Paris der Frühling aber eine Scheinwelt schuf, die es Lilli ferner erlaubte, sich mit Joy zu parfümieren, mit Babtiste zu den Rennen von Longchamps zu fahren, im Tour D'argent zu speisen und in jenen winzigen, billigen Restaurants, die sich die erste Nouvelle Vague als Bühne für ihre Gedichte, ihre Chansons und ihre Bilder auswählte.
Lilli war nach einer abenteuerlichen Bahnfahrt von Bonn nach Paris in der Avenue Foch erschienen, und sie hatte zu Babtiste gesagt: »Hier bin ich.«
»Da bist du«, hatte er geantwortet und dann so gelacht, daß sie einen Moment lang am liebsten wieder fortgelaufen wäre.
Aber dann hatte Lilli ihn nur von unten bis oben angesehen und leise gesagt: »Hör auf.«
Er war sofort still gewesen.
»Du wirst die Tante nach Vichy schicken.«
»So, werde ich das?«
Lilli zog die Mundwinkel herab. »Möchtest du, daß sie uns hier stört?«
»Nein«, hatte er gesagt, »das möchte ich wahrhaftig nicht.«
»Und ich will sie gar nicht erst sehen.«
Die Wohnung an der Avenue Foch war weitläufig genug, daß sich dies ohne Mühe bewerkstelligen ließ.
Die Abreise von Rachel feierten Lilli und Babtiste bei Wodka und Kaviar.

Und dann begann jener Taumel, den Lilli sich erträumt hatte, Gala in der Oper, durchtanzte Nächte in Bars, Frühstück im Morgengrauen in den Hallen. Zwiebelsuppe, die man mit kleinen knoblaucheingeriebenen Weißbrotscheiben aß.
Lilli rauchte, sie trank, sie tanzte mit jungen Männern, die ihr Haar in der Mitte gescheitelt trugen und schmalere Taillen im Frack hatten als die meisten Frauen.
Babtiste sah zu und lächelte.
Er küßte ihre Hände oft, er küßte Lilli manchmal zur guten Nacht, einmal war sie so schläfrig, daß er sie ins Haus tragen mußte.
»A rose is a rose, is a rose«, murmelte sie, denn Babtiste hatte sie gerade erst mit Gertrude Stein bekannt gemacht, und schlang ihre modisch mageren Arme um seinen Hals. »Bin ich deine Rose?«
Er trug sie in ihr Zimmer, legte sie sanft aufs Bett.
»Babtiste, bleib bei mir«, murmelte sie.
Er zog sie aus, langsam, ließ seine Hände hier und da verweilen.
»Babtiste, bleib bei mir.«
Aus dem Halbschlaf wollte Lilli in den Traum hinübergleiten.
Er hatte einen kräftigen Körper, breite Schultern, er roch, wie ein Mann riechen sollte.
Sie schmiegte sich an ihn, sie war nicht sehr geschickt. In Büchern las man stets nur Andeutungen – bis das Licht ausging.
Das Licht ging aus.
Sie hörte ihn langsam und schwer atmen.
Sie spürte seine Hände, sie schmeckte die Nacht von seinem Mund.
Und nichts weiter geschah.

»Warum, Babtiste, warum?« flüsterte sie.
»Schlaf«, sagte er, »schlaf, meine kleine Lillith.«

Am nächsten Morgen frühstückte Lilli allein. Babtiste hatte wichtige Geschäfte in der Stadt, er würde erst am Abend zurück sein.
Sie fand – gelangweilt wanderte sie durch die Wohnung – auf seinem Schreibtisch einen Brief.
»Mein lieber Schwager Ernst«, schrieb er da, »wir freuen uns, daß Ihre Tochter sich so wohl bei uns in Paris gefühlt hat.
Leider werden meine Frau und ich die nächsten Monate in Vichy zubringen müssen, da der Gesundheitszustand meiner lieben Rachel einiges zu wünschen übrig läßt. Wir senden Ihnen daher Ihre liebe Tochter, die uns wirklich viel Freude und Abwechslung bereitet hat, zurück. In Freundschaft, Ihr Babtiste.«
Ein Umschlag mit Geld und ein Bahnbillett erster Klasse lagen dabei.
Lilli nahm die Fahrkarte, das Geld ließ sie liegen.
Sie packte keinen Koffer.
Sie nahm nichts von alledem mit, was Babtiste ihr geschenkt hatte.

Zu Hause in Bonn traf sie abends nur Anna an.
Die Eltern waren in der Beethovenhalle zu einem Konzert von Elly Ney.
Anna weinte natürlich vor Schreck.
»Hör auf«, sagte Lilli, »es lohnt sich nicht.«
Sie trat an das Likörkabinett im Zimmer ihres Vaters und fragte: »Habt ihr keinen Gin im Haus?«

Anna schüttelte stumm den Kopf.
»Was glotzt du mich so an?«
»Wie – wie war es denn?«
Lilli lachte, und sie hörte selbst, daß es anders wie früher klang. »Lustig war es. Aber weißt du, Babtiste ist doch schon ein alter Mann.«
»Hast du – ich meine, bist du mit ihm –«
»Ins Bett gegangen?« Lilli zuckte die Schultern. »Hast du nicht zugehört? Er ist ein alter Mann.«
»Aber, aber du hast ihn doch geliebt?«
»Das ist doch Schmeh.« Lilli begnügte sich mit einem Glas Danziger Goldwasser. Sie setzte sich auf den mit grünem Rips überzogenen Divan, schlug die Beine übereinander.
»Du hast ja richtige Seidenstrümpfe an«, sagte Anna.
»Na und?« Jetzt tat es Lilli leid, daß sie die Kleider aus Paris nicht mitgebracht hatte.
»Wenn Mama das sieht –«
»Ich bleibe ja nicht lange hier.«
»Wo willst du denn hin?«
»Nach Berlin.«
»Und was willst du in Berlin tun?«
»Das wird sich schon finden. Auf jeden Fall ist Berlin jetzt der Nabel der Welt.«
»Warum bleibst du nicht hier? Ich bin jetzt Verbindungsdame. Die schönen Sommerfeste und die Picknicks und –«
Lilli lächelte, und es war schlimmer, als wenn sie etwas gesagt hätte. Es war gut, das zu wissen. Es war gut zu wissen, was man allein mit einem Lächeln anrichten kann.
Sie lehnte den schmalen Kopf gegen den Kelim an der Wand. Sie verschränkte ihre Hände hinter ihrem kurzen

Platinhaar und dachte, es fühlt sich wirklich wie Seide an.

Sie schloß halb die Augen und sagte: »Ihr werdet euch alle noch über mich wundern.«

Dann gähnte sie und fügte hinzu: »Ich gehe jetzt schlafen.«

»Aber willst du nicht wenigstens warten, bis die Eltern kommen?«

»Die Strafpredigt höre ich morgen noch früh genug. – Gute Nacht, Dummkopf.« Sie ließ Anna allein.

Es gab keine Strafpredigt.

Es gab eine kühle Unterredung, in der Lilli ihren Eltern nach dem Frühstück mitteilte, daß sie nach Berlin zu gehen beabsichtige.

»Wir könnten es natürlich verhindern«, sagte Ernst. »Wir könnten es dir verbieten. Aber wir müßten dann wahrscheinlich damit rechnen, daß du trotzdem fährst und wir im unklaren gelassen werden, wo du dich aufhältst und was du tust.«

»So ist es, lieber Papa«, sagte Lilli.

»Und was willst du in Berlin tun?« fragte Christine.

»Arbeiten.«

»Als was?«

»Ich habe eine ausgezeichnete Figur und ein gut geschnittenes Gesicht. Ich werde Kleider vorführen.«

»Damit kann man Geld verdienen?«

»Natürlich«, sagte Lilli. »Man kann zum Beispiel dabei einen reichen Mann kennenlernen, und wenn man geschickt genug ist, ihn heiraten.«

»Hat dich das dein Aufenthalt in Paris gelehrt?«

»Unter anderem.«

»Ich möchte dir am liebsten eine Ohrfeige geben«, rief Christine. »Nicht für das, was du sagst, doch für wie du es tust.«
»Aber du hast uns nie geschlagen, Mama, und jetzt willst du doch nicht noch damit anfangen?«
»Ich werde einem Freund in Berlin schreiben. Und ich hoffe, daß du wenigstens seinen Rat und seine Hilfe annehmen wirst«, sagte Ernst.
»Warum nicht? Wenn es mir nützt?«
»Wir werden seine Antwort abwarten. Solange wirst du dich ja wohl gedulden können.«
»Gewiß. Darf ich jetzt gehen?«
»Ja«, sagte Christine.
Sie sahen beide dieser Tochter nach, die sich allem Vorausdenken entgegen entwickelt hatte.
»Ich verstehe sie nicht«, sagte Ernst. »Sie ist mir so fremd, als wäre sie nicht unsere Tochter.«

Eine Woche später reiste Lilli Schwarzenburg nach Berlin, ausgerüstet mit einem Empfehlungsschreiben an Anatol Gugenheimer, das sie im Zug zerriß.
Niemand brachte sie zum Bahnhof, denn Lilli fand Abschiede auf dem Perron lächerlich.

Die Wirtschaftskrise erschütterte die ganze Welt, die Arbeitslosen mehrten sich. Im März 1930 zählten sie in Deutschland viereinhalb Millionen.
Auf den Parkbänken sah man Männer sitzen, jung, kräftig, die, als der Sommer kam, schon viel von ihrer Jugend und ihrer Kraft verloren hatten.
Diebstähle häuften sich, es gab mehr Raub- als Leiden-

schaftsmorde, und die Prostitution wurde zu einem ehrbaren Gewerbe.
Zwei internationale Finanzgenies, Kreuger und Morgan, lieferten sich ein wahrhaft titanisches Duell der Macht, das auf dem Rücken unzähliger kleiner Aktionäre und Sparer ausgetragen wurde. Bis Kreuger sich durch eine Kugel ins Herz das Leben nahm, gab es Selbstmorde, Konkurse und Pleiten die Menge, bedrohlich gesenkte Gehälter und schließlich sechs Millionen Arbeitslose im Jahr 1932.
Die politischen Kämpfe in Deutschland verschärften sich unter dem wirtschaftlichen Druck, bis es schien, als gäbe es nur noch Rot und Braun.
Christine Welsch hatte in jenen Jahren einen kleinen Kreis ehemaliger Schülerinnen um sich gesammelt, die der Zufall oder die Ehe in den Köln–Bonner Raum verschlagen hatte.
Es waren ausnahmslos junge Frauen mit zu schmalen, versorgten Gesichtern und Augen, die keine Hoffnung kannten.
Als Armeleutekinder waren sie im Ruhrgebiet aufgewachsen, der Krieg hatte ihre Jugend verdüstert, sie hatten junge Männer geheiratet, die, bevor sie noch zu leben anfingen, enttäuscht waren, oder sie hatten den Verlobten auf dem Feld der Ehre verloren; wie es einst in den Zeitungen zu lesen stand.
Ihre Männer waren jetzt arbeitslos, die Frauen hatten, wenn sie ledig geblieben waren, jüngere Geschwister oder kränkelnde Eltern zu versorgen.
Christine räumte Lillis Zimmer aus.
Sie machte die Runde in einschlägigen Geschäften in der Stadt und auf dem Land und erstand vier Nähmaschinen aus zweiter Hand.

Die stellte sie auf, kaufte Leinen dazu und lehrte die jungen Frauen Weißnähen und Flicken, dazu Hohlsaum und Monogrammstickerei.
Denn neben den Armen und den Arbeitslosen gab es auch solche, die trotz allem wohlhabend geblieben, und andere, die durch den Krieg und seine Nachfolgezeit reich geworden waren.
Christine sprach mit französischem Akzent, als sie die Besitzerin eines Geschäftes für »feinste Weißwäsche«, eine Frau Raabe in der Bonngasse, dazu überredete, die ersten sechs Dutzend Bettücher und Kopfkissen zu übernehmen.
Der französische Akzent beeindruckte Frau Raabe, und die Tatsache überzeugte, daß Christine sich mit einem zehnprozentigen Profit zufriedengab.
Knapp neunzig Mark, die durch sechs zu teilen waren.
Das bedeutete für jede »Schülerin« fünfzehn Mark.
Bei von Ida gebackenem Nußkuchen und echtem starkem Kaffee feierten sie diesen ersten Erfolg.

Anna schämte sich der so grau und ärmlich wirkenden jungen Frauen, die da dreimal in der Woche in die Schumannstraße kamen. Sie schämte sich, daß ihre Mutter einmal in der Woche durch die Läden zog und billige Stoffreste schnorrte, wie sie es selbst nannte. Da entstanden Kinderkleidchen draus und kurze Hosen für die Jungen, wenn der Stoff reichte, oder es wurde halt damit geflickt.
Mama lachte und sang, während sie die jungen Frauen anleitete, und sie buk sogar selbst Kaffeekuchen, als Liesel wegen ihrer offenen Beine für zwei Wochen ins Krankenhaus mußte.

Anna wußte, daß ihre Mutter damit Gutes zu tun versuchte und tat, aber die Mütter ihrer Freundinnen erkundigten sich amüsiert, wie denn die »Welsche Weißnäherei« funktioniere.
Und Götz meinte sogar: »Erzähle lieber meinen Eltern nichts davon. Sie sind in solchen Dingen etwas eigen. Wohltätigkeit, schön und gut, aber zu ihrer Zeit. Warum beteiligt deine Mutter sich nicht an Wohltätigkeitsbasaren?«
»Weil sie das für Mumpitz hält«, sagte Anna. »Sie meint, die Damen, die da Kuchen verkaufen und Lose und alberne Häkeldeckchen, wollen sich bloß selbst in Szene setzen. Und außerdem wisse kein Mensch, ob die Erlöse wirklich dort landeten, wo sie am meisten gebraucht würden. Beispielsweise haben die Schwestern von St. Florian nach dem letzten Wohltätigkeitsfest im Hofgarten neue Uniformen bekommen. Und Mama meint, das sei von dem Geld geschehen, was dort eingenommen wurde. Die Waisen aber haben bloß einen Lutscher gekriegt.«
»Na schön«, sagte Götz, »wir wollen nicht so kleinlich sein. Jedem Tierchen sein Pläsierchen.«
Anna spürte, wie etwas in ihr aufstieg, das sie eigentlich nicht kannte. Ihr wurde ganz heiß vor Wut.
»Darf ich um diesen Walzer bitten?« fragte Götz und nahm sie in die Arme.
Es war ein erster Juliabend, lau die Luft mit dem frischen Wassergeruch vom Rhein, und sie tanzten auf der von unzähligen farbigen Birnen erleuchteten Tanzfläche im Park des Königshofs.
Anna trug ein zart orangefarbenes Kleid aus Chiffon, das auch in der Welschen Weißnäherei entstanden war, aber das verriet sie Götz wohl besser nicht.

Natürlich war er im Smoking, und zum erstenmal durfte sie allein mit ihm ausgehen.
Natürlich war dem ein Antrittsbesuch bei ihren Eltern vorausgegangen; Götz hatte sich mit Papa über die Politik unterhalten und mit Mama über Albert Schweitzer geplaudert, den sie aus ihrer Jugend kannte, dessen Bachkonzert Götz kürzlich in Baden-Baden besucht hatte.
»Ein kluger junger Mann«, hatte Papa nachher gesagt. »Ich freue mich über deinen guten Geschmack, Annele.«
»Mir ist er ein bißchen geschniegelt«, hatte Mama gesagt. »Aber man soll sich ja nie nur vom Äußeren leiten lassen.«
Und nun tanzte Anna mit Götz, und er sprach davon, daß er sie seinen Eltern vorstellen wolle. Da war die Rede von Schloß Rheineck. »Keine große Geschichte, meine liebe Anna, ich möchte nicht, daß du dich eingeschüchtert fühlst . . .«
Sie trat ihm vor lauter Schreck auf die Füße.
»Pardon«, sagte er und lockerte ein wenig seinen Griff. »Meine Eltern werden dich reizend finden, davon bin ich überzeugt. Mama spricht äußerst gern Französisch. Sie wurde in Lausanne erzogen. Papa wird sich mit dir über Hunde unterhalten. Du tust gut daran, dich ein wenig über die verschiedenen Rassen zu informieren.«
»Und wozu das alles?« fragte sie.
Götz blieb mitten auf der Tanzfläche stehen. »Aber Anna«, seine schmalen blauen Augen bekamen etwas Starres. »Natürlich habe ich ernste Absichten. Ich hoffe, du hast nichts anderes von mir geglaubt?«
»Natürlich nicht«, sagte sie schnell.
»Nun«, Götz tanzte weiter, »dann war deine Frage ein

wenig überflüssig.« Er lächelte auf sie herab. »Du bist natürlich in diesen Dingen noch sehr unerfahren. Aber das ist auch selbstverständlich und wünschenswert.« Er zog sie wieder ein bißchen näher an sich.
Seine Hemdbrust roch nach Blaustärke, und er benutzte das gleiche Eau de Tabac wie ihr Vater.
Aber plötzlich mochte Anna die gepflegte Hand nicht mehr, die ihre hielt, nicht mehr die glatten Wangen, flach unter den schmalen blauen Augen, das so sorgfältig gescheitelte blonde Haar, die kleinen wohlgeformten Ohren. Plötzlich haßte sie ihn.
»Führ mich zum Tisch zurück«, sagte sie kaum beherrscht. »Mir ist plötzlich schlecht.«
»Aber gewiß.« Götz dirigierte sie durch die Tanzenden zu ihrem Tisch. »Dir fehlt doch nichts Ernstes?«
»Ich möchte nach Hause«, sagte sie, »und ich möchte deine Eltern gar nicht erst kennenlernen.«
»Aber Anna!«
»Ich will deiner Mutter nicht mit meinem Französisch imponieren und nicht deinem Vater vorspielen, ich verstünde was von Hunden. Als kleines Kind hätte ich gern einen Hund gehabt. Aber das ging nicht, weil wir auf einer Etage wohnten und weil wir auch kein Geld dafür ausgeben konnten. Mein Vater war bei der Stadtverwaltung und bei der Sittenpolizei. Und einmal hat man ihn der Kollaboration mit den Franzosen verdächtigt, und die Spartakisten, die haben ihn einmal zusammengeschlagen. Und meine Mutter hat mit Freuden die ärmsten Kinder in Hamborn unterrichtet. Und einmal hat sie einen Fahnenflüchtigen versteckt, das im letzten Kriegsjahr, und sie hat ihm falsche Papiere besorgt. Das sollten deine Eltern von mir wissen, wenn sie überhaupt wissen wollten, woher ich komme. Und auch von mei-

ner anderen Familie, von meiner Tante, die jahrelang in wilder Ehe mit einem Mann gelebt hat, in Paris noch dazu, und von meinem Onkel, der schon bei den Deutschen und später bei den Franzosen im Gefängnis gesessen hat, weil er wollte, daß das Elsaß unabhängig würde. Und meine Schwester lebt als Mannequin allein in Berlin, weil sie nicht zu halten war. Und ich schäme mich gar nicht, daß meine Mutter Weißnäherinnen ausbildet und sich die Hacken schiefläuft, um Stoff und Arbeit für sie zu finden. Nein, ich schäme mich nicht! Nie mehr!«
Die Leute wandten sich ihr zu, Anna sah die Gesichter nur wie rosa Masken. Sie war aufgesprungen, sie zerrte ihr Cape von der Stuhllehne.
»Aber Anna, so warte doch!«
»Ich finde allein nach Hause. Adieu, Götz«, sagte sie und ging mit hochgerecktem Kinn davon.
Aber im Hofgarten, wo es dunkel war und sie quer über den Rasen lief, um schneller nach Hause zu kommen, weinte sie.
Warum?
Vielleicht, weil sie eine Weile lang Götz liebgehabt hatte. Vielleicht auch, weil sie von da an wußte, daß das Leben kein Spielplatz ist, auf dem man sich bedenkenlos tummelt.

Zu Hause sah sie überraschte Gesichter.
Mama und Papa sagten wie aus einem Mund: »Schon zurück?«
Der junge Mann aber, der bei ihnen beim Tee gesessen hatte, stand auf und sah sie mit Augen an, die sie lange vergessen geglaubt, dunkel und ernsthaft, so als wisse er um die Traurigkeit.

»Annele, setz dich her, du siehst ja ganz verfroren aus«, sagte Mama. »Dabei ist es doch so warm.«
»Anna, das ist Michael«, sagte Papa, »der Sohn meines alten Freundes Anatol Gugenheimer.«
Michael lächelte, und Anna murmelte »danke«, als er ihr einen Stuhl zurechtrückte. Und sie dachte, wie gut, wie gut, daß ich so früh nach Hause gekommen bin.

19

Von den Eltern hatte Anna einen dunkelgrünen Tuchmantel mit einem maulwurfverbrämten Kragen zu Weihnachten bekommen, und Michael hatte ihr dazu den passenden Muff geschenkt.
Kein Tag verging, an dem sie sich nicht sahen, und Anna wußte, daß sie es auch nicht ertragen hätte.
Michael beendete in Bonn sein Rechtsstudium. Später würde er in die Bank seines Vaters eintreten.
An Annas 23. Geburtstag bat Michael ihren Vater um eine Unterredung. Sie zogen sich in das durch einen Vorhang vom Salon getrennte Herrenzimmer zurück.
Anna stand stumm und mit klopfendem Herzen in den Falten der Portiere.
»Sie wissen, Michael«, sagte ihr Vater, »daß wir Sie sehr gern bei uns sehen. Aber Sie wissen auch, daß Anna noch jung und unerfahren ist ...«
»Deswegen habe ich Sie um diese Unterredung gebeten«, sagte Michael. »Herr Schwarzenburg, ich möchte Sie um die Hand Ihrer Tochter bitten.«
Sie flog durch die Portiere.
»Papa, Papa«, sie umarmte ihn, »Papa, sag ja.« Sie hatte noch nie zuvor Tränen in seinen Augen gesehen.
Er sagte: »Ich hoffe, daß ihr euch im klaren darüber seid, was eine Ehe bedeutet?«

»Ich liebe Anna«, sagte Michael, und dann fehlten ihm die Worte. Die beiden Männer gaben sich fest die Hand.
Mama kam dazu und sah mit einem Blick, was geschehen war. Und sie weinte ein bißchen und sagte: »Ihr sollt nicht so lange warten wie wir. Wenn deine Eltern einverstanden sind, Michael, könnt ihr noch in diesem Jahr heiraten.«
Anna und Michael liefen zum nahen Postamt, um ein Telegramm an seine Eltern zu senden.
Noch am selben Abend, während sie beim Punsch saßen, kam ein Anruf aus Berlin.
Gugenheimers Stimme dröhnte so laut, als traue er der Leitung nicht: »Eine größere Freude konntet ihr mir gar nicht machen. Wann kommt ihr nach Berlin? Wir müssen einen Empfang geben. Wir müssen ein Haus für euch einrichten. Und Anna, ich will mindestens drei Enkel haben!«
Keiner von ihnen verschwendete einen Gedanken daran, daß Michael Halbjude war.
Noch hatte es keine Bedeutung.

Lilli lebte in Berlin von schwarzem, ungesüßtem Kaffee und Bleichsellerie. Der Duft von frisch gebackenem Brot konnte sie zum Weinen bringen, was sie unterdrückte, damit das Maskara ihrer Augen nicht darunter litt. Aber die ungeweinten Tränen hatten auch ihr Gutes, denn so konnte sie auf Belladonna verzichten, um den Glanz ihrer Augen zu erhöhen.
Lilli lebte in einer möblierten Wohnung im Grunewald, die mit Stahlmöbeln und einem kreisrunden Bett ausgestattet war; das war der letzte Schrei, aber sie hätte

manchmal schreien können, weil es ihr so lächerlich vorkam, in einer Umgebung zu leben, als befände man sich permanent beim Zahnarzt.
Lilli bewirtete ihre Freunde mit Gin Tonic und Whisky; sie selbst trank nur Sprudel.
Sie umgab sich mit Freundinnen, die sie »meine Hühnchen« nannte, die zu ihr kamen in der verrückten Hoffnung, ihre Schönheit sei ansteckend.
Wenn Lilli ihre Kleider bei Alpert vorführte, verstummte jedes Gespräch.
Sie schritt über den Laufsteg, als berührten nicht einmal ihre Fußspitzen den roten Teppich.
Am berühmtesten war ihr Teint, den Lilli violett puderte.
In ihrem Kontrakt stand das Gebot, sich unter keinen Umständen jemals der Sonne auszusetzen.
Der Arzt, den sie wegen eines chronischen Hustens aufsuchen mußte, sagte: »Wenn Sie so weitermachen, sind Sie in ein paar Monaten tot.«
Lilli wog bei einer Größe von 1,72 m genau fünfzig Kilo.
Auch bei Kempinsky speiste Lilli nur Bleichsellerie und, wenn es hochkam, wenige Herzblätter eines Kopfsalates, gewürzt mit bulgarischem Weißkäse.
Ihre Verehrer sandten ihr Blumen, Parfüms und Schmuck. Sie schlief mit keinem.

Babtiste besuchte Lilli einmal in Berlin.
Zwischen zwei Modenschauen bei Alpert hatte sie zehn Minuten Zeit für ihn.
Er saß in ihrer Garderobe – der dreiteilige Spiegel zeigte ihr einen korpulenten Mann mit schütter gewordenem, gebleichtem Haar.

»Ich habe ein neues Haus an der Côte gekauft.«
»Wo?« fragte sie nur mäßig interessiert.
»Diesmal in Cannes.«
»Wie geht es meiner Tante?«
»Sie ist in Vichy.«
Lilli puderte ihren Hals und ihre Schultern, stieg dann in die schwarze Satinrobe, die ihren Rücken bis zur Taille frei ließ.
»Lilli, du bist jetzt einundzwanzig. Komm mit mir.«
Babtiste packte ihre Schulter.
Sie sah ihn an, ohne Lächeln. Seine Hand fiel herab.
»Du bist ein lieber alter Mann, Babtiste«, sagte sie.
Da drehte er sich auf dem Absatz um und ging.

Eine Woche später rief Mama aus Bonn an.
»Lilli, Onkel Babtiste ist verstorben.«
»Wo?«
»Im Petite France, wie wir es immer genannt haben.«
»Wo ist das?«
»In Straßburg. Es ist das älteste Viertel. Wir fahren zur Beerdigung hin.«
»Richte der Tante mein Beileid aus.«
»Du kommst nicht? Schließlich – warst du seine Lieblingsnichte.«
»Aber Mama, wenn ich nun jedesmal freinehmen wollte, wenn irgend etwas in unserer Familie passiert?«
»Gott sei Dank stirbt nicht jeden Tag jemand von uns«, sagte Christine. »Aber es ist schon gut. Bleib, wo du bist. Nur eines noch – Onkel Babtiste hat sich erschossen. Ein Bild von dir als Elfjährige lag neben ihm.«
»Mama, Mama!«
Aber Christine hatte aufgelegt.

Lilli schleuderte das Telefon vom Tisch, warf sich auf das kreisrunde Bett.
Sie weinte, wie sie noch nie in ihrem Leben geweint hatte.
Dann aber stand sie auf, zog einen Trenchcoat über ihr Unterkleid, Pumps an die nackten Füße, lief hinunter, zwei Straßen weit, bis zur nächsten Konditorei.
Sie kaufte Mohrenköpfe und Käsekuchen, Rosinenschnecken und Schneeballen.
Zu Hause fraß sie alles in sich hinein.
Eines ihrer Hühnchen, das einen Schlüssel zur Wohnung besaß, weil es sie aus Verehrung und Bewunderung für Lilli sauberhielt, fand sie bewußtlos, mit einem Darmkollaps.
Lilli lag vier Wochen im Krankenhaus.
Danach nahm sie ihr altes Leben wieder auf.
Bleichsellerie, Selterswasser und Kaffee, dazu Verehrer, die sie mit Blumen, Parfüm und Schmuck überhäuften.
Es gab nur einen entscheidenden Unterschied – sie schlief nun mit jedem.

Am Abend der Nacht, in der der Reichstag brennen sollte, saßen Anatol Gugenheimer und seine Frau Melanie in ihrem Speisezimmer, das sie erst kürzlich hatten umgestalten lassen; Directoire nannte Melanie den Stil, und Anatol gefielen eigentlich nur die silbernen Kerzenleuchter, schlank, klassisch – und doch, wenn man so wollte, wuchtig, was ihn ganz persönlich an Elefantenfüße gemahnte.
»Warum lachst du?« fragte Melanie.
Er küßte ihre Hand. »Du wirst es nicht glauben, aber ich habe soeben an Elefantenfüße denken müssen.«

Melanie zog die Augenbrauen hoch, die sie der Mode entsprechend schmal gezupft trug. Nicht zu selten fragte Anatol sich, wie es ihr gelang, ihre Schönheit auf eine Weise zu konservieren, die immer noch Aufsehen in den Salons erregte.
»Willst du nach Afrika reisen?«
»Warum eigentlich nicht? Könnten wir doch mal tun, oder meinst du, wir sind zu alt für eine Safari?«
»Ich werde den April in der Provence verbringen.«
»So?« Nun war es an ihm, die Augenbrauen hochzuziehen.
»Du hast doch nichts dagegen?« Melanie lächelte ihn an.
Nun, dann würde er mit Mari-Lu in Baden-Baden kuren.
»Bist du eigentlich glücklich – so wie wir leben?« fragte er.
»Ja, Anatol, ich war immer zufrieden mit dir.«
»Das beantwortet meine Frage nicht.«
»Möchtest du ein Mandarinensorbet zum Nachtisch oder Käse?«
»Das Sorbet.«
Er entschied sich gegen den Käse, obwohl er ihn bei weitem vorzog; er mußte seit einigen Jahren auf seine Linie achten.
»Ja, Anatol, ich glaube, ich war glücklich mit dir«, sagte Melanie plötzlich. »Ich habe an deiner Seite ein Leben ohne Höhen und Tiefen gehabt, und du hast mich stets gut beschützt.«
Er hörte ihr aufmerksam zu.
»Daß wir beide einander nicht so geliebt haben, leidenschaftlich begehrt – nun, dafür mögen wir uns heute noch. Wir sind doch Freunde, nicht wahr?«

»Ja, das sind wir, Melanie. Aber es gab eine Zeit, in der ich dich leidenschaftlich begehrte und du ...«
Ein Geräusch wie von zerspringendem Glas ließ ihn verstummen.
»Wie seltsam«, sagte Melanie, »da muß irgend etwas gegen die Scheibe geflogen sein.«
Anatol wandte sich um und sah, das Glas einer Fenstertür, die in den Garten wies, war gesprungen.
Und während er sich noch kopfschüttelnd erhob, flog der nächste Stein dagegen, durchbrach die Scheibe und landete zu seinen Füßen.
»Anatol, bleib hier!«
Aber er hatte schon die Tür geöffnet, war hinausgetreten auf die Terrasse.
Er stand im vollen Licht aus dem Speisezimmer.
Er bot ein leichtes Ziel.
Der dritte Stein traf ihn am Kopf, der vierte in den Magen.
Melanie packte Anatol, als er schwankte, in die Knie zu sacken drohte, packte ihn in den Achselhöhlen, zog ihn ins Speisezimmer.
Die Tür zu schließen, die Portiere vorzuziehen war eine einzige schnelle Tat.
Dann kniete sie neben Anatol nieder.
Die Wunde über seinem linken Ohr blutete kaum.
Sie preßte eine Serviette dagegen.
»Was war das?« fragte Anatol verwundert. »Wer war das?«
»Bleib ruhig liegen, ich rufe den Arzt.«
»Nein, bleib bei mir.«
»Anatol, du brauchst einen Arzt.«
»Ich brauche dich.«
Er griff nach ihrer Hand, drückte sie fest.

»Ich muß dir noch danken«, sagte er. »Für Michael. Daß du mir erlaubt hast, ihn zu haben, großzuziehen, so als wäre er unser Sohn.«
»Ich rufe den Arzt«, sagte Melanie. »Und ich fahre nicht in die Provence. Ich reise mit dir. Nach Afrika.«
Er lächelte.
Anatol lächelte noch immer, als sie zu ihm zurückkam, obwohl er jetzt bewußtlos war.
Der Arzt, ein Freund, hatte versprochen, sofort zu kommen.
Als er eintraf, kniete auch er neben Anatol nieder.
Aber er horchte weder das Herz ab, noch prüfte er den Puls.
Eine lange Weile hielt er den Kopf gesenkt. Dann sah er Melanie an.
»Sie haben ihn erschlagen«, sagte er.
»Wer?«
»Anatol war Jude.«
»War?«
»Er ist tot, Melanie.«
Sie brach nicht zusammen, sie weinte nicht, sie fragte nur: »Wer hat das getan?«
»Man wird sie nie fassen«, sagte der Arzt, der Freund. »In diesen unruhigen Zeiten.«
»Aber wer? Welches Schwein hat ihn ermordet? Anatol hat noch nie in seinem Leben jemandem geschadet, nie!«
»Aber er war reich. Und er war ein Jude.«
»Sind Sie es nicht auch, Eberhard?«
»Ein Jude ja, aber nicht reich.«
»Und Ihnen tut man nichts?«
»Ich bin feige, Melanie. Morgen reisen meine Frau und ich nach Aachen. Und von da aus nach Paris.«

»Sie – emigrieren?«
»Ja, ich wandere aus.«
»Aber warum?«
»Sie haben in einem Glaskäfig gelebt, scheint mir. Hat Ihnen Anatol nie erzählt . . .?«
»Was sollte er mir erzählt haben?«
»Lesen Sie keine Zeitungen? Die Nazis verkünden laut genug, als was sie uns betrachten. Wir sind Untermenschen, Melanie.«
»Anatol war ein Herr. Er hat als Offizier im siebzig/einundsiebziger Krieg für Deutschland gekämpft. Vierzehn–achtzehn hat er Schulspeisungen eingerichtet, Medikamente aus dem feindlichen Ausland für unsere Verwundeten besorgt. Unser Haus war ein provisorisches Lazarett. Anatol war ein Deutscher!«
»Ich weiß es, Melanie, aber das zählt nicht, nicht mehr. – Sie sollten nach New York gehen. Für uns reicht es nur bis Paris.«
»Kann ich Ihnen helfen, finanziell?«
Der Freund und Arzt schüttelte den Kopf. »Danke, Melanie. In meinem Alter, mit siebzig, erinnert man sich vielleicht noch der Fremdsprache, die man in seiner Jugend erlernte, und das war Französisch. Aber wie sollte ich noch einmal mit Englisch beginnen?«

Nichts hatte Georg Bonet seit dem Krieg in die Heimat zurückgetrieben, niemand ihn zurückgerufen.
Seit fünfzehn Jahren lebte er in Afrika, an der Grenze zu Belgisch-Kongo, seit fünfzehn Jahren stand er einem kleinen Hospital vor, das er hoch oben am Ubangi-Fluß errichtet hatte. Es hatte keinen Namen, die Eingeborenen nannten es nur L'Hôpital.

Bei der Schlacht an der Somme in französische Gefangenschaft geraten, war Georg zuerst nach Marokko gekommen – und dort hatte er sich freiwillig an den Ubangi gemeldet; Bananenplantagen wurden dort dem Urwald entrodet.
Seine Patienten waren die Plantagenarbeiter, die mit Verletzungen, zumeist erlitten bei Unfällen, zu ihm kamen. Manchmal gab es auch Messerstechereien und hin und wieder einen Ritualmord.
Als im November 1933 ein Brief bei ihm anlangte, der unverkennbar die energischen Schriftzüge Christine Welsch-Schwarzenburgs trug, suchte Georg eine gute Stunde lang seine Lesebrille, ehe er sich entschloß, das Kuvert zu öffnen.
Dies tat er vorsichtig, mit einem schmalen Ebenholzmesser.
Draußen dampfte der schwarze Boden von der Nässe des Regens, in seinem Zimmer störte der Ventilator die Kreise der Fliegen.
Georg setzte sich auf sein Bett, dessen Laken gelb verfärbt waren vom Flußwasser. Einziger Schmuck auf dem papierübersäten Schreibtisch war ein brauner Keramikkrug mit der Aufschrift ›Eau de vie‹, in dem gelbe Narzissen steckten.
Georgs Daumen hinterließen auf dem Briefumschlag feuchte Flecken.
Vorsichtig, um sie nicht auf dem Briefbogen zu wiederholen, faltete er diesen auseinander.
Der Brief hatte vier Monate zu ihm gebraucht.
›Cher Georg‹, schrieb Christine, ›verzeih mir, wenn ich deutsch weiterschreibe. Zwar – denke ich immer noch in französisch, aber das Schriftliche scheint mir weniger und weniger vertraut.

Jules Gautier, Dein alter Freund, ließ mich wissen, daß Du seit dem Krieg (?) in Afrika lebst, dort als Arzt wirkst und nicht die Absicht hast, in unser schönes Elsaß zurückzukehren. Wir haben uns lange Zeit über Deinen Verbleib Sorgen gemacht, wir haben oft und gern von Dir gesprochen, wenn ich in Straßburg war.
Ich hoffe von ganzem Herzen, daß es Dir gutgeht.
Geht es Dir gut?
Man weiß so wenig über Afrika.
Gewiß, es gibt genug Bücher – doch stets ist mir, als hinterließen sie weiße Flecke des Nichtwissens in meinem Gedächtnis.
Meine beiden Töchter sind nun schon erwachsen, Annele ist verheiratet und erwartet ihr erstes Kind. Aber bald werden sie und ihr lieber Mann, Michael, der Sohn Anatol Gugenheimers – Du erinnerst dich? –, uns wohl für immer verlassen.
Anatol Gugenheimer ist tot. Die Umstände, die zu seinem Sterben führten, waren für uns alle sehr deprimierend. Seine Frau, Melanie, hat ihre drei Töchter sofort ins Ausland geschickt, nach Amerika. Michaels Mutter und Anatols langjährige vertraute Freundin ist nach Warschau zurückgekehrt.
Vieles trug sich inzwischen zu, aber Du liest ja gewiß Zeitungen???
Viele Leute meinen, daß Deutschland einer großen Zukunft entgegensieht.
Ernst war anderer Ansicht . . .
Mein Bruder Robert lebt in Colmar. Seit einigen Wochen leidet er nicht mehr.
Rachel wohnt – sehr zurückgezogen – im Petite France.
Auch Babtiste ist tot.
Der Tod nimmt uns die Liebsten. Was läßt er uns?

Papa würde nun schreiben: die Hoffnung auf das Jenseits.
Ich weiß es nicht.
Aber Mama Stella geht es gut. Denk nur, sie spricht nur noch Elsässer Dütsch!
Wahrscheinlich könnte sie Dir nur noch in unserem Dialekt schreiben . . .
Daß mein Vater und Onkel Jeremias tot sind, weißt Du gewiß durch Gautiers.
Jules sagte mir, daß er – wenn auch unregelmäßig – in Briefkontakt mit Dir steht –, die Post dauert halt so lange.
Ich dachte, es macht Dir ein wenig Freude, zu wissen, daß wir Dich alle nicht vergessen haben.
Vielleicht sehen wir uns eines Tages wieder?
Deine Christine.‹

20

Zum erstenmal seit fünfzehn Jahren sollte Georg Bonet wieder europäischen Boden betreten. Im März 1934.
Er reiste auf einem Frachter, der den wohltönenden Namen ›Morgenröte‹ trug, dessen Besatzung eine betrunkene Horde war.
Der Kapitän spielte Schach mit Leidenschaft.
Und nur, nachdem Georg Bonet versprach, ihm jeden Abend zu einer Partie zur Verfügung zu stehen, hatte er ihn und Margueritte überhaupt als Passagiere angenommen.
Margueritte, Georgs Frau, war in Afrika geboren worden, als Tochter eines Engländers und einer Französin, die in Kenia gefarmt hatten.
Von Beruf Krankenschwester, war sie als solche vor acht Jahren in Georgs Hospital gekommen.
Er hatte sich nicht gefragt, ob er sie liebte, als er sie heiratete; ein wandernder Missionar hatte sie getraut.
Margueritte war zwei Jahre älter als Georg. In Kleidern wirkte sie ein wenig plump, doch wenn er sie nackt in seinen Armen hielt, ließ sie ihn die Wunschträume vergessen, die so lange seine einzigen Bettgefährten gewesen waren.
Er hielt sie in seinen Armen, in der engen Koje, streichelte die warme Haut, roch den Geruch ihres Haares,

das schwer und braun war, doch niemals glänzte mit jenen roten Lichtern wie Christines.
»Du hast mir noch immer nicht gesagt, warum wir nach Europa reisen«, fragte Margueritte. Ihre Stimme klang ängstlich. »Wie werde ich mich dort fühlen, Georg? Sag mir, bin ich überhaupt – ich meine, meine Garderobe, wirst du dich nicht meiner schämen?«
»Wir werden dich schon in Marseille neu einkleiden«, versprach er.
»Und der Grund unserer Reise, wann verrätst du mir den?«
Er stützte sich auf den Ellenbogen, schaute Margueritte an.
»Ich bekam einen Brief von zu Hause, und plötzlich hatte ich einfach Heimweh. Und dann – ich dachte, es würde dir Freude machen, das Elsaß kennenzulernen. Ich besitze dort noch ein Haus. Es ist klein und altmodisch, aber gemütlich, und wer weiß – vielleicht bleiben wir dort?«
»Vielleicht kann ich dort ein Kind . . .?«
»Margueritte, du wolltest nicht mehr daran denken.«
Sie hatte in den sieben Jahren ihrer Ehe fünf Fehlgeburten gehabt; sie klammerte sich daran, daß es vom Klima kam, daß die schwüle Hitze des tropischen Regenwaldes daran schuld war, in der sie lebten.
Georg wußte, daß sie an einer angeborenen Gewebeschwäche des Unterleibes litt.
»Werde ich auch deine Christine kennenlernen?« fragte Margueritte jetzt.
»Ja«, sagte er.
»Wir fahren ihretwegen nach Europa.«
»Nein, natürlich nicht!«
»Georg, du brauchst mich nicht zu belügen.«

Er streichelte stumm Marguerittes Haar. Er spürte, wie sie sich enger an ihn drückte, spürte, wie ihre Glieder sich den seinen anpaßten.
Und als er sie nahm, dachte er an Christine.

In Marseille war der Himmel so blau, wie es nur ein europäischer Himmel sein kann, dachte Georg Bonet.
Der Mistral fegte durch die Straßen der lärmigen Stadt, trieb den Fisch- und Armeleutegeruch aus den Gassen um den alten Hafen.
Während Margueritte Kleider anprobierte und bei der Modistin war, fuhr Georg mit einem ratternden Kahn zum Château d'If hinaus, in dem Alexander Dumas seinen Grafen von Monte Christo eingekerkert hatte; in Wahrheit waren dort aufsässige Hugenotten ohne Nahrung und Wasser elendig verreckt.
Die Touristen, zu denen Georg gehörte, bestaunten die engen Verliese, die Düsternis, in dem wohligen Bewußtsein, daß sie selbst in einer aufgeklärten Zeit lebten – so glaubten sie.
Ein deutsches Ehepaar war darunter, er klein, verwachsen, sie eine vollbusige, kräftige Frau, die zu aller Überraschung plötzlich in Tränen ausbrach.
Die Engländer schauten höflich weg, die Franzosen drängten sich aufgeregt um sie, versuchten ihr Ungemach zu erfahren, sie zu trösten.
Ein Mädchen drückte ihr eine Orange in die Hand, eine alte Frau ein Sardinenbrot.
»Warum weinen Sie?« fragte Georg.
Sie sah ihn erschreckt an – etwa weil er deutsch sprach?
»Oskar, Oskar!« Der kleine, verwachsene Mann legte

schützend den Arm um die schwere Frau. »Wer ist das, Oskar? Was will der von uns?«
»Sie müssen schon entschuldigen, mein Herr«, sagte er zu Georg, »aber wir sind erst kurz hier. Und – es macht uns Angst, wenn wir mit – anderen Deutschen zusammentreffen.«
»Ich bin kein Deutscher, ich bin Elsässer«, sagte Georg. »Und ich bin zum erstenmal seit fünfzehn Jahren wieder in Europa. Ich bin Arzt. Wenn Ihre Gattin krank ist . . .«
»Nein, nein. Lieselotte ist nicht krank. Nur – sie war im Gefängnis. Meine Frau ist eine aktive Sozialistin, und deswegen hatte man sie eingesperrt.« Seine Hand, die seine Frau gehalten hatte, zitterte. »Sie wollte das Château d'If sehen, wegen Dumas. Aber der Anblick der Zellen . . .« Er schluckte.
»Aber was ist denn in Deutschland los?«
»'itler!« sagte die alte Französin mit dem Sardinenbrot und spuckte ein Stück Gräte aus.
Unten, vor den Felsen, läutete die Schiffsglocke zur Abfahrt. Der Kahn schaukelte wild im Mistral, als sie einstiegen. Georg hielt sich in der Nähe des deutschen Ehepaares, das, wie er erfuhr, Meißner hieß und aus München stammte.
»Haben Sie denn keine Zeitungen gelesen in Afrika?« fragte Oskar Meißner.
»Ich war am oberen Lauf eines Nebenflusses des Kongo. Und neben meinem Spital hatte ich nur Zeit, medizinische Veröffentlichungen zu lesen. Zeitungen kommen auch kaum, mit dem Postboot einmal im Monat.«
»Da wissen Sie gar nicht, daß Hitler in Deutschland die Macht übernommen hat? Die Weimarer Republik ist tot. Die Nationalsozialisten sind an der Macht. Warten

Sie nur ab, bis Sie es mit eigenen Augen sehen und hören. Wir hatten letztes Jahr sieben Millionen Arbeitslose, aber nicht nur die haben Hitler den Steigbügel gehalten, auch die Industrie, der Adel, die Bauern und die Intellektuellen. Und die anderen, die nichts mit Hitler und seiner Partei zu tun haben wollen, werden verfolgt.«
»Verfolgt?«
»Sie werden ins Gefängnis geworfen, sie werden geschlagen. Ich habe es miterlebt, in meinem Stammlokal. Früher trafen wir uns dort einmal in der Woche zum Kartenspiel, meine Freunde und ich. Dann wurde es plötzlich Vereinslokal der SA. Und dann kam bald der letzte Abend.«
Frau Meißner saß mit im Schoß gefalteten Händen, sie weinte jetzt lautlos vor sich hin.
»Ein Freund von mir, Studienrat, Hirschfeld hieß er, war Jude. Er – er ... die Kerle von der SA haben ihn gezwungen, seine Hosen auszuziehen, mitten im Lokal. Zeigen sollte er, daß er beschnitten ist.«
»Aber da müssen die Kerle ja stockbesoffen gewesen sein!« sagte Georg, fast lachend.
»Leider nicht«, sagte Herr Meißner, und auch er hatte jetzt Tränen in den Augen. »Die SA-Leute waren stocknüchtern. Sie haben dem Herrn Hirschfeld die Hosen zerrissen, dann haben sie ihm einen Zettel auf den Rükken geklebt.« Meißner stockte, wischte sich die Stirn. »Und darauf stand: ›Ich bin ein Judenpimmel.‹ Dann haben sie Herrn Hirschfeld auf die Straße geworfen.«
»Und was haben Sie getan?« fragte Georg. »Ja, haben Sie sich denn nicht gewehrt? Ja, haben Sie denn Ihrem Freund nicht geholfen, ihn verteidigt?«
»Ich war zu feige«, sagte Meißner. »Ich bin Hirschfeld wohl nachgegangen und habe ihn nach Hause gebracht.

In einem Taxi. Zuerst wollte der Chauffeur uns nicht mitnehmen. Denn Hirschfeld lachte die ganze Zeit, konnte gar nicht aufhören, und dann ohne Hosen ... Aber ich habe ihn nach Hause gebracht. Und seine Frau hat einen Arzt gerufen. Herr Hirschfeld hatte einen schlimmen Schock. Dann bin ich selbst nach Hause, wir haben direkt unsere Koffer gepackt und sind noch in derselben Nacht in die Schweiz gefahren. Wir wollen auch nicht hier in Marseille bleiben. Wir warten nur auf unser Schiff. Meine Frau hat Verwandtschaft in Brasilien.«

»Darf ich fragen, was Sie von Beruf sind?« sagte Georg.

»Uhrmacher. Die Verwandten meiner Frau haben eine Hazienda in Brasilien. Dort kann ich als Mechaniker arbeiten. Oder als Vormann. Ich mache mir keine Sorgen um uns. Wir werden schon überleben. Ich bin nur froh, wenn wir erst aus Europa raus sind.«

Als das Boot im alten Hafen von Marseille anlegte, verabschiedete sich das Ehepaar Meißner; Georg wollte es zu einem Aperitif einladen, aber es lehnte dankend ab. Er sah ihnen nach, wie sie in einer der schmutzigen Gassen des alten Hafenviertels verschwanden.

Georg suchte einen Tabakladen, der ausländische Zeitungen verkaufte, und erstand den Völkischen Beobachter vom 21. März.

Er setzte sich in das Straßencafé nebenan, bestellte einen Pastis.

Zum erstenmal seit fünfzehn Jahren las er eine deutsche Zeitung.

Was er da zu lesen bekam, klang auf den ersten Blick äußerst positiv.

Hitler war es gelungen, die Zahl der Arbeitslosen von 7000000 auf 3770000 zu verringern.
Vom Jahrestag der Feier von Potsdam ist da die Rede; Hitler eröffnet die Arbeitsschlacht des neuen Jahres. Er spricht auf der Baustelle Unterhaching bei München. Tausende Arbeiter jubeln ihm zu.
Ein Großwerk des Dritten Reiches, eine Großtat unseres geliebten Führers: Dreiviertel Milliarden Mark sind bereitgestellt.
Denn heute, am 21. März 1934, beginnt der Bau der Reichsautobahnen.
Woher kommt das Geld?
Und wieso heißt Deutschland nun das Dritte Reich?
Georg saß und las und trank seinen Pastis.
Fragen über Fragen – wer würde sie ihm beantworten können?
Aber ging es ihn überhaupt etwas an?
Er war Elsässer und damit seit dem letzten Krieg Franzose.
Wenn ich nicht will, brauchte ich keinen Fuß mehr nach Deutschland zu setzen.
Er blinzelte in die Sonne, die im weißgleißenden Mistralhimmel schwamm.
Aber was Meißner erzählt hatte, war bestimmt übertrieben. Vielleicht war er sogar ein Verrückter? Warum sollte man einen Juden so behandeln? Warum eine Sozialistin einsperren? Diese neue Partei unter Hitler nannte sich doch National-Sozialisten? Also machten die Sozis doch mit, oder?
Nach einer Weile wurde Georg gewahr, daß viele der Gäste um ihn her deutsch sprachen.
Er sah genauer hin und bemerkte, daß sie zwar durchweg die legere Kleidung von Touristen trugen, aber sie

waren keineswegs fröhlich und keineswegs in Urlaubsstimmung. Sie unterhielten sich gedämpft, mit geduckten Köpfen.

An einem Tisch saßen zwei Herren in seinem Alter über Schiffahrtsplänen. Als einer von ihnen zufällig aufschaute und Georg ansah, stand Georg auf, ging hinüber.

Er nannte seinen Namen und erwähnte kurz, daß er seit fünfzehn Jahren nicht mehr in Europa gewesen sei.

Und die Herren möchten seine Aufdringlichkeit entschuldigen, aber waren auch sie Emigranten?

»Ich wüßte nicht, was Sie das anginge«, sagte der Bebrillte. »Mein Herr, wir sind Touristen.«

Sie hatten Angst, das sah er in ihrer beider Augen.

»Wovor haben Sie denn Angst?« fragte Georg.

»Mein Herr, wir möchten wirklich nicht gestört werden.«

»Ich bitte um Verzeihung«, sagte Georg, er neigte kurz den Kopf und ging zu seinem Tisch zurück.

Noch einmal las er Christines Brief – und nun wurde ihm deutlich, daß es ein Brief war, der mit Vorsicht geschrieben worden war – so, als habe sie geradezu Angst, ein Unbefugter könnte ihn lesen ...

Zum Beispiel, warum schrieb sie, daß ihre Tochter Anna und deren Mann wohl nicht mehr lange bei ihr bleiben würden?

Und wenn sie schon die besonderen Umstände von Gugenheimers Tod erwähnte, warum dann nicht, was daran so besonders war?

Georg beschloß, nicht wie geplant noch eine Woche in der Provence zu verbringen. Er nahm eine Droschke, fuhr zum Bahnhof und löste zwei Billets zweiter Klasse über Lyon nach Straßburg.

Im Hotel Esplanade, das an der Cannebière lag, fand er Margueritte. Sie war glücklich wie ein Kind mit ihren neuen Hüten und neuen Kleidern.
Er erzählte ihr, was er inzwischen über das neue Deutschland erfahren hatte.
Sie sah ihn mit runden, erstaunten Augen an.
»Aber Georg! Das ist doch unmöglich! Warum sollte da so etwas passieren?«
»Das frage ich mich auch. Aber es sieht fast so aus, als brächte Deutschland nicht nur große Dichter und Denker hervor, sondern auch Henker.«
Georg war selbst verblüfft über seine letzte Wortwahl. Wie recht er damit haben sollte, erfuhr er im Juni, als Hitler sich zum obersten Henker des Landes aufschwang und der »Röhm-Putsch« für die alten Kämpfer zur »Nacht der langen Messer« wurde.

Inzwischen erhielt das Ehepaar Meißner in seinem Hotel Petit Maxim in Marseille aus Brasilien hinhaltende Kunde. Sie sollten lieber erst im Jahre 1935 nach drüben kommen, da vorher das Gästehaus im Garten nicht fertig würde.
Die Concierge des Petit Maxim fand das Ehepaar erhängt.
Auf dem Tisch zwischen den beiden klapprigen Betten lag ein zwanzig mal dreißig Zentimeter großes Foto, das mit Buntstiften koloriert ein stattliches, säulenverziertes Haus inmitten eines üppigen tropischen Parks zeigte.
Daneben lagen ein Umschlag mit Geld und ein Brief des Ehepaares, in dem sie um eine christliche Bestattung baten.

Die Concierge steckte das Geld und das Foto ein. Danach benachrichtigte sie die Polizei.
Oskar und Marie Meißner fanden auf dem Friedhof von Marseille ihre letzte Ruhe.
Das Foto aus Brasilien zierte lange Jahre die Wand der Pförtnerloge des Petit Maxim, bis es unter einer Schicht von Fliegenkot verblaßte.

Georg ließ Margueritte in sein Haus in Colmar, als er zum erstenmal nach all diesen Jahren nach Straßburg-Neuhof fuhr.
Er benutzte die Straßenbahn, die nun nicht mehr von Pferden gezogen wurde, sondern elektrifiziert war.
In den Vorgärten der Häuser auf dem Neuhof blühten wie eh und je Iris so üppig, daß es wie wogende violette Teiche schien. Die Aprilsonne wärmte, aus offenen Fenstern roch es nach frischgebackenem Gugelhupf und Zwiebelkuchen.
Es war Samstagnachmittag, Kinder spielten Ball, hier und da sah man Männer auf den Bänken neben der Haustür sitzen, ihre Pfeife rauchen; und junge Mädchen sah er mit den schicken Hüten, für die Straßburg von jeher berühmt war.
Mein Gott, er war wieder zu Hause.
Ja, er war wieder zu Hause.
An Sudi dachte er, an Lisette, an Rachel, Robert und Christine.
Erste Liebe seines Lebens.
Einzige Liebe seines Lebens.
»Ja, das ist ja der Georg!« rief eine Frauenstimme.
Er blieb wie angewurzelt stehen, hob den Blick zu einem frischgeweißten Fachwerkhaus. Aus einem Fenster im

ersten Stock lehnte die Lisette, mit immer noch blondem Kraushaar, mit immer noch runden Pausbacken.
»Georg, du bischt es doch?«
»Ja, ich bin's«, er konnte es nur murmeln.
»Ich komm runter! Ja, mein lieber Herrgott, ich komm sofort runter!«
Und dann fiel ihm die Lisette um den Hals, daß es ihn beinahe umwarf.
Und er schämte sich nicht, daß er aufschluchzte und ein paar Sekunden lang die Lisette so festhielt, bis sie sagte: »Aua, du tust mir ja weh!«
Aber dann küßte sie ihn schnell und herzhaft rechts und links auf die Wangen.
»Ach, was das für eine Freude ist!«
»Lisette, dir geht's gut?«
»Und ob mir's gutgeht! – François, François!« Da kamen zwei François, der eine alt und stämmig mit dem knolligen Gesicht wie eh und je, der andere schlank, mit geschmeidigen gebräunten Gliedern.
»Da staunst, was, Georg?« rief Lisette. »Ja, das ist unser erster Sohn. Mein indischer Prinz!«
»Nenn mich nicht so«, sagte der junge François, »du weißt doch, ich mag das nicht, Mutter.«
»Laß nur, Junge«, sagte der alte François und lachte. »Mutter meint es ja nicht bös. Bist halt ihr Prinz.«
»Aber ich bin kein Inder, ich bin ein Elsässer.«
Und da war sie wieder, diese Leidenschaft, nichts anderes als eben das zu sein – ein Elsässer, wie schon Robert Welsch.
»Was ist aus Robert geworden?« fragte Georg.
»Aber jetzt komm doch erst mal rein«, rief Lisette. »Kaffee mache ich geschwind. Und Kuchen sollst du kriegen. Frischen Käsehupf!«

Er folgte ihnen ins Haus, denn er hatte sich bei den Welschs nicht angemeldet.
Und vielleicht erfuhr er hier Dinge, die er Christine nicht fragen konnte oder durfte.

Georg betrat eines der schönsten alten Fachwerkhäuser an der Hauptstraße des Neuhof.
Da blitzte und blinkte es nur so von kupfernen Geräten an den weißgetünchten Wänden. Neben der Tür standen Filzpantoffel bereit wegen des weißgescheuerten, mit Sand bestreuten Bodens.
Die Möbel waren alt, dunkel vom vielen Wachsen und mit jenem Satinglanz, den kein moderner Firnis erzeugen konnte.
Aus großen elsässischen Tassen, mit den Motiven der Landschaft bemalt, trank er den Halbundhalb, den Milchkaffee, aß Lisettes von jeher vorzüglichen Käsehupf.
Der junge François mußte seine Geige hervorholen und eine lustige Weise zum besten geben.
Der alte François sagte: »Ja, die Garage hab' ich verpachtet und das Mietwagengeschäft auch. Jetzt, wo unsere Kinder alle erwachsen sind, können Lisette und ich es uns gemütlich machen.«
Der junge François studierte Medizin.
Er wollte einmal wie Albert Schweitzer werden.
»Vielleicht kann ich Sie mal am Ubangi besuchen?« Seine Augen glühten vor Begeisterung. »Vielleicht darf ich einmal bei Ihnen arbeiten, Herr Bonet?«
»Der Junge hat sich Afrika in den Kopf gesetzt«, sagte Lisette, »weiß der Himmel, er könnte doch hier seine Praxis bekommen. Sein Vater würde sie ihm nur zu

gerne einrichten. Und auch ins Diakonissenhaus könnte er eintreten. Aber nein, ins Ausland will er!«

»Wenn ich alt bin, komm ich zurück, Mama, wie jeder anständige Elsässer.«

»Und was hab' ich davon?« fragte Lisette praktisch. »Dann bin ich längst tot.«

»Was macht Robert?« fragte Georg noch einmal, weil ihn François so an jenen erinnerte.

»In Colmar ist er immer noch. In dem Krankenhaus. Sie wissen schon. Wo immer noch Verwundete aus dem Krieg liegen. Einmal im Monat kommt er nach Hause, an seinem freien Tag. Aber Madame Stella sagt mir, dann geht er meist direkt nach der Begrüßung in die Gartenlaube und sitzt da stundenlang oder schläft auch manchmal ein.«

»Er ist ein unglücklicher Mensch. Nie hat er eine Frau gefunden«, sagte François.

»Und die anderen?«

»Die Rachel lebt im Petite France, im alten Haus von Babtiste«, sagte Lisette. »Christine besucht sie manchmal da, aber auf den Neuhof kommt die Rachel nie. Hin und wieder seh ich sie in der Stadt. Manchmal ist sie ganz durcheinander. Da erkennt sie mich nicht. Nennt mich Francine, das war unsere älteste Tochter, die eine Weile bei ihr war, als Babtiste noch lebte und sie das Haus in Südfrankreich hatten, bevor es abbrannte. Ja, die Rachel ist wunderlich geworden. Aber die Christine – also, wenn Sie die sehen, Georg, Sie werden Ihren Augen nicht trauen. Bei all dem Leid, was sie gehabt hat. So schön ist sie. So wunderschön.«

»Leid?« fragte er.

»Im vergangenen Jahr ist der Vater von ihrem Schwiegersohn in Berlin ermordet worden. Nazis haben ihn erschlagen, weil er ein Jude war und weil er die Partei nicht unterstützen wollte. Und kaum war das passiert, da mußte Ernst Schwarzenburg, Christines Mann, ins Krankenhaus. Er hatte eine schwere Gelbsucht. Und davon hat er sich nicht mehr erholt. Und dann Lilli, ihre zweite Tochter, die in Berlin lebt – ausgerechnet ein hohes Tier in der Partei hat sie geheiratet. Christine sagt, sie will Lilli nie im Leben wiedersehen. Nur die Anne, die macht ihr Freude, und die hat einen so lieben Mann. Der Michael ist doch der Sohn des großen Bankiers, aber so schlicht und einfach ist er. Ein kluger Kopf ist er, über alle Rechtsfragen weiß er so gut Bescheid, daß man denken könnte, er ist schon ein uralter Gelehrter. Und dann das Puppele, die Tochter von den beiden, das Friedele, so ein herziges Kind. Geradeso herzig, wie die Christine war.«

»Und Christine lebt jetzt wieder ganz in Straßburg?«

»Das Haus in Bonn hat sie in einen Kindergarten umgewandelt, unsere Tochter Bertha leitet ihn. Und Oma Sofie lebt da, die Malerin. Herrn Schwarzenburgs Mutter. Ein Stübchen hat die Christine sich behalten. Da sieht sie die Spitze des Birnbaums im Garten. Und sie hat gesagt, das ist geradeso wie in ihrer Kindheit. Aber all das wird sie Ihnen ja alles selbst erzählen wollen. Mein lieber Herrgott, wird sie sich freuen, daß Sie zurückgekommen sind.«

Als Georg den altmodischen Klingelzug am Haus in der Elisabethstraße zog, schlug ihm das Herz im Hals. Drinnen rief eine Stimme: »Mama, ich mache schon auf«, und dann näherten sich leichte Schritte, die Tür wurde aufgezogen.

»Christine.«
»Georg.«
Sie flüsterten ihre Namen nur.
Und dann hielt er sie in seinen Armen, hielt sie in seinen Armen. Und nichts anderes wußte er, spürte er, dachte er.

Es war nicht zu glauben, daß Christine fünfundfünfzig war.
Es war einfach nicht zu glauben.
Schlank war sie geblieben, leichtfüßig.
Gewiß, das schwere braune Haar war nun graumeliert, gewiß, da waren ein paar Fältchen um die Lippen, um die Augen.
Aber sie besaß nun ein Gesicht, das man ansah, ein einziges Mal womöglich nur, um es nie wieder zu vergessen.
Georg und Christine saßen in der Gartenlaube, Mama Stella hatte sie hinausgeschickt: »Geht, geht nur. Was soll ich alte Frau bei euch jungem Gemüse . . .«
In der Gartenlaube saßen sie und tranken Wein vom Schlössel, das nun ein entfernter Vetter bewirtschaftete. »Stell dir vor, ausgerechnet unser früher nur zu dummen Streichen aufgelegter Vetter David aus St. Die! Ach, wie elegant er damals war, ein rechter Geck. Früher benutzte er Sandelholzwasser – heute stinkt er permanent nach Kuhmist und Pferdedung!«
Sie lachten, konnten sich nicht schnell genug, nicht rasch genug alles erzählen, fünfzehn Jahre waren zu überbrücken – nein, in Wahrheit ja vierunddreißig.
»Georg, Georg, daß du gekommen bist«, sagte Christine immer wieder. »Ich wollte dir nicht schreiben.

Aber dann dachte ich, mein Gott, ich dachte – einmal noch wenigstens wollte ich dich wiedersehen. Denn so viele von denen, die unser Leben so reich gemacht haben, sind nicht mehr bei uns. Ach, Georg, das Leben ist viel zu kurz.«

»Jetzt bin ich hier. Vielleicht bleibe ich für immer.«

»Aber erzähle, wie lebst du? Was tust du? Von Albert Schweitzer hört man so oft. So oft kann man über ihn in den Zeitungen lesen. Du tust doch die gleiche Arbeit wie er. Warum hört man nichts von dir?«

Er erzählte ihr von seinem L'Hôpital, Blechhütten am Rande des Ubangi, der Anlegestelle für das Postboot. Zeitungen, die Monate alt waren, Briefe, die nur manchmal leserlich, meist unleserlich ankamen, unachtsam in dem lecken Bauch des Bootes verstaut. Vom Kampf gegen Krankheiten, Schmutz, Ungeziefer, Unwissenheit, Aberglaube, Götzenglaube.

»Aber bis dein Brief kam, hat mir Europa nicht gefehlt. Erst als dein Brief kam, da wußte ich, ich mußte noch einmal zurückkommen.«

»Jetzt bist du da.«

»Und ich bleibe hier, Christine. Du brauchst es nur zu sagen.« Er packte ihre Hände. »Wenn du es willst, bleibe ich. Ich habe immer noch das kleine Haus in Colmar. Immer noch können wir dort leben.«

Er dachte nicht an Margueritte. Er dachte an nichts anderes, als daß nach all den Jahren Christine wieder seine Christine war.

»Aber Georg«, sie sah ihn mit weiten Augen an. »Georg, du bist doch verheiratet!«

»Margueritte wird mich freigeben. Sie läßt sich scheiden. Ich werde gut für sie sorgen. Sie ist ein guter Mensch, sie war gut zu mir. Ich will nicht, daß sie jemals Not lei-

det, aber ich liebe sie nicht. Hörst du, ich habe niemals eine andere Frau geliebt. Immer nur dich.«
Er nahm Christine in seine Arme.
»Schick mich nicht fort«, sagte er, »und antworte jetzt auch nicht. Bitte, mein liebes Herz, antworte jetzt nicht. Gib dir selbst Zeit.«
Stimmen klangen aus dem Garten zu ihnen in die Laube, ein kleines Kind jauchzte.
»Das sind Friedele, Anna und ihr Mann Michael, sie sind von ihrem Ausflug zurück.«
Christine löste sich von Georg.
»Wie seh' ich jetzt bloß aus«, sie strich sich mit unsicheren Händen über das Haar.
»Wie eine Frau, die ich liebe«, sagte er.

21

Georg Bonet wußte kaum, wo er beginnen sollte, sich über die geschichtlichen und politischen Ereignisse, die eine Folge des Weltkrieges waren, zu informieren.
Zuviel war geschehen.
Zuviel geschah täglich.
Er ging zum erstenmal ins Kino, sah einen Tonfilm; er hieß ›Der blaue Engel‹, und Marlene Dietrich sang »Ich bin von Kopf bis Fuß auf Liebe eingestellt«.
Zuvor aber gab es die Wochenschau. Und da sah er zum erstenmal, wie in Deutschland die Massen Hitler zujubelten, sah zum erstenmal die Hakenkreuzfahne und die im Stechschritt paradierende SA.
Im Mai gingen die französischen Monarchisten auf die Straße, die Polizei zerschlug ihre Demonstrationen. Faschisten und Kommunisten mischten sich in die Straßenkämpfe. Stalin fürchtete eine faschistische Regierung in Paris und befahl die Volksfront zwischen Kommunisten und Sozialisten.
In Rußland hatte eine zweite Revolution stattgefunden – oder fand noch statt, aus einem reinen Agrarland sollte eine Industrienation werden; die Folge war eine unglaubliche Hungersnot 1932/33 gewesen.
Hatte Robert Welsch von einer Revolution à la Stalin geträumt? Gewiß nicht.

Seit 1930 wurde in Japan gekämpft. Die Mandschurei besetzt – Mandschukuo gegründet. Japans Bevölkerung explodierte, die Industrie mit billigen Exporten blähte sich gigantisch auf. Japan brauchte mehr Land.
Im Jahre 1934 sollte noch der lange Marsch von 100000 Kommunisten, angeführt von Mao, in China beginnen; Mao, ein Mann, der dieses Riesenland für immer verändern sollte.
Unruhe, wohin man sah, Veränderungen in einem Ausmaß und mit einer Schnelligkeit, daß man meinen konnte, die ganze Welt habe sich in ein rasendes Karussell verwandelt.
In Amerika gab es den New Deal, von dem Michael Gugenheimer mit glänzenden Augen Georg Bonet berichtete.
Er zitierte Roosevelts berühmten Ausspruch: »Das einzige, wovor wir uns fürchten könnten, ist die Furcht selbst ...«
Mit Mut und Kampfgeist wollte er mit der amerikanischen wirtschaftlichen Depression fertig werden.
»Roosevelt denkt an den einfachen Mann«, sagte Michael. »Er wird auf friedliche Weise aufräumen mit der Arbeitslosigkeit in Amerika, mit den Ungerechtigkeiten, mit der Armut ...«
Michael und Anna lernten eifrig Englisch; sie lasen jedes Buch, jede Broschüre, jede amerikanische Zeitung, deren sie habhaft werden konnten.
Die Gugenheimer Bank in Manhattan gab es übrigens nicht mehr. Sie hatte am Schwarzen Freitag 1929 ihre Pforten geschlossen.
»Sobald ich mein Erbe aus Berlin bekomme, reisen wir nach New York«, sagte Michael.

Das Testament Anatol Gugenheimers sah folgendes vor:
Melanie erhielt die Hälfte seines Barvermögens sowie das Haus in Berlin, in dem sie ihre Ehe verbracht hatten.
Der Rest sollte an die drei Töchter und Michael zu gleichen Teilen gehen, Mari-Lu eine lebenslängliche Rente erhalten, die ihr ein Dasein ohne Sorgen gestattete.
Aber nach Anatols Tod war das Vermögen zuerst einmal eingefroren worden. Von staatlicher Seite kam die Anordnung, die Bank zu fusionieren mit einer anderen privaten Bank. Der Vermögensverwalter, Geheimrat Henning, erlitt einen Nervenzusammenbruch, als er zum erstenmal das neue Kupferschild sah: *Private Banken Hartmann und C.*
Und nun kamen immer neue juristische und banktechnische Verzögerungen hinzu.
Melanie schrieb: ›Michael, Du mußt ja fast glauben, daß ich daran schuld bin, Dir womöglich Dein Erbe vorenthalten will. Aber ich schwöre Dir, so ist es nicht. Ich verstehe nur nichts von den Dokumenten, die man mir dauernd vorlegt. Wenn Du hier wärest, könntest Du vielleicht das Ganze eher durchschauen. Nur, ich wage nicht, Dich zu bitten, nach Berlin zu kommen. Ich wage es nicht, weil ich fürchte, Dir könnte ein Ungemach geschehen. Und das würde Anatol mir nie verzeihen.‹
Inzwischen arbeitete Michael als Referendar in einer Anwaltskanzlei.
Sein Gehalt, Christines Pension und Stellas Rente reichten, um bescheiden, aber ohne Sorgen in Straßburg im alten Haus in der Elisabethstraße zu leben; es war Stella auf Lebenszeit vom Diakonissenhaus in Anerkennung der Verdienste ihres Mannes übertragen worden.

Auf den langen Spaziergängen, die Christine mit Georg unternahm, berichtete sie ihm auch, wie Ernst gestorben war.
Sie tat es mit einer leisen, stillen Stimme – Ernsts Malariaanfälle hatten sich gehäuft. Eine Gelbsucht war aufgetreten, er war ins Krankenhaus gekommen.
Ernst starb an akutem Leberversagen.
Wegen seines schlechten Gesundheitszustandes war er ja auch schon früher pensioniert worden.
Aber der behandelnde Professor weigerte sich, einen kausalen Zusammenhang zwischen der Malaria und der schließlichen Todesursache zu sehen.

»Wenn Sie genau Bescheid wissen wollen und eine höhere Pension, dann müssen wir eine Autopsie vornehmen«, hatte er brutal gesagt.
»Sie haben ihm nicht mehr helfen können«, antwortete Christine. »Und jetzt will ich nicht, daß noch an ihm herumgepfuscht wird.«

»Weißt du, Georg, Ernst ist, solange ich ihn kannte, immer wieder an falsche Ärzte geraten. Manchmal habe ich mir so gewünscht, du hättest ihn einmal untersuchen können. Manchmal war ich drauf und dran, dir deswegen nach Afrika zu schreiben. Ich mußte immer daran denken, wie du Onkel Jeremias geheilt hast. Aber Afrika war so weit weg. Aber ich wünschte, Ernst und du, ihr hättet euch gekannt. Ihr wäret Freunde geworden.«

Margueritte Bonet saß in dem kleinen Haus in Colmar. Sie hatte nichts zu tun, als die Zimmer zu putzen, zu kochen – und vergeblich darauf zu warten, daß Georg nach Hause kam.
Oh ja, er kam – jeden Abend. Die Nächte verbrachte er in ihrem Bett.
Aber wo seine Tage?
Georg hatte sich für seine Ausfahrten einen kleinen gebrauchten Morris gekauft; wenn er einstieg, sah es immer so aus, als müsse er seine Glieder wie eine Marionette zusammenfalten, um überhaupt darin Platz zu finden.
Zugegeben – in den ersten Tagen hatte Margueritte ihn nicht begleiten wollen. Der Klimawechsel machte ihr, die ihr ganzes Leben in tropischen Zonen Afrikas zugebracht hatte, sehr zu schaffen. Sie fror selbst in überheizten Räumen, hatte unter Schwindelanfällen und Herzjagen zu leiden.
Nun waren sie schon im zweiten Monat im Elsaß, langsam hatte sie sich an die neue Umgebung gewöhnt – aber Georg fragte gar nicht mehr, ob sie ihn auf seinen Ausfahrten begleiten wollte.
Nur nachts kam er zu ihr zurück.
Nur nachts teilten sie noch das gleiche Bett.
Aber auch das war anders als früher.
Nicht ein einziges Mal, seit sie ihren Fuß auf europäischen Boden gesetzt hatten, hatte er sie mehr umarmt. Nicht ein einziges Mal mehr nach ihr verlangt.
Margueritte gab sich selten Illusionen hin; sie wußte, daß Georg sie geheiratet hatte, weil er einsam war, weil sie ihm in seiner Praxis im Hospital eine große Hilfe war, weil er jemanden brauchte, der sich um ihn kümmerte.

Und hinzu war gekommen, daß sie sich im Bett gut verstanden.
Das war alles. Nicht mehr und nicht weniger.
Sie liebte ihn. Weil er der erste Mann war, der ihr überhaupt Beachtung schenkte.
Denn sie war nun einmal plump und unscheinbar.
Daran konnten auch die hübschen neuen Kleider, die sie sich in Marseille hatte kaufen dürfen, nichts ändern.
Ihre Waden waren zu rund, die Arme zu drall.
Ihr Gesicht flach.
»Du hast so ein liebenswertes Lächeln«, hatte Georg ganz im Anfang einmal gesagt und gar nicht geahnt, wie weh er ihr damit tat.
›Ein liebenswertes Lächeln‹, schrieb sie an diesem Mainachmittag in ihr Tagebuch. ›Damals schien es ihm wenigstens noch Freude zu machen, heute könnte ich Clownsgrimassen ziehen, Georg würde es nicht einmal bemerken.
Von zwei Dingen ist er wie besessen:
Von dem, was sich politisch und historisch in den letzten zwei Jahrzehnten in Europa getan hat und noch tut.
Und von Christine Welsch.
Als wir hier im Elsaß eintrafen, schlug er mir noch vor, sie sofort kennenzulernen.
Seitdem hat er es nie mehr erwähnt.
Er kommt zwar jeden Abend mit einem Armvoll Zeitschriften oder Büchern nach Hause, so daß es den Anschein hat, als säße er den ganzen Tag in Bibliotheken oder Buchläden.
Aber dafür hat er eine zu gesunde Farbe bekommen. Er bewegt sich viel in frischer Luft.
Und ich weiß von ihm, daß Christine Welsch immer eine Naturnärrin war.

Also geht er mit ihr spazieren, streift mit ihr über die Pfade seiner Jugend?
Wenn ich doch nur den Mut aufbrächte, ihn danach zu fragen. Aber ich fürchte mich vor seiner Antwort. Sie könnte sehr leicht endgültig sein.
Wir haben keine Kinder. Wir sind, als wir heirateten, sozusagen eine Notgemeinschaft eingegangen, weil wir die beiden einzigen Weißen in Kwela am Ubangi waren. –
Zwei Monate Urlaub hatte Georg vorgesehen. In dieser Zeit verwaltet Josef Batata das Hospital, bemüht sich um die Kranken. Georg hat ihn selbst als Sanitäter ausgebildet.
Die zwei Monate sind in einer Woche um.
Werden wir dann in unser Heim zurückkehren?
Ich habe Heimweh danach, obwohl es so primitiv ist.
Vielleicht haben die Termiten es inzwischen auch aufgefressen?
Dann bauen wir es eben wieder auf!‹

Georgs Heimkehr unterbrach ihre Eintragungen.
Er küßte sie auf die Wange, fragte: »Na, was hast du heute gemacht?«
Aber sie sah an seinen Augen, daß er sich überhaupt nicht dafür interessierte.
Er kam früh an diesem Tag, es war erst fünf Uhr.
»Möchtest du Kaffee trinken?« fragte sie. »Ich habe Ingwerplätzchen gebacken.«
»Ja, ein Kaffee wäre gut.« Er rieb sich die Stirn.
Er legte Zeitungen auf den Tisch, zündete sich eine Zigarette an, Gauloise natürlich. Er rauchte doppelt soviel, seit er in Europa war.

Sie brachte Georg den Kaffee, rückte ihm den Sessel am Fenster zurecht.

»Setz dich doch zu mir, Margueritte«, sagte er. »Ich – möchte mit dir sprechen.«

Sie goß stumm für sie beide Kaffee ein.

Sie verbrannte sich die Lippen am ersten Schluck, verschluckte sich. Sie war froh, denn so konnte Georg ihre Tränen mißdeuten.

»Margueritte, ich – ich bin in den letzten Wochen fast täglich in Straßburg gewesen. Ich habe fast täglich Christine Welsch gesehen. Ich möchte dir nicht weh tun, ich möchte dich nicht verletzen. Ich will auch immer gut für dich sorgen. Aber ich möchte wieder frei sein. Es fällt mir schwer, ich tue es nicht leichtfertig. Du warst immer gut zu mir. Du warst meine beste Freundin. Das werde ich auch nie vergessen. Aber ich muß wieder frei sein.«

Er zündete die vierte Zigarette an.

»Margueritte, antworte mir. Bitte.«

»Und wo soll ich dann hin?« fragte sie leise.

»Möchtest du nicht in England leben? Du hast dort Verwandte. Oder hier in Frankreich. Leben denn keine Angehörigen deiner Mutter mehr?«

Er kannte so wenig von ihr, daß er nicht einmal wußte, daß ihre Mutter Waise gewesen war.

»In England?«

»Ich würde dir ein kleines Haus kaufen. Eine Rente geben – du brauchtest auch nicht mehr zu arbeiten.«

»Und dann halte ich mir sechs Hunde und sechs Katzen und züchte Rosen und verwahre hin und wieder die Kinder anderer Leute?« Sie legte die Hände vors Gesicht.

»Margueritte . . .«

»Laß mich nachdenken. Gib mir ein paar Tage Zeit.«

Er blieb noch eine Weile bei ihr sitzen. Stumm. Es war alles gesagt. Schließlich griff er mit einem verlegenen Lächeln nach den Zeitungen, murmelte: »Du hast doch nichts dagegen?«
Sie schüttelte den Kopf, räumte den Kaffeetisch ab, wusch in der Küche das Geschirr. Bereitete eine kleine Platte mit Aufschnitt und geviertelten Tomaten vor, schaute nach, ob noch Wein im Eiskasten lag.
Sie stellte ein Glas zurecht, den Korkenzieher, legte Besteck und Serviette auf das Tablett. Trug alles zu Georg, er bemerkte es mit gemurmeltem »Danke . . .«
Dann ging sie ins Schlafzimmer, zog sich aus.
Sie war so müde, als hätte sie den ganzen Tag im Garten oder auf der Station gearbeitet.
Margueritte schlief sofort ein. Tief in der Nacht erwachte sie, das Bett neben sich leer.
Sie stand leise auf, fand Georg schlafend auf der Couch im Wohnzimmer.
Er hatte nur seinen Kragenknopf geöffnet und die Schuhe ausgezogen.
Margueritte breitete eine Decke über ihn.

»Mama Stella, darf ich noch zu dir kommen?« fragte Christine an diesem Abend.
Es war gegen zehn Uhr, Anna und Michael waren noch bei Freunden.
Friedel hatte gezahnt und gequäkelt, aber jetzt war sie endlich eingeschlafen.
Stella lag schon im Bett. Ihr weißes Haar zu Zöpfen geflochten. Sie legte die Lesebrille ab, das Buch zur Seite. Sie klopfte neben sich auf den Bettrand. »Setz dich zu mir, Christele.«

»Komisch«, sagte Christine, »du gibst mir immer das Gefühl, noch ein junges Mädchen zu sein.« Sie lachte. Es klang unsicher, sie hörte es selbst.
»Was hast du auf dem Herzen?«
»Es geht um Georg, Mama Stella.«
»Das denke ich mir.«
»Seit er zurück ist, empfinde ich, als hätte es nie etwas anderes gegeben. Aber er ist verheiratet. Er drängt mich zwar, er meint, Margueritte würde keine Schwierigkeiten bei einer Scheidung machen. Aber ich bringe es nicht fertig, ja zu sagen. So lieb ich ihn habe. Wir haben uns heute scheußlich deswegen gestritten. – Aber Ernst ist erst seit einem Jahr tot. Ich habe immer das Gefühl, ihn zu verraten, wenn ich mit Georg zusammen bin, und kann es doch nicht lassen.«
»Hat Georg dir eigentlich jemals erklärt, warum er damals in der Silvesternacht nicht zu dir gekommen ist?«
»Nein. Doch was für eine Bedeutung hat das noch? Es ist vierunddreißig Jahre her.«
»Du wärst damals fast gestorben.«
»Ich weiß, Mama Stella, aber ich habe ihn nie dafür schuldig gesprochen, es ihm nie angelastet.«
»Wenn er frei wäre und du ihn heiraten würdest, gingest du auch mit ihm nach Afrika?«
»Warum nicht?«
Stella richtete sich aus ihren Kissen auf, stützte sich auf ihren rechten Ellenbogen.
»Hol mir ein Gläschen Wein, bitte«, sagte sie. »Und bring dir ruhig eine Zigarette mit.«
»Ja, danke, Mama Stella.«
Stella lächelte vor sich hin, als sie alleine war. Sie dachte an jene Nacht – 1895 war es wohl? –, als Jean und sie Christine und Georg in der Gartenlaube gefunden hat-

ten. Und wie sie später Wein tranken. Und wie Jean am Mittag des Tages darauf nach Hause kam und sie sich ins Schlafzimmer stahlen und die Vorhänge sich im Wind bauschten und sie sich liebten. Wie jung wir damals waren.

Christine brachte jetzt Wein für sie beide und zündete sich ein Zigarillo an.

»Du bist die einzige Frau, die ich kenne, die das tun kann und dann nicht halbseiden wirkt.«

»Mama Stella!«

»Was meinst du, das Wort halbseiden? Ich finde es gut. Ich habe es gerade erst gelesen.«

Christine nahm das Buch vom Nachttisch auf. »Das kunstseidene Mädchen? Ja, was liest du denn für frivole Sachen?«

»Das ist gar kein frivoles Buch. Aber manchmal lese ich so etwas auch gern. Ich bin keine Puritanerin. Und war es nie.«

Stella nahm einen kräftigen Schluck Wein.

»Ich wüßte, was ich täte, wenn ich an deiner Stelle wäre.«

»Du meinst mit Georg?«

»Ja.«

»Und?«

»Schrei nicht auweh, wenn ich dich schockiere. Ich würde ihn erst einmal ausprobieren.«

»Du meinst . . .«

»Mit ihm schlafen, ja. Christine, du bist eine Frau von fünfzig. Kein Grünschnabel mehr. Aber Georg gegenüber empfindest du wie ein Grünschnabel. Du schwärmst für ihn. Er ist dein ganz persönlicher Rudolfo Valentino. Und so etwas hält oft der Realität, der Wirklichkeit nicht stand.«

»Aber wie soll ich anstellen, was du vorschlägst?«
»Fahr doch ein paar Tage mit ihm fort.«
»Und dann?«
»Du wirst schon sehen.«
»Und – von Margueritte sprichst du gar nicht?«
»Wenn eine Ehe nicht mehr in Ordnung ist, soll man sie nicht aufrechthalten.«
»Du bist für eine Scheidung?«
»Wenn es notwendig ist, unbedingt. Jawohl.«
»Du schockierst mich wirklich«, sagte Christine.
»Nicht mehr, wenn ich dir die Erklärung für meine Ansicht gebe. Meine Eltern haben sich gehaßt. Aus ihrer Vernunftehe wurde eine wahre Hölle. Sie haben sich buchstäblich zerfleischt, sie haben sich gegenseitig bis zu ihrem gemeinsamen Ende gequält. Und denke doch an die Eltern von Ernst. Auch ihre Ehe war eine Hölle. Sie hätten sich scheiden lassen sollen, früh genug. Aber zu ihrer Zeit tat man das ja noch nicht. – Gib mir noch einen Schluck Wein.«
Christine tat es.
»Das tut gut«, sagte Mama Stella, »diese Nacht werde ich bestimmt gut schlafen.«
»Aber ich wüßte gar nicht, wohin ich mit Georg fahren sollte.«
»Warum nicht nach Bonn? Es wird Zeit, daß du dich wieder einmal um Sofie kümmerst. Und auch um dein Haus.«
»Aber ich kann doch Georg nicht einfach fragen, ob er mit mir nach Bonn fahren will?«
»Christine, stell dich nicht so dumm an. Erwähne, daß du nach Bonn mußt, und du wirst sehen, er bittet dich darum, mitfahren zu dürfen.«

An einem späten Nachmittag trafen sie in Bonn ein. Sie tranken ein erfrischendes Bier im Garten der Kaiserhalle, im Schatten der Kastanien.
Es war ein Samstagnachmittag, und auf dem Kaisersplatz exerzierten Hitlerjungen.
Christine und Georg konnten beobachten, wie von den Pimpfen Geld kassiert wurde, und später, daß die älteren Jungen, die Jungzugführer, die Eisdiele stürmten.
»Ich wette, die machen da ihre Büchsen leer«, sagte Georg. »Laß uns ein bißchen durch die Stadt bummeln – ich möchte mehr von dieser neuen Bewegung sehen.«
In der Poststraße lag in einem Sportgeschäft eine riesige Hakenkreuzfahne aus, darauf drapiert Uniformstücke der SA und ein Dolch mit dem Reichsadler; eingraviert auf der Schneide war – Alles Für Deutschland.
»War Ernst in der Partei?« fragte Georg.
»Wo denkst du hin! Er hat Hitler nur den Pinselinski genannt. Und er meinte, daß Heinrich Heine wie kein anderer recht hatte, als er schrieb: Denk ich an Deutschland in der Nacht, bin ich um meinen Schlaf gebracht.«
»Und du – was hältst du selbst von den Nazis?«
»Seit Gugenheimers Ermordung nichts mehr. Vorher war ich nicht sicher. Du kannst dir nicht vorstellen, welche Not hier herrschte, und die Nazis schienen tatsächlich versuchen zu wollen, Abhilfe zu schaffen.«
Sie wanderten am Beethovenplatz vorbei zum Markt. Georg bewunderte das schöne alte Rathaus, das nun allerdings auch die Hakenkreuzfahne flattern ließ.
»Scheußliche Dinger, diese Fahnen«, sagte Georg. »Die wirken so blutrünstig.«
Durch den Hofgarten spazierten sie bis zum alten Zoll.
»Mein Gott, ist der Rhein schön«, sagte Georg. »Und

welch ein friedliches Bild, die Dampfer, das Siebengebirge. Warst du schon mal drüben?«
»Ich bin sogar schon mal auf einem Esel den Drachenfels hinaufgeritten. Der wollte dann nicht mehr runter, und Ernst mußte ihn die halbe Zeit am Schwanz ziehen.«
»Ich hoffe, daß ich dir ein wenig von dem Glück geben kann, das Ernst dir gab«, sagte Georg leise.

Sie zögerten beide instinktiv den letzten Weg nach Hause in die Schumannstraße hinaus. Dort hatte Christine die letzten Jahre mit Ernst verbracht.
Und sie sagte dann auch: »Würde es dir etwas ausmachen, Georg, wenn wir im Hotel schlafen? Es gibt eines ganz in der Nähe, am Rhoonplatz.«
Georg drückte nur ihren Arm.
Sie hatten Großmutter Sofie geschrieben, wann sie eintreffen würden, und die alte Frau erwartete sie schon; eine farbenbekleckste Schürze, die sie beim Türöffnen hastig ablegte, über dem schwarzen, hochgeschlossenen Kleid, Farbspritzer auf den Wangen und im weißen Haar.
Sie führte Christine und Georg auch sogleich in ihr Atelier – den Wintergarten. Christine hatte ihr zuliebe die bemalten Scheiben durch klare ersetzen lassen.
Sofie zeigte ihnen stolz ihre letzte Arbeit, sie war gerade fertig geworden: eine Miniatur-Glasmalerei der Godesburg. »Das nimmst du deiner Tochter Anna mit«, sagte Sofie, »damit sie sich auch in der Fremde an ihre Heimat erinnern kann.«
»Du meinst auch, es wäre am besten, wenn sie fortgehen? Aus Europa?«
»Sicher. – Du hast wenigstens zwei Pässe, deinen fran-

zösischen und deinen deutschen. Du kannst in Frieden in Straßburg leben. Aber Michael ist Halbjude. Und sein Vater war ein bekannter Mann. Und überhaupt, man hört so manches. Es verschwinden zu viele Leute. Geschäfte machen zu. Häuser sind plötzlich zu verkaufen. Na ja, ihr wißt ja Bescheid . . .«
Sofie hatte den Teetisch im Schatten des Birnbaums beim Springbrunnen im Garten gedeckt.
Die Fontäne funktionierte nicht mehr, und so hatte Bertha, Lisettes Tochter, das steinerne Bassin mit Veilchen bepflanzt. Sie gediehen üppig im Moos. Bertha war eine Blumennärrin.
Unter dem Holunderbaum fand Christine winzige wilde Erdbeeren.
»Die hat Bertha auf dem Venusberg ausgegraben, und sie ist ganz stolz, daß sie angegangen sind.«
Sofie hatte eine Maibowle mit Waldmeister angesetzt.
Glühwürmchen huschten durch die Dunkelheit.
»Mutter, wir werden im Hotel am Rhoonplatz wohnen«, sagte Christine gegen zehn Uhr. »Wir wollten euch nicht zuviel Mühe machen.«
»Ich dachte es mir. Ich habe euch Zimmer bestellt.«
Das war Sofie Schwarzenburgs einziger Kommentar.
Sie unterhielt sich gern mit Georg, das spürte man. Und bevor sie sich von Sofie verabschiedeten, zog sie Christine einen Moment zur Seite. »Er gefällt mir«, flüsterte sie. »Und du bist noch jung. Du kannst noch mal neu anfangen.«

Georg und Christine tranken im Restaurant des Hotels noch eine Flasche Ahrburgunder, und hatten nun beide einen leichten Schwips.

Aber es half alles nichts.
Sie standen auf dem Flur im ersten Stock, zwischen den beiden Zimmern. Mehrmals ging die automatische Beleuchtung aus, mehrmals mußte Georg den Lichtknopf drücken.
»Es war ein schöner Tag«, sagte Christine.
»Wir haben Glück mit dem Wetter gehabt«, sagte er.
»Wenn du magst, können wir morgen eine Dampferfahrt machen?«
»Ich würde auch gern einmal nach Köln fahren, mir den Dom anschauen.«
»Ernst . . .« Christine verstummte.
»Was wolltest du sagen?« fragte Georg.
»Ernst haßte den Dom, er fand ihn zu bedrohend.«
»Nach Bildern, die ich davon gesehen habe, kann ich's mir vorstellen.«
»Georg, ich – ich wollte gar nicht jetzt von Ernst sprechen, ich meine, ich habe mir solche Mühe gegeben . . .«
»Ich weiß«, sagte Georg. Und dann lächelte er. »Geh jetzt schlafen, mein Herz.«
Christine schloß ihre Tür nicht ab, sie wußte, sie brauchte es nicht.

Sie machten die Dampferfahrt bis Remagen und zurück. Sie besuchten die alte doppelstöckige romanische Kirche in Schwarzrheindorf, sie wanderten zum Ennert, um von dort aus das Panorama Bonns zu genießen. Sie erklommen den Drachenfels und flohen aus Königswinter, das von lärmenden »Kraft durch Freude«-Ausflüglern überquoll.
Christine kümmerte sich zwei Tage lang um die Buch-

führung des Kindergartens und die Einstellung einer zweiten Kraft. Sie machte Besuche bei Freunden, die den Kinderhort mit regelmäßigen monatlichen Spenden unterstützten.
Nur aus Höflichkeit besuchte sie den Kreisleiter, der ihr nahelegte, in die NS-Frauenschaft einzutreten.
»Wir Elsässer sind unpolitische Menschen«, erwiderte Christine liebenswürdig, aber bestimmt, »und dazu bin ich eine Frau.«
»Aber es geht nicht um die Politik, meine liebe Frau Schwarzenburg. Es geht um die Idee. Niemand darf sich mehr ausschließen. Nur in der Einigkeit sind wir stark. Der Führer bringt täglich Opfer für das deutsche Volk. Nur wenn wir es ihm alle gleichtun, werden wir siegen ...«
Ernst hatte den Kreisleiter immer einen Einfaltspinsel genannt.
»Und daß Sie in Frankreich leben, begreife ich auch nicht. Wie kann man sein Vaterland verlassen, wenn dort täglich Zeichen einer neuen, besseren Zeit gesetzt werden?«
»Meine Mutter braucht meine Hilfe in Straßburg, und außerdem ist meine Enkelin nicht ganz gesund. Das Bonner Klima ist zu schwül und feucht.«
»Und die Schnaken in Straßburg machen ihr nichts aus, der kleinen Enkelin?«
»Dagegen kennen wir vorzügliche Mittel. Flit und Talkumpuder.«
Der Kreisleiter lachte. »Sie sind eine störrische Person, meine liebe Frau Schwarzenburg. Hoffentlich bereuen Sie es nicht eines Tages.«
»Trotz ist eine Familieneigenheit der Welschs«, sagte Christine.

Als letztes ging Christine über die Brücke nach Beuel, allein, um Ernsts Grab auf dem Beueler Friedhof zu besuchen.
Sie saß lange dort auf einem Schemel, den ihr der Friedhofsaufseher lieh.
Sie sprach lange mit Ernst.

Als Christine zurückkam ins Hotel, die Koffer waren schon für die Heimreise gepackt, sagte Georg: »Margueritte hat mir telegrafiert. Sie ist mit der Scheidung einverstanden und will so rasch wie möglich nach London übersiedeln.«

22

»Anna, man hat Mutter Melanies Haus versteigert!« Michael stürzte in die Küche, wo sie gerade dabei war, Möhren für Friedel zu pürieren.
Anna lehnte sich rasch gegen den Tisch, denn ihr war plötzlich ganz schwindelig.
»Michael, das kann doch nicht wahr sein!«
»Hier, Mutter schreibt es!«
Seine Hand, die ihr den Brief entgegenstreckte, zitterte. Er war kreideweiß und seine Augen weit und entsetzt.
»Unter dem Vorwand, sie habe das Reich um Vermögenssteuer betrogen, hat man eine einstweilige Verfügung erlassen und sie herausgesetzt. Sie hat gekämpft, schreibt Mutter, aber es hat alles nichts genützt. In der Pfalzburger Straße wohnt sie jetzt, in einem möblierten Zimmer. Sie schreibt auch, wir sollten uns keine Sorgen um sie machen, sie käme schon durch.«
Michael lachte, und dann weinte er plötzlich. Anna nahm ihn in die Arme. »Deine Mutter kommt zu uns. Warte nur, bis Mama wieder da ist, die fährt sofort nach Berlin und holt sie her.«

Melanie Gugenheimer hatte nach Anatols Tod und Mari-Lus Rückkehr nach Warschau zu Michael gesagt:

»Wenn du willst, kannst du mich nun Mutter nennen, vorher wäre das ein wenig unpassend gewesen. Aber jetzt – nun tu, was dir beliebt.«

Er nannte sie mit Freuden Mutter – weil sie schön war und vor allem sehr klug; sie ließ Michael nie spüren, daß er ein außerehelicher Sohn war.

Deswegen wollte er selbst nach Berlin.

Er wollte sich persönlich um Melanie kümmern.

Aber alle rieten davon ab.

Vor allem Christine und Georg, die am Abend aus Bonn zurückkehrten.

»Es ist anzunehmen, daß diese Aktion von der Partei ausgegangen ist. Wer weiß, was dir passiert, wenn du dagegen Sturm läufst! – Wir haben einiges in Bonn gehört und gesehen«, sagte Georg.

»Aber man kann die Nazis doch nicht gewähren lassen! Man kann doch nicht zulassen, daß sie eine alte Frau auf die Straße setzen, ihr das Haus unterm Hintern – Pardon – also versteigern. Mein Vater hat nie was mit den Nazis zu tun gehabt.«

»Er war nicht für sie. Mir scheint, das genügt heute schon«, sagte Georg. »Denk doch dran, ihre Parolen, die man täglich in den Zeitungen lesen kann, laufen doch nur auf eines hinaus: Willst du nicht mein Bruder sein, schlag ich dir den Schädel ein. Wenn deine Mutter hierherkommen soll, und das erscheint mir richtig, dann holen wir sie. Oder bist du anderer Ansicht, Christine?«

»Mutter, du mußt mit Lilli reden. Ihr Mann ist doch in der Partei«, sagte Anna.

»Ja, das muß ich wohl«, nickte Christine. »Und ich hoffe nur, daß Lilli einmal in ihrem Leben Familiensinn aufbringt.«

Lilli empfing ihre Mutter und Georg Bonet in ihrem Appartement am oberen Kudamm.
Es war mit schweren altdeutschen Eichenmöbeln eingerichtet; nur Orientteppiche mit ihren warmen Farben hellten die Düsternis auf.
»Guten Tag, Mutter«, sagte Lilli und entzog Christine die schmale, knochige Hand so schnell, als sei ihr die Berührung unangenehm.
Georg Bonet bekam nur ein Kopfnicken. »Habt ihr eine gute Reise gehabt?«
»Haben wir«, sagte Christine. »Obwohl ich mich gefreut hätte, wärest du am Bahnhof gewesen.«
»Dein Telegramm kam zu überraschend. Eberhardt mag nicht, wenn unsere Routine gestört wird.«
»Wie geht es deinem Mann?«
»Gut. Er hat sehr viel zu tun. Aber setzt euch doch«, sagte Lilli. Klingelte nach einem Mädchen, das geduckt wirkte, ließ es die Staubmäntel heraustragen, hieß es Kaffee bringen.
Es war Malzkaffee.
»Eberhardt hält strikt darauf, daß wir einen Spartag in der Woche einhalten. Das Geld kommt dem Mütterhilfswerk der NSV zugute.«
»Löblich«, sagte Christine. »Du trägst ein elegantes Kleid. Ein Modell?«
»Paris«, sagte Lilli mit einem Schulterzucken.
Es war eine schwarze Wollgeorgetterobe, hoch geschlossen, mit langen Ärmeln. Die Orchidee auf der linken Schulter war frisch und wurde von einer Brillantagraffe gehalten.
Lilli trug eine brillantenbesetzte Uhr und einen Rubinring.
Es war fünf Uhr nachmittags.

»Goebbels empfängt uns um sechs«, sagte Lilli. »Eberhardt holt mich um halb sechs ab.«
»Und da möchtest du nicht, daß ich noch hier bin, stimmt's?« fragte Christine.
»Angenehmer wäre es mir.« Wieder dieses Schulterzukken. »Du hast Eberhardt nicht gerade sehr höflich behandelt, als er zum Antrittsbesuch bei euch in Bonn war.«
»Da hast du recht. Er hat deinen Vater mit seinen politischen Spinnereien aufgeregt, und vergiß nicht, daß dein Mann praktisch verlangte, wir sollten unser Haus verkaufen, damit du dein Erbteil frühzeitig bekämest.«
»Ach ja, Eberhardt war damals in einer kleinen Pechsträhne. Aber heute haben wir das ja Gott sei Dank nicht mehr nötig. Nun, ich nehme an, daß du mich auch nicht Eberhardts wegen besuchst?«
»Doch.« Christine sah sich in dem Herrenzimmer um. »Er scheint mir ein einflußreicher Mann in eurer Partei zu sein. Ich brauche seine Hilfe. Melanie Gugenheimers Haus ist versteigert worden und ihr Vermögen eingefroren, oder wie man das nennt. Sie steht vollkommen mittellos da.«
»Was soll Eberhardt dagegen tun?«
»Er könnte ein gutes Wort für Frau Gugenheimer einlegen. Irgend etwas muß man ihr doch lassen.«
»Tut mir leid, Mutter.« Schon wieder dieses Schulterzucken. »Auf solche Dinge läßt Eberhardt sich niemals ein. Er nutzt seine Stellung in der Partei nicht aus, um irgendwelchen fremden Leuten Protektion zu gewähren. Das gab's vielleicht früher einmal. Heute ist das vorbei. Du kennst die Opfer, die die Partei für das deutsche Volk bringt. Der Führer allen voran. Er verdammt jeden Eigennutz.«

»Wie ich dich kenne, muß ich annehmen, das ist dein letztes Wort?«
»Ja, Mutter.«
Christine stand auf. Ein leichtes Lächeln umspielte ihre Lippen. »Wenn wir uns wiedersehen, mein Kind, und du mehr Zeit hast, werde ich dich zu einem Mokka ins Kranzler einladen.«
Das Mädchen brachte die Mäntel, als habe es hinter der Tür gelauscht.
Als sie unten vors Haus traten, sagte Christine: »Was benutzt Lilli nur für ein abscheuliches Parfüm.«
Und wenig später: »Gib mir deine Hand, Georg.«
Sie gingen Hand in Hand zur Pfalzburger Straße.
Melanie und Christine umarmten sich stumm.
Georg küßte die weiße, schmucklos gewordene Hand. Hier roch er ein wenig Spülwasser.
»Du kommst mit uns, Melanie«, sagte Christine, als sie bei einem Glas Sherry in dem spärlich möblierten Zimmer saßen. Nebenan wurde laut musiziert.
»Dort wird ein großer Pianist geboren«, sagte Melanie lächelnd. »Er übt manchmal vierzehn Stunden am Tag.«
»Das heißt, auch nachts? Wie hältst du das aus?«
»Ich habe gute Nerven, Christine. Dafür hat Anatol gesorgt. Er hat mich zeit seines Lebens gut beschützt.«
»Nicht wahr, du kommst mit uns nach Straßburg?« fragte Christine.
Sie nannten einander du, ohne es jemals zuvor getan zu haben, ohne es jetzt zu bemerken.
»Ich kann in Berlin bleiben«, sagte Melanie. »Ich brauche mich nur zu entschließen, den Namen Anatols abzulegen. Weißt du, mein Mädchenname hat ein kleines von, und das macht einen kolossalen Unterschied.«

»Aber du tust es doch nicht?« fragte Christine.
»Nein, ich tue es nicht.«
»Michael wäre selbst gekommen, aber wir haben ihn davon abgehalten, dich zu holen.«
»Das denke ich mir, und das ist auch besser so.«
»Wie viele Tage brauchst du, um deine Angelegenheiten zu ordnen?«
»Ich kann das Zimmer sofort aufgeben. Man gab mir keinen Mietkontrakt.« Um Melanies Augen zuckte es. Aber dann lächelte sie schon wieder.
»Wenn ihr mich wirklich mitnehmen wollt, wann geht der nächste Zug? Noch habe ich meinen gültigen Paß. – Ach ja, und noch etwas«, sie stand auf, ging zum Kleiderschrank, nahm ein kleines Päckchen heraus.
Sie gab es Christine und küßte sie. »Trage es. Es ist ein Medaillon mit Anatols Bild drin. Es soll dir Glück bringen.« Ihr Blick schweifte schnell zu Georg. »Und übrigens, wenn im Diakonissenhaus eine Pflegerin gebraucht wird, solche Arbeit kann ich tun.«
»Ich helfe dir beim Packen«, sagte Christine.
Was Melanie Gugenheimer noch besaß, ging in einen einzigen Koffer. Er war aus schwarzem, abgenutztem Kalbsleder.
»Als sie kamen, um das Haus zu versteigern, habe ich alles dalassen müssen«, sagte sie. »Nur den Koffer nicht. Anatol schenkte ihn mir zur Hochzeit.«
Und Christine dachte: Mein Gott, sie hat Anatol trotz allem geliebt, auch wenn sie es nie gezeigt hat.

Die Grenzkontrolle in Kehl verlief reibungslos.
Niemand hinderte Melanie Gugenheimer daran, das Deutsche Reich zu verlassen.

Rachel Praet, geborene Welsch, lebte nun in Babtistes Haus im Petite France.
Sie hätte sich eine Villa an der Côte leisten können, ein Appartement in Paris, entsprechend dem neuen Vermögen, das Babtiste ihr aus seinen Waffengeschäften hinterlassen hatte.
Sie wußte es nur zu genau; so verwirrt war sie nicht, obwohl sie sich häufig den Anschein gab. Aber dies wiederum tat sie, um unliebsamen Begegnungen, Anforderungen, die man etwa an sie stellen mochte, aus dem Wege zu gehen.
Einmal im Monat besuchte sie ihren Bankier, einmal im Monat unterzeichnete sie Schecks für Rechnungen.
Sie trug dabei Handschuhe. Sie schämte sich der runzligen Haut ihrer Hände, der Gichtknoten.
Die Gicht hatte sie von ihrem seligen Papa geerbt.
Ach, lieber Papa Jean, der so stolz war, als sie die Stolze-Schrey-Kurzschrift lernte und er ihr all seine langen Briefe diktieren konnte.
»Rachele, du bist mein Schatz«, sagte er dann oft. Oder: »Rachele, du bist ein tüchtiges Mädele.«
Und weil Papa ihr vertraute, vertraute auch Stella ihr, und Christine und die ganze liebe Familie.
Nur der Robert nicht. Der Robert war ein verquerer Kopf von Kindesbeinen an.
Aber jetzt hatte er sein Fett.
Mich einen Parasiten zu nennen. Und ausgerechnet bei Papas Beerdigung. So weit kam das noch. Das hatte sie ihm nie verziehen.
Geschah ihm ganz recht, daß er jetzt in einer Heilanstalt saß, obwohl alle noch so taten, als sei er Krankenpfleger in Colmar.
»Wußtest du das nicht?« fragte sie Georg, der sie endlich

besuchte, obwohl er schon seit zwei Monaten in Straßburg war.
»Christine hat mir nichts davon erzählt.«
»Ja, mein Lieber, die Wahrheit war nie Christines stärkste Seite. Was unsere Familie überhaupt angeht – Heuchler sind sie alle miteinander. Du weißt doch, was man von uns Franzosen sagt: Oben hui, unten pfui.«
Rachel war häßlich geworden. Ihre Wangen hingen zu beiden Seiten des Kinns schwammig herab. Ihre blauen Augen waren wieder so vorstehend wie in ihrer Kindheit.
Vom Färben war ihr Haar stumpf und scheckig geworden.
Sie trug es mit der Brennschere gewellt, obwohl sie sich wahrhaftig den besten Coiffeur hätte leisten können.
»Du fühlst dich als Ausgestoßene deiner Familie und bist es nicht. Denn du hast dir dein Los selbst gewählt«, sagte Georg.
»Weißt du noch, in Paris habe ich dir einmal gesagt, wenn ich alt und grau bin, kehre ich bestimmt ins Elsaß zurück. Brauchst du jetzt eine Gemeindeschwester, Georg?«
»Christine und ich werden endlich heiraten«, sagte er. »Aber wir werden auf meine Station in Afrika gehen.«
»Das sieht dir ähnlich!« Rachel lachte hell auf. »Ein Westentaschen-Albert-Schweitzer zu werden, das sieht dir ähnlich. Na ja, Mut war nie deine starke Seite.«
»Da magst du recht haben«, sagte er.
»Wann heiratet ihr?«
»Wenn ich geschieden bin.«
»Ach – verheiratet warst du doch inzwischen? Kenne ich die Glückliche? War es vielleicht Sibyll. Du hast doch damals was mit ihr gehabt, oder?«

»Margueritte habe ich im Kongo kennengelernt. Und auch dort geheiratet.«
»Und wie sind die schwarzen Mädchen, lieber Georg? Man sagt, wenn man einmal eine Schwarze gehabt hat, mag man keine weißen Frauen mehr.«
»Ach, hör doch auf, Rachel. Ich bin wirklich nicht hergekommen, mir deinen Unsinn anzuhören.«
»Natürlich nicht. Entschuldige. Aber warum bist du denn gekommen?«
»Ich wollte höflich sein.«
»Danke, Georg. Das hat gesessen.«
Er schüttelte den Kopf, rauchte noch eine halbe Zigarette, erhob sich dann, um sich zu verabschieden.
»Kommst du mich wieder besuchen, Georg?« fragte Rachel. »Wenn du das nächstemal kommst, bring Christine ruhig mit. Ich verspreche auch ...«, sie biß sich auf die Lippen. »Du weißt schon was.« Sie hielt ihm die Wange hin, damit er sie küssen konnte. »Viel Glück«, murmelte sie.

Mit Margueritte hatte er noch ein langes letztes Gespräch.
»Ich gehe nach England«, sagte sie. »Aber du brauchst nicht für mich zu sorgen.«
Er bestand darauf. Das Colmarer Haus würde er verkaufen, das Geld für sie anlegen.
»Nein, das will ich nicht. Es ist die einzige Bleibe, die du wirklich hast. Ich will es nicht.«
»Aber du mußt mir erlauben, für dich zu sorgen.«
»Georg – dann laß mich hier.«
»Hier?«
»Ja. Als du weg warst – habe ich ein bißchen die Fühler

ausgestreckt. Ich könnte hier arbeiten, als Hebamme. Ich brauche nur eine Prüfung nachzuholen, damit ich nach französisch-medikalem Recht anerkannt werde.«

»Das würdest du wirklich gern tun?«

Margueritte nickte. »Wir brauchen doch keine Feinde zu werden, weil wir uns scheiden lassen, oder?«

»Nein, das brauchen wir nicht.«

Er nahm dankbar ihre Hand und küßte sie, und Margueritte dachte, das hat er noch nie zuvor getan.

Robert Welschs Schicksal ließ Georg Bonet keine Ruhe.

Was Rachel angedeutet hatte, war die Wahrheit. Robert befand sich in einer Heilanstalt.

Mit Christine oder Madame Stella darüber zu sprechen, vermied Georg; er wußte, es würde sie schmerzen.

Maison Maul, privée stand auf dem Messingschild des Hauses; es war nicht weit vom Bahnhof gelegen, in einer stillen Seitenstraße, umgeben von einem wohlgepflegten Garten.

Efeu verbarg die Fenster zur Straße fast ganz.

»Normalerweise dürfen unsere Patienten nur Besuch nach vorheriger Anmeldung empfangen, außerdem ist jetzt überhaupt keine Besuchszeit. Aber da Sie nun mal hier sind, will ich eine Ausnahme machen«, sagte der Pförtner. »Ich bringe Sie hinauf.«

Im ersten Stock humpelte er vor Georg einen Korridor entlang, der mit aufmunternden Sprichwörtern geschmückt war.

So zum Beispiel: ›Wer lacht, hat mehr vom Leben.‹

Der Pförtner zog brummend einen Vierkantschlüssel, klopfte kurz an die Tür ohne Klinke, schloß dann auf.

Das Zimmer wurde beherrscht von einem Plakat. Nichts anderes sah man zuerst.
Es trug die Überschrift: Der Tag des Erkennens – Anbruch des Dritten Reiches.
Eine Hakenkreuzsonne leuchtete. Blutrot waren abgebildet Hammer und Sichel. Zwei Arbeiterfäuste.
Und darunter stand: »Brüder eines Volkes . . .«
Robert Welsch saß auf dem Bett unter dem Plakat, im Schneidersitz, um sich gebreitet Blätter, die dem ersten Anschein nach mit wirren Linien bedeckt waren. Mit zusammengekniffenen Augen betrachtete er Georg.
»Ach, kommst du mich auch mal besuchen?« Er machte eine fahrige Handbewegung zum Stuhl vor dem Tisch.
»Was macht die Kunst? Wie viele Bäuche schneidest du täglich auf?«
»Keinen.«
»Du bist nicht Chirurg geworden?« Die Stimme klang ganz normal.
»Irgendwann unterwegs bin ich im Studium steckengeblieben.«
»Tun wir alle mal.«
Robert beugte sich vor. »Sag mal, was für einen Paß hast du?«
»Einen französischen.«
Hinter Georg sagte der Portier: »Der hat heute seinen guten Tag. Ich lasse Sie jetzt allein.«
»Einen französischen«, wiederholte Robert und lächelte. »Das ist gut. Dann kann dir nichts passieren. Komm näher«, er krümmte seinen rechten Zeigefinger.
»Wenn du den Paß mal nicht brauchst, leihst du ihn mir dann? Ich würde so gerne mal spazierengehen.«
»Sicher«, sagte Georg.
»Du brauchst nur an die Wand zu klopfen. Ich komm

dann rüber. Über den Balkon. Es ist ganz einfach. Die Gitter kann ich mit meinen Händen auseinanderbiegen. Was sagst du dazu?«
»Großartig«, sagte Georg.
»Ha, ist überhaupt nicht wahr.« Robert lehnte sich zurück. »Ich wollte bloß sehen, wie weit du mir vertraust.«
»Robert, muß das Plakat hier hängen?«
»Ist doch schön, oder nicht? Arbeiter aller Parteien, vereinigt euch.« Roberts Augen füllten sich mit Tränen. »Mensch, Georg, ich wünschte, ich wäre kaputt.«
Er klopfte sich auf die linke Brust. »Aber das da, das verdammte Herz, macht immer weiter mit. Das schlägt und schlägt und hört einfach nicht auf. Nicht mal nachts.«
»Robert, kann ich etwas für dich tun?«
»Ja.« Die dunklen Augen sahen ihn an. »Ja, das kannst du. Gib mir was, damit es aufhört.«
»Das kann ich nicht.«
»Warum nicht?«
Georg schüttelte stumm den Kopf.
»Dann bist du nicht mehr mein Freund.«

Mit dem Plakat hatte Robert Welschs Krankheit angefangen.
Eines Tages brachte er es nach Hause, in die Elisabethstraße.
Das war im November 1932, als die Kommunisten mit hundert Sitzen in den Reichstag einzogen.
»Wenn das geschieht, wenn die Roten und die Braunen sich in Deutschland verbünden, dann war alles umsonst«, sagte Robert.

Er hängte das Plakat in seinem Zimmer auf, das er in den letzten Monaten wieder häufiger an seinen freien Tagen benutzt hatte.
In der Nacht versuchte er sich das Leben zu nehmen.
Stella fand ihn mit aufgeschnittenen Pulsadern.
Sie rief Hilfe herbei aus dem Diakonissenhaus.
Dort lag Robert zwei Wochen.
Als er entlassen wurde, nahm er seinen Dienst als Pfleger in Colmar wieder auf. Das Wahlplakat nahm er mit.
Er versuchte ein zweites Mal, Selbstmord zu begehen, und wurde sogleich in das Maison Maul eingeliefert.
Seither war er dort.

Juni war es inzwischen geworden, ein lauer blauer Tag reihte sich an den anderen, in Straßburg lebte man in Frieden.
Die Mädchen waren fröhlich, die Burschen liebäugelten mit ihnen.
Es gab Vergnügungsboote auf der Ill, auf denen man sogar nach Grammophonmusik unter bunter Beleuchtung tanzen konnte.
Die Frauen sahen hübsch aus mit ihren rotgemalten Mündern und den Kleidern mit den ab dem Knie glockigen Röcken, meist weißgrundig, blau oder rot getupft.
In den Bier- und Weingärten saß man. Und es gab mehr Touristen als in allen Jahren zuvor.
Es war Frieden, und mit der Wirtschaft ging es ja auch aufwärts. Was sich drüben in Deutschland abspielte, schwappte mit einer Woge des Erschreckens herüber.
Die SA hatte gegen Hitler geputscht.
Der Führer den Aufstand blutig niedergeschlagen.

›Le Boucher de Berlin‹ hieß eine Karikatur, die Hitler mit einem Schlachtermesser zeigte und durch die französischen Gazetten ging.
Man war in Straßburg nicht mehr deutsch.
Nein, man war französisch.
Und es gab viele Leute, die sagten oder es zumindest dachten, diesmal haben wir Glück.
Aber es gab auch viele, die sagten und dachten, na, wenn wir so einen energischen Mann hätten wie Hitler, das könnte uns auch nichts schaden.
Man politisierte viel.
Bei Nacht kamen manchmal Leute über die Brücke bei Kehl.
Zöllner drückten bei den schweren Bündeln, die sie schleppten, ein Auge zu.
Politische Flüchtlinge waren es oder Juden. Und einmal ein Priester. Das sprach sich schnell herum.
Aber so ganz glaubte man nicht an die Notwendigkeit ihrer Flucht.
Denn wer ein aufrechter, anständiger Deutscher war, der hatte – das konnte man täglich im Rundfunk hören – ein besseres Leben als andere Menschen in Europa.
So war die Stimmung in Straßburg, so war es vielerorts.
Im Juni dieses Jahres.

Georg Bonet reiste Anfang Juli über Marseille nach Afrika zurück. Er mußte nach dem Rechten sehen im L'Hôpital am Ubangi.
Inzwischen lief seine Scheidung von Margueritte.
Sobald sie durch war, würde er zurückkommen, Christine und er würden heiraten, um dann, wenn sie es immer noch wollte, gemeinsam nach Afrika zu gehen.

Christine umarmte Georg zum vorläufigen Abschied auf dem Bahnsteig.
Sie sagten einander fröhlich »auf Wiedersehen«.

Es war an einem Sonntag, spät im August.
Die ganze Familie, Stella, Melanie, Michael, Anna und Christine saßen und lauschten einem Schubertkonzert, das aus Baden-Baden übertragen wurde.
Sie alle waren fasziniert von dem modernen Radio, das Michael ihnen geschenkt hatte. Nur hin und wieder war das Klirren der Teetassen zu hören, leise und begleitet von einem entschuldigenden Lächeln.
Als es an der Tür läutete, flüsterte Anna: »Ich mache schon auf«, und lief leise hinaus.
Nach einer Weile kam sie wieder, beugte sich über Christine. »Mama, da ist eine Dame, die dich sprechen möchte. Sie wollte nicht hereinkommen. Ich habe sie in Großvaters Studierzimmer geführt.«
»Danke, Annele«, sagte Christine und stand auf.
Im Studierzimmer fand sie eine Dame in einem dunkelblauen Seidenmantel und einem ebensolchen Hut, geschmückt mit weißen Margeriten.
Sie betrachtete die Fotografie von Jean Welsch, die ihn in der Zuavenuniform zeigte und auf dem Schreibtisch stand, seit Stella dort ihre Korrespondenz erledigte.
»Guten Tag«, sagte Christine lächelnd. »Sie haben nach mir verlangt?«
Die Dame wandte sich um. Braune Augen sahen Christine schnell prüfend von Kopf bis Fuß an.
»Ja. Sie wissen, wer ich bin?«
»Nein, es tut mir leid . . .«
»Ich bin Georgs Frau. Darf ich Platz nehmen?«

»Aber ich bitte darum. Entschuldigen Sie, ich war unaufmerksam.«
Margueritte faltete ihre Hände in den weißen Handschuhen über ihrer Handtasche.
»Darf ich Ihnen etwas anbieten, eine Erfrischung?« fragte Christine.
»Nein, danke.«
»Eine Zigarette?«
»Ja – danke.« Margueritte rauchte ungeschickt. »Ich denke, ich kann offen mit Ihnen reden?«
»Ja, natürlich«, sagte Christine.
»Ich will die Scheidung nicht mehr. Ich bringe es nicht fertig, allein zu leben. Ich habe keine Kinder wie Sie. Ich habe niemanden. Nur Georg.«
Christine drückte ihre Zigarette im Aschenbecher aus. Zündete sich, ohne es zu merken, eine zweite an.
»Haben Sie das Georg schon mitgeteilt?«
»Nein. Sie müssen es ihm mitteilen. Sie müssen ihm schreiben, daß Sie es sich anders überlegt haben. Sonst kommt er doch nicht zu mir zurück. Sonst kann ich nicht zu ihm zurück. Sonst ist doch alles aus. Ich kann hier nicht mehr leben. Ich liege nachts wach und meine, ich ersticke. Es ist alles so anders hier. Es ist so fremd. Die Menschen. Das Land. Ich habe keine Freunde. Niemanden. Wenn Sie Georg schreiben, wenn Sie ihm erklären, daß es keinen Zweck hat, kann ich nach Kwela zurück. Ich bin doch Krankenschwester. Ich habe doch meine Patienten da. Menschen, die ich kenne, mit denen ich lachen kann. Und hier – hier kann ich es nicht, Frau Schwarzenburg. Sie haben immer in Europa gelebt. Hier ist Ihr Zuhause. Aber meine Heimat ist Afrika, ist Kwela. Sie sind eine Christin. Denken Sie an das Gebot: Du sollst nicht ehebrechen.«

»Ich habe die Ehe nicht gebrochen.«
»Sie haben mit Georg geschlafen.«
»Darauf antworte ich nicht.«
»Er liebt Sie, aber mich braucht er. Geben Sie ihn mir zurück. Seien Sie barmherzig.«
»Ich werde Georg schreiben«, sagte Christine.
»Aber so, daß er Ihnen glaubt?«
»So, daß er mir glaubt.«
»Sie versprechen es nicht nur?«
»Nein, Frau Bonet. Ich tue es.«
»Ich hatte solche Angst, zu Ihnen zu kommen. Ich bin fast verrückt geworden vor Angst. Aber jetzt weiß ich, daß es unnötig war. Wie kann ich Ihnen danken?«
»Mir?« fragte Christine überrascht. »Aber ich war es doch, die Ihnen Georg beinahe weggenommen hätte. Das haben Sie nur zu deutlich gemacht.«

In dieser Nacht saß Christine lange vor dem Schreibtisch ihres Vaters. Vor sich das leere Briefpapier, das Tintenfaß aus Bergkristall, die Schale mit den Federhaltern. Vor sich auch ein kleines Büchlein, in dem Georg Gedichte niedergeschrieben hatte, die er liebte.
Und immer wieder las sie die Zeilen: ›An letzten Rosenblättern hing / des Sommers letzter Schmetterling . . .‹
Jetzt schreib ihm. Tu's endlich. Du hast es versprochen.
Lächerliches Gedicht, blödes Gedicht. Mein Sommer ist längst vorbei.
Wie hast du dir das eigentlich vorgestellt?
Im weißen Hochzeitskleid? Im bräutlichen Nachtgewand?
Du hast erwachsene Töchter. Die erste Enkelin.
Du bist fünfundfünfzig Jahre alt.

Und Mama Stella hat recht, es war doch nur eine Schwärmerei.
Träume in einem Mädchenbett.
Träume in einem kalten Zimmer im Winter, weil's noch keine Zentralheizung gab.
Mach dir selbst nichts vor.
Hättest du sonst damals Ernst geheiratet?
Wenn du Georg so geliebt hättest, wie du es dir einbildest, wärest du da nicht auf die Barrikaden gegangen und hättest ihn gezwungen, Farbe zu bekennen?
Spätestens bei Gautiers Hochzeit?
Er saß doch da, neben dem koketten Mädchen in dem gelben Seidenkleid.
Warum bist du nicht zu ihm gegangen, hast ihn einfach gefragt: Georg, warum bist du in der Silvesternacht nicht zu uns gekommen? Warum hast du dein Versprechen gebrochen, dich mit mir zu verloben?
Des Sommers letzter Schmetterling.
Na und?
Hab ich nicht viele Sommer gehabt? Lange, warme, glühende Sommer?
Mit Ernst?
Mit Ernst.
Mit meinem Mann.

»Mama, du bist immer noch auf?« Anna kam herein. Schläfrige Augen, verwuscheltes Haar.
»Und was machst du mitten in der Nacht?«
»Na, was schon?« fragte Anna.
»Na, was schon«, lachte Christine.
»Mama, du siehst so fröhlich aus?«
»Wirklich?«

»Ja, wirklich!«
»Na, dann kannst du ja beruhigt schlafen gehen, oder?«
»Ich weiß nicht.« Anna trat von einem Fuß auf den anderen, der Boden war hier in diesem alten Haus immer kalt. »Ich hab dich schon erlebt, da warst du fröhlich, wenn andere Leute sich an deiner Stelle die Haare gerauft hätten.«
»Na, ich will dich nicht länger auf die Folter spannen«, sagte Christine. »Ich schreibe gerade dem Georg Bonet, daß ich doch lieber hierbleiben werde.«
»Du – willst ihn nicht mehr heiraten?«
»Nein.«
»Aber er war doch deine Jugendliebe?«
»Ja, und das bleibt er auch. Weißt du, vor langer langer Zeit hat Stella mal zu mir gesagt: The only thing that counts are cherished memories. Und das bleibt der Georg auch.«
»Eigentlich bin ich froh«, sagte Anna. »Denn solange du da bist, hier bist, können wir doch immer zu dir kommen.«

»Lieber Georg, vor mir liegt Dein kleiner Gedichtband, den Du mir daließest.
Ich habe oft darin gelesen. Weil ich weiß, daß Du diese Gedichte schätzt.
Zwei Zeilen lese ich immer wieder an diesem Abend.
›An letzten Rosenblättern hing / des Sommers letzter Schmetterling.‹
Lach nicht, Georg, so komme ich mir vor.
Ich bin fünfundfünfzig Jahre alt.
Ein sehr alter Schmetterling.

Und ich weiß nicht, ob das afrikanische Klima ihm bekömmlich wäre.
Georg, ich habe Dich sehr lieb gehabt. Das sollst Du wissen. Ich habe auch gedacht: Was soll es, warum sollen wir nicht doch noch zusammenkommen?
Ich habe nicht den Mut dazu. Ich bin feige. Ich bin egoistisch, ich will mein Elsaß nicht verlassen.
Vielleicht braucht Anna mich bald mehr, als ich mir vorstellen kann.
Oder Mama Stella?
Oder Robert?
Georg, vergib mir. Aber ich bitte Dich, rechne nicht mehr mit mir.
Christine.«

Sie trug den Brief am nächsten Morgen selbst zur Post. Während sie am Schalter warten mußte, wurde ihr ein wenig schwindelig.
Zu Hause, als sie den Hut vor dem Spiegel abnahm, sah sie, daß ihre rechte Gesichtshälfte seltsam verzogen aussah. Christine versuchte Grimassen zu schneiden.
Anna kam und lachte. »Aber Mama, was machst du denn da?«
»Ich muß mir einen Zug geholt haben. Guck mal, mein Gesicht ist doch schief.«
»Zug? Bei der Schwüle?«
»Na ja, vielleicht bilde ich es mir auch ein.«

Zum Mittagessen gab es Gurkensalat mit Dill gewürzt und anschließend Fischfilet in Weißweincreme; es war ein Freitag.

Es war so heiß, daß alle sich zu einem Mittagsschläfchen in ihre Zimmer zurückzogen.
Als Christine gegen fünf Uhr nachmittags erwachte, wollte sie zur Uhr greifen, die auf ihrem Nachttisch lag.
Sie konnte es nicht.
Nicht ihre Hand, nicht ihr rechter Arm gehorchten.
Christine hatte ihren ersten Schlaganfall erlitten.

23

Im Kwela-Hospital am Ubangi-Fluß erhielt Georg Bonet Christines Brief. Diesmal hatte er nur vier Wochen gebraucht.
Draußen prasselte der Regen nieder, in dem kleinen Operationssaal zischten die Karbidlampen.
Georg beendete das Schienen eines gebrochenen Unterarmes; der Verletzte war ein Arbeiter aus einer neuen nahen Bananenplantage, der über seine eigene Panga gestolpert war.
Georg schaute sich noch einen kleinen Jungen an, dessen Augenlider eiterverkrustet waren. Das Kind schrie ununterbrochen, während er vorsichtig versuchte, mit Borwasser die Augen zu reinigen.
Er sah noch nach einem Fieberkranken, der seit zwölf Stunden im Delirium lag.
Wegen des Regens verzichtete Georg darauf, in sein Haus hinüberzulaufen, ließ von Makubo, seinem Gehilfen, einen Kaffee kochen. Er gab einen Schuß Kognak hinein, denn seit seiner Rückkehr litt er an einer Erkältung, die sich wegen des andauernden Regens nicht bessern wollte.
Endlich las Georg Christines Brief.
Die Erwartung, nur so mühsam gezügelt, schlug in Verständnislosigkeit um. Er begriff nicht, was er da las.

Sie gab ihn auf?
Sie machte ihr Versprechen rückgängig?
Sie, die so fest gesagt hatte: Ja, Georg, die letzten Jahre unseres Lebens wollen wir gemeinsam verbringen.
Sie war doch kein flatterhaftes, leichtfertiges junges Mädchen mehr.
Sie war doch eine Frau von fünfundfünfzig.
Er fegte den Brief vom Tisch, alle Papiere, die da lagen.
Er schrie nach Makubo, tat es zum erstenmal.
»Ist das Postboot schon weg?«
»Ich weiß nicht, mon docteur.«
»Lauf und erkundige dich. Nein, bleib hier, ich tue es selbst.«
Der Regen prasselte herunter, in Sekunden war Georg bis auf die Haut durchnäßt.
Er lief die drei Kilometer, ohne ein einziges Mal anzuhalten, ohne ein einziges Mal stehenzubleiben. Der Atem kam pfeifend aus seinen Lungen, es war, als zerrisse es ihm die Brust.
Als er die Anlegestelle erreichte, stehenblieb, sackte er vor Erschöpfung in die Knie, stützte sich auf die zitternden Arme.
Der hölzerne Steg war leer. Nur zerfetzte Bananenblätter lagen herum.
Braunschlammig wälzte sich der Fluß.
Das Postboot hatte schon abgelegt.
Bis es wiederkam, würde ein Monat vergehen.
Ein ganzer Monat.
Und Georg sah die Tage angefüllt mit dem Gestank und dem Gejammer der Kranken. Sein eigenes Unvermögen, ihnen wirklich zu helfen. Denn meist kamen sie zu spät. Meist kamen sie, wenn die Wunden brandig waren, die Augen schon erblindet, die Gaumen schon verrottet.

Und er sah die Nächte, Fliegendreck an den getünchten Wänden, die Papiere, die einem in der Hand schwammig wurden, von der Feuchtigkeit, und doch ausgefüllt werden mußten. Krankheitsberichte, Kostenaufstellungen, Gehader mit den Provinzbehörden, um Medikamente, um Verpflegung, verdammt, warum gab es nie frische Milch?

Sah sich selbst todmüde hinüberwanken, in sein Haus, aufs Bett fallen. Schlaf wie im Koma.

Und nur eines hatte ihn all das wieder aushalten lassen – der Traum von Christine.

Seiner Christine. Sie endlich zu besitzen. Sie endlich in seinen Armen zu halten, endlich die Hände in das volle, warme, lebendige Haar graben zu können. Mein Gott, sie lachen zu sehen, zu sehen, wie sie ging, leichtfüßig und so, als müsse sie die Horizonte erreichen.

Aber sie gab ihn auf.

War das die Strafe für seine Unentschlossenheit, als sie so jung gewesen? Als er plötzlich nicht mehr wußte, ob er Rachel liebte oder sie.

Als er einer Aussprache auswich, sich nicht stellen wollte.

Ein Jahr verstreichen ließ, zwei, unsicher war und blieb, weil das, was er von Christine hörte, ihn bald glauben ließ, sie habe ihn ohnehin vergessen.

Er war feige gewesen.

War das jetzt ihre Rache? Zahlte sie ihm seine Feigheit so heim?

Er hockte wie ein erschöpftes Tier am Ufer des Ubangi.

Und der schlammige Fluß schien ihm wie ein Sinnbild seines Lebens.

Er hatte keine Söhne gezeugt, und die einzige Frau, die er geliebt hatte, nie gewonnen. Er war nur ein mittelmä-

ßiger Arzt geworden, der – und auch das gestand er sich jetzt ein – lieber in einem elenden Hospital im Urwald hockte, als sich den Anforderungen der modernen Medizin in Europa zu stellen.
Er war ein Versager.
Nichts war ihm jemals gelungen.

Im März 1935 durchstieß ein neues Postboot mit kräftigem Schraubenschlag die Hyazintheninseln, die den Ubangi nach dem Regen bedeckten.
Es war schneeweiß und trug den stolzen Namen ›Gloire de France‹.
Als es an der Anlegestelle von Kwela ankerte, kamen wie immer johlende Kinder herbeigelaufen, sprangen und kletterten auf das Boot, turnten geschwind über die Post- und Proviantsäcke, umwirbelten den einzigen Passagier mit ausgestreckten Händen, kreischten: »Sous, sous, sous.«
Margueritte Bonet öffnete eine braune Papiertüte und ließ einen Münz- und Bonbonregen über die Kinder niedergehen.
Es war wie im europäischen Karneval, den sie zum erstenmal in diesem Jahr kennengelernt hatte.
Sie lachte und weinte beim Anblick der kleinen dunklen Körper, der hellen Handflächen, der Gesichter mit den rosa Zungen.
»Ich bin wieder zu Hause«, rief sie. »Ich bin zurückgekehrt.«
Vergeblich versuchte sie im Gewimmel der Schwarzen am Ufer und auf dem Steg ein weißes Gesicht zu erspähen.
Hatte Georg denn nicht ihre Briefe erhalten?

Es dauerte fast eine Stunde, bis endlich ihr Gepäck ausgeladen war, sie selbst am Ufer stand.
Ein paar Frauen wiedererkannte, frühere Patientinnen, die in dem einen Jahr ihrer Abwesenheit um ein Jahrzehnt gealtert waren.
»Numi«, sie winkte eine von ihnen heran. »Weißt du, wo der Doktor ist?«
»Sais pas. Weiß nicht.«
»Hat er keine Träger geschickt, vom Hôpital?«
»Sais pas.«
»Sind Sie sicher, daß Sie hierbleiben wollen, Madame?« fragte der Kapitän des Postbootes, ein braungebrannter, stämmiger Kerl, der immer noch das weiße Käppi der Fremdenlegion trug, bei der er in Algerien gedient hatte.
Eines Nachts war er unter dem Vorwand in ihre Kabine gekommen, er habe ein verdächtiges Geräusch gehört. Er hatte diesen Vorwand sofort selbst entkräftet, indem er sich über ihr Bett warf.
Sie hatte ihm einen Faustschlag auf die Nase versetzt, der ihn zur Vernunft brachte.
»Ja, ich bleibe hier«, sagte sie jetzt. »Mein Mann leitet das Hospital weiter oben am Fluß, wie Sie wissen.«
»Aber daß er Sie nicht abholt? Vielleicht hat er sich mit einem von den hübschen schwarzen Äffchen getröstet.«
»Ach, halten Sie doch den Mund und verschwinden Sie«, sagte Margueritte. Sie drehte ihm den Rücken zu.
Sie rief zwei der Schwarzen herbei, die, wie sie wußte, zur Bananenplantage gehörten, gab ihnen zehn Francs und hieß sie, ihre Koffer zum Hospital zu tragen.
Sie folgte ihnen unentschlossen auf dem Pfad, der sich landeinwärts wand.

Das Hospital lag verödet auf der Lichtung.
Nicht ein einziger Patient – sonst hockten sie zu Dutzenden auf den Stufen und im Halbrund, im Schatten der Bäume – war zu sehen.
Die Träger setzten ihre Koffer ab, murmelten bon soir, was sich jedoch wie pissoir anhörte, und verschwanden.
»Georg!« rief Margueritte. »Georg! Wo bist du?«
Die Tür zum ambulanten Behandlungsraum stand halb offen.
Margueritte trat näher, schaute herein.
Papier lag auf dem Boden, ein ungeleerter Abfalleimer war schwarz von Fliegen. Ameisen fraßen Verbandsmull.
Behandlungsbestecke lagen wirr umher. Eine Flasche Jod war umgekippt, hatte sich rostigrot wie trocknendes Blut über den früher immer spiegelblank gewachsten dunkelgrünen Lehmboden ergossen.
»Georg!« rief Margueritte noch einmal.
Sie stieß die Tür zum angrenzenden kleinen Operationssaal auf; auch hier die gleiche Verwahrlosung, der gleiche Schmutz.
Dahinter, in Georgs Arbeitszimmer, das gleiche Bild.
Margueritte begann ihre Fingernägel zu kauen, sie hatte eine panische Angst davor, was sie in ihrem kleinen Haus finden würde.
Es lag etwas abseits von den beiden Krankenbaracken, wie sie aus Holz erbaut, mit Wellblech gedeckt und zum Teil verschalt.
Die Fenster waren blind und schmierig, nun, das war zu erwarten gewesen. Der Garten, so mühsam immer wieder gejätet, immer wieder entrodet, von Schlingpflanzen wild überwuchert.

Auch das war nicht weiter schlimm.
Margueritte bückte sich, zupfte ein paar Stengel aus.
»He! Was willst du hier!«
Sie fuhr hoch.
Georg stand in der Haustür, mit nacken Füßen, nur eine ausgebeulte Leinenhose hatte er an. Seine Brust war mager, eingefallen, man konnte die Rippen zählen.
»Margueritte«, sagte er. »Wo kommst du her?«
Sie ging auf ihn zu.
»Aus Europa«, sagte sie.
»Was willst du denn noch?«
»Du warst zu lange allein. Und außerdem war's mir in Europa zu kalt.«
Sie küßte ihn auf den Mund. Sie schmeckte, er hatte getrunken. Das regte sie nicht weiter auf. Sie wußte, früher oder später machte jeder Europäer in Afrika mal eine Saufperiode durch; und früher oder später gab er sie auch wieder auf, weil der Körper hohen Alkoholkonsum in diesem Klima nicht verkraften konnte – oder starb auch dran.
Aber Georg lebte noch, und sie war noch rechtzeitig gekommen.
»Ich denke, wir sind geschieden?« fragte er.
»Glaubst du, daß hier ein Hahn danach kräht?«
Er grinste plötzlich.
»Mensch, Margueritte, es macht Spaß, dich wiederzusehen. Deine Stimme zu hören.«
»Na, siehst du, das dachte ich mir auch. Na, willst du mich nicht ins Haus lassen? Ich kriege sonst noch einen Sonnenstich.«
Sein Blick wurde schnell unstet.
»Aber erschrick nicht. Es ist alles ziemlich runtergekommen. Ich war krank, weißt du? Ich hatte eine

schwere Lungenentzündung. Makubo hat mich zuerst gepflegt, aber dann ...« Er machte eine vage Handbewegung.
»Ich kenne kein Haus, das nicht mit Putzeimer und Schrubber wieder in Ordnung zu kriegen wäre.«
»Na schön.« Georg ließ sie eintreten.
Sie nahm ihren Hut ab, zog ihren Reisemantel aus. Sie stülpte die Ärmel ihres Kleides auf. Ging in die Küche, goß Tee auf, spülte zwei Tassen.
Sie übersah alles andere. Die Flaschen, die Scherben und wieder den Schmutz, den Schimmel, die Fliegen, die Termiten.
Ich bin gerade noch zur rechten Zeit gekommen. Diesen einen Satz betete sie sich unaufhörlich vor.
Als sie in den Wohnraum zurückkam, in dem sie auf der breiten, mit weichem Antilopenleder überzogenen Liege auch schliefen, versteckte Georg gerade eine Flasche.
»Hast du keinen Brandy im Haus? Ich könnte einen Begrüßungsschluck vertragen«, sagte Margueritte.
»Warum bist du zurückgekommen?« fragte Georg. »Margueritte, sag es mir ehrlich.«
Sie sah, wie seine Hände zitterten, wie ihm Schweiß übers Gesicht lief, von seinem linken Ohr auf die Schulter tropfte, ohne daß er es überhaupt gewahr wurde.
»Georg, wir sind nicht geschieden.«
»Dann warst du es, dann hast du sie umgestimmt. Du bist zu ihr gegangen, stimmt es? Du hast ihr was vorgejammert. Du warst es ...«
Er machte eine Bewegung, als wolle er sich auf Margueritte stürzen, aber dann ließ er sich nur auf das Bett fallen, preßte die Hände vors Gesicht.
Wenn sie die Wahrheit zugab, was würde es nützen?

Christine Welsch hatte sich umstimmen lassen – und es war nicht einmal schwer gewesen. Nein, viel leichter, als Margueritte es sich vorgestellt hatte.
Wenn sie die Wahrheit erzählte, half sie Georg nicht und schadete sich selbst.
»Georg«, sagte sie, »natürlich sollst du wissen, was geschehen ist. Christine Welsch hat einen Schlaganfall erlitten.«
»Was?« Er war wieder hoch.
»Sie war bis zu meiner Abreise noch halbseitig gelähmt.«
»Und das sagt mir keiner? Das schreibt mir keiner? Deswegen hat sie mich im Stich gelassen. Natürlich. Das ist typisch für Christine. Keinem zur Last fallen zu wollen. Schon als Kind haßte sie es, krank zu sein. Schon als Kind. Aber sag mir«, er trat nah an Margueritte heran, »sag mir ehrlich, kann sie wieder ganz gesund werden?«
»Die Ärzte bezweifeln es.« Und das war die Wahrheit.
»Und du – deswegen hast du dich nicht scheiden lassen, deswegen hast du abgewartet?«
»Ja.«
»Und?«
»Nichts und. Ich wußte, daß ich dir hier helfen könnte. Deswegen bin ich zurückgekehrt.«
»Hast du Christine jemals gesehen? Hast du sie kennengelernt?«
»Ja, ich habe sie besucht. Zweimal. Sie bat mich darum.«
»Und? Hat sie dir nichts für mich mitgegeben? Kein Wort, keinen Gruß?«
»Doch, Georg. Sie sagte zum Abschied: Ich hoffe, wir werden uns alle eines Tages wiedersehen.«

»Sie gibt nicht auf. Siehst du, sie gibt nicht auf! Sie wird bestimmt wieder gesund. Christine wird ganz bestimmt wieder gesund.«
»Gieß uns bitte schon mal Tee ein«, sagte Margueritte. »Ich möchte nur schnell meine Tasche reinholen.«
»Ja«, sagte Georg, »ja, dann können wir ja in Ruhe weiterreden.«
Margueritte holte ihr Gepäck ins Haus.
Aus ihrer Handtasche nahm sie den braunen Umschlag.
›Für Georg Bonet‹, stand darauf.
Die Schriftzüge neigten sich nach links, waren krakelig – und doch unverkennbar Christines.
Georg hielt den Umschlag mit beiden Händen.
Er schaute Margueritte an. »Bitte, läßt du mich einen Moment allein?«
Sie nickte und tat es.

Die Kuvertflappe war nur eingesteckt, aber Georg zerknitterte sie total.
Und schließlich hielt er eine Aquarellzeichnung in Händen. Das Schlössel, in den Farben jener vielen Sommer.
»Margueritte«, sagte er, als er in die Küche trat.
»Ja?« Sie stand am Herd, brutzelte Corned beef mit gehackten Zwiebeln, einzige Nahrungsmittel, die sie noch gefunden hatte.
Der Tisch war gedeckt, sogar einen Strauß wilder, fiedriger Gladiolen hatte sie nicht vergessen.
»Schau nur«, sagte Georg Bonet. Er berührte Marguerittes Schulter. »Das war das Schlössel unserer Jugend.«

»Es gefällt mir«, sagte Margueritte. »Du warst sicher glücklich dort.«
»Ja, das war ich, ja, das waren wir alle.« Er atmete tief aus. »Aber siehst du, deswegen, auf diese Weise, sagt Christine mir adieu.«

»Wir dürfen es ihr nicht zeigen«, sagte Anna. »Sie darf es nicht erfahren. Stellt euch doch vor – die Aufregung, es könnte ihren Tod bedeuten.«
»Und wenn wir es deiner Mutter verschweigen, und sie es dennoch eines Tages erfährt?« Michaels Augen waren ganz kalt vor Zorn, vor Hilflosigkeit. »Sie würde es uns nie verzeihen.«
»Du kannst Mama nicht sagen, daß ihr Kinderhort wegen Vernachlässigung und Mißhandlung der Kinder geschlossen worden ist. Daß man Sofie in ein Altersheim gesteckt, Bertha ausgewiesen hat. Und daß der Kreisleiter noch hinzufügt, er habe Mama frühzeitig gewarnt. So eine Gemeinheit!«
»Einer von uns muß es ihr beibringen«, sagte Michael. »Ich werde es tun.«
»Nein! Wenn schon, dann nur Mama Stella.«
Stella schaute Michael an. »Ich bin zu feige.«
Melanie, die am Fenster gestanden und reglos hinaus in den Garten geschaut hatte, in dem es schon wieder Herbst wurde, wandte sich um.
»Michael, du hast recht. Geh zu ihr und sage es ihr. Von dir wird Christine es am leichtesten nehmen.«
Er steckte die offizielle Benachrichtigung des Kreisleiters in seine Jackettasche.
»Michael –«
»Laß mich jetzt, Anna, bitte.«

Er ging hinaus.
Die drei Frauen lauschten seinem Schritt, bis die Tür zu Christine Welschs Zimmer klappte und er verklang.
Anne hielt Friedel auf dem Arm und preßte sie an sich.
Die beiden alten Frauen begannen nach einer Weile Sechsundsechzig zu spielen.
Sie raunten die Trümpfe nur, zählten die Stiche gar nicht.
»Wenn Mama stirbt, bringe ich mich um«, sagte Anna.

»Michael, wie schön, daß du kommst«, sagte Christine Welsch-Schwarzenburg. »Schau nur, ich habe Fortschritte gemacht. Ich kann auch mit der Rechten wieder meinen Namen schreiben. Und guck mal«, ihr Gesicht rötete sich vor Anstrengung, als sie den rechten Fuß unter der Bettdecke um Zentimeter hob.
»Fabelhaft«, sagte Michael. »Wenn du erst wieder ganz auf den Beinen bist, schenk ich dir ein Fahrrad.«
»Um Himmels willen, warum denn das?« Christine lachte. »Damit ich mir ein Bein breche und wieder flach liege?«
»Fahrradfahren ist Bewegungstherapie«, sagte Michael. »Und außerdem möchte ich mal sehen, wie eine radelnde Oma aussieht.«
»Spaßvogel. Warum setzt du mich dann nicht gleich auf ein Motorrad?«
Sie lachten beide.
Michael setzte sich auf den Bettrand.
»Na, und was gibt es sonst? War nicht eben der Postbote da?« fragte Christine, wieder ernst. Und da war der Schatten einer Angst in ihren großen grauen Augen.
»Ja«, sagte Michael.

»Und?«
»Wir haben eine Nachricht aus Bonn erhalten, die sehr unerfreulich ist. Aber keine Bange, niemand ist gestorben.«
»Das ist die Hauptsache«, sagte Christine. »Sofie geht es gut?«
»Ja, es geht ihr gut. Nur, sie lebt jetzt in einem Altersheim.«
»Aber warum das?«
»Mutter, man hat den Kindergarten geschlossen und Großmutter Sofie in ein Altersheim gebracht. Bertha wurde ausgewiesen.«
»Und wer steckt dahinter?«
»Wer wohl? Wenn du es willst, fahre ich hin.«
»Du tust mir keinen Schritt mehr nach drüben! Nein, kommt gar nicht in Frage. Aber ich werde mich drum kümmern. Darauf kannst du dich verlassen. Wer also steckt dahinter?«
»Der Bruder deines Mannes.«
»Franz! Sieh einer an. Und wie hat er das gemacht?«
»Er hat eine einstweilige Verfügung beantragt, und dem wurde stattgegeben. Angeblich wurden die Kinder vernachlässigt.«
»Saubere Arbeit, was? Auch ein Weg, um an ein Haus zu kommen. Darum geht es doch, oder?«
»Ich nehme es an. Aus dem Schreiben geht das nicht hervor. Er hat allerdings vorläufig, da du krank bist, die Verfügungsgewalt.«
»Tu mir einen Gefallen, Michael, geh zu Annele zurück und beruhige sie. Ich kann mir denken, wie sie jetzt bangt. Und dann lauf zu Doktor Jacoby rüber. Wenn er nicht im Diakonissenhaus ist, rufe ihn zu Hause an.«
»Dir geht's schlechter?«

»Ach was, Michael! Jacoby soll mir ein Dutzend von seinen verdammten Spritzen geben. Die haben mir nämlich geholfen.«
»Das ist gut.«
»Und, Michael –«
Er war schon an der Tür.
»Mach mir eine Freude, geh mit mir eine Wette ein. Wenn ich nach Bonn komme, sitzt der Franz schon auf seinem dicken Hintern in unserem Haus.«
»In Ordnung! Wir wetten um ein Motorrad.«
»Eben ging's noch um ein Fahrrad. Du hast Geschäftssinn, Michael, dein Vater würde stolz auf dich sein.«
»Du bist eine Wucht, Mutter.« Und dann hörte sie ihn über den Flur rennen wie ein kleiner aufgeregter Bub.
Ich bin eine Wucht, dachte sie und lachte, bis ihr die Tränen kamen.
Eine halb gelähmte Wucht!

Wie Christine es schaffte, woher sie diese Willenskraft nahm, dieses »Ich will wieder gehen«? Erst an Krücken, dann an zwei Stöcken, dann am Spazierstock von Ernst. Aus schwarzem Ebenholz war er, mit silberner, feinziselierter Krücke.
Dr. Jacoby nannte es ein Wunder.

Am 16. November 1935 reiste Christine nach Bonn. Sie verbat sich jede Begleitung, ganz gewiß die einer Krankenschwester, die man ihr nur zu gerne aus dem Diakonissenhaus zur Verfügung gestellt hätte.
Sie trug einen eleganten Hut aus schwarzem Seidenfilz, mit einer breiten Krempe und einer weißen Reiherfeder

geschmückt, daß selbst Lisette, die einen Hut-Tick hatte und ein Vermögen – besser: François' Vermögen – dafür ausgab, in Ohs und Ahs ausbrach; François brachte sie höchstselbst schmunzelnd und feixend zum Bahnhof.
»Sie sehen aus wie die Kaiserin persönlich«, sagte er. »Und wenn das Ihrem bösen Schwager nicht einen Schrecken einjagt, dann versteh' ich es nicht.«
»Das gebe Gott«, sagte Christine. »Ja, einmal möchte ich dem Franz die Furcht des Herrn beibringen, die er zeitlebens seiner armen Lucy beigebracht hat.«
»Lucy – wer ist denn das nun wieder?« fragte François.
»Seine Frau. Ein armes Huhn. Wenn ich sie sehe, muß ich immer an Lisettes Mutter denken mit ihrem Hühner-Tick.«
»Der haben Sie damals die fette braune Henne geschenkt, die Sie von mir gewonnen haben?«
»Und ob«, sagte Christine. »Sonst hättest du die Lisette nie gekriegt.«
»Da bin ich aber gut weggekommen«, grölte François. »Ich hab mir nämlich sagen lassen, daß man bei den Kaffern ganze Rinderherden geben muß, wenn man eine Frau haben will.«
»Eine Kuh tut's auch«, sagte Christine.
»Und bei den Indern gar, da wiegen sie sich gegenseitig mit Gold auf.«
»François, du bist ja ein gebildeter Mensch!«
»Nee«, sagte er, »nee, das bin ich nicht«, und wurde plötzlich ganz ernst. »Aber ich bin ein glücklicher Mensch.«

Lucy öffnete ihr in Bonn in der Schumannstraße die Haustür, nachdem Christine so lange an der messingnen

Klingel gezogen hatte, bis sie aus ihrer Federung sprang.
»Ja, Christine, ja, bist du es denn wirklich? Leibhaftig? Aber das ist doch nicht möglich. Nicht möglich!«
»Lucy, beruhige dich«, sagte Christine. »Ich habe eiskalte Füße, und ich brauche was Heißes zu trinken. Sonst kriege ich eine Grippe und stecke womöglich deinen Franz an.«
»Um Gottes willen!«
»Na eben«, sagte Christine, »wo der doch so ein Hypochonder ist.« Sie trat an Lucy vorbei in den Flur.
Der weiß-schwarze Marmor war nahezu ganz von einem Buchara verdeckt.
Nobel, nobel, dachte Christine und mußte lächeln, denn ausgerechnet bei Nobel war Franz bis zu seiner Pensionierung als Oberingenieur tätig gewesen.
Lucy zupfte sie vor der Stechpalme im Marmorkübel, die den Treppenaufgang zierte, am Ärmel.
»Tu mir einen Gefallen, Christine, reg Franz nicht auf. Er hat's am Herzen und an der Prostata.«
»Lucy, wer ist da?« Die Stimme bellte wie einstmals von Ernsts Vater.
»Besuch, Franz. Wir kommen gleich!«
Aber Lucy zog Christine zur Treppe hin, die in die Souterrainküche führte.
»Nur ein Minütchen, Franz . . .«
»Tut mir leid, Lucy, aber ich will ihn sofort sehen«, sagte Christine.
»Aber, bitte, reg ihn nicht auf, bitte. Denn später muß ich es ausbaden.«
»Lucy, nimm dich zusammen. Und dreh den Spieß um. Wirf ihm was an den Kopf, wenn er dir dumm kommt.«

Die Augen waren wie aus Porzellan. Die Perücke verrutschte. Lucy zupfte an den falschen Locken.
»Wirf ihm einmal ein Buch an den Kopf, und du wirst sehen, du wirst für eine Weile Ruhe haben.«
»Ein Buch?«
»Meinetwegen nimm eine Porzellanschüssel.«
Christine drehte sich um und betrat das dunkelgetäfelte Wohnzimmer.
Franz Schwarzenburg saß an Ernsts Schreibtisch.
»Was zum Teufel –«
»Das habe ich mir gedacht«, unterbrach Christine ihn.
»Sitzt du gut, sitzt du weich genug, auf deinem dicken Hintern?«
»Christine –«
»Du hast Ernsts Hintern fett genannt, als der arme Mann nur noch fünfzig Kilo wog. Das mußte mal raus.«
»Du bist –«
»Ich bin aus Straßburg gekommen, um dich wieder aus meinem Haus rauszusetzen. Ja, du hörst gut. Rauszusetzen. Wenn es sein muß, mit einem Räumungsbefehl. Das Haus gehört dir nicht. Du hast es dir widerrechtlich angeeignet.«
»Du bist verrückt! Mach, daß du rauskommst!«
»Ach, Franz, spiel dich nicht auf.«
»Ich habe Brief und Siegel. Das Haus gehört mir.«
»Den Brief mit Siegel möchte ich gern sehen.«
»Kannst du, kannst du.« Er rüttelte an den Schubladen. Aus der mittleren nahm er einen Stoß Papiere, warf ihn ihr zu.
Christine rührte keine Hand.
»Da hast du's, schau's dir an.«
»Wenn du die Papiere aufhebst und mir wie ein normaler, vernünftiger Mensch vorlegst.«

Und Franz tat es, er tat es wirklich, er bückte sich ächzend, massierte sich das Herz.
Er legte die Papiere auf den ovalen Tisch, um den so oft – als Ernst noch lebte – Freunde gesessen, diskutiert, politisiert, gelacht und gescherzt hatten.
Christine nahm sich Zeit. Sie las in Ruhe jedes einzelne Schriftstück durch.
Zwischendurch brüllte Franz nach Lucy. Lucy antwortete nicht.
Er wollte aus dem Zimmer stampfen.
Christine sagte nur: »Bleib hier!«
Und er blieb.
Er setzte sich schließlich ihr gegenüber an den Tisch.
»Sofie war unzurechnungsfähig«, sagte er. »Sie mußte in ein Heim.«
»Sie ist deine Mutter.«
»Lucy ist kränklich, sie könnte gar nicht für eine dritte Person sorgen.«
»Gewiß nicht, weil du eine ganze Kompanie ersetzt.«
»Und der Kindergarten. Wie das hier aussah! Die Wände verschmiert. Ein Klo verstopft. In der Küche schwarzverbrannte Töpfe. Im Garten Unrat. Einen Ranzen habe ich gefunden, da war ein Haufen drin.«
»Na und?« fragte Christine. »Hast du ihn wenigstens in den Mülleimer geworfen?«
»Ja, natürlich. Sofort. Ratten gab's im Keller.«
»Die gab's von jeher, wenn der Rhein Hochwasser führte.«
»Und Asseln«, sagte Franz.
Christine schaute auf.
Sie sah sein Gesicht. Breit die Wangen, klein die Augen, flach die Stirn unter dem borstiggrauen Haar.
Aber der Mund war genüßlich gespitzt.

Christine langte über den Tisch und schlug mit dem rechten Handrücken drauf.
»So«, sagte sie und stand auf. »Du kannst das Haus behalten, ich will es nicht mehr, weil du es über alle Maßen beschmutzt hast. Aber meine Kinder sollen es einmal bekommen und dann verkaufen. Und ich lasse dir nicht einmal die Wahl, es ihnen freiwillig zu übertragen. Ich werde einen Prozeß gegen dich anstrengen, den besten Anwalt nehmen, den Straßburg zu bieten hat. – Und eines wirst du inzwischen nicht mehr tun – hier sitzen!«
Sie trat an Ernsts Schreibtisch, ergriff den Stuhl mit der halbrund geschwungenen Rückenlehne, den sie so bequem hatte polstern lassen, als Ernsts Rückenschmerzen infolge seiner Krankheit fast bis zur Unerträglichkeit zunahmen.
Christine öffnete die Tür des Wintergartens, trat hinaus auf den Balkon. Sie hob den Stuhl über das Geländer und ließ ihn in den steinernen Hof fallen.
Als sie ins Zimmer zurücktrat, saß Franz Schwarzenburg mit blauverfärbten Lippen am Tisch.
»Das wirst du mir büßen«, sagte er. »Diese Beleidigung werde ich dir nie verzeihen.«
»Wenn du jetzt deine Wut an Lucy auslassen solltest«, sagte Christine, »werde ich dir noch eine Klage an den Hals hängen, wegen Menschenschinderei.«
In der Souterrainküche fand Christine Lucy. Sie hatte eine grobe Schürze über ihr grünes Pan-Kleid gebunden, putzte Lauch.
»Für Franzens Gemüsesuppe, weißt du«, plapperte sie. »Er hat so einen empfindlichen Magen.«
»Warum hast du Bertha nicht behalten?«
»Ach, weißt du, Franz meinte, ich schaffe die Hausarbeit auch allein.«

»Und tust du es?«
»Wenn ich Arbeit habe, brauche ich nicht zu denken. Und wenn ich oben die Schlafzimmer saubermache, höre ich Franz nicht. Dann habe ich meine Ruhe. Ich bin nämlich schwerhörig, mußt du wissen.« Lucy kicherte. »Manchmal ist das sehr angenehm.«

Christine besuchte noch Ernsts Grab.
Dann seine Mutter in dem Altersheim.
»Mach dir keine Sorgen um mich«, sagte Sofie. »Mir geht es hier gut. Manchmal besucht mich die Liesel, dein früheres Mädchen. Sie fühlt sich bei dem alten Ehepaar Meise sehr wohl. Sie braucht keine große Arbeit zu tun. Und das ist gut, denn sie hat immer noch die offenen Beine.«
»Du malst nicht mehr, Mutter?«
»Meine Augen sind zu schwach geworden.«
Noch im gleichen Jahr sollte Sofie vollends erblinden.

Es traf sich, daß Maître Martell in dem Haus wohnte, das einst Onkel Sebastian gemietet hatte, als er aus Indien mit Georg und Sudi zurückkehrte.
Christine legte dem Advokaten die Unterlagen vor, die zur Enteignung ihres Hauses geführt hatten.
»Ich kann Ihnen nichts versprechen«, sagte Maître Martell. Er war ein kleiner alter Herr, der eine auffallend große, blau-weiß gepunktete Fliege trug. »In Hitlers Deutschland hat sich das Recht sehr verändert. Frau Justitia ist im wahrsten Sinne des Wortes ermordet worden. Aber ich will sehen, was ich tun kann.«
»Was wird ein solcher Prozeß überhaupt kosten?«

»Lassen Sie das vorläufig meine Sorge sein, Madame Schwarzenburg. Ich habe Ihren Vater gut gekannt. Er hat mich gesundgepflegt, als ich mit einem durchbrochenen Blinddarm im Diakonissenhaus lag.«
»Aber das kann ich nicht annehmen, und das will ich auch nicht.«
»Sie haben einen klugen Schwiegersohn, Madame Schwarzenburg. Senden Sie ihn einmal zu mir. Der junge Mann kann mir bei der Abfassung der Klage zur Hand gehen. Wenn es möglich ist – werden wir den Prozeß gewinnen!«

24

Am 7. März 1936 rollten feldgraue Kolonnen über die Rheinbrücken in das entmilitarisierte Rheinland.
Im Radio konnte man Deutschland jubeln hören.
Die Welschs unterbrachen ihr Mittagessen in dem alten Haus in der Elisabethstraße in Straßburg-Neuhof.
Sie lauschten stumm dem aufgeregten Reporter, stumm den ersten Stellungnahmen von Bürgern in Köln, Düsseldorf und Koblenz.
»Na ja, dat wird wohl jutjehen, weil unser Führer dat so jemacht hat.«
»Eja, wenn Sie mich so fragen, dat war ja lange fällig.«
»Et tut enns richtig jut, wieder unsere Soldaten zu sehen . . .«
»Das bedeutet Krieg«, sagte Christine. »Oder auch die Besetzung des Elsaß. Anna, Michael, jetzt müßt ihr fort.«
»Mama, aber wohin denn? Wir dachten doch, es wird alles nicht so schlimm . . .«
»Nach New York. Zu Craw«, sagte Melanie Gugenheimer. »Er wird wissen, was zu tun ist.«
»Wir brauchen Visa«, sagte Michael. »Wer soll die Überfahrt bezahlen?«
»Die Visa besorgst du in Paris, Michael. Und ich besorge eure Passagen.«

»Aber das Geld?«
»Ich habe es«, sagte Christine.

Christine Welsch versetzte die Perlenkette mit dem Smaragdschloß, jenes so überraschende Geschenk von Onkel Jeremias nach seinem Tode.
Von welchem indischen Fürsten hatte er es bekommen und doch nie an eine Frau, die er liebte, weitergeschenkt?
»Ach, wenn heutzutage die Menschen alles bloß nicht so tragisch nehmen würden«, sagte der Juwelier am Schloßplatz, »dann hätten wir Zeit, dann könnten wir für dieses Kleinod einen Kunden finden, der es zu schätzen wüßte.«
»Und wenn Sie mir Kredit darauf gäben? Und warteten, bis wir einen guten Kunden finden?«
»Aber Madame, das Risiko ist zu groß. In diesen unruhigen Zeiten. Sehen Sie, da kommen Flüchtlinge«, er senkte seine Stimme, »reiche Juden, die haben noch ganz andere Schmuckstücke anzubieten. Nein, nein, ich kaufe es ja schon, aber wie gesagt, mein Risiko ist am größten. – Schade, eine Dame wie Sie . . .«
»Es geht um meine Kinder, Monsieur Paget. Sie sollen nach New York.«
»Ach so. Ja, ja, ich verstehe. Ist wohl jetzt staatenlos, der junge Gugenheimer? Tja, diese schrecklichen Zeiten.«
Monsieur Paget gab ihr so wenig für das Halsband, daß Mama Stella noch kräftig von ihrer Pension zulegen mußte.
Die Zeit drängte. Man sprach davon, wie schwierig es schon geworden sei, amerikanische Visa zu besorgen. Doch Michael brachte sie aus Paris mit.

Noch einmal hatte der Name seines Vaters Wunder gewirkt.
Über Strasbourg-Voyage buchte Christine drei einfachste Passagen nach New York, denn Melanie sollte das junge Paar begleiten.

Dann kam der letzte Abend für die Gugenheimers im Neuhof.
Anna war so durchsichtig geworden, daß man meinen mochte, sie habe die Schwindsucht. Ihr sonst so glänzendes schwarzes Haar sah aus wie die Federn einer Krähe, die in der Mauser ist.
»Mama, willst du Friedele wirklich bei dir behalten?« Christine und Anna packten den letzten Koffer.
»Ja, Kind«, Christine nahm sie um die Schultern. »Es wird nicht leicht werden für Michael in New York. Obwohl ich hoffe, daß er Craw ausfindig macht oder wenigstens dessen Tochter Laura. Das sind anständige Leute, die werden euch, wenn sie noch leben und wenn sie es können, weiterhelfen.«
»Aber Friedele ist Vierteljüdin.«
»Sie bekommt einen französischen Paß. Ich habe schon mit dem Präfekten gesprochen.«
»Aber Mama, für dich, wird es dir nicht zuviel?«
»Anna, ich werde das Kind hüten, du brauchst dir keine Sorgen zu machen. Und ich komme ja auch nach. Ich komme mit Friedele nach, sobald ihr Fuß gefaßt habt.«

Und dann der Bahnhof. Die grauen Gleise. Es regnete mitten im Sommer. Regen wie im Herbst. Grau. Grau. Und dabei war kein Gewitter vorausgegangen.

»Mama, paß gut auf Friedele auf.«
»Ja, Anna. Mach dir keine Sorgen.«
»Schreib uns regelmäßig.«
»Ja, Michael.«
»Christine, wenn wir in Paris angekommen sind, telegrafiere ich dir.«
»Ja, Melanie.«
»Vergiß nicht: Sobald wir in New York Fuß gefaßt haben, kommt ihr nach. Auch Mama Stella. Sie ist noch kräftig genug.«
»Ja, Michael.«
»Mama, vergiß nicht. Friedele braucht Eisen.«
»Ja, ich weiß.«
»Blutarm ist sie.«
»Ja, ich denke dran, Annele.«
»Mama, Mama.«
Der Zug fuhr an. Raus aus dem Bahnhof. Raus ins Grau des Regens.
»Auf Wiedersehen, Mama.«
»Auf Wiedersehen.«
Christine lief neben dem Wagen her. Stolperte plötzlich, fiel auf die Knie im Schotter. »Auf Wiedersehen«, rief sie, schrie sie, »auf Wiedersehen!«

»Christine, daß du gekommen bist«, sagte Rachel in ihrem Haus im Petite France.
»Ich konnte nicht früher. Ich habe Anna und Michael und Melanie zur Bahn gebracht.«
»Wo fahren sie denn hin?«
»Nach Amerika.«
»Ich habe so gern Charleston getanzt«, sagte Rachel. »Aber Babtiste mochte ihn nicht.«

»Du gehörst ins Krankenhaus«, sagte Christine, die ihrer Schwester Fieber gemessen hatte.
»Weiß ich ja. Ich will aber nicht.«
»Warum denn nicht? Das ist so unvernünftig.«
»Ich hab genug, Christine.«
»Wovon?«
»Vom Leben.«
»Aber da kann man doch nie genug von haben!«
»Ich schon«, sagte Rachel. »Ich schon. Komm her. Näher. Setz dich auf mein Bett. Gib mir deine Hand. Christine, ich muß dir was sagen. Ich habe euch auseinandergebracht.«
»Wen? Was meinst du?«
»Dich und Georg.«
»Den Georg und mich?«
»Ja, Christine. In der Silvesternacht.«
Die Feuerwerksraketen. Das Läuten aller, aller Glocken der Stadt. Ein neues, ein herrliches Jahrhundert bricht an. Denn ich will es mit meiner Verlobung beginnen. Jünger als Annele war sie damals, gerade 21, noch ein Kind, so dumm und unreif.
»Du hast uns auseinandergebracht. Aber Rachele, wie denn?«
»Ich habe Georg hergelockt, in dieses Haus. Ich war in einem Sari – durchsichtig, verstehst du?«
Christine versuchte zu lachen, es gelang ihr nicht.
»Verstehst du? Ich habe ihn – verführt. Und dann habe ich ihm Briefe geschrieben. Als du in St. Die warst. Deine Handschrift kann man leicht nachmachen. Nimm dich in Acht, du kannst auch mal einem Scheckbetrüger in die Hände fallen.«
Redete Rachel irre?
»Ja, ja«, sagte Christine. »Ist ja gut, Rachel.«

»Nein, nichts ist gut. Ich habe deine Handschrift nachgemacht. Ich habe deine Post an Georg unterschlagen. Ich habe euch mit Absicht auseinandergebracht.«
»Aber warum, Rachel?«
»Ich weiß es nicht mehr.«
»Doch, du weißt es.«
»Nein.«
»Rachel, lüg jetzt nicht.«
»Ich war neidisch auf dich. Ich hab Georg für mich gewollt.«
»Auf mich warst du neidisch, deine eigene Schwester?«
»Ja, ja.«
»Rachel, bleib liegen. Reg dich nicht auf. So wein doch nicht, Rachele. So lange ist das her. Heute sind wir alte Frauen. Wein nicht, Rachel. Du glühst ja vor Fieber. Du mußt ins Hospital.«
»Ich will nicht mehr leben.«
»Du wirst wieder gesund. Ganz gesund, hörst du?«

»Madame Stella hatte Unterleibskrebs«, sagte der Arzt. »Sie wußte es, aber sie willigte in keinerlei Behandlung mehr ein.«
»Sie hätten sie zwingen müssen.«
»Der Tumor war so groß wie ein Kinderkopf. So was kann man nicht rausnehmen, ohne daß der Patient es merkt«, sagte der Arzt.
»Arme Mama Stella. Sie hat nie ein eigenes Kind gehabt.«
»Madame Schwarzenburg, Sie sind wirklich zu bedauern«, sagte der Arzt. »In einem Monat zwei Angehörige zu verlieren, die Schwester und die Mutter. Ich bewundere Ihre Haltung. – Werden Sie im Neuhof bleiben,

Madame? Meine Frau und ich würden uns freuen, Sie häufig als Gast bei uns zu sehen.«
»Wenn man mich im Hause läßt, ja. Es war an den Namen meines Vaters gebunden, dann an seine Witwe.«
»Wenn ich es vermag, werde ich Ihnen bei den Formalitäten helfen, Madame.«

Die Formalitäten zogen sich drei Jahre hin. Darüber brach der Krieg aus.
Plötzlich, als Frau eines Deutschen – längst tot, aber ein preußischer Offizier gewesen, als seine Witwe also –, war auch Christine Schwarzenburg, geborene Welsch, eine Deutsche.
Auf der Mairie machte man ihr klar, eigentlich sei es doch nur natürlich, sie kehre nach Deutschland zurück.
Das Haus in der Elisabethstraße wurde von einem neuen Diakon bezogen.
Christine mußte an St. Die denken, wo sie sich schon einmal am Quartorze Juillet als Feindin gefühlt hatte.
Sie besaß zwei Pässe, einen deutschen und einen französischen. Und plötzlich ergriff sie die Neugier: das, was nun geschah, von der anderen Seite mitzuerleben.
Ebenfalls Bonn war ihre Heimat – wenn auch nicht mehr jenes Haus in der Schumannstraße, in dem nun Franz Schwarzenburg und seine Lucy lebten.
Der Prozeß des Maître Martell hatte ihn viel Geld gekostet und zu nichts geführt. Das Haus war ihrer Enkelin verloren.
Und nun wollte sie trotzdem zurück nach Bonn?
Da war eine Wohnung zu vermieten, auf dem Straßburger Weg. Für 125 Mark im Monat. Sie war mit ihren sie-

ben Zimmern viel zu groß, aber vielleicht, wenn Anna eines Tages zurückkehrte, mit Michael und Melanie, dann würde sie gerade richtig sein.

Christine übersiedelte von Straßburg nach Bonn.
Aber da war Straßburg schon wieder einmal besetzt von den Deutschen oder – »befreit« von den Franzosen, wie es im Heeresbericht hieß.
Im Garten des Hauses am Straßburger Weg stand ein Birnbaum. Für Friedel pflückte Christine die harten, noch grünen Früchte, die sie so gerne aß.
Es gab einen Balkon am Herrenzimmer zum Garten hin, dessen Blumenkästen Christine mit Geranien schmückte.
»Wann kommen Mama und Papa wieder?« fragte Friedel.
»Bald, Kind, bald«, sagte Christine. »Bald wirst du sie wiedersehen.«
»Aber finden sie uns hier auch?«
»Sicher finden sie uns.«
»Und wenn nicht, Oma?«
»Ich habe ihnen geschrieben, daß wir übergesiedelt sind.« Hoffentlich haben sie den Brief überhaupt noch bekommen, dachte Christine.
Statt Post aus New York traf plötzlich ein Telegramm von Lilli aus Berlin ein.
»Habe meinen ersten Sohn geboren, Taufname Adolf.«
Christine zerriß das Telegramm und verbrannte es im Herd der Etagenheizung.
In der Nacht kam Bombenalarm.
Friedel zitterte vor Angst. Christine nahm sie in die Arme, betete: »Eine Mauer um uns baue ...«

Und Friedels Fragen nach den Eltern wurden seltener und seltener, kamen schließlich nur noch zu den Fest- und Feiertagen, wie 1941 zu Weihnachten.

Christine zündete die Kerzen des Baumes an. Es waren sieben Stück, rot wie einst in ihrem Elternhaus, und sie spürte das Wachs an ihren Händen.
Sie griff nach der kleinen Messingschelle und schüttelte sie.
Die Tür sprang auf.
Aber Friedel blieb auf der Schwelle stehen.
Die Augen waren weit und grau und der Mund vor Aufregung ganz blaß.
Sie hatte ihre Zöpfe aufgemacht und ein weißes Band in das schwarze Haar gezogen.
»Fröhliche Weihnachten, Friedele«, sagte Christine.
»Fröhliche Weihnachten, Oma.«
Jetzt kam sie zu Christine gelaufen, schlang die Arme um ihren Hals.
Christine drückte den kleinen Körper an sich, konnte durch den Stoff des Sonntagskleidchens die Wärme spüren.
»Fröhliche Weihnachten, Friedele.«
Und dann sagte sie fest: »Jetzt wollen wir aber singen.«
Das Lied von der stillen, der heiligen Nacht, von der fröhlichen und von der Rose im kalten Winter sangen sie.
Da standen sie vor dem Baum, die alte Frau, das achtjährige Kind.
Würden auch bei Georg in Kwela Kerzen brennen, bei Anne und Michael und Melanie in New York? Bei Robert in der Heilanstalt in Colmar?

Würden Kerzen brennen dort, wo sie in Eis und Kälte lagen, in Schützengräben, in Erdlöchern, im Schlamm und in der Notdurft ihrer Angst?
»Sing weiter, Oma. Bitte, sing doch weiter«, sagte Friedel.
»Willst du dir denn nicht endlich deine Geschenke anschauen?«
»Doch, wenn ich darf, Oma?«
Das Schildkrötbaby preßte Friedel an sich, sagte mit leuchtenden Augen: »Oma, jetzt hab' ich auch ein Kind, so wie du mich.«
»Und das hat dir deine Mama aus New York geschickt.« Christine legte ihr das dünne silberne Band mit der Namensplatte ums Handgelenk.
»Wirklich? Aber Mama schreibt doch gar nicht mehr. Hast du es nicht hier gekauft?«
»Hab' ich. Ja. Aber du weißt doch, manchmal kann ich Gedanken lesen, und ich bin ganz sicher, wenn Mama hier wäre, hätte sie dir dieses Armband geschenkt.«
»Ich glaube dir, Oma«, sagte Friedel.
»Aber Oma, mach lieber jetzt die Kerzen aus. Laß uns sparen. Für morgen.«
»Blas du sie aus«, sagte Christine. »Und bei jedem Mal, wo es dir mit einem Atemzug gelingt, darfst du dir was wünschen.«
Friedel stellte sich auf die Zehenspitzen, die Puppe fest im Arm, und blies die Kerzen aus.
Eine ließ sie brennen.
Sie drehte sich um.
»Die ist für Mama und Papa.«
Christine nickte, sagen konnte sie nichts.
»Oma, ich habe auch ein Geschenk für dich.«
Friedel bückte sich unter den Baum, zog unter dem wei-

ßen Tuch, das seinen Fuß verhüllte, ein kleines Paket hervor.
»Wie hast du das denn reingeschmuggelt?« fragte Christine verblüfft.
»Als du auf dem Klo warst«, lachte Friedel. »Und ich hab das Geschenk selbst gemacht.«
Ein Tabaksbeutel lag in buntem Papier, aus blauem, weichem Handschuhleder.
Aha, dahin waren sie also gewandert, die letzten französischen Glacés.
»In beiden Daumen war ein Loch«, sagte Friedel. »Komisch, Oma, wieso? Wieso bloß in den Daumen?«
»Tja«, sagte Christine, »das weiß ich wirklich auch nicht. Aber es ist ein wunderschönes Geschenk. Jetzt wird mir mein Pfeifchen noch mal so gut schmecken.«
»Ich hätte dir ja auch gerne Tabak geschenkt. Aber da war nichts zu machen. Herr Maximilian sagt, ohne Marken kein Tabak, basta.«
»Ich habe noch welchen«, sagte Christine. »Und ich fülle ihn gleich rein.«
»Oma, aber es ist Zeit, daß du das Radio anmachst.«
Sie schaute auf ihre Armbanduhr.
»Tatsächlich.«
Sie zögerte, sagte dann: »Friedel, du sprichst doch mit niemandem drüber?«
»Wenn wir London hören? Nein, Oma.«
»Friedel, verstehst du, warum?«
»Ja, Oma. Weil es verboten ist. Aber wer hat es dir eigentlich verboten?«
»Friedele, wenn ich es dir erklären könnte, würde ich es tun, das verstehst du doch?«
»Ja, Oma. Ja, ich weiß, du hast gesagt, für manche Dinge bin ich noch zu jung.«

»Aber du kannst mir alle Fragen stellen, immer, wann du willst.«
»Ich hab's gemerkt, daß ich noch nicht alles verstehe. Das Buch zum Beispiel: Luxus und Liebe.«
»Wie bitte?«
»Aber Oma, du hast mir erlaubt, alles zu lesen, was ich will. Du hast gesagt, gute Bücher können keinen Menschen verderben.«
»Aber ›Luxus und Liebe‹?«
»Ach, das hat mir Herr Maximilian geliehen. Ich meine, ich habe es mir ausgesucht. Es kostete nur zehn Pfennige. Aber jetzt mach das Radio an, sonst verpaßt du die Nachrichten.« – Das Kind hatte eine Uhr im Kopf. Christine ging zu dem Volksempfänger hinüber. Friedel hockte sich auf die Fensterbank, mit ihrer neuen Puppe und dem Teller voll Nüssen.
»Tatatah, tatatah«, das Zeichen klang durch den Raum. Christine drehte rasch leiser.
»Hier ist London, hier ist London. Wir bringen Nachrichten in deutscher Sprache . . .«
Während Christine lauschte, beobachtete sie das Kind. Es streichelte die Puppe, aß keine einzige Nuß.
»Oma, warum haben unsere Soldaten keine Winteruniform?«
»Weil kein Nachschub durchkommt.«
»Nachschub?«
»Das sind Wagen und Züge, die Wintersachen an die Front bringen sollen.«
»Warum kommt kein Nachschub durch?«
»Weil es in Rußland bitterkalt ist und meterhoch Schnee liegt.«
»Oma, mach doch mal schnell den anderen Sender an. Die sagen immer, wir siegen.«

Christine setzte sich hinter das Kind auf die Fensterbank, legte ihre Wange an den dunklen Scheitel.
»Oma, bist du traurig?« fragte das Kind, ohne sich zu rühren.
»Nein, ich bin glücklich, daß ich dich habe.«
»Ich auch«, sagte Friedel.
»Oma, mach doch mal den anderen Sender an. Vielleicht singt die Zarah Leander wieder das Lied vom Wunder. Das mag ich so gern.«
»Heute abend bestimmt nicht«, sagte Christine.
»Na schön, dann laß uns Karten spielen, ja? Leg mir die Karten, Oma.«
»Gut«, sagte Christine. Sie stand auf, ging zum Büfett, nahm die Karten aus der rechten oberen Schublade.
Friedel setzte sich an den Tisch, mit der Puppe, mit dem Teller voll Nüsse.
»Warum ißt du keine Nuß?« fragte Christine, denn das Kind liebte Nüsse über alles.
»Morgen«, sagte Friedel. »Morgen esse ich eine. Und übermorgen noch eine. Und am Tag nach übermorgen wieder eine. Wir müssen doch sparen, Oma, das weißt du doch. Jetzt leg mir die Karten.«
»Was willst du denn wissen?« fragte Christine.
»Alles, was mir die Zukunft bringt.«
»Dann heb ab.«
»Mit der linken Hand, zum Herzen hin?«
»Zum Herzen hin«, sagte Christine.
Die grauen Augen des Kindes waren riesig groß, was würden sie noch alles schauen?
Das Leben, dachte Christine, das ganze Leben.
»Weißt du, was Hoffnung ist?« fragte sie.
»Ja, Oma, wenn man sich was wünscht.«
»Was wünschst du dir?«

»Daß du lange lebst.«
»Und sonst?«
»Nichts.«
»Aber du wirst einmal groß sein, was wünschst du dir dann?«
»Dein weißes Haar. Aber nicht deine großen Ohren.«
»Friedel, du bist ein Schatz.«
»Oma, leg mir die Karten.«
Sie legte die Karten.
»Da oben, die erste Karte, das ist ein Haus, und da leben glückliche Menschen drin.«
»Ich bin glücklich«, sagte Friedel.
»Es ist das Haus von deiner Mama und deinem Papa«, sagte Christine und dachte, hoffentlich, ach lieber Gott, hoffentlich. Laß sie glücklich sein, die beiden, Anna und Michael. Und gesund sein. Und gib, daß ich sie wiedersehe. Noch einmal wiedersehe.
»Weiter, Oma«, sagte Friedel. »Du trödelst.«
»Und das ist ein Prinz«, sagte Christine.
»Für mich?« fragte Friedel.
»Ja, für dich«, sagte Christine. »Und halt ihn fest, wenn er kommt. Halt ihn ganz fest.«
»Und das, Oma?« Das Kind legte seinen Zeigefinger auf Pik-As, die Todeskarte.
»Das ist nichts«, sagte Christine.
»Aber es ist schwarz und häßlich.«
»Friedel, es bedeutet nichts, solange du die Hoffnung hast.«
»Gut. Und weiter.«
»Alles wird gut«, sagte Christine. »Alles wird gut, man muß nur daran glauben.«
»Glaubst du dran, Oma?«
»Ja, Friede.«

»Warum nennst du mich so? Und nicht wie sonst?«
»Weil es ein schöner Name ist«, sagte Christine. »Ein schönes Wort. Friede. Es bedeutet, daß alle Menschen Hoffnung haben dürfen.«
»Auch unsere armen Soldaten?«
»Ja, auch unsere armen Soldaten. Alle Soldaten.«
»Das ist schön, Oma.«
Die grauen Augen des Kindes sahen sie an, und Christine Welsch dachte, du wirst es überleben. Du wirst weiterleben. Und du wirst es weitertragen, irgendwie, irgendwo. Du wirst leben.